## Das Buch

Ein Jahrhundertsommer lähmt die Menschen in Köln, als ein Junge und ein Hund spurlos verschwinden. Während sich die Polizei mit diesem mysteriösen Vermisstenfall quält, sucht Kriminalhauptkommissarin Judith Krieger in Kanada nach ihrer alten Schulfreundin Charlotte. Die Vogelforscherin wollte dort Eistaucher beobachten. Diese rotäugigen Wasservögel tauchen, so ein alter Mythos, zwischen der Welt der Lebenden und jener der Toten hin und her. Und bald geht es auch für Judith um Leben und Tod: Hat der Mann, mit dem sie in der kanadischen Wildnis eine leidenschaftliche Affäre anfängt, Charlotte umgebracht? Und ist sie selbst in Gefahr? Dann verschwindet in Köln ein weiterer Junge, und für Judith und ihren Kollegen Manni Korzilius beginnt ein Wettlauf mit der Zeit. Ein Wettlauf, der sie mit Vertrauen, Verrat und falsch verstandener Liebe konfrontiert und bald sehr viel persönlicher berührt, als es ihnen lieb ist.

## Die Autorin

Gisa Klönne wurde 1964 geboren. Sie lebt in Köln. Mit *Der Wald ist Schweigen* gelang ihr ein von der Presse vielbeachteter Debütroman, mit dem sie sich eine große Fangemeinde schaffen konnte. Er wird gerade in mehrere Sprachen übersetzt und war für den Friedrich-Glauser-Krimipreis als bestes Debüt nominiert.
www.gisa-kloenne.de

Von Gisa Klönne sind in unserem Hause bereits erschienen:

*Der Wald ist Schweigen*
*Nacht ohne Schatten*

Gisa Klönne

# Unter dem Eis

Kriminalroman

Ullstein

Besuchen Sie uns im Internet:
www.ullstein-taschenbuch.de

Umwelthinweis:
Dieses Buch wurde auf chlor- und säurefreiem Papier gedruckt.

Sonderausgabe im Ullstein Taschenbuch
Juni 2009
© Ullstein Buchverlage GmbH, Berlin 2006/Ullstein Verlag
Umschlaggestaltung: HildenDesign, München
Titelabbildung: © HildenDesign, München
Satz: Pinkuin Satz und Datentechnik, Berlin
Gesetzt aus der Sabon
Druck und Bindearbeiten: CPI – Ebner & Spiegel, Ulm
Printed in Germany
ISBN 978-3-548-28102-5

*Für meine Eltern,*
*in Liebe*

# I. TEIL

# Stehende Hitze

# Sonntag, 24. Juli

Im ersten Moment ist da nur ihre Angst. Sie reißt die Augen auf und nimmt das fahle Frühmorgenlicht wahr, ihr vertrautes Zimmer. Eine Weile liegt sie da und hört dem Balzen und Zetern der Amseln vor ihrem Fenster zu, dann denkt sie an Barabbas und ihr müder Körper verkrampft sich in der Konzentration des Lauschens. Närrisches Weib, bangst um deinen Köter wie andere um einen Mann, schilt sie sich. Doch erst als sie sich davon überzeugt hat, dass das kaum wahrnehmbare heisere Raspeln im Flur Barabbas' Atem ist, findet sie den Mut, sich aufzusetzen.

Der Schmerz schießt ihr in Arme und Schultern, noch bevor ihre Füße die verschlissene Wolle des Webläufers berühren. Reiß dich zusammen, lass dich nicht gehen, am Morgen ist es immer am schlimmsten, aber du weißt, dass du trotzdem aufstehen kannst. Sie presst die Lippen zusammen. Abnutzung und jahrzehntelange Fehlhaltungen, zu viel Arbeit und Anspannung, das ist alles, was die Ärzte dazu sagen. Nehmen Sie Schmerztabletten, schonen Sie sich. Ihre wahren Gedanken verstecken sie hinter dem kalten Lächeln der Jugend und scheinheiligen Fragen. Sie wohnen allein? Wie alt sind Sie, Frau Vogt? 82? Ein großer Garten? Und ein Schäferhund? Wird Ihnen das nicht zu viel? Und dann der Braunkohletagebau – das ist doch nicht mehr schön hier in Frimmersdorf. Sie sind alt, was erwarten Sie, scheren Sie sich zum Teufel, das ist es, was die Ärzte eigentlich sagen wollen, doch diesen Gefallen wird sie ihnen nicht tun.

Die Hitze des heranbrechenden Tages hängt wie eine Ahnung über den Beeten. Ich sollte mich jetzt sofort um die Zucchini und die Bohnen kümmern, die Erdbeeren pflücken, bevor die Amseln sie holen, nachher wird es zu warm sein, denkt sie. Der Kessel summt, sie gießt Bohnenkaffee auf, lässt Butter und Honig auf einer Scheibe Toastbrot verlaufen, füllt Barabbas' Napf mit Wasser und wirft ihm ein paar Hundekuchen zu. Er drängt sich an sie und sie krault seine Ohren, ignoriert den Schmerz, mit dem ihr Körper die leicht gebückte Haltung augenblicklich strafft. Barabbas schlabbert drinnen sein Wasser, sie schlürft am Verandatisch vor der Küche ihren Kaffee. Halb fünf. Falls es ein Omen für Unglück gibt, bemerkt sie es nicht.

So sollte es immer sein, überlegt sie stattdessen. Anfang, nicht Ende. Ein Tag, so sauber und neu, geschaffen wie für uns allein. Ein paar Amseln fliegen auf und in Barabbas' braunen Augen glimmt Sehnsucht. Wann haben sie den letzten längeren Spaziergang gemacht? Wann hat er über die Felder streifen können? Vorgestern? Vor einer Woche? Sie erinnert sich nicht mehr. Noch ein Fluch des Alters, diese Gedächtnislücken. Man braucht wirklich sehr viel Selbstbewusstsein, um sich nicht unterkriegen zu lassen vom Leben. Je älter man wird, desto mehr. Sie trägt die leere Tasse in die Küche und nimmt den Schäferhund an die Leine, auf einmal selbst ganz beseelt von dem Gedanken an einen ausgedehnten Streifzug. Wird sie die Erdbeeren eben pflücken, wenn sie zurückkommen, und das Gemüse muss bis zum Abend warten.

Sie wählt den Weg durch den Ort, und auch wenn es noch früh ist, löst sie Barabbas' Leine nicht. Solange sie sich korrekt verhält, kann niemand behaupten, dass sie für ein so großes, starkes Tier nicht mehr die Kraft hat und deshalb eine Gefahr für ihre Mitmenschen darstellt, dass der Hund eingeschläfert und sie ins Heim gehört. Am Dorfrand, hinter den Sportplätzen, lässt sie Barabbas laufen. Der Kraftwerkskoloss schläft nicht. Dampf zischt in den Morgenhimmel, die Werkssirene heult, die Förderbänder transportieren Braunkohle, rumpeln und quietschen. Sie wählt den Weg durch den Tunnel, überquert den Fluss, an dem später die Angler sitzen werden. Barabbas hat offensichtlich einen guten Tag, stiebt davon wie ein Welpe. Nach einer Weile verlässt er die Straße und schnürt in ein Wäldchen. Sie folgt ihm langsam, darauf bedacht, nicht zu stolpern. Die Sonne steigt jetzt höher, aber noch brennt sie nicht, der Duft wilder Kamille liegt in der Luft.

Das Aufheulen eines Motors fährt ihr geradewegs ins Herz. Verwirrt dreht sie sich einmal um ihre eigene Achse. Was war das? Wieder heult der Motor auf, ein misstönendes Knattern folgt. Halbstarke, denkt sie, kein Respekt vor irgendwas. Aber schlafen junge Leute sonntags um diese Zeit nicht ihren Rausch aus? Für den Bruchteil einer Sekunde glaubt sie, dass der Verursacher des morgendlichen Lärms direkt auf sie zufährt, noch ein Knattern und ein Lichtblitz, dahinten Richtung Straße. Im nächsten Moment kann sie nichts mehr erkennen und das Motorengeräusch entfernt sich.

Wo ist Barabbas? Plötzlich ergreift die Nachtangst wieder Besitz von ihr. Was wäre ich ohne meinen Hund? Was bleibt mir, wenn er stirbt? Sie ruft nach ihm und entdeckt ihn in einer Kuhle, er wälzt sich selig im Dreck, es wird lange dauern, ihm den Staub aus dem Fell zu bürsten. Das ganze Haus stinkt nach Hund, gib's doch zu, du schaffst es schon seit Monaten nicht mehr, das Vieh zu baden – die Stimme ihrer Tochter. Elisabeth Vogt schüttelt den Kopf, obwohl sie ganz genau weiß, dass Erinnerungen sich dadurch nicht vertreiben lassen.

»Barabbas, hierher, komm zu Frauchen!« Ihr Ruf ist das heisere Gekrächz eines alten Weibs.

»Barabbas!«

Jetzt endlich bequemt sich der Schäferhund zu gehorchen, mit wedelnder Rute und beinahe schelmischem Blick. Nie kann sie ihm böse sein, nicht einmal als er sich jetzt ihrem Griff entzieht, um in langen Sätzen dorthin zurückzujagen, wo es geknattert und geblitzt hat. Nun ja, letztendlich ist es ihr gleich, welchen Weg sie nehmen, also folgt sie ihm. Der Boden ist sandig. Dreck rieselt in ihre Birkenstocksandalen, immer wieder muss sie die Füße von Gestrüpp befreien. Sie hört das kehlige Knurren ihres Hundes, bevor sie ihn sieht, und ein Hitzeschauer jagt ihr über den Rücken. Der dickgeflochtene lederne Griff der Hundeleine liegt in ihrer Hand wie ein toter Aal.

»Bara…«, ihre Stimme versagt. In all den Jahren ihres Zusammenlebens hat sie sich nicht vor ihrem Hund gefürchtet, er hat ihr nie einen Grund dafür gegeben. Jetzt aber will sie fliehen, will nicht sehen, was aus ihrem freundlichen Gefährten ein geiferndes Höllentier macht, doch eine Macht, die stärker ist als sie, schiebt sie dennoch zwischen die krüppeligen Bäume.

Zuerst sieht sie nur Barabbas' gekrümmten Rücken. Gesträubtes Fell, angespannte Muskeln, er hat sich in etwas verbissen, reißt daran, und die ganze Zeit grollt in seiner Kehle der Abgrund.

»Barabbas, aus!« Das Entsetzen gibt ihr die Stimme wieder, sie lässt den Ledergriff der Hundeleine auf seinen Rücken niederfahren. Niemals zuvor hat sie ihm mehr als einen leichten Klaps mit der Zeitung gegeben, aber jetzt drischt sie wie von Sinnen auf ihn ein, mit einer Kraft, die sie längst verloren zu haben glaubte, zerrt den Rüden zugleich am Halsband und würgt ihn, bis sein Knurren endlich zum Winseln wird und er sein blutiges Maul öffnet.

Schlaff und zerstört liegt seine Beute im Schmutz. Ein Rauhaardackel. Bilder flimmern vor Elisabeths Augen. Der Junge aus ihrer Straße mit seinem Struppi, beide mit glänzenden Augen. Ihr Enkel, wie er Barabbas umarmt und seine Mutter anbettelt, ihm doch bitte, bitte, bitte einen Hund zu schenken, wenigstens einen kleinen, es muss ja gar kein Schäferhund sein, ein Dackel reicht völlig, und nie, nie, nie will er danach noch ein anderes Geschenk haben, weder zu Weihnachten noch zu Ostern oder zum Geburtstag, und immer wird er mit seinem Hund Gassi gehen, ich schwöre, Mammi, ich schwöre, bitte, bitte, bitte.

Sie hält Barabbas weiter im Würgegriff des Halsbands und schließt für ein paar gnädige Momente die Augen. Nein, sie will nicht sehen, was da liegt, sie will nicht hier bleiben, will nicht, kann nicht. Barabbas' Keuchen und das aufdringliche Summen einer grünschillernden Schmeißfliege holen sie zurück in die Wirklichkeit des Wäldchens. Nach Hause, wir müssen nach Hause, hier dürfen wir nicht bleiben, wenn sie uns hier finden und sehen, was Barabbas getan hat, werden sie ihn mir nehmen. Sie klinkt die Leine in sein Halsband und zerrt ihn Schritt für Schritt mit sich. Ihr Rücken schreit vor Schmerz, auf einmal spürt sie das wieder, und auch Barabbas' Energie scheint verbraucht, er duckt sich zitternd an ihre Seite, ein verwirrter alter Hund, wie hat sie ihn nur so verprügeln können. Nach Hause, denkt sie wieder, wir müssen nach Hause, da sind wir sicher, da wird alles wieder gut.

Die Sonne erklimmt den Himmel jetzt viel zu schnell, Elisabeths Kleid klebt an Schenkeln und Rücken, jeder Atemzug tut weh. Niemand wird erfahren, was du getan hast, ich passe auf dich auf, Barabbas, mein Freund, mein Gefährte, sie werden dich nicht einschläfern, das lasse ich nicht zu, verzeih, was ich dir angetan habe.

Verzeih. Verzeih. Mit aller verbliebenen Kraft zwingt sie sich, nichts anderes zu denken als das.

\*\*\*

Die Villa im Kölner Nobelstadtteil Bayenthal liegt apathisch in der Hitze, deren Ursprung die Medien mit rapide nachlassendem Enthusiasmus als Jahrhundertsommer bezeichnen. Sogar die Alleebäume wirken erschöpft. Judith Krieger, auf eigenen Wunsch beurlaubte Kriminalhauptkommissarin, legt den Kopf in den Nacken und starrt durchs geöffnete Faltdach ihrer Ente in den Himmel. Sie sehnt sich danach, den Motor anzulassen, Gas zu geben und das Gesicht so lange in den Fahrtwind zu halten, bis sie einen See erreicht. Wenn sie die Augen schließt, erscheint ihr das Wasser zum Greifen nah. Kühl und beinahe kitschpostkartenartig blaugrün.

Ein dunkler Mercedes hält hinter ihrer Ente. Der Mann, der herausklettert, ist ihr vertraut und doch auch wieder nicht, genau wie das Haus, vor dem sie parkt. Er kommt auf sie zu, in Schritten, die zu klein sind für seinen Körper. Als seien seine Beine zur Fortbewegung gar nicht nötig, als schiebe er sich vielmehr auf Judith zu, ein übergewichtiger, blauäugiger Krebs in heller Freizeitkleidung, dem man den Seitwärtsgang abtrainiert hat. In Judiths Magengegend flattert etwas. Es war ein Fehler, herzukommen, denkt sie. Dies ist meine letzte Urlaubswoche. Ich hätte mich nicht überreden lassen sollen, auch nicht um der alten Zeiten willen, was vorbei ist, ist vorbei.

»Judith Krieger, höchstpersönlich, Gott sei Dank!« Ihr ehemaliger Schulkamerad entblößt Zähne, deren Regulierung einem Kiefernorthopäden ein kleines Vermögen eingebracht hätte.

»Berthold Prätorius«, Judith steigt aus und zieht ihre Hand so schnell wie möglich aus seiner feuchtwarmen Begrüßung.

Er strahlt sie an. »Ich wusste, dass du kommst.«

»Da warst du zuversichtlicher als ich.«

Er fährt sich mit der Hand durch die mausbraunen Haarsträhnen, eine nervöse Geste. Früher waren seine Finger wund und tintenfleckig, die Nägel quasi nicht vorhanden. Jetzt verraten nur noch die breiten, fleischigen Fingerspitzen den gefragten EDV-Experten Dr. Berthold Prätorius als einstigen Nagelbeißer und Klassenfreak.

»Bitte, Judith. Ich hab dir doch gesagt, Charlotte ist in Gefahr. Du musst mir helfen.«

Bertholds Anruf war völlig überraschend gekommen. Regelrecht angefleht hatte er Judith, sich mit ihm bei Charlottes Villa zu treffen. Ihre alte Schulkameradin sei seit mehreren Wochen verschwunden, genauer gesagt seit Ende Mai. Kein Urlaub, nein. Charlotte sei immer nur an die Ostsee gefahren, Fischland Darß/Zingst, Pension Storch, Seevögel beobachten, aber da sei sie nicht. Charlotte sei wie vom Erdboden verschluckt, vielleicht sei ihr etwas zugestoßen, aber ihm seien die Hände gebunden, er kenne sich nur mit Computern aus, die Polizei verstehe seine Sorgen nicht und Judith sei doch Kommissarin. Okay, hatte sie schließlich gesagt, ich schau mir das Haus mal an, rein privat. Vielleicht wissen wir dann mehr.

Sie mustert ihn, wie er jetzt in seinen Hosentaschen herumfingert, links, rechts, wieder links, bis er endlich mit einem Seufzer einen Schlüssel hervorkramt und vor Judiths Nase baumeln lässt.

»Willst du oder soll ich?«

»Du bist mit Charlotte befreundet, nicht ich.«

Er nickt und steckt den Schlüssel ins Schloss. Die Kühle im Hausflur ist ein Schock auf der Haut, die Luft abgestanden. Tot, denkt Judith, auch wenn nichts auf den unverkennbaren Geruch der Zersetzung eines menschlichen Körpers hindeutet. Es riecht nach Staub, Mottenkugeln und einem Hauch Desinfektionsmittel. Berthold zieht die Haustür ins Schloss, und das Gefühl, ein Mausoleum zu betreten, wird stärker.

»Gibt's hier kein Licht?« Judith tastet an der Wand neben der Haustür nach einem Schalter.

»Die Rollos sind runter, warte.« Berthold schiebt sich an ihr vorbei und öffnet eine Tür, sie findet den Lichtschalter im selben Moment, in dem er die Rollos im Nebenraum hochzieht. Stofftapeten in bleichem Altrosa werden erkennbar, ein klobiger Garderobenschrank, ein Spiegel und eine altmodische Telefonbank.

Berthold Prätorius setzt sich wieder in Bewegung und Judith folgt ihm in ein Wohnzimmer mit schweren Eichenmöbeln. Auch hier ist es halbdunkel, bis Berthold die Rollos hochzieht und den Blick auf einen parkähnlichen, von hohen Nadelbäumen umrahmten Garten freigibt. Licht flutet ihnen entgegen, Sonnenstrahlen, die im ersten Moment nichts Wärmendes an sich haben, sondern die Augen quälen.

»Der Rasen sieht frisch gemäht aus«, sagt Judith.

»Charlotte hat einen Gärtner.«

»Wie bezahlt sie ihn?«

Berthold zuckt die Schultern. »Per Dauerauftrag? Ich habe keine Ahnung.«

Judith sieht sich um. Über dem nietenbeschlagenen Ledersofa hängt ein schweres Ölbild mit Goldrand. Rotbefrackte Reiter, die ihren hysterisch wirkenden Pferden den Kopf in den Nacken reißen, Jagdhunde mit blutigen Lefzen, ein fliehender Hirsch.

»Dieses Haus wirkt nicht gerade jugendlich.«

»Die Einrichtung stammt noch von Charlottes Vater.« Berthold spricht, als wolle er die verschwundene Schulkameradin verteidigen, mit der er, im Gegensatz zu Judith, bis heute in Kontakt geblieben ist. Befreundet, wie er sagt.

»Ist ihr Vater tot?«

»Seit einem Dreivierteljahr, ja.«

»Genug Zeit, was zu ändern.«

»Charlottes Zimmer sind oben. Schau dich doch einfach in Ruhe um. Ich muss leider noch mal weg.« Er sieht sie nicht an.

»Du willst mich hier allein die Leiche suchen lassen?«

Seine rosige Gesichtshaut wird eine Spur blasser, seine fleischige Rechte landet auf seiner Brust. »Hier ist keine Leiche, ich habe schon alles abgesucht, sogar den Keller.«

»Sehr beruhigend.«

»Es geht wie gesagt darum, herauszufinden, wo Charlotte hingefahren sein könnte.«

»Und du hast wirklich keine Idee …«

»Ich bring dich hoch, aber dann muss ich los. Ein Systemfehler in der Firma, das konnte ich nicht vorhersehen, ohne mich sind die aufgeschmissen.«

»Hattest du nicht gesagt, sonntags hättest du auf jeden Fall frei?«

»Tut mir leid. Für Computer ist das ein Tag wie jeder andere.«

Er führt sie eine Treppe hinauf, weiter hinein in den abgedunkelten Kosmos der Charlotte Simonis. Ein brauner Teppich, der mit Messingstangen über die Stufen gespannt ist, schluckt ihre Schritte. Der Geruch nach Desinfektionsmittel und Mottenkugeln wird stärker, der See, von dem Judith eben noch geträumt hat, erscheint mehr und mehr wie eine Fata Morgana.

»Hier.« Berthold öffnet eine weißlackierte Holztür. Der Raum ist dämmrig, muffig und warm. Judith findet den Lichtschalter und zuckt zurück. Glasige Puppenaugen starren sie an, katapultieren sie in eine Zeit, die sie lieber vergessen wollte. Erinnern sie daran, dass sie etwas wiedergutzumachen hat, obwohl es dafür vermutlich zu spät ist. Im nächsten Moment ergreift Bertholds Sorge um die gemeinsame Schulkameradin Besitz von Judith, schleicht sich in ihren Körper wie ein Gift. Warum hat Charlotte ihre Puppen aufgehoben? Was sagt das aus über ihr Leben? Etwas zieht

in Judiths Bauch und die stickige Hitze in dem Mansarden-
zimmer macht das nicht besser.

***

Schmeißfliegen summen. Eine Grille sägt ihre misstönenden
Lockrufe nach einem Partner in den Tag. Unbarmherzig beißt
die Sonne in Elisabeths Nacken und Unterarme. Sie stützt
sich einen Moment lang auf ihren Spaten und holt Luft. Rot-
schwarze Kreise tanzen vor ihren Augen. Sie muss wahnsinnig
sein, in dieser Hitze ein Grab zu schaufeln. Aber natürlich hat
sie gar keine Wahl. Sie hat Barabbas zu Hause eingesperrt,
hat sein Protestgewinsel ignoriert, als sie sich mit Spaten und
Koffer erneut auf den Weg in das Wäldchen machte. Sie beginnt wieder zu graben, stellt mit Befriedigung fest, dass das
Loch bald tief genug sein wird. Es gibt keinen anderen Weg,
denkt sie. Ich muss das hier zu Ende bringen. Barabbas' Sünde
vergessen machen.

Der Rauhaardackel liegt neben ihr im Sand. Seine glasigen
Augen scheinen sie zu beobachten. Jetzt landet eine Fliege
in seinem Augenwinkel. Elisabeth hebt den Spaten und ver-
scheucht sie, aber das Insekt ist hartnäckig. Wieder und wieder kehrt es zurück. Natürlich tut es das, denkt Elisabeth.
Es will fressen. Fressen und für seine Brut sorgen, so ist das
Leben eben. Die Vorstellung, dass sich alsbald Fliegenmaden
an den Dackelaugen gütlich tun werden, lässt ihren Magen
revoltieren, obwohl sie auf einem Bauernhof groß geworden
ist und weiß Gott nicht zimperlich ist. Sie sticht den Spaten in
den Sand und sinkt mit einem Ächzen auf die Knie. Komm,
kleiner Hund, bringen wir es hinter uns. Zumindest vor den
Fliegen kann ich dich schützen.

Sie öffnet den Deckel des Kinderreisekoffers und nimmt
eines der alten Frotteelaken heraus, die ihr als Leichentücher
dienen. Sie zieht den Dackel darauf. Er sieht so klein aus, ist
aber schwer. Elisabeth schmeckt Magensäure auf der Zunge.
Barabbas' Biss ist in dem weichen, strubbeligen Fell kaum
noch zu erkennen. Wieder versucht eine grün schillernde
Fliege ihr Glück. Schnell hebt Elisabeth den Dackel in seinen

rotgrün karierten Sarg. Immer noch sieht er sie an. Aber das ist nicht der Grund, warum Elisabeth auf einmal so unkontrolliert zu zittern beginnt. Dem Dackel fehlt das rechte Ohr. Jemand muss es abgetrennt haben, vor kurzem erst, mit einem Messer, denn an der geraden Schnittfläche klebt Blut.

***

Als sein freies Wochenende frühzeitig beendet wird, sitzt Kriminalkommissar Manfred Korzilius im Maybach-Biergarten und überlegt, ob er die katzenäugige Blonde mit dem rosa Fummel, die sich mit ihrer weitaus weniger attraktiven Freundin am Tresen räkelt, ansprechen soll oder nicht. Wenn er sich ranschmeißt, riskiert er einen Korb. Andererseits sehen die beiden so aus, als wären sie für etwas Abwechslung durchaus dankbar. Und wer nichts wagt … Die Frage ist natürlich immer, ob sich der Einsatz lohnt. Jetzt dreht Miss Katzenauge eine silberne Spange ins Haar und fächert sich mit der Getränkekarte Luft zu. Sehr hübsch. Das Vibrieren von Mannis Handy wird aufdringlicher, fordert, dass er sich jetzt, sofort, darum kümmert. Was soll's, denkt er, als er sein Nokia aufklappt, eigentlich ist es sowieso zu heiß für Sex.

»Tut mir leid, dass ich stören muss«, bellt die Stimme von Thalbach, seinem neuen Chef.

»Ich hab heute keine Bereitschaft.«

»Das weiß ich, aber ich habe eben mit Millstätt gesprochen, und wir sind beide der Meinung, dass du der richtige Mann für diesen Einsatz bist.«

»Aha«, sagt Manni und ärgert sich, dass ihm nichts Intelligenteres einfällt. Wieso, verdammt noch mal, beruft sich Thalbach auf den Leiter der Mordkommission? Steht Manni nun endlich die Rückversetzung ins KK 11 bevor, um die er sich seit Monaten bemüht? Und warum ruft Millstätt dann nicht selbst an?

»Ein Junge ist verschwunden«, verkündet Thalbach mit sonorer Stimme. »In den Aussagen der Eltern gibt es Ungereimtheiten. Einiges deutet darauf hin, dass ein innerfamiliäres Tötungsdelikt vorliegen könnte, da käme deine Erfahrung vom KK 11 ins Spiel. Die Eltern können einfach nicht genau sagen, seit wann ihr Sohn verschwunden ist. Irgendwann am Wochenende, während eines Zeltlagers, das er mit seinem Vater besucht hat, der übrigens nicht der leibliche Vater ist.«

Ausgerechnet jetzt, da klar ist, dass das mit einer heißen Sommernacht nichts werden wird, sieht Miss Cateye zu ihm hinüber, und zwar durchaus nicht uninteressiert. Manni wirft ihr einen langen Blick zu und versucht, sich auf das Telefongespräch zu konzentrieren. Er trinkt einen Schluck Radler und verzieht das Gesicht. Warm und abgestanden, dabei sitzt er gerade einmal zehn Minuten hier. Er schiebt das Glas zur Seite und winkt der Kellnerin.

»Wie alt ist der Junge?«

»Vierzehn.«

»Vielleicht ist er bei seinen Kumpels. Baden. Oder bei seiner Freundin.«

»Das scheint nicht der Fall zu sein. Fahr bitte zu den Eltern und sprich mit ihnen. Verschaff dir einen Eindruck von der Situation.«

»Für wen arbeite ich?«

»Für mich. Vorläufig jedenfalls. Und hoffen wir für diese Familie, dass es dabei bleibt.«

Und wenn sich rausstellt, dass der Junge tot ist, komme ich dann mit diesem Fall zurück ins KK 11? Die Frage brennt Manni förmlich auf der Zunge, aber er stellt sie nicht. Das letzte halbe Jahr hat ihn Vorsicht gelehrt. Gleich nachdem seine erste gemeinsame Ermittlung mit Judith Krieger auf einer Waldlichtung im Bergischen den Bach runtergegangen war, hat Millstätt ihm eröffnet, dass er in die Vermisstenabteilung versetzt wird. Vorübergehend, nur um einen Personalengpass abzufangen. Eine fromme Lüge, die Manni bis heute nicht glaubt. Judith Krieger hat sich beurlauben lassen, um in sich zu gehen und ihre lädierte Psyche zu hätscheln, und er darf derweil Buße bei den Personenfahndern tun, statt Karriere zu machen, so sieht es aus. Eine himmelschreiende Ungerechtigkeit, denn schließlich war es die Krieger, die damals alle Dienstanweisungen ignorierte. Trotzdem darf sie, wenn sie in einer Woche zurückkommt, wieder ins KK 11. Millstätt frisst ihr eben wie eh und je aus der Hand.

»Hast du noch Fragen?« Thalbachs Stimme holt Manni zurück in die Gegenwart. Manni betrachtet sein Radler, das dasteht, als habe es niemals so etwas wie eine Schaumkrone besessen. Warum nicht ein bisschen pokern, wenn sie ihm schon übel mitspielen? Allzu viel Enthusiasmus schuldet er ihnen momentan nicht, und seine Lust, sich quer durch die Stadt zum Fuhrpark des Präsidiums zu quälen, tendiert gegen null.

»Ich sitze im Biergarten und habe Alkohol getrunken.«

»Viel?«

»Na ja, geht so, Radler.«

»Bestell dir einen Espresso und nimm dir ein Taxi.«

Die Kellnerin wird endlich auf ihn aufmerksam und kommt an Mannis Tisch, er lächelt entschuldigend und entwindet ihr wortlos Block und Stift, um die Adresse zu notieren, die Thalbach diktiert.

\*\*\*

Unten fällt die Haustür ins Schloss. Judith kann den Blick nicht von Charlottes Puppensammlung lösen. Es ist, als würden diese starren Kinderimitationen mit den bunten Kleidern sie hypnotisieren, als stehe sie einer glasäugigen Zeitmaschine gegenüber. Sie weiß, dass sie schon einmal in diesem Zimmer gewesen ist, vor Jahrzehnten. Wie alt war sie damals? Vierzehn oder so. Es war ein nassgrauer Tag im Mai, kurz nach Charlottes Geburtstag. Sie und Charlotte sind beinahe gleich alt, Jahrgang 66. »Herzlichen Glückwunsch«, sagt sie laut, um ihr Unbehagen angesichts dieses Kinderzimmers abzuschütteln, das in seiner Vergangenheit erstarrt zu sein scheint wie in Gelatine.

Bei der Geburtstagsfeier hatte Charlottes Mutter Rhabarberkuchen mit Schlagsahne und Kakao serviert. Es hatte Kerzen und Blumen gegeben, Geschenke natürlich, und trotzdem war keine Stimmung aufgekommen. Die anderen Mädchen stießen sich unter dem Tisch an und kicherten. Sie kannten sich schon seit der fünften Klasse, eine eingeschworene Gemeinschaft, nur Charlotte und Judith waren neu, zugezogen, außen vor. Am nächsten Tag auf dem Schulklo belauschte Judith, wie sich die Mitschülerinnen rauchend in einer der Kabinen drängten und über Charlotte lästerten. Über ihre weiße Spitzenbluse und die Puppen. Darüber, dass es kein Eis gegeben hatte, keine Schokoriegel, keine Cola und keine Musik – überhaupt nichts von alldem, was in war. Und natürlich war es nicht bei diesem Getuschel geblieben. In den Wochen nach Charlottes Geburtstagsfeier hörten die Mitschülerinnen einfach auf, mit ihr zu sprechen. Taten so, als existiere sie nicht. Charlotte hatte Judith zu sich eingeladen, hatte sich im Unterricht neben sie gesetzt, ihr auf dem Pausenhof Geheimnisse anvertraut – was Mädchen eben so tun. Judith fand Charlotte ein wenig wunderlich, aber durchaus nicht blöd oder langweilig. Trotzdem hatte sie aufgehört, sich mit ihr zu treffen. Und dann hatte sie sie verraten. Oder etwa nicht?

Judith steigt die Treppe hinunter zurück ins Parterre, füllt in der Küche ein Glas mit Leitungswasser und setzt sich auf die sonnenwarme Steintreppe, die von der Terrasse in den Garten führt. Die Hitze macht ihren Körper schwer und träge und zieht die Gedanken in die Ferne. Ihr ist immer noch flau im Magen. Sie versucht, die Erinnerungen an Charlotte und ihre Puppen beiseite zu drängen und stattdessen an einen blaugrünen Badesee zu denken, an irgendeine harmlose, unkomplizierte, gegenwärtige Sommerphantasie. Es gelingt ihr nicht.

Sie ist nicht lange mit Charlotte und Berthold zur Schule gegangen, zwei Jahre bloß. Dann hatte ihr rastloser Vater schon wieder einen neuen Job, in Bremen diesmal, und so waren sie ein weiteres Mal umgezogen. Judith erinnert sich nicht gerne an jene Zeit, in der sie den Entscheidungen ihrer Eltern ausgeliefert war. Ihr eigentliches Leben, so kommt es ihr immer vor, begann erst mit dem Schulabschluss. Gleich nach dem Abitur ist sie zurück nach Köln gezogen, nicht aus Nostalgie, sondern weil sie an der juristischen Fakultät einen Studienplatz bekommen hatte. Trotzdem war sie vom ersten Tag an entschlossen, Köln zu ihrer Heimat zu machen. Regelrecht berauscht war sie damals von dem Gedanken, nie mehr umziehen zu müssen, wenn sie es nicht wollte; sich ein Leben aufzubauen, einen Freundeskreis, wie es ihr gefiel. Ein Wiedersehen mit alten Kölner Schulkameraden allerdings gehörte nicht zu ihrem Plan, also hatte sie es vermieden.

Judith dreht sich eine Zigarette. Im Grunde genommen weiß sie nichts von ihrer ehemaligen Mitschülerin, und vermutlich ist es nicht nur falsch, sondern auch anmaßend, zu denken, dass ein paar geteilte Erlebnisse als Teenager und ihre eigene unrühmliche Rolle damals irgendeinen Einfluss auf Charlottes Leben gehabt haben könnten – oder gar auf ihr Verschwinden. Aber verschwunden ist Charlotte, so viel steht fest. Jedenfalls scheint niemand sie in den letzten sieben Wochen gesehen zu haben. Judith zündet ihre Zigarette an und genießt das vertraute Prickeln des Nikotins in ihren Lungen. Was ist mit Charlotte passiert? Wie ist ihr Leben verlaufen? Ist es möglich, dass sie hier im Mausoleum ihres Elternhauses glücklich war? Ist ihr Verschwinden die Spätfolge eines verkorksten Lebens – oder ist sie fortgegangen, um ihr Glück zu finden? Und selbst wenn, was bedeutet das schon? Judith zieht an ihrer Zigarette. Wir jagen dem Glück hinterher, unterwerfen uns unserer Sehnsucht danach wie einem nimmersatten Gott. Wir weigern uns zu akzeptieren, dass das Leben auch Fehlschläge hat. Alltag. Unglücke. Eltern und Partner, die uns verraten oder verlassen. Im Grunde ist diese Hatz nach dem Glück nur eine Spielart von Bequemlichkeit. Weil wir uns weigern zu akzeptieren, dass das Leben nicht nur Sonnenseiten hat und dass uns trotzdem nichts anderes übrig bleibt, als immer weiterzuatmen, ob nun gute Zeiten kommen oder schlechte.

Charlotte wollte meine Freundin sein, denkt Judith. Ich habe sie zurückgewiesen. Das ist damals passiert, weiter nichts, Ende der Geschichte, Punkt. Aber aus irgendeinem Grund funktioniert das nicht, und das löst Judith aus ihrer Erstarrung. Sie drückt ihre Zigarette aus und steht auf. Wenn es in dieser verlassenen Villa einen Hinweis auf Charlottes gegenwärtigen Aufenthaltsort gibt, wird sie ihn finden.

\*\*\*

Im Stadtteil Brück stopft Manni die Taxiquittung in die Hosentasche, schiebt sich ein Fisherman's Friend zwischen die Zähne und sieht sich um. Die Doppelhäuser sehen aus wie überall, auch die Vorgärten bieten das übliche Programm. Blümchen und eine Holzbank, manchmal ein Miniaturbaum mit grotesk gestutzten Ästen und dann natürlich dieser ganze Plastikkram, der schon von weitem signalisiert, dass die Bewohner dieser Häuser sich redlich bemühen, etwas für das Einkommen der Rentner von morgen zu tun. Manni steigt über ein rotes Bobbycar, Schaufeln, Eimer und einen schlappen Fußball, die auf dem Zierpflasterweg des Hauses ein hässliches Chaos bilden. Noch bevor er klingeln kann, stößt ein Mann die Eingangstür auf, barfuß und blond. An seinen verwaschenen Jeansbeinen kleben zwei Kleinkinder mit schokoladenverschmierten Mündern.

»Kripo?« Ohne Mannis Dienstausweis zu beachten, packt der Mann das größere Kind an den Schultern. »Geh jetzt bitte mit deiner Schwester ins Wohnzimmer. Papi und Mami wollen allein mit diesem Mann sprechen.«

Ölgötzengleich starren die beiden Rotznasen zu Manni hoch. Der Mann macht eine Bewegung mit den Hüften. »Leander, Marlene – ihr wisst, was wir verabredet haben. Geht jetzt ins Wohnzimmer, sonst war's das mit dem Kinderkanal für die nächsten Wochen und ich steck euch direkt ins Bett.«

Diese Drohung scheint zu wirken, im Zeitlupentempo löst sich die Brut mit den hoffnungsschwangeren Vornamen von den Beinen des Barfüßigen, der ihnen noch einen letzten Stups in die erwünschte Richtung gibt, bevor er sich an Manni wendet.

»Frank Stadler, kommen Sie rein.«

Stadlers Frau, Martina, ist in der Küche. Mit angezogenen Beinen und leerem Blick hockt sie auf einer Eckbank hinter einem grob gezimmerten Holztisch. Ihr kastanienrotes Haar fällt in schimmernden Wellen über ihre Schultern, sie trägt ein hellgrünes Trägerkleid und sieht richtig klasse aus, wenn man von ihren verquollenen Augen mal absieht. Ihre schlanken Finger umklammern irgendetwas. Als hinge ihr Leben davon ab, den Griff keinen Millimeter zu lockern.

»Sie müssen Jonny finden«, sagt sie statt einer Begrüßung.

Manni nickt und setzt sich ihr gegenüber. Ja, wir werden deinen Jungen finden, denkt er. Früher oder später. Und vielleicht wünschst du dir dann, dass wir es nicht getan hätten, sehnst dich zurück nach der Ungewissheit, die du jetzt nicht auszuhalten glaubst. Stadler schiebt ein leeres Glas vor ihn hin und füllt es mit Wasser aus einer dieser Plastikflaschen, in denen Geizhälse ihr Sprudelwasser selber herstellen. Manni trinkt einen Schluck. Das Wasser ist warm und schmeckt schal. Er stellt das Glas auf den Tisch.

»Sie vermissen also Ihren ältesten Sohn, Jonathan Stadler. Er ist vierzehn …«

»Röbel«, unterbricht ihn Martina Stadler, »Jonny heißt Röbel mit Nachnamen.«

»Röbel.« Manni lässt den Stift wieder sinken. »Aber Sie beide heißen Stadler?«

»Jonny ist eigentlich der Sohn von Martinas Schwester«, sagt Frank Stadler. »Wir haben ihn zu uns genommen, weil seine Eltern tödlich verunglückt sind.«

»Lass doch jetzt diese alten Geschichten«, Martina Stadlers Stimme ist kaum mehr als ein Flüstern. »Das tut doch nichts zur Sache. Sie sollen Jonny finden, das ist wichtig.«

»Jonathan Röbel, genannt Jonny«, sagt Manni. Martina ist also die leibliche Tante des Jungen und scheint wirklich unter seinem Verschwinden zu leiden. Aber was ist mit ihrem Mann? Sind Stiefväter potentielle Täter? Ist das der Grund, weswegen sein Chef ein innerfamiliäres Gewaltverbrechen in Betracht zieht? Manni mustert Stadler, der sich mit der Rechten über Stirn und Stoppelhaar fährt. Augenblicklich bilden sich an seinem Haaransatz neue Schweißperlen. Er ist noch jung, etwa so alt wie Manni selbst, um die 30, und die beiden Rotznasen haben sichtbar keinen Respekt vor ihm. Aber was heißt das schon? Vielleicht war Stadler auf den pubertierenden Stiefsohn eifersüchtig, betrachtete ihn als einen Konkurrenten in seinem Heim, den es wegzubeißen galt? Einen Moment lang denkt Manni an seinen eigenen Vater. Ist der jemals jung und lustig gewesen? Hat er sich je für seinen einzigen Sohn interessiert? Manni kann sich nicht daran erinnern. Überhaupt ist es viel zu heiß und stickig, um sich auf mehr als eine Sache zu konzentrieren.

»Seit wann lebt Jonathan bei Ihnen?«

»Seit drei Jahren.« Frank Stadler räuspert sich. »Ich weiß schon, was Sie als Nächstes fragen wollen. Ja, es war schwierig, natürlich war es das, was glauben Sie denn? Ein trauernder Junge, wir selbst unter Schock, meine Frau und ihre Schwester standen sich sehr nahe, und unsere Marlene war damals erst ein paar Monate alt.« Wieder wischt er sich mit dem Handrücken über die Stirn. »Es war also schwierig, und zweimal ist Jonny auch abgehauen, im ersten Jahr, wollte sein altes Zuhause noch mal sehen. Aber das ist vorbei, glauben Sie mir. Wir haben das alle zusammen geschafft. Meine Frau hat Recht. Dass er jetzt verschwunden ist, hat nichts mit damals zu tun.«

»Wo ist dieses alte Zuhause denn?«, fragt Manni. Egal was Stadler sagt, natürlich muss man auch den früheren Wohnort des Jungen überprüfen. Rein statistisch gesehen verzeichnet das KK 66 des Kölner Polizeipräsidiums jährlich 2400 Vermisstenanzeigen. Aber die wenigsten Vermissten sind wirklich verschwunden. Jugendliche, gerade wenn sie aus zerrütteten Verhältnissen stammen, kommen und gehen, auch wenn die Eltern natürlich immer schwören, dass alles in Ordnung ist. Aber was wissen die schon von ihren Kindern?

»Jonny lebte früher in der Eifel«, sagt Stadler mit schmalen Lippen. »In Daun, wenn Sie es genau wissen wollen.«

»Ich brauche die Adresse. Und möglichst auch die von früheren Freunden dort.«

»Jonny ist nicht in der Eifel, er wäre dort nicht hingefahren, ohne uns zu informieren«, sagt Stadler mühsam beherrscht. »Sicherheitshalber haben wir trotzdem mit Bekannten in Daun telefoniert. Niemand hat ihn gesehen.«

»Hatten Sie Krach, bevor er verschwand? Hat etwas den Jungen bedrückt?«

»Nein, nichts.« Beide Stadlers schütteln den Kopf.

»Ist er gesund? Intelligent?«

»Warum fragen sie das? Ja.«

»Sportlich?«

Nicken.

»Zuverlässig?«

»Absolut.«

»Aber früher ist er manchmal weggelaufen, das haben Sie selbst gerade gesagt.«

»Herrgott, weil es damals so war. Damals, verstehen Sie, vor drei Jahren. Als er sich hier noch nicht eingelebt hatte. Wenn ich gewusst hätte, dass Sie unsere Ehrlichkeit zum Anlass nehmen wollen, nicht nach dem Jungen zu suchen, hätte ich Ihnen das natürlich verschwiegen.«

Nach allem, was Manni in den letzten Monaten über verschwundene Jugendliche gelernt hat, ist es sehr gut möglich, dass Jonny erneut fortgelaufen ist. Aber vielleicht auch nicht. Manni fühlt kalten Schweiß in seinem Nacken. Was, wenn er die Gefährdung des Jungen falsch einschätzt? Was, wenn der Junge entführt wurde, wenn er irgendwo in einem Erdloch hockt, womöglich verletzt und außer sich vor Angst?

»Seine Taschenlampe.« Martina Stadler schluchzt auf. »Jonnys Taschenlampe lag noch in seinem Bett. Aber das kann doch eigentlich nicht sein, er vergisst sie nie, er kann doch nicht einschlafen ohne seine Taschenlampe.«

Ruhig bleiben, Mann, ruhig bleiben. Manni atmet tief durch. »Kann ich diese Taschenlampe mal sehen?«

Schluchzen.

»Bitte, Martina, zeig sie dem Kommissar.« Behutsam, als fürchte er, sie zu verletzen, langt Frank Stadler über den Tisch und beginnt, die Finger seiner Frau von dem Gegenstand zu lösen, an den sie sich klammert.

»Ich habe Jonnys Bettdecke aufgeschüttelt, da ist sie runtergefallen.« Martina Stadlers ganzer Körper bebt jetzt, sie ist kaum zu verstehen. »Ich habe sie sofort aufgehoben und sie funktioniert noch, aber das Glas ist kaputt.«

»Nur ein Sprung. Jonny wird das bestimmt gar nicht bemerken.« Frank Stadler hat die Taschenlampe jetzt erobert und betrachtet sie, bevor er sie vor Manni auf den Tisch stellt.

»Kaputt«, flüstert Martina. »Kaputt. Er hat doch Angst ohne seine Taschenlampe. Warum hast du ihn denn nicht an seine Taschenlampe erinnert?«

»Mensch, Tina, du weißt doch, wie es ist. Die Kleinen haben gequengelt, wir waren spät dran, und Jonny hat geschworen, dass er alles hat.«

»Wann genau war das?«, fragt Manni.

»Was meinen Sie?« Stadler sieht ihn an, als hätte er seine Anwesenheit vorübergehend vergessen.

»Als Sie mit Jonny von hier wegfuhren. Wann war das?«

»Am Samstagvormittag, so um elf. Wir haben die beiden Kleinen zu meiner Mutter nach Bensberg gebracht und sind dann direkt ins Zeltlager gefahren.«

Manni blättert in dem Block, den er der Bedienung im Maybach abgeluchst hat. »Und das Zeltlager war am Rande des Königsforsts, auf dem Gelände eines Clubs, der sich Kölsche Sioux nennt.«

Stadler nickt. »Ja, verdammt. Warum sind da eigentlich nicht längst Suchtrupps im Einsatz?«

»Erst einmal müssen wir uns ein Bild von der Lage verschaffen. Wann haben Sie Jonny zum letzten Mal gesehen?«

Martina Stadler beginnt jetzt, noch heftiger zu weinen.

»Hören Sie«, Manni versucht, Frank Stadlers Aufmerksamkeit zu erlangen, »bitte beantworten Sie meine Frage. Und vielleicht wäre es gut, wenn Ihr Hausarzt …«

»Jonnys Taschenlampe ist kaputt. Ich habe sie kaputtgemacht! Mein Gott, ich halte das nicht aus!« Martinas Stimme kippt.

»Sag das nicht.« Frank Stadler streichelt die schlanken Finger, die jetzt hölzern und nutzlos wirken, wie die einer Marionette ohne Fäden. »Bitte, Martina, nichts ist kaputt. Und Jonny hat immer noch Dr. D.«

»Wer ist …« Weiter kommt Manni nicht, denn als sei das letzte D ein Einsatzkommando, stürzen die Rotznasen unter ohrenbetäubendem Geheul in die Küche. »Dee-Dee! Jonny! Dee-Dee! Jonny! Wo ist Dee-Dee?«

Bevor einer der Erwachsenen reagieren kann, krabbeln sie bereits auf die Eckbank und rammen ihrer Mutter die schmierigen Gesichter in Brust und Bauch. Mechanisch beginnt sie, die verstrubbelten Hinterköpfe zu streicheln und beruhigenden Nonsens zu murmeln.

Frank Stadler steht auf und bedeutet Manni mit einer Kopfbewegung, ihm zu folgen. Offenbar hat er es nun aufgegeben, sich den Schweiß von der Stirn zu wischen. Ein feines Rinnsal kriecht an seinem Ohr vorbei Richtung Kinn. Aus dem Wohnzimmer trällert eine penetrante Kinderstimme ein Liedchen von einem Krokodil namens Schnappi. Manni hat das unbehagliche Gefühl, dass ihm in diesem Haus die Luft knapp wird.

»Ich weiß nicht, wann Jonny verschwunden ist«, sagt Stadler leise. »Die Kids leben im Lager nach ihren eigenen Regeln.«

Abrupt dreht er sich um. »Kommen Sie, ich zeige Ihnen Jonnys Zimmer.«

Beinahe sieht es so aus, als würde Stadler vor ihm fliehen. Manni ignoriert sein Bedürfnis nach Sauerstoff und heftet sich an seine Fersen.

»Wer ist Dr. D.?«, wiederholt er, als sie das Kellergeschoss erreicht haben.

Frank Stadler öffnet die Tür zu einem Souterrainzimmer und starrt auf ein Hundekörbchen, das neben einem ordentlich mit dunkelblauer Bettwäsche bezogenen Bett steht.

»Dee-Dee, Dr. D., ist Jonnys Hund, ein Rauhaardackel. Die beiden sind unzertrennlich.«

＊＊＊

Es ist, als ob die gedämpfte Stille in Charlottes Villa die Wut, die Judith eben noch empfunden hat, verschlucken würde. Die Wärme, die allmählich durch die geöffneten Fenster ins Haus kriecht, die Möbel, die aussehen, als sei die Zeit vor einigen Jahrzehnten stehen geblieben, und die Erinnerungen an Charlotte verleihen ihr ein Gefühl von Unwirklichkeit. Sie berührt noch nichts, verändert nichts, aber all ihre Sinne sind hellwach. Eine Hausdurchsuchung ist die schrittweise Entschlüsselung eines fremden Mikrokosmos. Jedes Zuhause hütet die Geheimnisse seiner Bewohner, sogar dann, wenn sie sich bemüht haben, alle Spuren, die sie als verräterisch empfinden, zu vernichten. Hat Charlotte Simonis Liebesbriefe und Kontoauszüge verbrannt, Fotoalben oder die Police der Lebensversicherung ihres Vaters, was gewisse Fragen im Hinblick auf seine Todesursache nahe legen würde? Hat sie aufgeräumt, wo zuvor Chaos herrschte? Ich weiß es nicht, denkt Judith, während sie sich von Raum zu Raum bewegt. Dieser erste stille Rundgang ist ihr persönliches Auftaktritual zu einer Durchsuchung. Sie geht nicht systematisch vor, wie es die Kollegen von der Spurensicherung tun würden. Stattdessen übergibt sie sich mit allen Sinnen dem Haus, lässt sich von ihm leiten, seinen Gerüchen und Geräuschen, vor allem aber von alldem, was zu fehlen oder nicht zu passen scheint.

Das Parterre besteht aus Küche, Wirtschaftsraum, Gäste-WC, Ess- und Wohnzimmer, Eingangshalle und dem Büro von Charlottes Vater. Ohne Zweifel ist dies der freundlichste Raum, obwohl hohe Bücherregale mit Fachliteratur zwei der Wände verdunkeln. Vor dieser Regalfront bilden zwei dunkelgrüne Ledersessel und ein poliertes Mahagonitischchen das perfekte Ambiente für Fachsimpeleien oder eine Partie Schach. An der dritten Wand hängen Fotografien, Gemälde und Radierungen von Tieren, Pflanzen und Landschaften. Die Qualität der Bilder variiert erheblich, einige Fotos sind stark verblichen und zeigen Männer mit Rucksäcken und Kniebundhosen, die mit Eroberermienen in die Kamera blicken. Irgendetwas an der Bilderwand ist irritierend. Judith bleibt stehen und betrachtet die Bilder, analytisch, konzentriert, eines nach dem anderen. Etwas ist falsch an der Bilderwand, sie kann das fühlen, aber sie vermag nicht zu sagen, was.

Im Obergeschoss durchquert sie das weiße Zimmer mit den glasäugigen Kindheitsreminiszenzen. Charlottes zweites Zimmer liegt dahinter, hellblau gestrichen. Ein schmales Bett mit mädchenhaft geblümtem Bezug, ein weißlackierter Schrank, ein Schaukelstuhl und ein Nachttisch sind die einzigen Möbel. Über dem Bett ist mit Nadeln das Kitschposter eines pastellfarbenen Sonnenuntergangs an die Tapete geheftet. Dies ist nicht das Zimmer einer erwachsenen Frau.

Nebenan befinden sich Bad, Gästezimmer und ein großer Raum mit Schrankwand, der wirkt wie das klassische Elternschlafzimmer. Doch statt des Doppelbetts steht ein Krankenhausbett an der Wand, auf dem Boden liegt kein Teppich, sondern Linoleum, und der Geruch nach Desinfektionsmittel ist überwältigend.

Charlotte hatte Biologie studiert, wie ihr Vater, und sogar mit einer Promotion begonnen, hat Berthold erzählt. Verhaltensforschung, irgendwas mit Ratten. Doch dann bekam Charlottes Mutter Brustkrebs und erholte sich nicht wieder. Sieben Jahre hatte Charlotte sie gepflegt, und kaum war die Mutter gestorben, erkrankte der Vater. Judith untersucht das Bett, seine makellosen, weißen Laken. Sie versucht sich Charlottes Leben vorzustellen: eine Existenz zwischen Kinderzimmer und Bettpfanne, die eigene Karriere ist ins Unerreichbare entglitten. Hoffnung bedeutet, dass die Eltern sterben. Es kann nicht sein, denkt sie. Egal was Charlotte gesagt oder getan hat, sie muss gelitten haben, sie muss Aggressionen gehabt haben. Und Träume. Niemand lebt ohne Träume.

Doch wovon auch immer Charlotte geträumt haben mag – nach mehreren Stunden intensiver Suche in den Schränken, Schubladen und Nischen des Obergeschosses hat Judith immer noch keinen Hinweis gefunden. Noch einmal betrachtet sie Charlottes Puppen, Gralshüter mit staubigen Wimpern, aber die Schubladen der Kommode, auf der sie sitzen, sind leer. Judith geht hinunter in die Küche und wäscht sich Hände und Gesicht. Sie trinkt zwei Gläser Leitungswasser, füllt das Glas erneut und nimmt es mit auf die Terrasse. Entfernter Verkehrslärm von der Rheinuferstraße schwebt in der Luft, ein leises, konstantes Sirren. Komm, lass uns was mit den Puppen spielen, hatte die 14-jährige Charlotte gesagt. Hanni und Nanni, Dolly im Internat, ich hab genug Puppen für eine ganze Schulklasse, komm Judith, das macht Spaß. Aber Judith hatte sich nichts aus der unerbittlich fröhlichen und geordneten Welt Enid Blytons gemacht.

Sie geht zurück ins Haus und einen Moment lang erscheint ihr die Schulkameradin zum Greifen nahe: ein hoch gewachsenes Mädchen mit chronisch gekrümmten Schultern, das sich zu oft entschuldigt. Was war Charlottes Traum? Wieder betrachtet Judith die Bilderwand im Arbeitszimmer, kann aber immer noch nicht sagen, was sie daran irritiert.

Im Schreibtisch findet sie Büromaterial sowie Aktenordner mit Kontoauszügen, Versicherungspolicen und wissenschaftlichen Korrespondenzen des Professors. Geldsorgen hatte Charlotte offenbar nicht, auf ihr Konto fließt regelmäßig eine beachtliche Summe aus einem Anlagefonds, die laufenden Kosten – auch der Lohn des Gärtners – werden per Dauerauftrag beglichen, ein Perpetuum mobile, das Charlottes Anwesenheit nicht erfordert. Judith kniet sich auf den Perserteppich und blättert durch die Briefe. Fachsimpeleien, höfliches Geplänkel, nichts Aufregendes, nichts Persönliches. Judith streckt die Hand aus und betastet die Rückwand des Schreibtischfachs hinter den Ordnern. Dort liegt etwas. Sie greift zu und zieht die Gegenstände hervor: zwei gerahmte Fotografien. Eine ist die Nahaufnahme eines fetten Fliegenpilzes, die andere zeigt eine etwa 25-jährige Charlotte mit verwehtem blondem Haar auf einer Bergwiese. An ihrer Seite steht ein älterer Mann in Kniebundhose, der ihr Vater sein muss, denn die Ähnlichkeit seiner Kinn- und Augenpartie mit der von Charlotte ist unübersehbar, auch wenn das Glas gesprungen ist.

Die Fotos in den Händen, richtet Judith sich auf und betrachtet die Bilderwand erneut. Jetzt sieht sie es. In der Mitte hängt ein Vogelbild, wie hineingequetscht in eine zu kleine Lücke. Es ist ein Ölgemälde in einem schlichten blau gebeizten Holzrahmen. Der Vogel scheint am Ufer eines Sees zu brüten, sein schwarzer Schnabel sticht aus seinem schwarzen Kopf, sein Rückengefieder trägt weiße Tupfer, die wie aufgemalte Karos wirken, die Brust ist weiß. Am irritierendsten ist sein Auge. Kreisrund und rubinrot glimmt es Judith an. Als ob das Innere des Vogelkopfs aus Lava bestünde.

Aus einem Impuls heraus hält Judith die beiden Bilderrahmen vor das Gemälde. Sie sind deutlich kleiner. Sie hebt das Gemälde von der Wand. Treffer! In der Lücke, die es an der Wand hinterlässt, zeichnen sich deutlich die Umrisse zweier kleinerer Bilderrahmen ab, die beiden Bilder aus dem Schreibtisch passen exakt hinein. Judith dreht das Vogelbild herum.

»*Gavia immer* – Eistaucher – Stimme der Wildnis – 5/2003«, hat jemand auf die Rückseite der Leinwand geschrieben. Auch der Stempel eines Kunstateliers in der Südstadt ist zu erkennen. Judith wählt die Nummer, erreicht aber nur einen Anrufbeantworter.

Später trifft sie bei den Platanen im Römerpark den Rechtsmediziner Karl-Heinz Müller. Die Sommerluft liegt jetzt wie Samt auf ihrer Haut, der Himmel über ihnen verblasst, der Rotwein, den Karl-Heinz Müller mitgebracht hat, schmeckt nach Beeren und Rauch. Sie bewegen sich langsam, reden nicht viel, ein eingespieltes Team. Sie polieren die Boulekugeln, und das glatte Metall schmiegt sich warm in ihre Hände. Sie werfen die Kugeln mit trägen, fließenden Bewegungen. Sie rauchen und trinken den Wein. Als es dunkel wird, teilen sie sich im Volksgarten eine Pizza. In den Kastanien über ihnen hängen Lautsprecherboxen, aber heute Abend stört Judith das Gedudel nicht, weil sie einen Platz am Wasser ergattert haben, weil die Lichterketten aus den Kastanien zu ihren Füßen schwimmen, weil die Stimmen der anderen Gäste sie einhüllen und die Luft immer noch tropisch ist.

In ihrer Dachwohnung steht noch die Hitze des Tages, das Thermometer im Badezimmer zeigt 38 Grad. Sie macht sich auf der Dachterrasse ein Lager aus Decken und Matten. Das Letzte, was Judith vor dem Einschlafen wahrnimmt, sind die unsteten Flugmanöver der Fledermäuse und das fiebrige Summen der Stadt, die nicht zur Ruhe kommt.

∗∗∗

Das Klingeln reißt Elisabeth Vogt aus einer an Apathie grenzenden Erschöpfung. Sie braucht lange, um sich vom Küchensofa hochzustemmen und ins Wohnzimmer zu schleppen, wo der Telefonapparat immer weiter nach ihr schreit. Kurz vor acht, kurz vor der Tagesschau, Carmen will wissen, ob sie noch lebt. Jeden Abend um kurz vor acht Uhr ruft sie deshalb an. In ihrer Eile, das Telefon zu erreichen, prallt Elisabeth mit der Hüfte an die Anrichte. Tränen schießen ihr in die Augen, das wird einen feinen Bluterguss geben, sie presst die Handfläche auf die schmerzende Stelle. Ihre Hand fühlt sich kühl an durch den Stoff ihres Kleides, dabei hat sie heute wahrlich genug geschwitzt und auch jetzt klebt die Schwüle des Tages in den abgedunkelten Räumen. Sie hebt den Hörer von der Gabel.

»Vogt, ja bitte.«

»Du klingst so komisch, Mutter. Geht's dir nicht gut?«

»Ich bin nur eingedöst.« Elisabeth hört selbst, wie heiser und gepresst ihre Stimme klingt. Aber so darf das nicht sein, so führt das nur geradewegs in eine erneute Diskussion darüber, wann sie endlich Vernunft annimmt, Barabbas weggibt und das Haus, in dem sie 43 Jahre lang mit ihrem geliebten Mann gelebt hat, verkauft.

»Irgendetwas stimmt doch nicht. Was ist mit dir, Mutter?« Mutter ist so ein hartes Wort, wenn ihre Tochter die Konsonanten abfeuert, als wollte sie Elisabeths Herz treffen.

»Alles ist in Ordnung, mir geht es gut«, antwortet Elisabeth mühsam.

»Du hast wieder nicht genug getrunken.« Jetzt ist die Resignation in Carmens Stimme gekrochen. Elisabeth überlegt, was passieren würde, wenn sie ihrer Tochter eine ehrliche Antwort gäbe. Heute Morgen hat Barabbas einen Rauhaardackel totgebissen, könnte sie sagen. Aber mach dir keine Sorgen, das war ein Ausrutscher, das macht er nie wieder, und niemand hat es gesehen und der Hund war ein Streuner, trug noch nicht einmal ein Halsband. Ich habe Barabbas nach Hause gebracht und dann bin ich zurückgelaufen und habe den Dackel beerdigt, ich konnte ihn doch nicht dem Ungeziefer überlassen oder sogar Schlimmerem. Ich habe ihn in dem karierten Köfferchen begraben, das du als Kind mithattest, wenn wir nach Juist gefahren sind, weißt du noch? Aber mach dir keine Sorgen, ich habe tief gegraben, niemand wird ihn finden. Deshalb bin ich jetzt erschöpft.

»Sag doch was, Mutter.«

Wann hat sie aufgehört, mit ihrer Tochter reden zu wollen? Wann hat sie akzeptiert, dass Blutsverwandtschaft nicht notwendigerweise Verständnis füreinander mit sich bringt?

Elisabeth räuspert sich. »Du hast Recht, ich habe heute zu wenig getrunken.«

»Du musst besser auf dich aufpassen, Mutter.«

»Ja.«

»Trink jetzt was. Und schlaf gut.«

»Du auch, Carmen.«

Sie hat tatsächlich Durst sobald sie den Hörer auflegt, fühlt sie, wie trocken ihre Kehle ist. Carmen hat Recht, immer wieder vergisst sie das Trinken. Glücklich solle sie sich schätzen, dass die Tochter sich so rührend um sie sorgt, sagen die Ärzte. Nicht alle Kinder sind so, Frau Vogt, nicht alle Kinder lieben ihre Eltern.

Aber Elisabeth fühlt sich nicht geliebt, sie fühlt sich kontrolliert. Gut, dass sie noch immer fähig ist, ein Geheimnis zu bewahren. Und das war noch nie so wichtig wie jetzt, denn schafft sie das nicht, werden sie Barabbas töten.

*\*\**

Der Kommissar Manfred Korzilius ist nur die Vorhut gewesen, schon bald danach sind zwei uniformierte Kollegen hinzugekommen, wie eine Hausbesetzung hat sich ihre Geschäftigkeit angefühlt. Sie wollte diese fremden Männer fortjagen, hat sie angeschrien, dass sie Jonny nicht hier finden werden, sondern im Königsforst, wo er verschwunden ist, dass sie sich beeilen müssen, weil es dunkel wird. Aber sie haben nicht auf sie gehört, haben nur immer wiederholt, dass man Schritt für Schritt vorgehen muss. Dass sie sich nicht so viele Sorgen machen soll, wahrscheinlich wird Jonny, wie die meisten vermissten Jugendlichen, morgen wieder auftauchen. Heil und unversehrt. Außerdem sei es warm, selbst wenn Jonny draußen übernachten muss, kann ihm nicht viel passieren. Und dann hat er ja auch noch seinen Hund. Wenn Jonny was passiert wäre, hätte der Dackel sicher den Weg zurück ins Lager gefunden, oder Spaziergänger hätten ihn gemeldet. Aber nichts von alldem ist geschehen, und das kann man durchaus als gutes Zeichen sehen, sagen sie. Als Zeichen dafür, dass Jonny und sein Hund momentan einfach nicht nach Hause kommen wollen.

Hauen Sie ab, lassen Sie uns in Ruhe, wenn sie unseren Jungen nicht suchen wollen, hat sie schließlich geschrien. Aber als die Polizisten sich tatsächlich verabschieden, wird ihr klar, dass das ein Fehler war, denn jetzt bricht die Verzweiflung endgültig ins Haus. Martina Stadler presst die Stirn ans Küchenfenster. Die Silhouette von Manfred Korzilius faltet sich soeben in einen Polizeiwagen, die Fenster der umliegenden Häuser sind längst dunkel, aber was heißt das schon, vermutlich stehen die Nachbarn hinter den Gardinen und beobachten, wie die grünberockten Botschafter der Katastrophe sich verabschieden. Sind betroffen und zugleich unsagbar froh, dass ihr eigenes Leben einmal mehr verschont geblieben ist.

Frank tritt hinter sie und legt ihr die Hände auf die Schultern.

»Komm ins Bett, Tina. Die Polizei hat Recht. Wir können im Moment nichts anderes für Jonny tun, als bei Kräften zu bleiben.«

»Wieso weißt du nicht, wann genau Jonny verschwunden ist?« Leise, beinahe tonlos stellt sie die Frage, die dieser blonde Kommissar Korzilius mehrfach wiederholt hat, ohne eine befriedigende Antwort darauf zu bekommen.

»Mensch, Tina, Jonny ist vierzehn, ich konnte ihn doch nicht auf Schritt und Tritt beaufsichtigen. Er kennt alle im Camp, er kennt den Wald, er ist mit Dr. D. herumgestromert wie immer, der Späher, du weißt doch, wie der ist, er braucht sein Maß an Freiraum. Und abends hatten die Kids dann eine streng geheime Versammlung, kein Zutritt für Erwachsene, ich dachte einfach, Jonny wäre dabei, alle haben das gedacht, und beim Frühstück dachte ich, dass Jonny eben gern früh aufsteht und mit Dr. D. eine Morgenrunde dreht.«

Vorsichtig drücken seine Daumen in die Verspannungen zwischen ihren Schulterblättern. Er kennt sie so gut, ihr Mann, ihr Freund, ihre Liebe. Selbst in den schlimmsten Anfangsphasen mit Leander und Marlene, wenn sie die Nächte durchschrien, dass die Erschöpfung Martina schließlich in ein namen- und freudloses Nichts verwandelte, das keinen Wunsch mehr hatte, außer dem Verlangen nach Schlaf, haben Franks Zärtlichkeiten ihr Mut und Kraft gegeben.

»Komm ins Bett, du musst dich ausruhen«, wiederholt er leise.

Aber jetzt ist an Schlaf nicht zu denken, und Franks Berührung vermag sie nicht von diesem einen Gedanken abzulenken, der Gift ist, tabu, und trotzdem immer mächtiger wird, seitdem dieser Manfred Korzilius seine Fragen gestellt hat: *Ich* hätte es gemerkt, wenn Jonny verschwindet.

Martina windet sich aus Franks Händen. Sie muss allein sein, auch wenn alles in ihr nach Trost schreit, sie darf sich nicht, gehen lassen, darf nicht den Verstand verlieren. Sie weiß nicht, wohin, stolpert im Wohnzimmer über irgendein Kinderspielzeug und findet sich schließlich im Garten wieder. Eine Frachtmaschine dröhnt vom Flughafen her über den Garten, viel zu tief, zerschneidet die Nacht, und einen Moment lang verspürt Martina den absurden Wunsch, das Flugzeug möge auf sie herabstürzen, damit sie die Fragen des Kommissars in ihrem Kopf nicht mehr hören muss.

Ein paar Glühwürmchen irrlichtern durch den Garten, freundliche Käfer mit kleinen Laternen in den Händen, so sind sie in Marlenes Lieblingsbilderbuch dargestellt. Jonny hat Lene dieses Buch manchmal vorgelesen, den aufmerksamen Dr. D. zu seinen Füßen, in den Händen seine geliebte Taschenlampe, dieses letzte Andenken an seinen Vater, und wenn sie das Licht löschten, hat er für Lene mit der Taschenlampe Glühwürmchen gespielt. An, aus, an, aus. Jonny hat Lene zugeflüstert, dass die Glühwürmchen sich mit einem geheimen Morsealphabet verständigen, und er würde ihnen jetzt sagen, sie sollen über Nacht gut auf Lene aufpassen und sie behüten.

Wo bist du, Jonny? Wie willst du jetzt deine Lichtzeichen setzen? Und wer behütet dich? Ich kann nicht glauben, dass du weg bist, ich will nicht einmal daran denken, dass du vielleicht tot bist. Martina schaltet Jonnys Taschenlampe ein, dann wieder aus. Ist der Lichtstrahl schwächer geworden? Kann Jonny auf irgendeine Weise wissen, dass sie hier auf dem Rasen kniet und für ihn Signale morst?

»Hier bist du.« Frank geht neben ihr in die Hocke, will sie umarmen. Sie schüttelt seine Annäherung ab, verwendet alle

Kraft darauf, sich weiter auf die Taschenlampe zu konzentrieren, ihre Verbindung zu Jonny. An, aus, an, aus. Wie schnell ein Licht verlöschen kann.

»Tina …«

»Geh weg«, sagt sie. »Lass mich allein.«

# Montag, 25. Juli

Wenn Jonny nicht bald auftaucht, werden sie zu spät kommen. Für Jonny ist das kein Problem, aber für ihn, Tim, ist es eine Katastrophe. Tim springt von der Mauer und starrt die Straße hinunter. Viertel vor acht, so spät war Jonny noch nie. Er gibt seinem Mountainbike einen Tritt, schwingt sich wieder auf die Mauer. In der ersten Stunde hat er Mathe bei der Dolling. Die Dolling mag ihn nicht, immer gibt sie ihm die Schuld an allem, sie hat ihn auf dem Kieker, glaubt ihm nicht, wenn er beteuert, dass er nichts für die Stinkbomben, Papierkügelchen, Schmierereien und Aufkleber kann, die immer auf seinem Platz landen. Olle Hexe, denkt er, Dolling, du blöde Kuh. Neulich haben sie sein Pausenbrot geklaut und auf ihr Pult geklebt, die Leberwurst so richtig fett verschmiert. Die Dolling hat nichts gesagt, so sauer war sie, ganz weiß um die Nase. Hat eine Weile auf die Sauerei gestarrt, dann ist sie zum Papierkorb gestiefelt und hat mit spitzen Fingern eine Butterbrotdose rausgefischt. Seine Butterbrotdose – mit Leberwurstschmiere am Rand. Diese Tupperdosen sind zu teuer, als dass du sie dauernd verlieren kannst, hatte seine Mutter gesagt und seinen Namen auf den Deckel geschrieben. TIMOTHEUS RINKER – da gab es kein Leugnen. Niemand hat so einen bescheuerten Namen wie er. Es ist einfach nicht fair.

Jonny hat solche Probleme nicht, obwohl er in seiner Klasse der Jüngste ist, und wenn Tim die Pausen mit Jonny verbringt, lassen sie ihn in Ruhe. Wieder springt er von der

Mauer und starrt in die Richtung, aus der Jonny sonst immer angeradelt kommt. Mach schon, Jonny, mach schon. Vor einem Jahr haben Jonny und er in der Schach-AG gemerkt, dass alle anderen keine echten Gegner für sie sind, und so haben sie immer öfter zusammen Partien gespielt, bald auch außerhalb der AG. Dann hat Jonny ihm zum ersten Mal Dr. D. anvertraut, ein echter Ritterschlag, und zum Glück ist Tim mit dem eigensinnigen Dackel klargekommen. Seitdem sind sie Freunde.

Jonny legt auf Freundschaft großen Wert. Indianerehre, Blutsbrüderschaft, Treue bis in den Tod – das sind so Worte, die er mag. Und warum, bitte schön, lässt er Tim jetzt hängen? Tim späht ein letztes Mal die Straße hinunter, bevor er sich auf sein Mountainbike schwingt. Wenn er so schnell radelt wie noch nie, kommt er vielleicht noch pünktlich. Nicht denken, nur treten, nicht denken, nur treten, wiederholt er im Kopf, im Takt seiner Tritte. Nicht denken, was er diesmal auf seinem Platz vorfindet. Nicht denken, dass Jonnys Vater gestern angerufen und nach Jonny gefragt hat, als ob er selbst keine Ahnung hätte, wo Jonny sein könnte. Nicht denken, wie eine Schulpause ohne Jonny ist. Nur treten.

Er erreicht Ostheim und die Bahnschranke bimmelt, aber Tim duckt sich im allerletzten Moment drunter durch, schleudert in eine Rechtskurve und bremst so hart, dass der Hinterreifen wegflutscht, als er durchs Tor des Schulgebäudes biegt. Das ganze Schulgelände ist eingezäunt, mit dicken, kantigen Eisenstäben. Wie ein Gefängnis. Nicht denken. Hastig kettet er sein Fahrrad an einen freien Ständer. Hat der Schulgong schon geläutet? Die Tür vom Klassenraum ist jedenfalls schon zu. Tim stößt sie auf und blickt im nächsten Moment in das empörte Gesicht seiner Lehrerin, fühlt, wie ihm die kalte, erwartungsfrohe Spannung seiner Klassenkameraden entgegenströmt, schrumpft zum Frosch, den sie gleich sezieren werden.

»'tschuldigung.« Tim zieht den Kopf ein und schleicht auf seinen Platz. Warte heute besser nicht auf Jonathan, hat seine Mutter gesagt und dabei so einen merkwürdigen Gesichtsausdruck gehabt. Aber natürlich hat seine Mutter keine Ahnung von Jonny, von Tim und von ihrer Freundschaft. Tim lässt sich auf seinen Stuhl fallen, fühlt etwas ungewohnt Weiches auf der Sitzfläche und im nächsten Augenblick kracht ein Furz unter ihm heraus. »Rinker, Rinker, alter Stinker!«, Die Klasse johlt, und die Dolling starrt ihn an, als ob sie ihn töten will. Hitze schießt Tim ins Gesicht, er wagt nicht, sich zu bewegen, weil das Furzkissen dann sicher noch mal losgeht. Aber das ist auch keine Lösung, denn er muss ja sein Schulheft aus dem Rucksack holen und das Federmäppchen.

Wenn Jonny wirklich ohne ihn abgehauen ist, hält er das nicht aus.

\*\*\*

Der Montag fängt genauso beschissen an, wie der Sonntag aufgehört hat, denkt Manni, während er im Fuhrpark die ausgelutschte Zündung einer der Schrottmühlen betätigt, die sie in der Chefetage des Polizeipräsidiums scheinheilig Dienstfahrzeug nennen. Die Klimaanlage funktioniert natürlich auch nicht, was bedeutet, dass er sich das Duschen hätte schenken können, denn auch wenn es noch früh am Tag ist, knallt die Sonne bereits aufs Dach, als bekäme sie es bezahlt. Auf dem Weg zum Fuhrpark ist Manni mit seinem Exchef Millstätt zusammengestoßen und die Erinnerung daran bessert seine Laune nicht. Statt endlich mal konkret zu werden und was über Mannis angeblich bevorstehende Rückkehr ins KK 11 zu sagen, hat Millstätt nur die Zähne gebleckt, Manni einen aufmunternden Klaps auf den Oberarm gegeben und ihm einen schönen Tag gewünscht. Scheinheiliger Scheißkerl, denkt Manni. Erst versaut er mir die Karriere und dann grinst er mich auch noch an, als sei er auf meiner Seite. Manni unterdrückt einen Fluch.

»Nicht dein Tag heute?«, fragt seine Kollegin Petra Bruckner, eine dralle Mittvierzigerin, die als Kinderexpertin gilt und Manni an die Seite gestellt worden ist, um im Fall des immer noch verschwundenen Jonny Röbel Befragungen durchzuführen. Die Maschinerie ist angelaufen, der Polizeiapparat tut seine Pflicht und fischt ein weiteres Mal mit voller Kraft im Trüben, der ewige Kampf gegen die Zeit. Eine Entführung von Jonny Röbel scheint ausgeschlossen, viel zu holen gibt es bei den Pflegeeltern nicht, auch gab es keine Drohbriefe oder erpresserische Anrufe. Die Durchsuchung von Jonnys Zimmer am Vorabend hat wenig Hilfreiches gebracht. Der Junge spielt gern Schach, interessiert sich leidenschaftlich für Indianer und liebt seinen Dackel. Er hat keine Probleme in der Schule, und – wenn man den Auskünften ihrer Eltern trauen darf – keiner seiner Freunde weiß, wo er steckt. Haben die Eltern also Recht und der Junge ist nicht abgehauen, sondern liegt irgendwo verletzt und hilflos im Königsforst? Wenn es so ist, wird die Hundestaffel ihn finden.

Frank Stadler erwartet sie wie verabredet an der Zufahrt des Grundstücks am Rande des Königsforsts, das er als Camp bezeichnet. Unter seinen Augen liegen Schatten, auf seiner Stirn perlt Schweiß, obwohl die Temperatur hier im Vergleich zur Kölner Innenstadt noch einigermaßen erträglich ist.

Das Camp entpuppt sich als Westernclub. Irgendein Spaßvogel hat wirklich und wahrhaftig »Kölsche Sioux« auf ein Brett geschrieben, das ans Eingangstor genagelt ist. Neben dem Tor befindet sich ein Hochstand mit Schießscharten, wie der Ausguck in einem Western-Fort. Hecken und Holzpalisaden versperren neugierigen Spaziergängern den Blick aufs Innere des Geländes, das teils mit Bäumen und Gebüsch bewachsen ist. Etwa in der Mitte des Grundstücks stehen drei Blockhütten mit weit vorgezogenen Vordächern. In ihrer Mitte ist eine Feuerstelle. Die Baumstämme, die im Kreis darumliegen, dienen offenbar als Sitzgelegenheiten. Manni kann sich durchaus Schöneres vorstellen, als sich in seiner Freizeit als Cowboy oder Indianer zu verkleiden und auf einem Stück Holz zu kauern, aber wenn man auf Wildwestromantik steht, ist das hier alles einwandfrei.

Dieselmotorengeräusch kündigt die Ankunft der Hundestaffel an. Gewohnt einsilbig lassen die Hundeführer ihre Belgischen Schäferhunde aus den Transportboxen springen. Stadlers Augen flackern nervös zu den Tieren, die an ihren Leinen zerren und hecheln. Ihre Muskelpakete zeichnen sich unter dem glänzenden rötlichen Fell ab, die dunklen Ohren sind gespitzt.

»Glauben Sie, die können Jonny jetzt noch finden?«, fragt Stadler.

»Sie würden sich wundern, was die alles riechen«, erwidert Manni und fragt sich, ob Stadler sich wohl mehr darum sorgt, dass die Hunde seinen Stiefsohn aufspüren könnten, oder dass nicht. Unmöglich, das hier und jetzt zu entscheiden, Stadlers Gesicht verrät lediglich, dass er angespannt und übernächtigt ist. Wenn er wenigstens sagen würde, wann genau er seinen Stiefsohn zum letzten Mal gesehen hat.

Die ersten Hundeführer gehen mit ihren Tieren Richtung Wald. Der Königsforst ist schwieriges Gelände – zu viel Unterholz, viel zu viele Brombeerranken, schlecht begehbar, kaum einsehbar. Sie haben das Gebiet in Planquadrate aufgeteilt, aber selbst mit den Hunden kann es Tage dauern, bis sie den Jungen gefunden haben – oder zumindest einigermaßen sicher sein können, dass er nicht im Königsforst ist. Leider ist auch die Spurenlage nicht gerade einfach. Schließlich haben hunderttausende naturbesessener Kölner Bürger Tag für Tag nichts Besseres zu tun, als sich im Königsforst mit ihren Kötern, Fahrrädern, Picknickkörben und Walkingsticks zu tummeln und dabei nicht nur jede Menge Spuren zu hinterlassen, sondern zugleich auch die Spuren anderer zu zertrampeln. Von wegen grüne Idylle. Aber Zeit, über die Naherholungsbedürfnisse seiner Mitbürger zu philosophieren, hat Manni nicht. Er zeigt auf den Hochstand und wendet sich an Stadler.

»Ich nehme an, hier oben sitzt jemand von Ihnen und beobachtet, wer so kommt und geht, wenn sich Ihr Club hier im Lager trifft?«

Stadler nickt. »Während der Spiele.«

»Wer war das am vergangenen Wochenende?«

»Es tut mir leid, das ist alles sehr belastend.« Stadler wischt sich über die Stirn.

»Können Sie wenigstens sagen, wer am Wochenende außer Ihnen und Jonny im Lager war?«

»Nun, es war sehr voll. Wir waren bestimmt über 30

Mann. Das Wetter war ja schön und alle wollten noch mal zusammenkommen vor den Schulferien. Hagen Petermann, unser Vereinsvorsitzender, führt immer eine Anwesenheitsliste.«

»Ich brauche diese Liste. Überhaupt brauchen wir Namen und Anschriften aller Mitglieder Ihres Vereins.«

»Ja, natürlich.« Einer der Hunde schlägt an und Stadler zuckt zusammen. Er ist nervös, denkt Manni. Nicht besorgt, sondern nervös. Vielleicht hat das nichts zu bedeuten. Vielleicht doch. Auf jeden Fall sind seine Gedächtnislücken ein Problem für die Ermittlungen. 30 Leute befragen, wahrscheinlich mehr. Das dauert. Und wenn sie bei den Vernehmungen irgendwas versieben oder übersehen, haben sie Pech gehabt, denn nächste Woche wird der Großteil ihrer Zeugen vermutlich in die Sommerferien nach Gott weiß wohin verreisen. Und währenddessen ist vielleicht irgendwo ein Junge in Gefahr. Wenn er nicht schon tot ist.

Plötzlich ist Mannis alter Ehrgeiz wieder da, diese eiserne Entschlossenheit, nicht lockerzulassen, bis er das bekommen hat, was er will. Er wird diesen Fall klären, er wird sich rehabilitieren, er wird diesen Jungen retten, falls er denn noch zu retten ist. Manni sieht Stadler in die Augen. Du lügst, denkt er, zumindest weißt du etwas, was du mir nicht sagen willst. Vielleicht bist du sogar ein Mörder. Wie auch immer, am Ende werde ich dich kriegen.

»Die Hunde ...«, sagt Stadler und starrt Richtung Wald. »Dieses Bellen. Haben Ihre Kollegen etwas gefunden?«

»Wir werden erfahren, wenn es etwas Wichtiges ist«, sagt Manni. »Zeigen Sie uns jetzt, wo Jonny war, als Sie ihn das letzte Mal gesehen haben.«

Frank Stadler deutet auf die kegelförmigen Tipis, die so aussehen, als könnten jede Sekunde ein paar waschechte Rothäute ihre Nasen herausstrecken.

»Hier in dem mittleren Zelt sollte Jonny schlafen«, sagt Stadler. »Sein Rucksack lag da Sonntagmorgen auch noch drin.«

»Und hier haben Sie ihn zuletzt gesehen? Wann genau war das und was hat Ihr Stiefsohn da gemacht?«

Stadler scheint nachzudenken, und als er endlich antwortet, ist seine Stimme heiser. Er sieht Manni nicht an.

»Wir teilen uns immer auf, in Cowboys und Indianer. Jonny ist Indianer, und die Indianer haben am Samstagnachmittag hier am Seeufer beisammengesessen, um ihr nächtliches Geheimtreffen vorzubereiten. Glauben Sie mir, ich mache mir ja selbst Vorwürfe deswegen, aber ich kann einfach nicht mit Sicherheit sagen, ob Jonny wirklich dabei war. Ich glaube, dass ich ihn am Nachmittag hier gesehen habe, aber hundertprozentig sicher bin ich nicht.«

»Aber jemand muss doch bemerkt haben, ob Jonny von Samstag auf Sonntag in dem Zelt geschlafen hat oder nicht.«

»Das habe ich die Kinder, die in seinem Zelt übernachtet haben, natürlich auch gefragt. Sie haben gesagt, sie glauben, er war nicht da, als sie ins Bett gingen, und er war sicher nicht da, als sie aufstanden. Aber das muss doch nicht heißen, dass er nicht nach ihnen in seinen Schlafsack gekrochen sein kann und vor ihnen wieder aufgestanden ist?«

»War sein Schlafsack denn benutzt?«

Stumm schüttelt Stadler den Kopf.

*✲✲✲*

Es ist zu früh für Besuch, sie hat noch nicht einmal geduscht. Aber Berthold Prätorius scheint das nicht zu bemerken. Mehr denn je wirkt er wie ein verkleidetes Schalentier. Unstet huschen seine Hummeraugen durch Judiths Küche, bevor sie sich an ihrem Gesicht festsaugen.

»Mit dem Computer bin ich fertig.«

»So schnell? Gestern Abend ließ er sich nicht mal hochfahren.«

»Der Fehler war leicht zu finden.«

»Und?«

»Nichts.«

»Nichts?«

»Kein Hirn. Jemand hat die Festplatte ausgebaut.«

»Vielleicht war die Festplatte defekt.« Sie will duschen und frühstücken, bevor sie sich erneut in die Vergangenheit und in ein fremdes Leben stürzt. Sie will jetzt nicht mit Berthold diskutieren.

Aber ihr Schulkamerad ist hartnäckig. »Wenn ihr Computer kaputt wäre, hätte Charlotte mich angerufen. Okay, ich war im Mai zwei Wochen verreist und dann war viel los in der Firma. Trotzdem, sie hätte mich angerufen. Das passt alles nicht zu ihr. Da stimmt etwas nicht.«

In der Nacht hat Judith von dem merkwürdigen schwarzweißen Wasservogel geträumt. Er schwamm auf einem See und fixierte sie mit seinen Feueraugen, als hätte er eine Botschaft für sie. Judith hatte überlegt, was er ihr sagen wollte, ohne eine Antwort zu finden, und schließlich hatte sie das hingenommen und den Vogel einfach immer weiter angesehen, wie man das im Traum eben tut.

»Charlotte steckt in Schwierigkeiten«, sagt Berthold. »Du musst ihr helfen.«

Warum ist Berthold so verdammt besorgt? Wirklich nur aus Freundschaft? Judith sieht ihm in die wasserhellen Augen.

»Mit wem außer mit dir war Charlotte eigentlich befreundet?«

»Sie hat immer große Stücke auf dich gehalten, Judith.«

»Sehr witzig. Wir haben uns seit über 20 Jahren nicht gesehen.«

»Nein, wirklich, sie hat immer mal wieder von dir gesprochen. Sie mag dich.«

»Dafür gibt es keinen Grund.« Wieder glaubt Judith diese wattige Unwirklichkeit aus Charlottes Villa zu spüren. Sie hat das Gefühl, in etwas festzustecken, was sie doch nicht verstehen kann. Als hätte sie ein kompliziertes Verhör geführt und stundenlang um Worte gerungen, die über Schuld und Unschuld Auskunft geben sollen und dies doch in den seltensten Fällen tun.

Charlotte ist nicht greifbar, denkt Judith, das ist es, was mich so irritiert. Sie ist so spurlos verschwunden, als habe sie gar nicht richtig gelebt. Ihr Haus mit seinem Geruch nach Desinfektionsmittel und Verlassenheit ist wie ein Kokon, den ein Insekt zurückgelassen hat, oder die abgestreifte Haut einer Schlange. Man hält diese Überreste in der Hand, legt sie womöglich unter ein Mikroskop – aber sie bleiben doch leere Hüllen, und sosehr man sie auch dreht und wendet, über das Leben, das aus ihnen geschlüpft ist, verraten sie nichts.

»Ich will jetzt duschen und frühstücken, Berthold. Und dann schaue ich, was ich über dieses Eistaucher-Bild herausfinden kann. Vielleicht kommen wir damit weiter.«

Er nickt zögernd und streckt ihr die Hand entgegen. Sie drückt sie kurz und bringt ihn zur Tür.

»Bitte, Judith«, sagt Berthold zum Abschied. »Charlotte ist in Gefahr.«

*\*\**

Als endlich die Schulglocke zur großen Pause klingelt, stopft Tim sein Portemonnaie in die Hosentasche und rennt aus dem Klassenraum, bevor ihm einer seiner lieben Mitschüler oder die Dolling den Weg versperren können. Tim weiß genau, wo er Jonny treffen kann, denn er kennt seinen Stundenplan auswendig, auch wenn er das niemals jemandem verraten würde, nicht einmal Jonny. Der Gedanke, dass sein Freund sich womöglich hintergangen fühlen könnte, wenn er wüsste, was Tim alles über ihn weiß, ist unangenehm, er drängt ihn schnell beiseite. Wichtig ist vor allem, dass er Jonny findet. Tim springt die Treppen hinunter und hastet über den hinteren Plattenhof zu den Laboren. Montagmorgens hat Jonny Chemie. Die ersten Schüler aus seiner Klasse schlurfen gerade nach draußen und blinzeln träge in die Sonne. Tim presst sich an die schattige Wand gegenüber dem Laborgebäude und lässt die Tür nicht aus den Augen. Er weiß, dass es nur diesen Ausgang gibt und dass Jonnys Klasse 9d als Nächstes Deutsch hat. Jonny muss also dort herauskommen.

Es ist heiß. Ein perfekter Hochsommertag. Vielleicht gibt es nachher hitzefrei und dann können sie schon am frühen Nachmittag mit Dr. D. zum Baggersee fahren. Der Dackel sieht so lustig aus, wenn er mit seinen krummen Pfoten durchs Wasser paddelt und vor Begeisterung fiept. Wie eine knopfäugige Bisamratte. Bevor er mit Jonny befreundet war, ist Tim nicht gern schwimmen gegangen, obwohl er Wasser liebt. Aber ins Schwimmbad wollte er nicht, wegen der anderen Kinder, und allein hat er sich nicht zum Baggersee getraut. Doch mit Jonny zusammen ist das etwas anderes. Letzten Freitag haben sie eine Luftmatratze zur Tauchbasis gemacht. Dr. D. war der Kapitän, und dann sind sie immer abwechselnd so tief und so lange wie möglich getaucht, was aufregend war, auch wenn sie in dem grünen, algigen Wasser durch ihre Taucherbrillen kaum etwas erkennen konnten.

Solange er denken kann, ist Tim schon von der Welt unter Wasser fasziniert. Er sammelt Muscheln, die er in kleinen Kartons in seinem Bettkasten katalogisiert. Er spart jeden Cent, den er erübrigen kann, damit er, sobald er sechzehn ist, einen Tauchkurs machen kann. Er verschlingt jedes Buch über das Meer, das er finden kann, er kennt alle interessanten Tauch- und Meersites im Internet. Er hat eine Dauerkarte für das Aquarium des Kölner Zoos. Und oft stellt er sich vor, ein Fisch zu sein. Ein Igelfisch zum Beispiel, ein *Cyclichthys antennatus*, der im Ozean vor den Antillen lebt. Der Igelfisch ist eigentlich klein und braun mit schwarzen Tüpfeln, unscheinbar. Aber wenn er sich verteidigen muss, schluckt er so viel Wasser, dass er aussieht wie ein aufgeblähtes Nadelkissen, mit unzähligen stacheligen Spitzen. Keine leichte Beute.

Jetzt erscheint seine Cousine Ivonne mit ihrem Freund Viktor in der Tür zum Labor. Ihr blondes Haar glänzt in der Sonne, ihr albernes Top ist denkbar knapp, die Ohrstöpsel ihres MP3-Players baumeln auf ihren Brüsten, mit einem schnellen Blick prüft sie, wer auf dem Schulhof ist, und schafft es dabei wieder einmal, durch Tim hindurchzusehen.

»Na los, ihr zwei, schlagt hier keine Wurzeln, ich will abschließen.« Der Chemielehrer Mohr tritt hinter Ivonne und Viktor, und provozierend langsam setzen sie sich in Bewegung, eng umschlungen und unglaublich wichtig, das coolste Liebespaar der Bertolt-Brecht-Schule.

Letztes Jahr, als Tim und Jonny sich gerade anfreundeten, hatte Tim eine Zeit lang Angst, dass Jonny sich, wie alle Jungs aus der Stufe neun, in Ivonne verlieben könnte. Das hätte bedeutet, dass seine Cousine ihn bei Jonny hätte schlecht machen können. Tim hat diese Befürchtung natürlich für sich behalten, aber als Ivonne dann mit Viktor ging und Jonny sagte, das sei ihm egal, ist er doch sehr erleichtert gewesen. Dabei kann er beim besten Willen nicht verstehen, wie Ivonne den blöden Sitzenbleiber Viktor anhimmeln kann. Aber das ist nicht sein, sondern ihr Problem.

Jetzt schließt Chemielehrer Mohr die Tür zum Laborgebäude ab, rüttelt noch einmal daran, um sicherzugehen, dass sie auch wirklich zu ist, und setzt sich in Bewegung Richtung Haupthaus. Und wo bleibt Jonny? Die Sorge um den Freund reißt Tim aus seiner Erstarrung. Er rennt zu Mohr, ohne sich um die hämischen Blicke der anderen Schüler zu scheren.

»Entschuldigen Sie, ich suche Jonny, Jonathan Röbel. War er denn heute nicht im Unterricht?«

Mohr mustert ihn aufmerksam. »Nein.«

»Aber ...«

Immer noch dieser Röntgenblick. »Aber was?«

»Ach, nichts.«

»Wirklich? Du siehst aber nicht so aus, als ob nichts wäre. Willst du mir etwas sagen? Weißt du, wo Jonathan steckt?«

»Nein, nein.« Nichts wie weg, denkt Tim, nichts wie weg, und beginnt zu rennen. Geht niemanden was an, braucht niemand zu sehen, dass ihm die Tränen in die Augen schießen. Er rennt am Laborgebäude vorbei, über die Wiese auf den Hügel, wo er sich hinter einen Busch kauert und den Schulhof beobachtet. Sein Mund ist ganz trocken, und sein Herz hämmert beinahe so heftig wie am Morgen, als er sich so mit dem Rad beeilt hat. Wo ist Jonny? Ist er etwa allein nach Radebeul gefahren? Karl May besuchen, die Villa Bärenfett und Winnetous Silberbüchse? Aber das kann nicht sein, sie wollten doch zusammen hin. Tim war sogar bereit, einen Teil seines Ersparten für dieses Abenteuer mit seinem Freund abzuzwacken, und als er das Jonny anvertraute, gab der Freund ihm die Hand. Also abgemacht, mein Bruder, sagte er, auf diese komisch-feierliche Art aus seinem Indianerclub.

Jonny ist zuverlässig, er lässt niemanden im Stich, so ist Jonny nicht. Also ist Jonny nicht in Radebeul. Aber wo ist er dann? Jonny steckt in ernsten Schwierigkeiten, das weiß Tim auf einmal mit einer Sicherheit, die in seiner Brust sticht. Und nun biegt auch noch ein Polizeiauto in die Schuleinfahrt, im selben Moment, als der Schulgong das Ende der Pause verkündet. »Das hat nichts mit Jonny zu tun, gar nichts«, flüstert Tim. Aber sein Herz hämmert immer weiter, bum, bum, bum, und plötzlich weiß Tim, warum es das tut. Weil er Angst hat, eine schreckliche, finstere Angst, die er so nicht kennt.

***

Das Schlagen der Rotorblätter kommt näher, wird laut, unerträglich laut, dröhnt über ihren Köpfen. Der Polizeihubschrauber taucht über den Baumwipfeln auf, schwenkt einmal über das Indianercamp, der Pilot winkt ihnen zu und dreht ab Richtung Wahner Heide. Auch eine Art, sich zu verabschieden, denkt Manni. Eineinhalb Stunden lang haben die Kollegen das Territorium aus der Luft überprüft und dabei weder einen 14-jährigen Jungen noch einen Dackel entdeckt. Was überhaupt nichts heißen muss, denn nur wenige Lichtungen und Wege des Königsforsts sind aus der Luft überhaupt einsehbar. Manni tritt gegen den Reifen des Dienstschrott-Focus. Bleibt also noch die Hundestaffel, aber die Spürhunde kommen nur langsam voran, viel zu langsam, wenn man bedenkt, dass der Königsforst gut 25 Quadratkilometer groß ist und dass irgendwo im Unterholz seit über 48 Stunden ein hilfloser Junge liegen könnte.

»Komm, Nancy, Pause«, Kurt, der älteste Hundeführer, kippt Wasser in einen Napf und wischt sich mit dem Handrücken über die Stirn. »Scheißbrombeeren. Ich fühl mich wie im Dschungelcamp. Fehlt nur noch das Kamerateam.«

»Verschon uns.« Manni starrt auf die Karte, die er auf der Kühlerhaube seines Autos ausgebreitet hat, seiner provisorischen Einsatzzentrale. 20 bis 25 Minuten lang wird ein Hund eingesetzt, haben die Hundeführer ihm erklärt. Dann wird er erst mal abgelöst und darf sich erholen von all den tausend Eindrücken, die seine Nase ihm beschert hat. Das Problem ist, dass die Hunde zwar verdammt gut riechen können, aber einem verwesenden Eichhörnchen dieselbe Aufmerksamkeit zuteil werden lassen wie einem Jogger oder einem verletzten

49

Jungen. Dafür kann man immerhin ziemlich sicher sein, dass das Gelände, das sich die Hunde vorgenommen haben, sauber ist. Und dass sie sehr viel schneller arbeiten als ein menschlicher Suchtrupp.

»Bis zur A 4 sind's von hier aus an der schmalsten Stelle etwa zwei Kilometer«, Manni tippt mit dem Zeigefinger auf einen Autobahnrastplatz. Sie haben sich darauf geeinigt, zuerst das Gebiet zwischen Camp und Autobahn abzusuchen. Vielleicht ist der Junge ja zu einem Parkplatz gelaufen und weggetrampt. Oder er hatte sich dort mit jemandem verabredet. Und wenn eine dieser beiden Varianten stimmt und Jonny Glück hatte, hockt er mit seinem Köter jetzt irgendwo quietschfidel in der Sommerfrische und lacht sich ins Fäustchen. Aber aus irgendeinem Grund glaubt Manni das nicht. Vielleicht liegt es an der konzentrierten Betriebsamkeit, die zehn belgische Schäferhunde und ihre Führer verströmen. Vielleicht liegt es an Frank Stadlers Herumgedrucke. Zwei Kollegen von der Streife haben Stadler vorhin heimgefahren, weil er hier vor Ort nur im Weg war. Petra Bruckner hat ihn begleitet. Sie wird sich von den Stadlers eine Liste von Jonnys Freunden geben lassen und das Mitgliederverzeichnis vom Indianerclub Kölsche Sioux. Jetzt ist sie sicher schon in Jonnys Schule, dort, wo auch Manni sein sollte, denn vielleicht hat ja einer der Mitschüler etwas zu sagen. Besser, die Entscheidung darüber, was ihnen weiterhelfen kann, nicht der Bruckner allein zu überlassen.

Manni faltet seine Karte zusammen, die Hundestaffel hat ihr eigenes Material. »Wie lange braucht ihr bis zur Autobahn, Kurt?«

»Schwer zu sagen – kann bis morgen dauern, auf ganzer Breite sogar länger. Es sei denn, das Gelände lichtet sich.«

»Ich fahr jetzt in die Schule. Wenn ihr was findet, ruft mich sofort an.«

Kurt nickt ihm zu, und Manni unterdrückt einen Fluch, als er die Autotür öffnet. Die reinste Sauna. Warum hat er nicht dran gedacht, die Fenster runterzukurbeln? Sein Handy beginnt zu vibrieren, er meldet sich, ohne aufs Display zu sehen.

»Er raucht wieder, dein Vater«, klagt die Stimme seiner Mutter. »Und das bei diesem Wetter.«

»Ich kann jetzt nicht.«

»Kannst du nicht mit ihm reden?«

»Du weißt doch, dass er auf mich nicht hört. Tut mir leid, Ma, ich kann jetzt wirklich nicht.«

Manni wirft sich ein Fisherman's in den Mund, wendet den Wagen und gibt Gas. Irgendetwas sagt ihm, dass dieser Tag noch verdammt lang und verdammt unerfreulich werden wird.

❊❊❊

Das schmale Ladenlokal in der Maria-Hilf-Straße liegt nur wenige hundert Meter von Judiths Wohnung entfernt in einer unscheinbaren Einfahrt. »ART 4 U – WIR MALEN, WAS DU WILLST«, steht über dem Schaufenster, in dem neben einer dösigen schwarzweißen Katze mit sehr gelben Augen Farbpaletten und Pinsel liegen. Der Laden erscheint leer, aber die Tür zur Straße steht weit offen und aus einem Ghettoblaster tönt Reggaemusik. Es riecht nach Terpentin, Ölfarben und einem Hauch Cannabis. Judith lässt die Katze zur Begrüßung an ihrer Hand schnuppern. Nach dem Frühstück hat sie aus alter Gewohnheit einen Bericht über das verfasst, was sie von Charlotte weiß. Sie hat versucht, Bertholds Sorgen und ihre eigenen Ahnungen dabei beiseite zu schieben, obwohl sie aus Erfahrung weiß, dass Letztere beharrlich sind. Die Fakten sind mager. Ihr bester Hinweis ist tatsächlich der schwarzweiße Vogel.

Ein schillernd türkisgrüner Vorhang hinter einer Staffelei bewegt sich, und ein junger Mann mit hellblonden Dreadlocks schaut hervor.

»Bin gleich da. Mach's dir derweil bequem.« Er deutet auf einen runden roten Metalltisch und ein paar Klappstühle und verschwindet wieder. Judith betrachtet das bunte Sammelsurium von Bildern an der Wand. Tierporträts, abstrakte geometrische Figuren, eine Berglandschaft, der Kölner Dom – ganz offensichtlich nimmt der Ladeninhaber sein Geschäftsmotto ernst. Sie lehnt Charlottes Eistaucher-Gemälde an die Wand und setzt sich auf einen der Stühle. Etwas ist vorbei, denkt sie. Es ist gut, wieder zu ermitteln. Es ist gut, unterwegs zu sein. Die Musik pausiert für ein paar Sekunden, dann fließen aus dem Ghettoblaster erneut tranceartige jamaikanische Rhythmen, wie in einem exotischen Land, dessen erste Lektion für Fremde darin besteht, die Zeit zu vergessen.

»Hi, ich bin Piet«, der Rastalockige stellt ein Tablett auf den Tisch und streckt ihr seine silberberingte Hand entgegen. »Tee?« Ohne Judiths Antwort abzuwarten, füllt er Flüssigkeit in zwei Gläser mit Goldrand und schiebt eines zu ihr hin. »Grüntee mit frischer Minze, das absolut Beste bei dieser Affenhitze, ein Rezept aus Marokko.«

»Danke.« Vielleicht ist es das, was ich suche, denkt Judith. Ein exotisches Land, eine andere Welt. Vielleicht hätte ich schon längst verreisen sollen, statt die letzten Urlaubswochen auf meiner Dachterrasse zu verbringen, in Biergärten, am Rhein und auf Bouleplätzen. Sie trinkt von dem Tee, der stark und erfrischend schmeckt, sieht zu, wie die schlanken Finger ihres Gegenübers sich an einem Tabakpäckchen zu schaffen machen. Die Monate, die hinter ihr liegen, sind hart gewesen. Freiwillig hatte sie sich beurlauben lassen, um in ihre persönliche Hölle zu gehen, und immer, wenn sie gedacht hatte, jetzt ist es genug, jetzt halte ich es nicht mehr aus, jetzt habe ich wirklich keine Tränen mehr, war es doch noch weiter hinuntergegangen.

Das hat nichts mit mir zu tun, diese Menschen haben nichts mit mir zu tun, was soll mir das bringen, hat sie gedacht, als sie schließlich in diesem Stuhlkreis saß. Aber natürlich war das ein Irrtum. Aushalten hat sie in dem Stuhlkreis gelernt. Die Tränen. Die Wut. Sich selbst. Die anderen. Bis sie eines Morgens aufwachte und da war keine Trauer mehr um den verlorenen Freund, keine Verzweiflung mehr über die Unsinnigkeit seines Todes, keine Frage mehr nach dem Sinn, sondern etwas Neues, was sie so nicht gesucht und erst recht nicht erwartet hatte: Hunger nach Leben.

Piet zündet seine Zigarette an. Judith streckt die Beine aus und dreht sich ebenfalls eine, genießt, wie sich Rauch und

Pfefferminzgeschmack auf ihrer Zunge vereinen. Ich habe Lust, hier einfach sitzen zu bleiben, mit Piet zu plaudern, ihm beim Malen zuzusehen und die Katze zu streicheln, denkt sie. Sie versucht sich vorzustellen, was Charlotte von Piet gehalten hat, diese Frau, die ihr Erwachsenenleben scheinbar ausschließlich mit ihren Puppen verbrachte, mit den kranken Eltern und deren Definition davon, was Lebenssinn ist. Berthold hat Recht, denkt sie. Charlotte ist in Gefahr, es kann nicht anders sein. Sie hebt Charlottes Bild auf ihre Knie, so dass Piet es ansehen kann.

»Hast du das gemalt?«

Er bläst Rauch Richtung Decke und nickt. »Seltsamer Vogel.«

»Tolles Bild. Für wen hast du das gemalt?«

»Ich dachte, du kennst sie, wenn du ihr Bild hast.«

»Ich kannte sie mal. Jetzt suche ich sie. Wenn wir überhaupt von derselben Person sprechen.«

»Frau Simonis. Vornamen wollte sie mir nicht verraten.«

»Diese hier?« Judith zeigt ihm das Wanderfoto aus dem Arbeitszimmer, das Charlotte und ihren Vater zeigt. »Jetzt ist sie älter.«

Der Maler lässt sich Zeit, dreht das Bild ins Licht. Dann nickt er.

»Charlotte Simonis«, sagt Judith. »Erzähl mir von ihr.«

»Ich kenn sie doch gar nicht.«

Judith lächelt ihn an. Er hat sehr sinnliche Lippen und verträumte Augen. Vielleicht sollte sie ihn küssen oder zumindest fragen, ob er eine Partie Boule mit ihr spielt. Später, wenn die Hitze nachlässt. Was für ein Quatsch, denkt sie. Ein rastalockiger junger Maler ist doch keine Lösung. Sie räuspert sich, setzt sich aufrechter hin.

»Hast du mit ihr gesprochen, als sie dich beauftragt hat? War sie hier?«

»Ja, klar. Aber sie hat nicht viel gesagt. Irgendwie war sie genauso strange wie ihr Vogel. Sie hatte so was Verhuschtes. Aber dieser Vogel hier, der hatte es ihr echt angetan. Sie ist 'n paar Mal gekommen, um zu gucken, ob ich auch alles richtig male, jedes Detail musste stimmen, nichts durfte von der Vorlage abweichen, da war sie total besessen, das hat sie schon am Telefon betont, bevor sie überhaupt hierher gekommen ist; erst als sie merkte, dass alles genau so wird, wie sie es wollte, wurde sie 'n bisschen lockerer.« Er grinst. »Kunden! Und du sagst, du suchst sie?«

»Was war das denn für eine Vorlage?«

Piets Gesicht verdüstert sich. »Ich steh heut offenbar auf'm Schlauch. Deshalb bist du also hier.«

»Wieso? Was ist denn mit der Vorlage?«

»Ich hab sie verloren. Ehrlich, so was passiert mir sonst nie. Das hat deine Freundin fuchsteufelswild gemacht. Ich musste schließlich 100 Euro mit dem Preis runtergehen, um sie einigermaßen zu beruhigen. Und noch Monate später rief sie hier immer mal wieder an, ob ich ihre Postkarte nicht doch noch gefunden hätte.«

»Aber das hattest du nicht.«

»Nein, zwei Jahre lang nicht. Aber vor ein paar Wochen ging mein Kühlschrank kaputt, ich rück ihn also ab und was steckt hinter der Rückwand?«

»Die Postkarte?«

Piet nickt. »Ich hab sofort versucht, sie zu erreichen. Aber die Telefonnummer, die sie angegeben hatte, war von der Uni, und dort sagte man mir, sie arbeite da nicht mehr, bei ihrer Privatnummer ging nie jemand ans Telefon und die Adresse hab ich nicht.«

Jetzt will sie ihn nicht mehr küssen, jetzt ist etwas anderes wichtig. Judith lehnt sich vor und fängt Piets Blick ein. »Ich brauche diese Postkarte.«

»Moment mal. Sie ist meine Kundin, und ich rede hier und rede, und dabei weiß ich von dir nicht mal den Namen.«

»Judith. Tut mir leid, ich kann dir nicht viel erklären, weil ich selbst nicht viel weiß. Aber diese Postkarte könnte mir helfen, meine alte Freundin zu finden. Ich glaub, sie steckt in Schwierigkeiten. Komm schon, Piet, lass mich wenigstens einen Blick draufwerfen.«

»Bist du Detektivin oder so was? Das klingt wie in 'nem Krimi.«

»Es ist wirklich wichtig.« Sie lässt seinen Blick nicht los.

»Also gut, weil du es bist.« Piet verschwindet hinter dem Vorhang und kurze Zeit später hält er Judith eine Postkarte hin. »Ontario«, steht über dem Eistaucher. Davon abgesehen hat Piet wirklich ganze Arbeit geleistet, das Gemälde wirkt wie die fotokopierte Vergrößerung des Postkartenmotivs. Judith dreht die Postkarte herum. »Dear Charlotte, one day we'll make it come true. Terence«, hat jemand in schwungvollen schwarzen Tintenzügen auf die Rückseite geschrieben. Kanada, denkt Judith. Charlotte ist nach Kanada gefahren, um mit irgendeinem Terence einen Traum zu verwirklichen, und dieser seltsame Vogel hat etwas damit zu tun. Sie fühlt ein Prickeln auf ihrer Haut, ein vertrautes Prickeln, das sie von früheren Ermittlungen kennt. Es ist kein gutes Zeichen. Es ist eine Warnung.

✳✳✳

Die Art, wie die Polizistin ihn anschaut, erinnert Tim an die Dolling. Ihr Mund lächelt, ihre Stimme klingt freundlich, aber ihre Augen sind hungrig und lauern. Ihr Kollege sieht eigentlich ganz okay aus mit seinen Nike-Sportschuhen, den verwaschenen Jeans und dem blonden, kinnlangen Haar, aber bislang hat er noch nichts gesagt, sondern sitzt einfach nur da. Tim wünscht sich, dass er einfach verschwinden könnte, so wie ein Clownfischbaby zwischen den Tentakeln der Seeanemone. Als dieser Film »Findet Nemo« im Kino lief, ist Tim natürlich reingegangen. Und klar war der Film toll und spannend. Aber in Wirklichkeit, das weiß Tim aus seinen Büchern, ist ein Clownfisch sehr viel schlauer als dieser Nemo. Ein echter Clownfisch verlässt seine Wirtsanemone nicht und deshalb können ihm Räuber nichts anhaben. Die Anemone nesselt nämlich, das Gift ihrer Tentakel kann sogar Menschen verletzen, nur Clownfischen macht das nichts aus, weil sie damit aufgewachsen sind. Wenn Gefahr droht, zwicken Clownfische ihre Wirtsanemone sogar, damit sie ihre Tentakel schützend über sie breitet und noch mehr Nesselgift absondert. Tim unterdrückt einen Seufzer. Er wünscht sich wirklich dringend eine schützende Anemone. Und noch viel dringender wünscht er sich, dass Jonny, sein Freund Jonny, von dort zurückkommt, wo er ist, heil und unversehrt, so wie der leichtsinnige Nemo.

»Du bist also mit Jonny befreundet«, wiederholt die Polizistin, die der Schuldirektor ihm als Frau Kommissarin Bruckner vorgestellt hat. Mitten aus dem Unterricht haben sie Tim geholt und in einen leeren Klassenraum gebracht, weil die Kinder aus Jonnys Klasse gesagt haben, dass Jonny und Tim jede Pause miteinander verbringen.

»Du brauchst keine Angst zu haben, Tim.« Die Kommissarin macht Raubfischaugen.

»Ich hab heute Morgen auf Jonny gewartet«, sagt Tim. Seine Stimme klingt viel zu leise, das merkt er selber, er kann es nicht ändern.

»Aber er ist nicht gekommen.«

»Nein.« Er kann dieser Raubfischfrau doch nicht von Radebeul erzählen, Jonnys geheimen Traum verraten. Die Kommissarin bedenkt ihren Kollegen mit einem säuerlichen Blick und zieht fragend die Augenbrauen hoch. Beinahe unmerklich nickt der mit dem Kopf, stützt die Ellbogen auf den Tisch und sieht Tim an. »Gab es jemanden, der Jonny nicht mochte? Hat er in letzter Zeit mit jemandem gestritten?«

Tim schüttelt den Kopf.

»Wann hast du ihn denn zum letzten Mal gesprochen?« Die Stimme der Kommissarin schneidet dazwischen. Keine Ausflüchte, heißt das. Wir haben die Macht. Also tu, was wir dir sagen. Der Jeanskommissar macht eine Bewegung mit der Hand, als wolle er seine Kollegin wegwischen. Sie kneift die Lippen zusammen.

»Freitagabend.« Entsetzt merkt Tim, dass ihm bei der Erinnerung an den Nachmittag am Baggersee Tränen in die Augen schießen. Dr. D. sah so lustig aus. Tim hatte ihm eines seiner Leberwurstbrote zugesteckt. Sie hatten getaucht und in der Sonne gelegen und Tim hatte Jonny von seinen neuesten Erkenntnissen über die Tiefsee erzählt und von den Fischen, die sich so viel besser zu tarnen verstehen als die Menschen. Warte nur, bald lassen sie dich in Ruhe, hatte Jonny da gesagt. Glaub mir, Tim.

»Tim?«, sagt der blonde Kommissar unerwartet freundlich.
»Was war am Freitag?«

»Wir waren schwimmen«, flüstert Tim. »Mit Dr. D.«

»Und am Wochenende?«

»Jonny war doch weg, mit seinem Vater.«

»In diesem Indianercamp.«

Tim nickt.

»Hat er sich darauf gefreut?«

»Ich glaub schon.«

»Du glaubst?«

Glaub mir, Tim, ich lüge nicht, bald lassen sie dich in Ruhe. Es ist, als ob Jonny hier neben ihm steht und diesen Satz wiederholt. Bald lassen sie dich in Ruhe. Das klang so schön. Das klang so sicher. Das klang so unwahrscheinlich. Trotzdem hatte Tim Jonny geglaubt. Weil er Jonny glauben wollte. Jonnys Zuversicht war Tims Seeanemone. Doch das kann er dem Kommissar nicht sagen. Denn dann hören es auch seine fiese Kollegin und der Direktor und der sagt es Jonnys Eltern und Tims Eltern und seinen Lehrern und dann erfährt es die Dolling und als Nächstes seine lieben Mitschüler und dann wird alles nur noch schlimmer. Verräter werden sie ihn nennen, Petze, Schleimer, Mamakind. Arschkriecher. Und diesmal ist kein Jonny da, um ihn zu retten. Diesmal ist Tim wirklich ganz allein.

Das Handy des Kommissars klingelt, er meldet sich unwirsch, aber im nächsten Augenblick spannt sich sein Körper an.

»Ich komme sofort«, sagt er ins Telefon.

»Haben Sie Jonny gefunden?« Tim kann nicht sagen, woher er den Mut zu dieser Frage nimmt. Sie ist einfach da und klingt wie ein Schrei.

Überrascht sehen die Erwachsenen ihn an.

»Nein.« Der blonde Kommissar steht auf. »Tschüs, Tim. Wir reden später weiter.«

❊❊❊

An einem Kiosk kauft Manni eine Literflasche Cola und ein Snickers. Sein Handy fiedelt, er starrt aufs Display. Schon wieder seine Mutter. Keine Zeit. Er drückt sie weg. Er trinkt die Cola in langen Schlucken, während er die Dienstgurke zurück zum Königsforst lenkt. Die kalte Flüssigkeit und der Zucker, gepaart mit der Erwartung, was die Hundeführer ihm gleich zeigen werden, wirken wie ein Frischekick. Die Tatsache, dass die Bruckner vorerst in der Schule bleibt, bessert seine Laune noch mehr. Irgendwas an dieser Frau geht ihm ganz unbeschreiblich auf die Nerven.

Das Sonnenlicht gleißt auf den Transportern der Hundestaffel, die am Quartier der Kölschen Sioux parken. Mike, ein rotblonder drahtiger Hundeführer, den Manni von Karatewettkämpfen kennt, läuft auf ihn zu, sobald er ihn entdeckt. Mikes Hund Tarzan bewegt sich an seiner Seite, als sei er mit Mike verschmolzen.

»Ich bring dich hin.«

Sie laufen schweigend, Seite an Seite, zuerst auf einem breiten Spazierweg, dann quer durch den Wald auf einem schmaleren, holprigen Pfad, der normalerweise Reitern vorbehalten ist. Nach etwa 20 Minuten erreichen sie eine Schneise und wenig später sehen sie die Kollegen. Sie sitzen auf einem Stapel Baumstämme in der Nähe einer Wetterschutzhütte für Wanderer. Ein Vogel krächzt über ihren Köpfen und verschwindet flügelschlagend im Grün, einer der Spürhunde blafft. Entfernt ist das Brummen der Autobahn zu hören. Manni stemmt das rechte Bein auf einen fetten Baumstamm und sieht sich um.

»Hier habt ihr was gefunden?«

Einer der Hundeführer deutet auf die Schutzhütte.

»Da drin. Arco ist kaum zu bändigen.«

»Und was …«

»Nichts zu sehen. Aber etwas ist da drin passiert, und zwar nichts Gutes.«

»Schade, dass Arco nicht reden kann.«

»Er kann reden. Nur nicht in unserer Sprache.«

»Und was sagt er?«

»Die Hunde riechen Stress«, schaltet sich Mike ein. »Wenn

jemand große Angst hat, sondert er einen bestimmten Duftstoff ab, Buttersäuregeruch sagt man dazu.«

Manni geht auf die Schutzhütte zu. Ein schlichter, viereckiger Holzbau, zum Weg hin offen, runtergezogenes Dach, an den Wänden entlang Sitzbänke. Die Hütte ist leer.

»Okay, zeigt mir, was ihr meint.«

»Arco!«

Augenblicklich wetzt der Belgische Schäferhund in die Hütte. In einer der Ecken macht er Halt und gibt Laut. Ein winselnder Ton, der schnell zum Knurren wird. Trotz der brütenden Hitze bekommt Manni eine Gänsehaut.

»Jemand saß hier auf der Eckbank und hatte Angst? Und du bist sicher, dass Arco sich nicht irrt?«

»247 Millionen Riechzellen, wir Menschen haben gerade mal fünf Milllionen.«

»Vielleicht war es ein erschöpfter Jogger?«

»Den würde Arco anders melden. So reagiert er nur, wenn er Panik riecht. Todesangst.«

»Also möglicherweise unser Junge in Gefahr.«

»Ja.«

»Aber nicht sicher.«

»Ganz genau können die Hunde das leider nicht sagen.«

Ein Mensch in panischer Angst, denkt Manni. Gehen wir mal davon aus, dass es so war. Dass es Jonny Röbel war, der hier in dieser Hütte saß. Warum hatte er Angst? Was ist ihm hier widerfahren? Hat er um Hilfe gerufen? Hat ihn jemand gehört? Und was ist mit seinem Hund? Manni geht in die Hocke und versucht, unter der Eckbank etwas zu erkennen. Laub, Kaugummipapiere, eine Getränkeverpackung, ein halb verfaulter Apfel. Kein Junge, kein Hund. Kein Blut, soweit er das beurteilen kann. Manni steht wieder auf, verlässt die Hütte, nimmt sein Handy.

»Wir brauchen die Spurensicherung. Und bitte die Hütte ab sofort nicht mehr betreten.«

»Deshalb haben wir ja draußen auf dich gewartet.«

»Okay, dann los. Tun wir so, als sei diese Schutzhütte ein Tatort. Konzentriert euch auf die Umgebung. Wenn es hier irgendetwas gibt, was auf den Jungen oder seinen Hund hinweist oder auf ein Verbrechen, dann will ich es wissen. Am besten ordern wir auch die anderen Hunde hierher.«

Manni wählt die Nummer der Spurensicherung, setzt sie ins Bild, breitet seine Landkarte auf dem Holzstapel aus und beschreibt einen direkten Zufahrtsweg. Für den Moment ist die Nachmittagshitze, die zwischen den Bäumen brütet, vergessen, auch die Hundestaffel arbeitet mit neuem Elan. Werden sie etwas finden? Wird Manni schon bald die Ermittlungen an die Mordkommission abgeben müssen? Noch bevor er sich in erneute Grübeleien über die Willkür seiner Vorgesetzten vertiefen kann, hört er einen der Männer rufen – Kurt. Er kniet im Unterholz und hält seine Nancy am Halsband. Nicht allzu weit entfernt von der Schutzhütte. Manni sprintet zu ihm. Vor der Hündin liegt etwas im Laub. Klein, pelzig, unauffällig. Es stinkt nach Verwesung.

»Erst dachte ich, es sei nichts. Nur ein totes Eichhörnchen oder eine fette Maus«, sagt Kurt. »Ist es aber nicht.«

Manni nimmt einen Stock und dreht das pelzige Ding herum. Aasfresser haben ganz offensichtlich schon ihre Freude dran gehabt. Der Gestank wird stärker. Die Unterseite des pelzigen Dings ist weniger behaart. Manni beugt sich näher heran und spürt, wie sich das Snickers in seinem Magen verklumpt. Das Ding hat weder Kopf noch Arme oder Beine. Etwas schimmert bläulich. Vielleicht Ziffern.

»Tätowierung«, konstatiert Kurt sachlich. »Das Blaue da, meine ich. Könnte die Registriernummer eines Hundes sein.«

Manni nickt. »Hast Recht. Könnte ein Hundeohr sein.«

»Eine Maus ist es jedenfalls nicht. Rauhaardackel, sagtest du? Größe und Farbe kommen hin.«

»Aber mehr hat Nancy nicht gefunden? Nur dieses – Ohr?«

Kurt schüttelt den Kopf. »Bis jetzt nichts. Fehlanzeige.«

Er muss erfahren, ob Jonnys Dackel eine Tätowierung im Ohr hatte, und wenn dem so ist, muss er dieses stinkende, angefressene, pelzige Ding zu Karl-Heinz Müller in die Rechtsmedizin bringen und ihn bitten, einen DNA-Abgleich mit ein paar Haaren aus Dr. D.s Hundekörbchen zu machen. Manni denkt an Martina Stadler, die Angst in ihren Augen. Können

Sie sich vorstellen, wer dem Dackel Ihres Jungen ein Ohr abschneiden würde? Ganz und gar unmöglich, diese Frage zu stellen, bevor nicht hundertprozentig feststeht, dass dieses Ding tatsächlich ein Körperteil von Jonnys Hund ist.

»Die Spurensicherer müssen gleich da sein.« Manni richtet sich auf und sieht zu der Schutzhütte hinüber. Was verdammt noch mal ist hier passiert? Wer foltert einen Rauhaardackel? Oder war er schon tot, als man sein Ohr abtrennte? Man kann es nur hoffen, denkt Manni, man kann es nur hoffen. Aber eigentlich ist es egal, denn auf jeden Fall dürfte der Akt der Verstümmelung genügen, einen vierzehnjährigen Jungen, der seinen Dackel über alles liebt, in abgrundtiefe Panik und Verzweiflung zu versetzen.

∗∗∗

Wieder droht Charlottes Villa Judith mit dieser dumpfen Starre zu lähmen. *Gavia immer*, Eistaucher, Hauptverbreitungsgebiet Kanada und Nordamerika, steht in einem Vogelkundelexikon. Im Arbeitszimmer gibt es zwei englische Fachbücher zu diesem Thema, einen Ordner mit wissenschaftlichen Aufsätzen, aber nichts Persönliches von Charlotte, ihrem Vater oder gar einem Mann, der mit Vornamen Terence heißt. Die Ordner, in denen sich laut Beschriftung Charlottes Studienunterlagen befanden, sind leer. Immerhin gibt es ein Telefonverzeichnis der Universität. Judith vereinbart einen Termin mit einem Professor Wolfram, der einmal Charlottes Doktorvater war. Nur widerwillig stimmt er zu, sie noch am selben Tag zu empfangen. Zum ersten Mal seit langem vermisst sie ihren Dienstausweis.

Auf dem Weg zur Universität kauft sie Mineralwasser und macht einen Abstecher zum Melatenfriedhof. In einer der Friedhofsgärtnereien kauft sie einen Strauß Löwenmäulchen. Die Blumen haben etwas Hoffnungsvolles, auch wenn sie bereits die Köpfe hängen lassen, als Judith die inzwischen so vertraute Grabstätte erreicht und sie in einer Vase arrangiert. Judith dreht sich eine Zigarette. Sie ist oft hierher gekommen im letzten halben Jahr. Sie denkt an ihren Exfreund Martin, der jetzt in einem Krankenhaus in Erfurt arbeitet. Er ist so höflich gewesen, sie zu fragen, ob sie mitkommen wolle, obwohl sie beide wussten, dass das nie und nimmer funktionieren würde. Martin mit seinen scharfen Pastasaucen und der unerschütterlichen Anteilnahme. Er hat immer gesagt, sie müsse Patricks Grab besuchen, und als sie es endlich tat, war es zwar für sie und Martin zu spät, aber die Stunden auf dem Friedhof gaben ihr aus irgendeinem Grund Kraft. Und jetzt hat sich wieder etwas geändert, sie kann das fühlen, auch wenn sie es noch nicht benennen kann. Sie tritt ihre Zigarette aus und hebt die Kippe auf. Der Steinengel neben der Birke lächelt ihr zu, Abschied im Blick.

Auf den Uniwiesen halten Trauben träger Studenten die Gesichter in die Sonne, die Campusatmosphäre erinnert an die Glück-durch-Bildung-ist-ganz-leicht verheißenden Werbebilder amerikanischer Eliteuniversitäten, die deutsche Politiker neuerdings zum Vorbild erkoren haben. Doch im Inneren der Alma Mater sind die Hörsäle so hoffnungslos überfüllt und schäbig wie zu der Zeit, als Judith hier ihr Juraexamen ablegte, und auch die Professoren haben ihre Strategie, den Studentenmassen zu begegnen, nicht verändert: Sie schotten sich ab. Auch wenn die grauhaarige Vorzimmerdame sie anstandslos ins Heiligtum von Charlottes Doktorvater führt, hat Judith das ungute Gefühl, dass die Suche nach Charlotte zäh bleiben wird.

»Charlotte Simonis, ein trauriger Fall.« Professor Hans-Hinrich Wolfram, Inhaber des Lehrstuhls für Zoologie der Universität zu Köln, winkt Judith auf einen Holzstuhl vor seinem überladenen Schreibtisch und stochert ungeduldig in seiner Meerschaumpfeife. Er ist ein dürres Männlein um die 50 mit intelligenten Augen, schütterem rötlichem Haar und Ziegenbärtchen.

»Wieso traurig?«, fragt Judith.

»Eine begabte Wissenschaftlerin, keine Frage, und dann wirft sie ihre Karrierechancen einfach weg.«

»Wie meinen Sie das?«

»Wissen Sie, wie viele Studenten hier promovieren dürfen und das finanziert bekommen?«

»Sehr wenige, vermute ich.«

Der Professor nickt, als sei sie ein Prüfling, der gerade bei einer Testfrage gepunktet hat. »Aber Charlotte Simonis kommt vom einen Tag zum anderen nicht mehr. Mitten im Semester.«

»Warum?«

Wolfram bearbeitet seine Pfeife. »Ich habe das ehrlich gesagt nie verstanden.«

»Aber sie muss doch einen Grund genannt haben.«

»Ihre Mutter bekam Krebs.« Ein paar Spucketröpfchen landen auf einem der Papierstapel, die den Schreibtisch des Professors bedecken.

»Sie haben ihr nicht geglaubt?«

»Die Mutter hatte Krebs. Ist das ein Grund, alles aufzugeben?« Er macht eine Geste zu den staubigen Blechregalen, die sich unter der Last wissenschaftlicher Schinken und Facharbeiten biegen. »Auch ihr Vater war entsetzt.«

»Wilhelm Simonis.«

»Ein Genetiker der ersten Stunde, begnadet.«

»Sie kannten ihn persönlich?«

»Ein hochgeschätzter Kollege.«

»Vielleicht hat er von seiner Tochter verlangt, dass sie die Mutter pflegt.«

»Ich sagte doch: Er war entsetzt.«

Vielleicht hat er dich angelogen, denkt Judith. Vielleicht hast du das gar nicht gemerkt, weil du nicht wahrhaben wolltest, dass deine fleißige Hilfskraft nicht der Wissenschaft, sondern dem Willen ihres Vaters diente. Doch selbst wenn es so war, was sagt das über Charlottes Verschwinden? Für den Bruchteil einer Sekunde sieht Judith die jugendliche Charlotte vor sich, wie sie sich an den schmuddeligen Wänden der Schulkorridore entlangduckte, als suche sie Deckung vor Scharfschützen, sieht sich selbst als Schülerin, die versucht, das zu übersehen. Und jetzt sitzt sie hier an Charlottes einstigem Arbeitsplatz und stochert in ihrem Leben herum. Wer gibt ihr eigentlich das Recht dazu?

Wieder erinnert sie sich an den Eistaucher aus ihrem Traum. Sein roter, unverwandter Blick war eine Botschaft.

Aber was für eine Botschaft? Warnung? Vorwurf? Hilferuf? Ich weiß es nicht, denkt Judith, es war nur ein Traum. Aber die Sorge um Charlotte bleibt trotzdem da, das Gefühl von Beklemmung aus dem leeren unpersönlichen Haus, die alte Angst, zu spät zu kommen. Reiß dich zusammen, ermahnt Judith sich. Doch die frühere Schulkameradin drängt sich in ihren Kopf wie ein Familienmitglied, von dessen Existenz man eben erst erfahren hat, eine Halbschwester vielleicht. Man wird solche Verwandte nicht wieder los. Man hat sie nie vermisst, aber sobald man von ihnen weiß, kann man nicht mehr aufhören, an sie zu denken. Weil sie, egal wie sehr man sich dagegen wehren mag, unauflöslich mit der eigenen Identität verbunden sind.

Auf einmal wird ihr bewusst, dass sie die Gesprächspause zu lang hat werden lassen, der Professor wühlt in einem Aktenstapel. Er will nicht mit Judith reden, er will nicht auf ihre Fragen warten, und schon gar nicht will er über Charlotte reden, das ist mehr als deutlich. Aber darauf kann sie keine Rücksicht nehmen, denn sie muss Charlottes Geheimnis ergründen, schon allein damit sie sie wieder loswird. Sie lehnt sich ein Stück vor, bemüht, die Aufmerksamkeit des Professors wiederzuerlangen.

»Haben Sie Charlotte und ihren Vater mal gemeinsam erlebt?« Die Pfeife wippt in Wolframs Mundwinkel, während er immer ungeduldiger in seinen Papieren blättert. »Sicher habe ich das. So groß ist das Biologische Institut ja nicht.«

»Wie war ihr Verhältnis?«

»Sie trugen beide nicht ihr Herz auf der Zunge und behielten Privates für sich.«

»Und das heißt?«

»Hören Sie. Sie haben gesagt, Sie machen sich Sorgen um ihre Schulfreundin. Ich weiß beim besten Willen nicht, was Sie mit Ihren Fragen nach diesen uralten Geschichten bezwecken. Wilhelm ist tot.«

»Also war ihr Verhältnis nicht unproblematisch.« Früher im KK 11 wurde sie für ihre Verhöre gerühmt. Zum ersten Mal spürt sie wieder diese alte Macht. Ihre Worte kommen leicht.

Der Professor merkt, dass sich etwas geändert hat. Wütend pafft er Judith eine Tabakwolke ins Gesicht. »Wilhelm war eine Koryphäe, sehr eloquent, sehr charismatisch – ein Star, wie man heute so sagt. Und seine Tochter war …«

»Ein hässliches Entlein?«

»So könnte man sagen. Still. Fleißig. Begabt. Aber eben ohne Wilhelms Charisma.«

»Hatte sie deshalb Probleme hier am Institut?«

»Nein.«

»Hatte sie Streit mit ihrem Vater?«

»Allenfalls mal einen fachlichen Disput.«

»Worüber?«

Wolfram sieht demonstrativ auf seine Armbanduhr. »Das führt nun wirklich zu weit. Sagen wir mal, Wilhelm hätte es wohl lieber gesehen, wenn seine Tochter sich der Genetik verschrieben hätte wie er, oder der Biochemie. Nicht der Zoologie.«

»Aber genau das hat sie getan.« Judith ist noch nicht bereit, ihn zu entlassen.

Er funkelt sie an.

»Worüber wollte sie promovieren, was war ihr Spezialgebiet?«

»Verhaltensforschung, das Sozialsystem von Ratten, obwohl sie eine hochbegabte Morphologin war.«

»Morphologin?«

»Sie konnte hervorragend Tiere sezieren und präparieren, wie der Laie sagen würde.« Der Professor lächelt dünn und offenbart eine Reihe gelblicher Zähne.

»Hat sie sich auch mit Wasservögeln beschäftigt?«

Überrascht sieht er Judith an. »Wie kommen Sie darauf?«

»*Gavia immer* – Eistaucher. Sagt Ihnen das etwas im Zusammenhang mit Charlotte Simonis?«

»Das war später.« Er schiebt einen Stapel Papiere in eine abgewetzte Aktentasche, sieht erneut auf die Uhr und steht auf.

»Später?« Judith macht keine Anstalten, aufzubrechen. Vielleicht wird er sie einfach hier sitzen lassen. Wahrscheinlicher aber ist, dass er seine Akten vor ihr beschützen will.

»Vor etwa drei Jahren.« Ein Punkt für Judith. Der Professor senkt seinen dürren Hintern auf die Schreibtischkante. »Frau Simonis unterrichtete nach dem Tod ihrer Mutter wieder aushilfsweise hier am Institut, betreute Studenten im morphologischen Praktikum.«

»Und da hat sie Eistaucher seziert?«

»Eben nicht.«

»Wie bitte?«

»*Gavia immer.*« Wieder fliegen Spucketröpfchen. »Ein verirrtes Exemplar auf einem Kühlwassersee bei Düren. Sehr ungewöhnlich. Charlotte Simonis und ein paar unserer Studierenden haben ihn beobachtet. Tagelang. Aber das Tier ist verendet. Da haben sie ihn hergebracht, Charlotte sollte die morphologische Untersuchung anleiten. Aber auf einmal weigerte sie sich. Das sei gegen die Natur. Ein anderer Doktorand hat dann übernommen. Irgendwo gibt es den Bericht sicher noch, fragen Sie meine Sekretärin.«

»Und Charlotte?«

»Das war nun wirklich ihr allerletzter Arbeitstag am Institut.«

Der Professor will sein Büro nun doch verlassen. Judith springt auf und stellt sich ihm in den Weg. »Also ist sie im Streit gegangen.«

»Sie hatte sich als Wissenschaftlerin zum zweiten Mal diskreditiert. Sie hatte kein Interesse, zu bleiben.«

Der Professor langt an Judith vorbei, öffnet die Tür, hält sie für Judith auf und deutet eine Verbeugung an.

»Wie hat Charlottes Vater reagiert? War er enttäuscht? Wütend? Traurig?«

Der Professor klemmt seine Aktentasche unter den Arm. »Wenn Sie es unbedingt wissen wollen – er hat gelacht.«

»Sie meinen, er hat seine Tochter ausgelacht? Hier im Institut?«

»Ich habe jetzt wirklich keine Zeit mehr.« Der Professor beschleunigt seine Schritte, beinahe sieht es so aus, als fliehe er.

»Wer ist Terence?«, ruft Judith ihm nach.

An der Art, wie sich seine Schultern versteifen, kann sie

ablesen, dass er Terence kennt. Aber er bleibt nicht stehen, sondern hastet weiter den Gang entlang. Sie holt ihn ein, als er gerade die Glastür zum Treppenhaus aufstößt.

»Terence aus Kanada. Sagt Ihnen dieser Name etwas?«

Der Professor sprintet die Treppe hinunter.

Wolframs Sekretärin heißt Irene Hummel, und die Art, wie sie Judith ansieht, macht klar, dass sie für fremde Besucher keine Sekunde ihrer kostbaren Zeit opfern kann. Doch ihre stahlgraue *No-Nonsense*-Kühle zerfließt zu beinahe schulmädchenhafter Schwärmerei, sobald Judith den Namen Terence erwähnt.

»Terence Atkinson, Atkinson wie die Diät«, haucht sie. »Aber so war er nicht, ganz und gar nicht, im Gegenteil, ein so sinnlicher Mensch, ein brillanter Wissenschaftler und charmant – alle waren ein bisschen in ihn verliebt.«

»Charlotte auch?«

»Ja, Charlotte auch.« Irene Hummel nickt energisch. »Jedenfalls soweit man bei ihr von so etwas wie Verliebtheit überhaupt sprechen kann, schüchtern, wie sie nun einmal ist.«

Die nächsten Minuten sind äußerst effizient. Irene Hummel erweist sich als scharfe Beobachterin des Biologischen Instituts und seines Personals. Judith erfährt, dass Terence im Hause Simonis ein und aus gegangen, dass er, wie Charlottes Vater, der ihn von Toronto für ein Jahr nach Köln geholt habe, Genetiker sei. Dass er aber trotzdem Naturverbundenheit ausgestrahlt habe und die Kolleginnen und Kollegen mit Geschichten aus seiner Heimat unterhalten habe: Bären, Bieber, Elche und Eistaucher spielten darin die Hauptrollen. Vor allem die Eistaucher hatten es ihm angetan.

»Halten Sie es für möglich, dass er Charlotte zu sich nach Kanada eingeladen hat?« Judith hält Irene Hummel die Postkarte hin.

Die Sekretärin betrachtet das Bild, studiert die Rückseite mit gerunzelter Stirn. Dann schüttelt sie den Kopf.

»›One day we'll make it come true‹ – das kann doch alles oder nichts bedeuten, nicht wahr?«

»Es ist nicht sehr konkret. Aber zusammen mit dem Motiv

des Eistauchers – ich glaube schon, dass es so eine Art Versprechen ist.«

»Terence war sehr höflich«, bemerkt Irene Hummel.

»Sie meinen, der Text ist nicht ernst gemeint?«

»Er wollte sicher nett sein, keine Frage.«

Nett sein, denkt Judith. Ein junger charmanter Kollege, gefördert von Charlottes Vater. Was wird dieses »nett sein« alles beinhaltet haben? Wie ernst war es gemeint? Und vor allem: Wie hat Charlotte dieses »nett sein« verstanden?

Die Sekretärin steht auf und pflückt ein Foto von der Pinnwand hinter ihrem Rücken.

»Das ist Terence«, verkündet sie und deutet auf einen dunkelhaarigen, extrem gutaussehenden Mann, als würde das alle weiteren Fragen erübrigen.

❋❋❋

Martina Stadler kann die Unruhe spüren, die den Polizisten Korzilius umgibt wie ein Schwarm Hornissen, obwohl er sich bemüht, das zu verbergen. Es ist eine neue Unruhe und ihr Körper reagiert darauf augenblicklich mit einem Kälteschub. Sie haben im Wald etwas gefunden, denkt sie, während sie das grob gestrickte Schultertuch enger um sich zieht. Es ist ihr Wintertuch, letzte Nacht hat sie es aus dem Garderobenschrank gerissen, weil sie diese beißende Kälte, die irgendwo in ihrer Magengegend hockt und sich von dort aus unerbittlich durch ihren Körper frisst, nicht mehr aushalten konnte. Aber genauso wenig konnte sie zu Frank ins Bett kriechen, sich in seine Umarmung flüchten und in seine unerschütterliche Wärme. Sie betrachtet das Gesicht ihres Mannes, das sich über Nacht verändert zu haben scheint, scharfkantiger wurde, vielleicht auch härter. Er verschweigt etwas und die Polizisten merken das. Und jetzt sind sie den ganzen Tag lang im Wald gewesen, mit ihren Hunden, und das lässt Martina noch mehr frieren. Bitte, Gott, bitte gib, dass der Kommissar nicht sagt, Jonny ist etwas passiert, denn das halte ich nicht aus.

Behutsam legt sie Jonnys Taschenlampe auf den Küchentisch, bittet den Kommissar, sich zu setzen, schenkt ihm ein Glas Wasser ein, fragt ihn, ob er Hunger hat. Er verneint, aber sie öffnet den Kühlschrank trotzdem, starrt hinein, braucht unendlich viel Kraft, ihn wieder zu schließen, weil es dann nichts anderes mehr zu tun gibt, als sich ebenfalls an den Küchentisch zu setzen und zu ertragen, was sie nicht ertragen will.

»Bitte, Tina, der Kommissar hat sicher nicht viel Zeit.« Franks Stimme. Dunkel, vertraut und so gefasst, dass Martina am liebsten schreien würde.

Sie geht auf den Küchentisch zu, aber was heißt gehen, ihre Knie sind weich wie der Waldmeister-Glibberpudding, den die Kinder so gern essen, ihre Füße sind so kalt, dass sie sie nicht spürt. Sie erreicht einen Stuhl, reißt ihn zurück, ein hässliches Kratzen auf dem Dielenboden, aber das ist ihr egal. Sie setzt sich und legt die kalten Finger um Jonnys Taschenlampe, widersteht dem Verlangen, einmal mehr zu prüfen, ob sie noch leuchtet, diese Verbindung zum Sohn ihrer Schwester, den sie zu lieben gelernt hat, als sei er ihr eigenes Kind, und der doch immer mehr war, viel mehr, eine höchst lebendige und unglaublich tröstliche Erinnerung an seine Mutter Susanne.

»Ich wüsste gern, ob der Hund Ihres Sohnes eine Registriernummer im Ohr trägt. Sie wissen schon, so eine Tätowierung«, sagt der Kommissar Korzilius. Er ist tatsächlich nervös, sein Jeansbein wippt unter dem Tisch.

»Ja, Dr. D. hat eine Registriernummer«, sagt Frank. »Warum, haben Sie ihn gefunden?«

»Es würde uns die Identifizierung erleichtern, falls wir ihn finden.« Der Kommissar fixiert sein Wasserglas. Er ist wie Frank, er verschweigt etwas.

»Ich will wissen, was sie im Wald gefunden haben.« Martinas Stimme klingt schrill, sie sieht, wie die Männer zusammenzucken. Sie kann es nicht ändern.

»Wir informieren Sie selbstverständlich, sobald wir in den Ermittlungen einen Schritt weiterkommen.« Diesmal sieht der Kommissar Martina an, aber das ist auch nicht beruhigend, denn das Mitleid, das sie in seinen Augen zu erkennen glaubt, jagt ihr einen weiteren Kälteschauer durch den Körper.

»Wir haben in allen Tierheimen angerufen, dort ist Dr. D. nicht.« Frank spricht zu dem Kommissar, als sei Martina nicht da.

»Können Sie mir die Registriernummer raussuchen?«

»Selbstverständlich.« Frank springt auf.

»Samstagnachmittag«, sagt der Kommissar, sobald Frank die Küche verlassen hat. »Bislang hat meine Kollegin niemanden von den Kölschen Sioux gefunden, der bezeugen kann, dass Jonny nach 15 Uhr noch im Indianerlager war.«

»Er hat also nicht im Lager geschlafen?«

»Nein. Jedenfalls nicht in dem Zelt des Bärenclans, wo sein Rucksack und sein Schlafsack lagen.«

Kälte, so viel Kälte. So viel Angst. Zwei Nächte schon ist Jonny ohne Schutz. Die Knöchel ihrer Finger sind ganz weiß, so fest klammert sie sich an die Taschenlampe. Kein Schlafsack, keine Jacke, kein Licht. Allein. Es darf nicht sein, es kann nicht sein. Es muss eine Erklärung geben, eine Lösung, eine Erlösung.

Frank kommt zurück und legt wortlos Dr. D.s Hundepass vor den Kommissar auf den Tisch. Der Kommissar wirft einen unergründlichen Blick darauf, dann hört er endlich auf, mit dem Fuß zu wippen, und sieht Frank an.

»Herr Stadler, wo waren Sie am Samstagnachmittag zwischen 15 und 19 Uhr?«

»Mal hier, mal da im Camp und auch mal ein Stück im Wald.«

»Nein«, sagt der Kommissar. »Im Camp waren Sie nicht.«

&#42;&#42;&#42;

Der Tag ist wie Blei. Blei, das Elisabeths Arme und Beine beschwert. Blei, das in der Hitze zu einer zähflüssigen Masse schmilzt, die ihr den Rücken hinabbrinnt, schmerzhaft, so schmerzhaft. Blei, das sich in ihre Adern ergießt und das Blut verdickt und ihr den Atem zu lähmen droht, bis sie sich kaum noch bewegen kann. Als der Abend sich ankündigt, stemmt sie sich vom Küchensofa hoch und zwingt sich hinaus zu ihrem Sitzplatz unter dem Kirschbaum, der schon im Schatten liegt. Barabbas weicht nicht von ihrer Seite, als wittere er ein drohendes Unheil, als wolle er sie vor etwas bewahren. Elisabeth nimmt all ihre Kraft zusammen und krault ihrem Hund den Nacken, sobald sie den grau verwitterten Lehnstuhl erreichen. Mit einem leisen Seufzer legt der Schäferhund die Schnauze auf Elisabeths Knie und schließt die Augen. Er vertraut mir noch, er hat tatsächlich vergessen, was ich ihm angetan habe. Mein Hund. Mein Gefährte. Mein Freund. In einem stummen Gebet dankt sie ihrem Schöpfer.

Es ist sehr still, nur die Amseln über ihrem Kopf streiten um die Kirschen. In diesem Jahr hat niemand ein Netz über die Krone gespannt. Nächstes Wochenende müsste Carmen zur Ernte kommen, aber Elisabeth beschließt, sie lieber nicht daran zu erinnern und die Kirschen notfalls verderben zu lassen, denn der Tochter am Telefon etwas zu verheimlichen ist eine Sache, aber einer Carmen, die mit ihren kalten Augen das Haus, in dem sie aufgewachsen ist, und ihre alternde Mutter, die sich nicht davon trennen mag, nach Anzeichen des Verfalls absucht, fühlt Elisabeth sich nicht gewachsen.

Nicht an Carmen denken, nicht jetzt. Und niemals mit ihr über das sprechen, was gestern geschehen ist, sondern schweigen, um jeden Preis schweigen, Barabbas retten. Aber vertreiben lassen sich die Erinnerungen dennoch nicht, gaukeln vor Elisabeths Augen in flimmernden Schemen, necken sie, quälen sie. Barabbas wälzt sich im Dreck. Barabbas ist verschwunden. Ein Geräusch, das Elisabeth nicht deuten kann, von dem sie nicht einmal mehr sicher ist, ob sie es tatsächlich gehört hat. Und etwas anderes, was sie gesehen und doch nicht gesehen hat. Dann nichts mehr, nur angsterfüllte Schwärze, Barabbas ist weg und schließlich sein gekrümmter Rücken und dieses schreckliche Grollen aus seiner Kehle. Barabbas hat den Dackel totgebissen, der Dackel hatte kein Halsband, er war ganz allein. Eines seiner Ohren fehlte. Verkrustetes Blut, dort, wo es am Kopf sitzen sollte, aber keine Bissspuren, sondern ein sauberer Schnitt. Eine Fliege will im Auge fressen.

Die Zeit kriecht vorwärts, während sich Elisabeths Gedanken jagen. Barabbas liegt im Gras und schläft, sein Kopf ruht auf ihrem linken Fuß. Wie vertraut er ihr ist, wie sanft er ist. Unschuldig. Und doch hat er getötet. Aber Elisabeth fühlt keinen Hass, keine Angst, keine Abscheu vor ihm, nur Reue, weil sie nicht besser auf ihn aufgepasst und weil sie ihn geschlagen hat. Die Menschen sind es, immer nur die Menschen, denkt sie, die die wahren Gräueltaten verüben. Wer hat dem Rauhaardackel sein Ohr abgeschnitten? Wer hat ihn, verstümmelt, wie er war, in dem Wäldchen seinem Schicksal überlassen? Oder war er womöglich gar nicht allein? Der Gedanke erfüllt sie mit unerklärlicher Unruhe. Sie stöhnt auf, als ihr eine neue Ladung Blei durch den Körper schießt. Morgen wird sie prüfen, ob der Dackel in Frieden ruhen kann oder ob sie etwas übersehen hat. Elisabeth schließt die Augen und bittet Gott um Kraft.

❊❊❊

Der Verkehr Richtung Severinsbrücke ist zäh, die sinkende Sonne brennt durchs offene Verdeck. Judith wählt den melodischen Jazz des ostdeutschen Duos Friend and Fellow, um ihre Nervosität zu bekämpfen. Millstätt hat sie ins Präsidium bestellt, das kann ein gutes oder ein schlechtes Zeichen sein. Ich will meinen Job zurück, denkt Judith. Ich will nicht, dass er mich versetzt. Sie zündet eine Zigarette an, versucht, sich auf die Musik zu konzentrieren. Es gelingt ihr nicht.

Der Nachmittag ist mit Fleißarbeit vergangen. Sie hat mit Charlottes Gärtner, der Putzfrau und mehreren Nachbarinnen gesprochen, ohne etwas Neues zu erfahren. Sie hat Latte macchiato in einem Straßencafé getrunken und dabei die Unterlagen, die Irene Hummel fotokopiert hat, durchgelesen. Sie ist in der Villa noch einmal von Raum zu Raum gegangen und hat dabei versucht, die Bilder, die Professor Wolfram und seine Sekretärin gezeichnet haben, heraufzubeschwören. Ein hässliches Entlein, im Schatten seines Vaters. Fleißig, aber ohne echte eigene Ambition. Schüchtern und menschenscheu. Und ein charmanter junger Mann, der von einer anderen Welt erzählt. Der in Charlottes Elternhaus ein und aus geht, bis er wieder nach Kanada verschwindet und von dort ein bisschen

Hoffnung in Form einer Postkarte schickt. Und dann landet eines Tages ein echter Eistaucher aus Nordamerika auf einem Kühlwassersee bei Düren. Er muss Charlotte wie eine Botschaft von Atkinson vorgekommen sein, kein Wunder, dass sie den Vogel nicht sezieren wollte. Stattdessen hat sie dem kanadischen Wissenschaftler mit Piets Eistaucher-Gemälde ein Denkmal gesetzt und ist vermutlich immer weiter in ihre Träume von einem Leben als Vogelforscherin an seiner Seite geflohen, während sie ihren Vater pflegte. Und dann ist Wilhelm Simonis gestorben, und seine nun 39-jährige Tochter hat es gewagt, ihr heiliges Eistaucher-Gemälde in sein Arbeitszimmer zu hängen. Sie ist nach Toronto geflogen, wie die Inhaberin eines Reisebüros nahe Charlottes Elternhaus bestätigt hat. Der Rückflug war für den 25. Juni gebucht, doch Charlotte hat ihn verfallen lassen.

Ich werde mit diesem Atkinson telefonieren, von mir aus auch mit der kanadischen Polizei, hat Judith Berthold vorgeschlagen. – Du musst nach Kanada fliegen, hat er geantwortet. Ich bezahle das. – Du bist verrückt, hat sie gesagt und die Verbindung unterbrochen.

Sie erreicht den Stadtteil Kalk und parkt bei den Köln-Arcaden. Nach MTV-Norm gestylte Teenager mit leeren Gesichtern lungern vor dem Konsumtempel herum, der neben dem Präsidium aus dem Boden gestampft worden ist, dort, wo sich früher die Chemische Fabrik befand, der einstige Hauptarbeitgeber des Viertels. Niemand hatte diesen stadtplanerischen Zynismus gestoppt. Zwei Drogenabhängige mit nackten Füßen kauern auf der Treppe, gleichgültig gegen alles, was um sie herum geschieht, gefangen in ihrer eigenen, zerstörten Welt.

Die Beamten am Empfang des Präsidiums sind neu, sie lassen sich telefonisch von Judiths Abteilung bestätigen, dass sie eine Kollegin ist, bevor sie sie in den nicht öffentlich zugänglichen Gebäudebereich durchwinken, in dem die Büros des KK 11 liegen. Sechs Monate ist Judith nicht hier gewesen, trotzdem ist ihr alles vertraut: das Quietschen der Glastür, die hinter ihr ins Schloss schnappt, der Klang ihrer Schritte auf dem Steinfußboden, das beinahe unmerkliche Vibrieren, bevor der Aufzug im fünften Stock zum Halten kommt. Sie tippt den Nummerncode ein und drückt die Tür zum KK 11 auf. Der Code zumindest hat sich nicht verändert, und auch der Geruch ist noch der alte, ein Gemisch aus verbranntem Kaffee, Zigarettenrauch und Papierstaub. Irgendjemand hat zu viel Aftershave benutzt. Es ist drückend warm. Offenbar ist die Klimaanlage dem Jahrhundertsommer nicht gewachsen. Etwas flattert in Judiths Magen. Sie hat nicht zu Mittag gegessen, jetzt ist es beinahe Abend.

»Judith!« Axel Millstätt tritt auf den Flur, einen Stapel Umlaufmappen unter dem Arm. »Geh schon in mein Büro, ich bin gleich da … das hier muss unbedingt weg.«

Millstätts Büro ist großzügig geschnitten und akkurat aufgeräumt. Keine persönlichen Bilder an den Wänden, stattdessen ein Stadtplan, in dem diverse Plastikfähnchen stecken, und Magnettafeln, auf denen Dienstpläne, Telefonlisten und Material aktueller Ermittlungen befestigt sind. Auf dem Besprechungstisch stehen zwei Gläser und eine Flasche Mineralwasser. Judith geht zu der Magnetwand. Ein Afrikaner unbekannter Identität ist von einem genauso unbekannten Täter niedergestochen worden und verblutet, eine 51-jährige Bankiersgattin aus dem Nobelviertel Hahnwald ist in ihrer Heimsauna buchstäblich zu Tode gekocht worden, wahrscheinlich von ihrem Ehemann, die »SOKO Tourist« fahndet fieberhaft nach einem Serientäter, der es in der Altstadt auf Touristen abgesehen hat, in einem Ehrenfelder Hochhaus deutet alles darauf hin, dass der halbverweste Leichnam im elften Stock ohne Fremdeinwirkung an den Folgen übermäßigen Alkoholkonsums gestorben ist.

»Wie du siehst, hat sich nicht viel geändert«, sagt Millstätts Stimme in ihrem Rücken.

Judith dreht sich um. »Der ganz normale Wahnsinn, ja. Wenigstens kann uns so schnell keiner wegrationalisieren, weil wir überflüssig werden.« Sie hofft, dass ihre Stimme ruhig und sachlich klingt.

»Sie versuchen es trotzdem.« Millstätt lächelt böse. »Letzte Woche erst hat so ein Heini vom Ministerium hier stundenlang in meinem Büro geklebt und über Synergieeffekte

74

schwadroniert, die er hier zutage fördern möchte. Ich konnte ihm leider nicht helfen.«

»Obwohl du das so gern getan hättest.«

Millstätt deutet auf den Besprechungstisch. »Setz dich. Du siehst gut aus, Judith.«

»Danke.« Sie legt das Ergebnis der amtsärztlichen Untersuchung auf den Tisch. »Mir geht es auch gut.«

Millstätts Schokoladenblick streift den Umschlag, heftet sich dann auf ihr Gesicht.

»Offiziell ...«

»Und inoffiziell ebenfalls.« Sie klingt wie eine übereifrige Schülerin, sie kann es nicht ändern. Sie ist nicht hierher gekommen, um über ihr Aussehen zu reden, sie will ihren Job zurück, und das heißt, dass sie Millstätt davon überzeugen muss, dass er ihr wieder vertrauen kann. Auf einmal erscheint ihr dieser wahnsinnige Moment auf dieser gottverdammten Lichtung im Wald, damals, als Manni und sie zu spät gekommen sind, wieder ganz nah. Gleich danach hatte Millstätt Manni versetzen lassen, auch wenn sie ihn gebeten hat, das nicht zu tun. Aber warum hätte ihr Chef auf sie hören sollen? Schließlich hatte sie versagt und sich beurlauben lassen.

»Nächste Woche verschwinden einige Kollegen in den Urlaub, zwei sind krank, Arbeit gibt es auch genug, du wirst also keine Schonzeit bekommen.« Millstätt sieht sie immer noch an. Forschend. Abwägend.

»Die will und brauche ich auch nicht.« Wieder hat sie zu hastig gesprochen, sie zwingt sich, den Blick nicht zu senken. Was sieht er in ihr? Einen Unsicherheitsfaktor oder, wie früher, die förderungswürdige Kollegin? Sie kann es nicht sagen. Sie denkt an die Wahrheiten aus dem Stuhlkreis: Du kannst nicht alles im Leben bestimmen. Du kannst deine Gefühle nicht verleugnen. Akzeptieren, loslassen, sich selbst verzeihen, immer wieder das. Wie unendlich banal. Sie zwingt sich, Millstätt immer weiter in die Augen zu sehen. Ich will zurück, denkt sie. Ich wusste es lange nicht, du hast Recht, ich bin abgehauen, aber das ist vorbei, glaub mir, das ist vorbei.

Dann, plötzlich, entspannen sich Millstätts Gesichtszüge und er wirft den Arztbericht mit einer lässigen Bewegung hinter sich in ein Ablagekörbchen, als wolle er ihn so ein für alle Male aus der Welt schaffen. Doch so funktioniert das natürlich nicht, denkt sie, als sie eine halbe Stunde später allein im Aufzug steht und die Stirn an die kühle Metallwand presst. Das KK 11 war einmal ein Zuhause für sie, die Arbeit als Mordermittlerin Lebenssinn. Dann konnte sie den Tod nicht mehr ertragen, und nun glaubt sie, das überwunden zu haben, und kehrt zurück. Aber trotzdem wird nie wieder etwas so selbstverständlich sein wie in der Zeit vor Patricks Tod, nicht alle Kollegen trauen ihr so viel zu wie Millstätt und auch das Verhältnis zu ihm bewegt sich auf dünnem Eis.

Ihr Handy meldet eine SMS, während der Aufzug mit dem vertrauten Ruckeln abwärts gleitet. Ungläubig starrt Judith aufs Display: »Frankfurt–Toronto morgen 13.05 gebucht. Business Class. Open Return. Ruf mich an, Berthold.«

❋❋❋

Manni zieht die Tür seines Büros hinter sich zu und eilt durch den stickigen Flur zum Treppenhaus. Er muss etwas essen, er braucht eine Pause, es geht nicht mehr anders, sein Magen knurrt, sein Kopf ist dumpf, am liebsten würde er heimfahren und duschen und die durchgeschwitzten Klamotten wechseln. Seine Füße kleben in den Nylonsportschuhen, die unangenehm eng geworden sind bei der verdammten Rennerei im Königsforst, aber an eine richtige Pause ist nicht zu denken. Er muss die Listen und Befragungsergebnisse durchgehen, die die Bruckner ihm auf den Schreibtisch gepackt hat, er muss Karl-Heinz Müller in der Rechtsmedizin erwischen und klar machen, dass die Analyse des vermeintlichen Dackelohrs eilt, auch wenn sie keine Leiche dazu geliefert haben, er muss Berichte schreiben, er muss die neu hereingekommenen Vermisstenmeldungen checken, er muss über die Vernehmung mit den Stadlers nachdenken, und seine Mutter gibt auch keine Ruhe. Irgendwie muss er zehn Minuten rausschinden und sie anrufen, auch wenn die Aussicht, einmal mehr in die Niederungen der kaputten Ehe mit seinem starrsinnigen, gelähmten Vater geführt zu werden, alles andere als verlockend ist.

In zwei langen Sätzen nimmt er die letzten Stufen zum Erdgeschoss, sprintet Richtung Ausgang und prallt gegen eine Frau, die aus einem der Aufzüge getreten sein muss, ohne nach rechts oder links zu schauen. Etwas knallt auf den Boden und zerspringt. Ein Handy, realisiert Manni, er muss es der Frau aus der Hand geschlagen haben. Sie stößt einen wilden Fluch aus und geht in die Hocke.

»Scheiße, verdammt, sorry, ich hab Sie echt nicht …«, Manni bückt sich ebenfalls und hebt ein Teil auf, das er als Akku identifiziert. Er hält ihn ihr hin, die Frau streicht sich widerborstige rötliche Locken aus dem braungebrannten Gesicht und sieht Manni an. Das hat ihm gerade noch gefehlt, für rührselige Wiedervereinigungen hat er jetzt überhaupt keine Zeit, aber das hilft nichts – es ist die Krieger.

»Judith!«

»Hallo Manni.« Sie steht auf, die Einzelteile ihres Handys in der linken Hand. »Wenn mein Telefonbuch futsch ist, bin ich geliefert.«

»Darf ich?«, er streckt die Hand aus, verflucht sich dafür, denn er hat keine Zeit, aber andererseits hat er seine Exteampartnerin nun mal umgerannt, das lässt sich nicht leugnen, also kann er sie jetzt schlecht einfach stehen lassen.

Sie händigt ihm die Teile aus und lächelt, ein Ereignis, das, soweit er sich erinnern kann, früher Seltenheitswert besaß. Überhaupt sieht sie anders aus, wird ihm bewusst. Jünger. Regelrecht attraktiv. Was nicht nur an der Bräune liegt, die ihren Teint gleichmäßiger, die Sommersprossen weniger prominent wirken lässt und die grauen Augen heller. Es ist etwas an ihrer Körperhaltung, ein gewisser Ausdruck in ihrem Gesicht. Außerdem muss sie abgenommen haben, und ihre Klamotten verstärken diesen Eindruck noch. Ein enges schwarzes Trägertop, eine halbdurchsichtige Bluse, eine weite, sandfarbene Hose und Jesuslatschen. Ihre Fußnägel sind schwarz lackiert, was komischerweise sexy wirkt. Auf einmal wird ihm bewusst, dass er die Krieger anstarrt und dass sie das bemerkt. Schnell richtet er seine Konzentration auf ihr Handy.

»Wann haben wir uns eigentlich das letzte Mal gesehen?«
Sie spricht, als könne sie seine Gedanken lesen. »Egal. Ist viel
passiert seitdem. Wie auch immer, nächste Woche komme ich
zurück.«

Manni schiebt die Abdeckklappe auf die Handyrückseite.
So weit passt alles und wirkt unversehrt. Er hält ihr das Mo-
bilfunkgerät hin, weiß plötzlich nicht, wie er fragen soll, was
er wissen möchte, aber wieder antwortet sie ihm auch so.

»KK 11, gerade war ich bei Millstätt.« Sie nimmt ihr
Handy, schaltet es ein, tippt darauf herum und stößt einen
erleichterten Seufzer aus. »Sieht gut aus. Danke für die Reparatur. Komm, ich lade dich zu einem Drink ein, oder hast
du es eilig?«

»Ich wollte gerade was essen gehen.« Er ist zu hungrig, um
sich eine Ausrede auszudenken, und außerdem kann sie nichts
dafür, dass er versetzt worden ist. Irgendjemand hat ihm sogar gesteckt, dass sie sich bei Millstätt für ihn stark gemacht
hat, Manni kann ihr also nichts vorwerfen und trotzdem reißt
ihr Anblick alle Wunden auf. Hör auf damit, Mann, hör endlich auf, jammern bringt dich nicht weiter. Unwillkürlich beschleunigt er seine Schritte. Wenn er sich beeilt, wenn er sich
bewährt, wenn er diesen Jungen findet, tot oder lebendig, und
diesmal alles richtig macht, vielleicht holt Millstätt ihn dann
zurück. Und wenn er sich mit Judith Krieger gut stellt, behält
er immerhin einen Draht zum KK 11.

Seine Kollegin bleibt wortlos an seiner Seite und nach
wenigen Minuten erreichen sie Dimitris Grillimbiss in der
Taunusstraße. Manni bestellt Gyros komplett und eine gro-
ße Apfelschorle, Judith Krieger Bauernsalat und Mineralwasser. Diät, denkt Manni. Vielleicht hat sie ja einen neuen
Freund. Er schiebt den Gedanken an Judith Krieger beim Sex
beiseite. Dimitri hat blaue und weiße Ikea-Klappstühle und
Tische auf den Bürgersteig gestellt, grottig unbequem, aber
im Schatten. Manni leert seine Apfelschorle in einem langen
Zug, bestellt gleich noch eine und streckt die Beine aus. Der
Druck hinter seiner Stirn lässt nach, was ein Glück ist, denn
Dimitris Sirtakimusik quäkt auf die Straße, der Imbisschef
kennt mal wieder keine Gnade und pfeift mit, während er

Fleischstücke vom Spieß säbelt. Die typischen Luschen und Looser des Viertels schlappen an ihnen vorbei. Sportbekleidung aus Ballonseide ist für sie auch im Hochsommer ein modisches Muss.

Während sie essen, reden sie über dies und das, beide bemüht, das heikle Thema der Strafversetzung zu umgehen und die Pausen nicht zu lang werden zu lassen. Auch die Krieger fühlt sich nicht wohl damit, dass sie ins KK 11 zurückdarf und er nicht, wird Manni klar, obwohl sie das so direkt nicht sagt. Sie erzählt, dass sie ihre letzten Urlaubstage damit verbringt, eine verschwundene Schulkameradin aufzuspüren, die offenbar in Kanada verschollen ist. Im Gegenzug nennt Manni ihr ein paar Eckpunkte seiner Jagd nach Jonny Röbel. Es tut ihm gut, wenigstens einen Bruchteil seiner Gedanken loszuwerden, und die Art, wie die Krieger zuhört und hin und wieder eine präzise Frage stellt, lässt ihn die Teamarbeit in einer Mordkommission einmal mehr vermissen. Hör auf damit, Mann. Sie bestellen griechischen Mokka, und seine Kollegin lässt es sich nicht nehmen, die gesamte Rechnung zu begleichen. Schließlich verabschieden sie sich in einer Nebenstraße des Präsidiums, wo Judith Krieger mit Besitzerstolz eine dunkelblau lackierte Citroën-Ente aufschließt und sich am Faltdach zu schaffen macht. Ihr Retrotick, richtig, den hatte er fast vergessen, passt aber einwandfrei zur Bemalung ihrer Fußnägel, und jetzt fällt ihm auch ihre 70er-Jahre-Plattensammlung wieder ein, die sie in ihrer Wohnung hortet. Bei seinem bislang einzigen Besuch bei ihr zu Hause hat er unfreiwillig eine Hörprobe bekommen, damals, als die einstige Starermittlerin des KK 11 ganz unten war und er noch glaubte, er hätte die Sache im Griff und Millstätt sei auf seiner Seite.

»Dein neues Auto?«

»Ein Anflug von Nostalgie. Hab ich mir zum 39. geschenkt.«

»Hübsch. Aber waren die früher nicht mal grün-weiß?«

Sie errötet ein bisschen, lächelt aber. »Ich hab sie umspritzen lassen, ist ja kein Dienstfahrzeug.«

Apropos Dienstfahrzeug. Inzwischen ist es nach 19 Uhr,

und die Chancen stehen gut, dass er im Fuhrpark etwas Besseres abstauben kann als eine schrottreife Gurke. Das entscheidet, was er als Nächstes tun wird. Die Schreibtischarbeit kann warten, und telefonieren kann er, während er fährt. Solange es noch hell ist, wird er sich diesen Autobahnrastplatz ansehen, checken, ob es von dort einen gangbaren Weg zu der Schutzhütte gibt, wo der vierzehnjährige Jonny Röbel vielleicht in blindem Horror Zeuge wurde, wie irgendein herzloses Arschloch seinem Hund ein Ohr abschnitt. Ist der Stiefvater Frank Stadler zu solcher Brutalität fähig?

Stadler hat sich am Samstagnachmittag länger aus dem Zeltlager entfernt, als er zunächst aussagte, das haben die Befragungen der Campteilnehmer ergeben. Doch ein einsamer Spaziergang ist noch kein Verbrechen, zumal noch weitere Kölsche Sioux allein im Wald unterwegs gewesen sein wollen, auch Häuptling Hagen Petermann. Und weder Stadler noch einer der anderen Freizeitindianer ist vorbestraft. Was ist im Königsforst passiert?, fragt Manni sich wohl zum hundertsten Mal. Das Gelände rund um die Hütte ist extrem schwierig, voller Unterholz und Brombeerranken, die Hundestaffel hat schon Feierabend gemacht, ohne eine weitere Spur zu finden. Der Autobahnrastplatz, denkt Manni. Ich hätte drauf bestehen müssen, dass sie den noch prüfen. Irgendwohin müssen der Junge und sein Dackel ja verschwunden sein, sie können sich doch nicht in Luft auflösen. Vielleicht hat wer auch immer sie von dem Parkplatz weggefahren und dann können wir im Königsforst noch tagelang jeden Stock rumdrehen, dann haben wir ganz einfach keine Chance. Oder ist überhaupt kein Verbrechen geschehen und der Junge hat sich aus eigenem Willen per Anhalter davongemacht?

Seine Exteampartnerin steigt in ihre Retrokutsche, der Motor erwacht mit einem schwachbrüstigen Huster zum Leben, sie winkt und tuckert davon, der Hauch eines 70er-Rock-Oldies weht als Abschiedsgruß durchs offene Faltdach zu ihm herüber. Wann ist sie wieder im KK 11, was hat sie gesagt? In einer Woche schon? Kann er den Fall Jonny Röbel bis dahin lösen? Kann er den Jungen retten? Und was ist, wenn Jonny tot ist – bekommt Kriminalhauptkommissarin

Judith Krieger dann zum Einstand Mannis Ermittlungsakte auf den Tisch? Manni angelt ein Fisherman's aus der Tüte, zerbeißt es, dass die Schärfe seine Mundschleimhäute betäubt und den Geschmack von Dimitris Knoblauchsoße wegätzt. Obwohl die Hitze auf dem Asphalt brütet und die anderen Passanten sich wie im Koma dahinschleppen, beschleunigt er seine Schritte.

***

»Wo warst du am Samstagnachmittag?«, fragt Martina Stadler mit dieser heiser flüsternden Stimme, die ihr selbst unheimlich ist. Der Tag ist vorübergegangen, irgendwie vorübergegangen, in seiner ganzen monströsen Unerträglichkeit. Sie ist zum Warten verdammt. Jonny lebt, das spürt sie einfach, aber es geht ihm nicht gut, er ist in Gefahr, und sie kann nichts tun, um ihn zu retten. Sie hat mit allen Menschen gesprochen, die Jonny kennen. Niemand scheint etwas zu wissen, niemand hat eine Idee, wo Jonny ist. Lene und Leander haben den Nachmittag bei Franks Eltern verbracht, aber um sie nicht unnötig zu ängstigen, haben sie entschieden, dass die Kinder zu Hause übernachten sollen. Frank hat sie abgeholt, und mit einer gewaltigen Anstrengung ist es ihnen gelungen, eine Art Normalität zu spielen und den Kleinen weiszumachen, dass Jonny und Dr. D. einfach nur Ferien machen. Abendessen, rumtoben, baden, Gutenachtgeschichte, das übliche Ritual. Nie zuvor hat es so viel Kraft erfordert. Nie zuvor erschien es Martina so sinnlos. Und kaum waren die Kinder im Bett, kam dieser blonde Kommissar und stellte seine schrecklichen Fragen.

Frank sitzt am Küchentisch, reglos, starrt auf die Tischplatte, wo Tomatenketchup- und Schmierkäsereste kleben, beachtet sie nicht, antwortet ihr nicht, eingekapselt in seine eigene Welt. Wo ist Jonnys Taschenlampe? Da, auf der Fensterbank. Sie muss besser darauf aufpassen, wenigstens das muss sie schaffen, so schwer ist das doch nun wirklich nicht. Martina fühlt das Metall unter ihren Fingern, so vertraut ist jede kleine Erhebung, jede Rille, jeder Kratzer inzwischen, sie könnte diese Taschenlampe mittlerweile blind aus einem ganzen Sortiment ertasten. Jonny wäre davon bestimmt fasziniert. Meld dich bei »Wetten, dass …?«, Tini, das wär doch cool. Beinahe glaubt sie, seine Stimme zu hören.

»Frank, bitte, ich muss das wissen. Wo warst du am Samstagnachmittag? Was hast du gemacht?«

Jetzt sieht er sie an, mit blutunterlaufenen Augen, von ganz weit her.

»Du warst dabei, als ich dem Kommissar geantwortet habe. Reicht dir das nicht?«

»Im Wald, du warst im Wald. Allein im Wald. Aber warum?«

Er zuckt nicht einmal mit der Wimper, obwohl diese fremde Stimme, die offenbar ihre Stimme ist, die letzte Frage geschrien hat.

»Bitte, Martina, die Kinder schlafen.« Sachlich. Beherrscht.

»Die Kinder! Was kümmert dich das schon. Auf Jonny hast du schließlich auch nicht aufgepasst!«

Das war zu viel, das merkt sie sofort. Sie hat sich von seiner Ruhe provozieren lassen, die Worte sind aus ihr herausgeflogen, obwohl sie das nicht wollte, sie will sie zurücknehmen, einfach wieder einsaugen, weil sie nicht ertragen kann, wie Frank sie ansieht, der jetzt langsam aufsteht, gefährlich langsam, als stünde er unter Schock. Martina presst den Handrücken auf den Mund.

»Das ist es, was du denkst, ja? Dass es meine Schuld ist?«

Sie schüttelt den Kopf, links, rechts, links, rechts, wie eine irre gewordene Marionette.

»Vielleicht solltest du diesen Kommissar anrufen und ihm sagen, dass auch du, meine Frau, mir nicht glaubst. Vielleicht lässt du mich am besten gleich verhaften.«

»Nein, Frank, nein.« Immer noch bewegt sich ihr Kopf hin und her, sie kann das nicht stoppen und jetzt beginnt sie auch noch zu zittern. Ihre verdammten Worte, ihre verdammte Zunge, so viel schneller als ihr Hirn, so viele Verletzungen, so viele Wunden, sie kann es nicht ertragen, nicht das auch noch, ihr ist so kalt.

Und dann macht Frank einen Schritt auf sie zu, eine Bewegung wie ein Taumeln. Im nächsten Moment fühlt sie seine Arme um sich und er hebt sie hoch und wankt zurück auf die Küchenbank, lässt sich darauf niedersinken, lässt Martina dabei nicht los und sie krümmt sich zu einem Bündel auf seinem Schoß. Sie kriecht in seine Wärme, flüchtet sich in seine Umarmung, und er presst sein Gesicht in ihr Haar, ihr Mann, ihr geliebter Mann, der weiß, wie es in ihr aussieht, der sie versteht, der ihr verzeiht, und sie weint all die Tränen in seine Schulter, die sie in den letzten Stunden zurückhalten musste, wegen der Kinder. Und für einen Moment lang, einen winzigen Moment lang, schöpft sie aus dieser neu gefundenen Innigkeit so etwas wie Mut, und es erscheint vollkommen unmöglich, dass Jonny etwas geschehen ist und dass Frank, ihr wunderbarer, sanftmütiger, großherziger Mann, der Vater ihrer Kinder, damit etwas zu tun haben könnte. Weil sie ihn liebt.

✳✳✳

Die Hitze des Tages steht noch in Judiths Wohnung. Sie füllt ein Glas mit Leitungswasser, dreht sich eine Zigarette und geht auf ihre Dachterrasse. Mauersegler schießen aus den Altbaufassaden der Kölner Südstadt in den blassvioletten Himmel, merkwürdig synchron, wie auf ein geheimes Kommando. Judith stützt die Ellbogen aufs Geländer, raucht und sieht ihnen zu. Im ersten Moment, als sie Bertholds SMS gelesen hat, war sie zu überrumpelt, um etwas zu empfinden. Dann kam die Wut über seine Anmaßung. Und im nächsten Augenblick hat sie sich auf Manni konzentriert. Seit Wochen schon hatte sie ihn treffen wollen, aber nie schien es der richtige Zeitpunkt zu sein, insofern war dieses unverhoffte Aufeinanderprallen ein Segen. Schließlich wären sie sich nächste Woche im Präsidium sowieso begegnet, und wer weiß, womit sie sich dann beschäftigen muss. Sie kann nur hoffen, dass es nicht Mannis vermisster Junge sein wird, denn das würde Mannis angeschlagenen Stolz noch mehr verletzen.

Sie haben sich beide um Normalität bemüht in diesem griechischen Imbiss, in dem ihr Exkollege offenbar Stammgast ist, und mehr kann man wohl kaum erwarten, solange Manni nicht wieder ins KK 11 versetzt wird. Ich tue für dich, was ich kann, verspricht sie ihm stumm. Das Problem ist nur, dass ich das Standing, das ich mal hatte, verspielt habe und nicht weiß, ob ich es je wieder zurückgewinnen kann.

Sie drückt ihre Zigarette am Geländer aus, verwischt die Aschespuren mit dem Zeigefinger, widersteht der Versuchung, sich sofort die nächste zu drehen. Der Moment bevor Millstätt den amtsärztlichen Befund in sein Ablagekörbchen warf, diese millisekundenlange Ungewissheit darüber, was er mit ihr vorhat, hat sie erkennen lassen, was sie sich zuvor nicht eingestand: Sie will ihren Job zurück, und obwohl Angst dafür die denkbar schlechteste Voraussetzung ist, hat sie Angst. Angst, noch einmal zu versagen. Und das macht sie verletzlich.

Sie geht zurück in ihre Wohnung. Das Gemälde von Charlottes Eistaucher liegt auf dem Wohnzimmerparkett. Seine roten Augen sehen Judith an, seltsam scharfsinnig, als wisse er etwas, was sie noch herausfinden muss. Charlotte hat ihren Rückflug aus Kanada nicht angetreten, nicht storniert und auch nicht umgebucht. Natürlich hat Berthold Recht. Wenn man bedenkt, dass Unglück nun einmal so viel besser zu Charlottes Leben passt als Glück, rechtfertigt dies durchaus ein paar Nachforschungen auf der anderen Seite des Atlantiks. Gibt es irgendwo jemanden, der Charlotte vermisst? Allem Anschein nach niemanden außer Berthold Prätorius, was eine beklemmende Bilanz für ein nahezu vier Jahrzehnte andauerndes Leben ist. Doch welche Berechtigung habe ich, das zu kritisieren?, denkt Judith. Wie viele Wochen hätte es gedauert in meiner schwärzesten Phase, bis jemand meine Wohnungstür aufgebrochen hätte? Und was wäre der Grund dafür gewesen? Sehnsucht? Oder Verwesungsgeruch und ein überquellender Briefkasten, der die Nachbarn störte?

Ja, sie hat daran gedacht, sich umzubringen. Das ist eine Wahrheit. Sie hat es nicht getan, das ist das zweite Gesicht derselben Wahrheit. Charlotte hat große Stücke auf dich gehalten, hat Berthold ihr gesagt. Aber Judith ihrerseits hat Charlotte nicht gemocht. Als Schülerin hat sie ihre Freundschaftsangebote zurückgewiesen, obwohl sie eine gewisse Verbundenheit zu ihr spürte. So, wie sie im Laufe ihres Lebens noch viele Angebote ablehnte, geprägt durch eine Kindheit, in der ihre Eltern sie und ihre Brüder wieder und immer wieder entwurzelten, weil ihr Vater zu oft in einer neuen Stadt sein Glück suchte. Patrick ist eine Ausnahme gewesen, ihn hat Judith niemals auf Distanz gehalten. Nach seinem gewaltsamen Tod hat sie sich wieder abgekapselt, so wie sie es schon als Jugendliche tat. Keine Nähe, keine Schmerzen, das war ihre Strategie. Aber das ist nicht nur maßlos arrogant, sondern auch feige.

Vielleicht ist es an der Zeit, aufzubrechen. Vielleicht hat sie schon zu lange gewartet. Sie geht zu ihrem Sekretär und blättert erneut durch die Unterlagen, die Irene Hummel für sie kopiert hat. Wissenschaftliches Kauderwelsch, detailbesessen, brutal in seiner distanzierten Sachlichkeit. Der Eistaucher auf dem See bei Düren hatte einen Angelhaken verschluckt. Der Haken hatte sich »in seinem oberen Schlund festgesetzt«, die Schnur hatte sich um seinen Fuß gewickelt, so dass der Vogel nicht mehr fischen und sein Gefieder pflegen und einfetten konnte. Hilflos hatten Charlotte und die anderen Studenten mit ansehen müssen, wie er verhungerte. Eine Kreatur der Wildnis, für immer ihrer Wildheit beraubt – durch Menschenhand. Ja, das ist pathetisch, verdammt noch mal, denkt Judith. Aber je länger man darüber nachdenkt, desto wahrer erscheint es, und für Charlotte ist es vermutlich zur einzigen Wahrheit geworden.

Judith versucht, sich die einstige Mitschülerin vorzustellen, wie sie in diesen nasskalten Dezemberwochen vor dreieinhalb Jahren die Schultern in den Parka krümmte und mit klammen Fingern ihr Fernglas vor die Augen hielt – zu weit auseinander stehende Augen, als dass man Charlotte je als Schönheit bezeichnen würde. Was hat sie empfunden? Das ist natürlich nicht protokolliert, der Bericht konstatiert nur nüchtern, was sie getan hat: Als klar war, dass der Eistaucher sich nicht ernähren konnte, hat die Naturwissenschaftlerin Charlotte Simonis versucht, sich über die Naturgesetzlichkeiten zu erheben, wie auch über das strikte wissenschaftliche

Prinzip, nicht einzugreifen. Sie hat die Feuerwehr gerufen, die sich mit Motorboot und Kescher bemühte, den Eistaucher einzufangen. Aber obwohl der Eistaucher geschwächt war, entzog er sich dem menschlichen Zugriff immer wieder in die Unergründlichkeit des Sees. »Der Vogel tauchte immer wieder tief und lange Strecken von ca. 80 m, nur von kurzen Atempausen unterbrochen. Nach mindestens 5–6 Tagen ohne Nahrung waren seine Kraftreserven unvermutet hoch«, konstatiert der Bericht. Zehn Tage später fand Charlotte den Vogel tot auf dem trockenen Ufer liegend. »Zum Sterben hatte sich der Eistaucher wohl einige Schritte auf Land geschoben.«

Judith schiebt den Bericht beiseite und steht auf, irgendetwas treibt sie hoch, irgendetwas an diesem Bericht ist so beklemmend wie alles an Charlottes Leben. Was hat sie empfunden, als sie den toten Eistaucher barg? Judith geht auf die Dachterrasse, starrt in den Himmel, geht zu ihrer Sitzbank, setzt sich doch nicht. Charlotte weigerte sich, den Eisvogel zu sezieren, regelrecht hysterisch sei sie geworden, hat Irene Hummel berichtet. Es war das Ende ihrer Karriere, und ihr eigener Vater hat sie dafür ausgelacht.

Auf einmal ist die Erinnerung an die Schule wieder da. Das Getuschel und Gelächter. Die Unerbittlichkeit, mit der ein paar eitle Backfischprinzesschen darüber richteten, was erlaubt war und was verpönt, und alle schikanierten, die anders waren als sie. Charlottes Blick, wenn sie über sie lachten. Wie sie sich in sich verkroch. Wie hat sie das aushalten können? Und was hat sie getan, wenn sie es nicht mehr ertrug?

Judith kehrt ins Wohnzimmer zurück und schaltet ihr Notebook an. Sie loggt sich ins Internet ein und hat binnen kurzer Zeit die Biologische Fakultät der University of Toronto gefunden sowie eine Telefonnummer der Kriminalpolizei von Ontario. In Toronto ist es jetzt Mittag, eine gute Zeit zum Telefonieren. Aber an der Uni sind Semesterferien, Professor Terence Atkinson macht mit seiner Familie Urlaub in seinem Cottage an den Northern Lakes, wo genau, will seine Sekretärin nicht verraten. Und bei der Polizei bittet man Judith um eine etwas konkretere Anfrage, am liebsten per E-Mail und noch lieber offiziell. Judith klickt sich noch eine Weile durch den Kosmos der kanadischen Kollegen. Lachende junge Menschen verschiedenster ethnischer Abstammungen werben für die Arbeit im Dienst der Polizei. Eine der Seiten sieht aus wie von Laien programmiert, die weiße Kanadaflagge mit dem roten Ahornblatt blinkt zur Begrüßung neben dem Slogan »Ontario – yours to discover«, darunter sind die Wappen der Ortspolizeibehörden abgebildet wie in einem Sammelalbum für Kinder, ganz so, als gäbe es in Ontario keine Verbrechen.

Judith fährt den Computer wieder herunter, so wird sie nichts erreichen. Auf einmal fühlt sie sich rastlos, zur Untätigkeit verdonnert, eingesperrt. Auf einmal fühlt sie Wut, und der Gedanke, nach Kanada zu fliegen und diese stehende Hitze in ihrer Wohnung, die Erinnerungen an das, was war, die Sorgen um das, was noch kommt, hinter sich zu lassen, ist verlockend. Aus der Zeit fallen, aus der Reihe tanzen, zumindest für ein paar Tage. Warum nicht?

Sie schaltet ihr Handy an. Acht Anrufe von ihrem ehemaligen Schulkameraden Berthold Prätorius. Beschwörungen, Schmeicheleien, Besorgnis, Versprechungen. Doch darum geht es nicht, sie schuldet Berthold nichts. Aber sie schuldet Charlotte etwas und vielleicht auch sich selbst. Der Eistaucher sieht Judith immer noch an. Sie starrt zurück und dreht sich eine Zigarette, bevor sie Bertholds Nummer wählt. Wenn er ihr einen Rückflug bucht, mit dem sie pünktlich zurück in Köln ist, wird ihr erster Tag im KK 11 mit einem Jetlag beginnen.

\*\*\*

Der Autobahnparkplatz Königsforst ist so wie alle Autobahnparkplätze: hässlich, staubig und laut. Ein paar gammelige Picknicktische, Mülleimer, ein wabenförmiges Klohaus aus Backstein und ein verschlossener, verwaister Imbisswagen mit ein paar Stehtischen, mehr gibt es hier nicht. Zwei dösige LKW-Fahrer hocken auf Klappschemeln neben einem Brummi mit russischem Kennzeichen, essen Butterbrote mit

Ölsardinen und trinken Tee. Ein Geschäftsmann in feinem Zwirn schwingt sich aus einem schwarzen BMW Z4 und federt dynamischen Schrittes über den aufgeheizten Asphalt zum Lokus. Gute Idee eigentlich, Manni tut es ihm nach. Drinnen beißt ihm Pissegeruch in die Nase, auch wenn es für ein Klohaus ohne Personal geradezu manierlich aussieht. Blasses Neonlicht, WCs, Pissoirs, Waschbecken, Seifen- und Handtuchspender sind aus Stahl, wie auch der Spiegel, der Mannis Gesicht als bleichen Schemen reflektiert. Nix zu holen hier. Vom Stau oder Leben Frustrierte müssen sich woanders abreagieren.

Manni schaufelt sich kaltes Wasser ins Gesicht und zieht ein Papierhandtuch aus dem Spender. Jemand muss die Handtücher nachfüllen und die Klos putzen. Hinter einer dicken Plexiglasplatte, die an die Wand gedübelt ist, steckt ein Schild mit Namen und Telefonnummer der Betreiberfirma der Sanitäranlage. Er notiert beides auf seinem Block. Eher unwahrscheinlich, aber man weiß ja nie – vielleicht hat einer der Mitarbeiter den Jungen oder den Dackel gesehen. Doch was potentielle Zeugen angeht, ist der Imbisswagen sicher die bessere Adresse. Manni verlässt das WC und läuft hinüber. *Mr Snack – Öffnungszeit täglich 10 bis 18 Uhr,* steht auf der Klappe. Manni stützt die Ellbogen auf einen der Stehtische und betrachtet das Panorama. Schön und gut, von hier hat man den Überblick, morgen früh um zehn kann ihm Mr Snack das hoffentlich bestätigen. Und jetzt?

Das Fiepen seines Handys enthebt ihn einer Entscheidung. Karl-Heinz Müller. Endlich.

»Die Spurensicherer legen mir so ein angefaultes, haariges Ding auf den Tisch und sagen, du meldest dich, aber darauf kann ich wohl lange warten.«

»Ich hab versucht, dich anzurufen. Aber erst war dauernd besetzt und dann ging keiner ans Telefon und dein Handy war ausgeschaltet.«

»Na ja, stimmt wohl. Neuer Chef, neue Sitten. Kein Handy mehr bei der Leichenschau, keine Zigaretten, demnächst verbietet er uns wahrscheinlich das Atmen.« Karl-Heinz schnaubt so inbrünstig, dass Manni meint, den Qualm seiner unvermeidlichen Davidoff durchs Telefon riechen zu können. »Also, warum soll ich im Bereich der Zoologie tätig werden?«

»Die Ks müssten auch eine Vergleichsprobe dagelassen haben. Haare. Und einen Hundepass.«

»Haben sie, ja.«

Karl-Heinz Müller ist schwer in Ordnung und total gutherzig, hat Judith Krieger mal gesagt. Man muss ihn nur zu nehmen wissen, und das heißt, man muss ihm unbedingt das Gefühl geben, dass man ohne ihn aufgeschmissen ist. Demut also, beschließt Manni.

»Hör mal, Karl-Heinz, ich weiß, ich hätte dich direkt persönlich informieren müssen, und ich kann mir auch durchaus vorstellen, was du momentan zu tun hast«, Manni schluckt. Die Touristenmorde untersuchen, zum Beispiel, die das KK 11 in Atem halten und die Stadtobersten zu verzweifelten Kurzschlusshandlungen treiben, weil ermordete Touris für sie in allererster Linie ein PR-Gau sind. Und er muss sich derweil mit verschwundenen Dackeln plagen. »Aber ich brauche trotzdem deine Hilfe, und zwar so schnell wie möglich. Unter Umständen kann ich mit deinen Erkenntnissen das Leben eines verschwundenen Jungen retten.«

Sehr dick aufgetragen, aber es scheint zu wirken. Karl-Heinz Müller seufzt. »Keine Leiche. Nur dieses Pelzteil – was ganz sicher nicht zu einem Jungen gehört.«

»Ich vermute, es ist das Ohr seines Dackels. Auf der einen Seite von diesem ›Teil‹ ist was Blaues, möglicherweise eine Tätowierung, vielleicht kannst du rekonstruieren, ob es die aus dem Hundepass ist. Die Vergleichsprobe stammt aus dem Körbchen des Dackels, um den es sich handeln könnte.«

»Das schaff ich aber heute nicht mehr, deine Gabe ist, wie gesagt, nicht gerade frisch. Und eine DNA-Probe dauert.«

Ein Mann in albern gemusterten Boxershorts hievt sich aus einem Golf, bedenkt das Klohaus mit einem vernichtenden Blick und stapft an den Picknicktischen vorbei über die ungepflegte Wiese. Am Waldrand bleibt er stehen und pinkelt an einen Strauch.

»Spanner!«, sagt Manni.

»Wie bitte?« Karl-Heinz Müller klingt pikiert.

»Entschuldige, ich meine nicht dich, ich hab nur laut gedacht.« Wo es was zu spannen gibt, gibt es auch Spanner, das ist eine Regel, die Manni aus seiner Zeit bei der Sitte kennt. War der Junge ein Spanner? Wohl kaum. Aber vielleicht ist er einem Spanner in die Quere gekommen. Der Wildpinkler schüttelt sein bestes Stück, verstaut es wieder in der Hose, wischt mit den Händen über seinen feisten Hintern und stapft zurück zu seinem Auto. Gleich morgen früh muss die Hundestaffel hier alles absuchen. Und jetzt ist es gerade noch lange genug hell, dass Manni ausprobieren kann, wie lange man von diesem Rastplatz bis zu der Schutzhütte braucht.

»Es wäre wirklich toll, wenn du dieses Ohr, oder was immer es ist, irgendwie zwischenschieben könntest. Wenn du die Tätowierung entziffern kannst, brauchen wir keinen DNA-Test«, sagt er ins Telefon.

»Was wir im Rahmen einer rechtsmedizinischen Untersuchung brauchen, entscheide immer noch ich.«

»Natürlich. Ich wollte nur …«

»Ich melde mich.« Mit einem Grunzen, das sich mit viel gutem Willen als »Tschö« interpretieren lässt, beendet Karl-Heinz Müller das Gespräch.

Das Gestrüpp, gegen das der Golffahrer uriniert hat, ist krüppelig und verdorrt. Dahinter führt ein Trampelpfad parallel zwischen Waldrand und Wiese einmal um den Rastplatz herum, gut getarnt durch weitere Büsche – in der Tat ein Paradies für Spanner. Aber es ist niemand zu sehen, dafür deuten eingetrocknete Kothaufen, Papiertaschentücher und ein verschrumpeltes Kondom darauf hin, dass der Golffahrer nicht der Einzige ist, der das Klohaus verschmäht. Was ist so toll dran, sein Geschäft im Wald zu verrichten? Und wer will neben einem Scheißhaufen vögeln? Sorgfältig prüfend, wohin er tritt, wandert Manni einmal am Parkplatz entlang. Nichts zu sehen, was auf Jonny oder seinen Dackel hinweist.

Im Wald wird es schon dämmrig. Manni findet einen Pfad, der ungefähr in die Richtung der Schutzhütte führt, schaut auf die Uhr und trabt los. Etwas sticht ihn in die Stirn. Dann in den Arm. Scheißmücken, auch das noch. Schweiß kriecht in juckenden Rinnsalen unter seinem Haar in den Nacken.

Im letzten halben Jahr hat er seine Haare bis auf Kragenlänge wachsen lassen, weil die Frauen darauf stehen. Aber vielleicht war dieses modische Zugeständnis doch keine so gute Idee, zumindest im Sommer. Und wahrscheinlich ist es vollkommen bekloppt, was er hier tut. Bloß weil er eine vage Vermutung hat, verzichtet er auf seinen Feierabend, dabei könnte er längst duschen, die Klamotten wechseln und noch auf ein Weizenbier um die Ecke ins Maybach gehen, wo vielleicht Miss Cateye sitzt. Und mit etwas Glück steht sie auf seine Frisur. Wann hat er das letzte Mal Sex gehabt? Lange her. Viel zu lange her. Irgendwie hat es sich nicht ergeben. Irgendwas ist schiefgelaufen in letzter Zeit.

Er erreicht einen Wanderweg und checkt seine Landkarte, wendet sich nach rechts. Nicht mehr weit bis zur Schutzhütte. Insgesamt etwa 20 Minuten. Sein Handy beginnt erneut zu fiepen, durchbricht die Stille, die ihn umgibt.

»Dein Vater!«, schreit die Stimme seiner Mutter. »Er liegt im Krankenhaus. Du musst sofort kommen, Manfred. Er stirbt!«

\*\*\*

Das Gesicht ihres Vaters lächelt sie an. Ihr leiblicher Vater, nicht der Mann, den sie Vater nennt, dessen Namen sie trägt, der ihre Mutter heiratete, als sie vier war, und der mit seiner rasanten Bankkarriere Judiths Kindheit im Rückblick wie einen einzigen Umzug erscheinen lässt. Eingewöhnen, Abschied nehmen, neu anfangen. Der Mann auf dem Schwarzweißfoto in dem schlichten dunklen Holzrahmen, das sie vor ein paar Monaten über dem Küchentisch an die Wand gehängt hat, weiß von diesen Umzügen nichts. Er ist 1969 gestorben, erfroren in den Bergen bei Kathmandu, wo er mit zwei Freunden, ehemalige Jurastudenten wie er, Erleuchtung suchte. Judith betrachtet ihn, diesen Mann, an den sie sich nicht erinnern kann. Hans Engel. Von anderen Fotos weiß sie, dass sie die Augenfarbe von ihm hat, grau mit türkisfarbenem Rand, Locken und Sommersprossen stammen von ihrer Mutter. Wie wäre ihr Leben als Judith Engel verlaufen? Sanfter? Freundlicher?

Auf jeden Fall nicht mit Hans Engel als Familienvater, denn als er in Nepal starb, waren ihre Eltern schon geschiedene Leute. Die Mutter hatte Sicherheit gewollt und sich geweigert, dem aus dem Ruder laufenden Ehemann mit der kleinen Judith in eine der Berliner Kommunen zu folgen, die er, wie so viele seiner Generation, als Erlösung von erdrückenden Lebensformen empfunden hatte. Er hatte die Welt verbessern wollen, dieser Hans Engel, und dazu hatte er sie erkunden wollen. Nicht seine Schuld, dass er dabei gestorben ist, denkt Judith, nicht seine Schuld. Und sicherlich kein Grund, sich vor einer Fernreise zu fürchten, auch wenn es meine erste ist.

Es ist beinahe Mitternacht, die Waschmaschine ist fertig, sie trägt die nassen Wäschestücke auf die Dachterrasse, hängt sie auf. Im Schlafzimmer packt sie ihren Reiserucksack. Fünf Tage nur. Sie geht zurück in die Küche, holt eine Flasche Kölsch aus dem Kühlschrank, legt sie wieder zurück, geht ins Wohnzimmer und nimmt die Tarotkarten aus dem Regal.

An die Karten ist sie durch ihren letzten Fall gekommen, als sie im Spätherbst in einem Aschram ermittelt hat. Es ging ihr nicht gut damals, und beinahe hätte der Leiter des Aschrams, ein windiger Typ namens Heiner von Stetten, sie fertiggemacht mit seinen Karten. Trotz der Hitze lässt die Erinnerung Judith frieren. Schwertkönigin hat von Stetten sie genannt. Maskenzerreißerin. 78 Karten, so viele mögliche Antworten auf eine Frage. Hokuspokus also, hat sie gedacht, purer Zufall. Später, im Winter, hat sie dann beweisen wollen, dass die Karten nichts bedeuten. Und doch hat sie, allen Gesetzen der Wahrscheinlichkeitsrechnung zum Trotz, auch allein immer und immer wieder dieselben Symbole gezogen. Grausamkeit. Niederlage. Den Turm.

Wie besessen hat sie experimentiert, Bücher gekauft, das Internet durchforstet, regelrecht ermittelt, um die geheimnisvollen Gesetzmäßigkeiten der Karten zu widerlegen. Am Ende musste sie doch kapitulieren. Musste akzeptieren, dass das Tarot seine eigene Wahrheit übermittelt, seine eigene Weisheit. Nicht immer. Aber zu oft, um es als Zufall abzutun.

Leicht und selbstverständlich gleiten die Karten von Hand zu Hand. Judith schließt die Augen, breitet sie zu einem Fächer aufs Parkett. Das Tarot antwortet nicht mit Ja oder Nein, offene Fragen sind der Schlüssel, und je besser die Frage, desto klarer die Antwort. Judith sitzt mit geschlossenen Augen und wartet, bis sie ihre Frage kennt. »Was werde ich finden, wenn ich Charlotte suche?« Die Frage ist gut, das kann sie fühlen, im Bauch, in der Brust. Sie atmet kontrolliert ein und aus, bevor sie die linke Hand von links über den Kartenfächer schickt, die Augen immer noch geschlossen. Wenn man die Karten befragt, muss man sich von seinen Gefühlen lenken lassen, der Intuition vertrauen, muss akzeptieren, dass es etwas gibt, was unerklärlich ist und trotzdem da. Judiths Finger gleiten über die Karten, fühlen die glatten Flächen, die pappigen Kanten. Alle gleich und doch nicht gleich. Eine der Karten wird plötzlich warm. Judith hält inne, schickt die Fingerspitzen ein Stück nach links, dann wieder zurück. Sie irrt sich nicht, die eine Karte glüht. Sie zieht sie heraus, zögert einen Moment, dann öffnet sie die Augen und dreht die Karte um.

Ein schwarzes Skelett mit schwarzer Sense. Die Botschaft ist zu plakativ, beinahe lächerlich banal.

»Was werde ich finden, wenn ich Charlotte suche?«

»Tod.«

2. Teil

# Brennen

# Dienstag, 26. Juli

Kein Lufthauch spielt in den Gräsern, nicht einmal ein Vogel tschilpt. Hoch über ihnen kratzt ein Passagierflugzeug eine orange glühende Wunde in den bleichen Frühmorgenhimmel. Heute darf Barabbas nicht allein umherstreifen, Elisabeth vergewissert sich nochmals, dass sie die Leine fest in sein Halsband geklinkt hat, während sie sich dem Wäldchen nähern, wo der Dackel seine letzte Ruhestätte gefunden hat. Erst hat sie Barabbas daheim lassen wollen, aber dann hat sie das doch nicht übers Herz gebracht. Zu seelenvoll war der Blick seiner dunklen Augen, zu kläglich sein Winseln. Und vielleicht ist es sowieso besser, wenn sie dem, was sie möglicherweise finden wird, nicht allein ausgesetzt ist. Ein Schäferhund, selbst ein alter Schäferhund, ist immerhin ein gewisser Schutz für eine Frau, die den Großteil ihrer Körperkraft darauf verwenden muss, aufrecht zu gehen und das Gleichgewicht zu halten.

Elisabeth hält inne und stützt sich auf den Spazierstock. Metallene Wimpel und Flaggen zieren das Holz, Erinnerungen an glücklichere Tage. Heinrich hat sie gekauft. Heinrich hat sie an den Stock geschlagen. All die Wanderurlaube, die sie mit ihm in den Alpen und im Schwarzwald verbrachte – vorbei. Vorhin ist sie barfuß über das taufeuchte Gras zu den Erdbeeren gelaufen. Wie ein junges Mädchen hat sie sich da gefühlt. Wie kann es sein, dass sie das Gras unter den Fußsohlen, die duftenden roten Früchte in ihren Fingern genauso spüren kann wie damals, wenn doch ihr Körper welk geworden ist? Das eigentliche Drama ist, dass wir so machtlos sind, denkt sie. Dass wir den Plan der Schöpfung einfach nicht begreifen. Erst ein paar Falten dort und ein paar graue Haare hier, man lebt damit, übersieht sie, bis man eines Tages in den Spiegel schaut und eine alte Frau zurückblickt. Und man wundert sich, weil die Seele noch jung ist und man sich fremd und zu Unrecht gefangen fühlt in diesem kraftlosen, runzligen Körper. Aber man kann wehklagen oder aufbegehren, so lange man will – ändern kann man nichts.

Sie hat das Grab des Dackels nicht markiert, hat den Boden einfach glatt gestrichen, als sie fertig war – dennoch findet sie es sofort, genau so, wie sie es verlassen hat. Sie legt die duftende, lachsfarbene Strauchrose aus ihrem Garten auf das Grab. Ruhe in Frieden, kleiner Hund.

War da ein Geräusch? Barabbas spitzt die Ohren, Elisabeth versucht, zwischen dem lichtgrünen Laubwerk etwas zu erkennen. Nichts.

»Komm, Barabbas, führ mich durchs Wäldchen, zeig mir, was hier ist.«

Ihr Hund blickt zu ihr auf, seine Rute schlägt auf den Waldboden. Elisabeth greift die Leine fester. Gott, was für eine Närrin sie ist. Was will sie hier eigentlich finden? In der Nacht hat sie es gewusst, als der Nachtschweiß an ihrem Körper klebte, als die Angst regierte. Jetzt hat sie es vergessen. Barabbas zieht sie zwischen die Birken, schnuppert in den Sträuchern, reibt den Rücken an einem Stamm. Sie überlässt sich seiner Führung, immer noch rätselnd, was sie hier überhaupt sucht.

Alte Autoreifen, Bauschutt, ein fleckiger Teppichrest, in dessen Falten Barabbas seine Nase vergräbt, bis Elisabeth ihn weiterzieht, Plastikmüll. Mühsam tasten sie sich voran. Insekten summen jetzt und die Sonne schickt die ersten unbarmherzigen Strahlen durchs Geäst. Vom Kraftwerk tönt der übliche Lärm der Förderbänder herüber. Es hat keinen Sinn, das nächtliche Gefühl der Dringlichkeit, das Elisabeth hierher zurückgeführt hat, weicht dumpfer Erschöpfung. Sie schließt einen Moment lang die Augen, Lichtpunkte tanzen im Rot, ihr wird schwindelig, mit aller Kraft stützt sie sich auf ihren Stock. Es hat wirklich keinen Sinn, sie muss nach Hause.

Zurück in ihrer Küche, gibt sie Barabbas Wasser, isst ein paar Erdbeeren, froh, dass sich ihr Atem allmählich beruhigt. Sie liest die Tageszeitung, während sie frühstückt. Die Überschriften der Politik sind so frustrierend wie immer, Elisabeth überblättert sie. Die Menschen bekriegen sich, fortwährend und nahezu überall auf der Welt, sie richten sich und den Globus zu Grunde, so war es schon immer, das braucht sie nicht täglich aufs Neue zu lesen. Sie sucht auf den Lokalseiten nach Neuigkeiten vom Braunkohletagebau und seufzt erleichtert, als sie keine findet. Am liebsten mag sie die Kultur und die bunten Seiten, das Vermischte aus aller Welt, jedenfalls solange es nicht wieder irgendwo eine Katastrophe gegeben hat.

*14-Jähriger vermisst.* Die Nachricht steht ganz unten in der linken Randspalte, beinahe hätte sie sie übersehen. *Seit Sonntagnachmittag wird der 14-Jährige Jonathan Röbel, genannt Jonny, aus Köln vermisst. Der Gymnasiast verschwand spurlos aus einem Zeltlager am Stadtrand von Köln. Er ist 1,63 m groß, hat blonde, kurzgeschnittene Haare und braune Augen. Er trägt Trekkingsandalen, eine knielange, olivgrüne Hose, eine schwarze Baseballkappe der Marke Puma und ein rotes T-Shirt. Vermutlich führt er seinen Rauhaardackel mit sich. Der Hund hört auf den Namen Dr. D.*

Dr. D. Unwillkürlich fliegt Elisabeths Hand zu ihrer Kehle, ihr Herz beginnt erneut zu jagen. Auf einmal weiß sie wieder, was sie gesucht hat. Abends unter dem Kirschbaum und nachts, als ihr Rücken sie am Schlafen hinderte, hat sie auf einmal nicht mehr glauben können, dass der Dackel, den Barabbas totgebissen hat, wirklich ganz allein gewesen ist. Gehörte der Dackel vielleicht einem Kind?, hat sie überlegt. Nur welchem? Der Nachbarjunge hat seinen Struppi noch, das hat sie überprüft. *Jonathan Röbel, genannt Jonny … hört auf den Namen Dr. D., sachdienliche Hinweise an …* Wieder und wieder liest sie die Nachricht.

Aber es kann nicht der Dackel aus dem Frimmersdorfer Wäldchen sein, um den es in der Zeitung geht, denn wie sollte der von Köln hierher kommen, ganz ohne Halsband, mit nur einem Ohr, ohne seinen Besitzer? Nein, sie kann der Polizei keine sachdienlichen Hinweise geben und sie muss Barabbas schützen. Und ohnehin, wer würde auf sie hören, eine alte, vergessliche Frau? Sentimental noch dazu, weil sie einen fremden Hund in einem Kinderkoffer begräbt. Eine Erinnerung blitzt auf, foppt und quält Elisabeth. Etwas war da, in diesem Wäldchen. Etwas, was sie am Sonntagmorgen vielleicht gesehen oder gehört hat, etwas, was auch heute zum Greifen nah war. Elisabeths Herz flattert. Aber sosehr sie sich auch bemüht, die Erinnerung will sich einfach nicht greifen lassen.

❖❖❖

Die Sesselbezüge in der Sitznische auf dem Flur der Intensivstation sind rau, ihre Farbe ist ein schmuddeliges, abgesessenes Rosa. Auf dem Resopaltisch mit dem verrutschten Platzdeckchen steht eine Vase mit Kunstblumen. Einer der billigen Kunstdrucke an der Wand hängt schief. Weit nach Mitternacht hat Manni seine Mutter hier zurückgelassen, alle Überredungsversuche, sie zum Mitkommen zu bewegen, waren umsonst. Jetzt sitzt sie immer noch in dieser Sitzecke. Manni hat den Verdacht, dass sie sich über Nacht nicht vom Fleck bewegt hat. Ihre Hand liegt zwischen seinen Handflächen, ein nacktes, angststarres Tier.

»Sie sagen, ich darf nicht die ganze Zeit bei ihm sein, weil er Ruhe braucht.« Ihre Stimme ist nicht mehr als ein Flüstern.

»Die Ärzte wissen sicher, was sie tun, sie wollen dir doch nichts Böses, Ma, sie versuchen alles, damit Papa wieder gesund wird.« Papa, wann hat er das zum letzten Mal gesagt? Manni legt die Hand seiner Mutter behutsam wieder zurück in ihren Schoß und gießt Kaffee aus der Porzellankanne in zwei Tassen, legt eines der belegten Brötchen aus der Krankenhaus-Cafeteria auf einen Teller und hält ihn seiner Mutter vor die Nase. »Komm, Ma, Frühstück, du musst bei Kräften bleiben.«

Mit überraschender Kraft schiebt sie seine Hand beiseite. »Iss du nur, Manfred, mir reicht ein Kaffee.«

Er verschlingt das Brötchen, dann auch das zweite und das Schokoladencroissant. In der Cafeteria war er noch überzeugt, dass er nichts herunterbekommt, nur aus Vernunft und für seine Mutter hat er die Brötchen gekauft, jetzt merkt er mit jedem Bissen, wie hungrig er ist. Seine Kaugeräusche klingen obszön auf dem Flur mit seinem gedämpften Licht, den gedämpften Geräuschen, dem gedämpften Leben, er kann es nicht ändern und seine Mutter scheint es nicht zu hören.

»Dein Vater hätte nicht rauchen dürfen«, flüstert sie und rührt in ihrer Kaffeetasse. »Und dann die Hitze. Er war so rot im Gesicht, den ganzen Nachmittag schon, ich habe ihn gewarnt: Du weißt doch, du hattest schon einen Schlaganfall, hab ich ihm gesagt, du sollst nicht rauchen, sagt Dr. Hartmann; aber auf mich hat er ja nicht gehört, du hättest mit ihm reden sollen, Manfred.«

Der Kaffee ist zu heiß und bitter. Manni stellt die Tasse aufs Tablett, zu heftig, der Kaffee schwappt über den Würfelzucker. Viereinhalb Stunden unruhiger Schlaf, mehr war nicht drin, wenigstens hat er geduscht und die Klamotten gewechselt. Ein zweiter Schlaganfall, sie haben seinen Vater mit Beruhigungsmitteln voll gepumpt, wie im Koma liegt er da, niemand kann im Moment sagen, ob er je wieder die Augen aufschlagen wird. Ich muss arbeiten, denkt Manni. Ich muss ins Präsidium, mit der Bruckner sprechen, den Tag abstimmen, ich muss auf dem Rastplatz sein, wenn die Hundestaffel kommt, und das ist bald.

»Dein Vater ist ein Dickkopf.«

Dein Vater, dein Vater, denkt Manni. Warum sagt sie eigentlich nicht Günter? Oder »mein Mann«? Aber nein, immer nur »dein Vater« – als sei es Mannis Schuld, dass es diesen Mann in ihrem Leben gibt, als sei ihr Sohn für ihre verdammte, kaputte Ehe mit diesem kaputten, bösartigen Mann verantwortlich, als hätte sie selbst überhaupt nichts zu tun mit ihrem Ehemann. Warum lässt du dich nicht endlich scheiden, Ma? Manni weiß nicht, wie oft er diese Frage schon gestellt hat, und immer blieb sie unbeantwortet. Und jetzt ist eine weitere Runde Leiden eingeläutet. Aber das ist diesmal ihr Problem, das kannste vergessen, dass ich diese Schmierenkomödie der trauernden Witwe als trauernder Sohn mitspiele, einer muss hier schließlich bei Verstand bleiben und das Geld verdienen. Manni springt auf und fegt die Brötchenkrümel von seiner Jeans. Sie spritzen bis auf den Tisch und in den Schoß seiner Mutter, die ganz gegen ihre Art nicht darauf reagiert.

»Ich muss jetzt arbeiten, Ma, schau zu, dass du ein bisschen Schlaf kriegst, ich melde mich später bei dir.«

Als der Aufzug kommt, fühlt er sich wie ein Schwein, aber er drängt das Gefühl brachial beiseite, schiebt sich neben einer winzigen asiatischen Schwester und einem stählernen, leeren Krankenhausbett in die Kabine und drückt auf »Erdgeschoss«. Während der Autofahrt von Bonn nach Köln geht es ihm allmählich besser. Es ist gerade noch früh genug, dass die linke Fahrspur ihm und den wenigen anderen Fahrern vorbehalten bleibt, die Tempo 180 für eine angemessene Mindestreisegeschwindigkeit halten. Im Präsidium kassiert Manni von Thalbach ein Lob für seinen Bericht vom Vortag, gut, dass er den gestern noch fertig gemacht hatte, bevor er ins Krankenhaus fuhr. Überhaupt gewinnt die Vermisstensache Jonathan Röbel zunehmend an Drive. »Wo ist Jonny?«, titelt der Kölner Express neben einem herzerweichenden Foto des Jungen und seines Dackels, auch die anderen Medien haben die Suchmeldung brav übernommen, wenn auch nicht so groß aufgemacht, aber das dürfte reichen, der »SOKO Jonny« endlich ein paar Zeugenaussagen von Spaziergängern, Joggern und wer weiß wem noch zu bringen, die sich am Sonntag im Königsforst aufgehalten haben. Irgendjemand muss etwas gesehen haben.

Sie kommen überein, dass die Bruckner das Telefon hütet, und kurz darauf ist Manni on the road zum Rastplatz Königsforst, eine Flasche Cola neben sich auf dem Beifahrersitz, Technobeat im Ohr und höchst zufrieden, dass er dank seiner weisen Voraussicht vom Vorabend diesmal nicht mit einer Schrottmühle unterwegs ist, sondern mit einem Vectra. Der gleitet zwar nicht so butterweich über die Straße wie sein eigener GTI, aber immerhin, denkt Manni, während er sich das erste Fisherman's des Tages zwischen die Zähne schiebt, immerhin.

Der Autobahnrastplatz sieht noch genauso öde aus wie gestern, Mr Snacks Imbisswagen ist immer noch verrammelt, aber die Hundestaffel ist schon da und auch ein Bus von der Spurensicherung.

»Hey, Sportsfreund!« Mike gibt Manni einen Klaps auf die Schulter. »Siehst blass aus. Schlechte Nacht gehabt?«

»Keine Zeit zum Schlafen.«

»Neue Flamme?«

»Life's no picnic.« Manni zwingt sich zu einem anzüglichen Grinsen. Falls er jemals wieder in den Biergarten kommt, hat garantiert schon irgendein anderer Typ Miss Cateye beglückt, aber das muss er dem Kollegen ja nicht auf die Nase binden. Er sieht sich um. »Also, wie gehen wir vor?«

Mike krault seinen Schäferhund hinter den Ohren. »Wir haben uns aufgeteilt: Sechs Männer beginnen hier, die anderen machen da weiter, wo sie gestern aufgehört haben, bei der Hütte. Etwa auf halber Strecke müssten wir uns dann treffen.«

Karin von der Spurensicherung winkt Manni zu sich. »Sieht so aus, als hätten wir in der Hütte DNA sichergestellt. Speichelreste am Strohhalm einer leeren Getränketüte. Hautpartikel. Sollen wir einen Abgleich machen?«

Die Chance, dass die Spuren von Jonny stammen, ist denkbar gering. Trotzdem, wenn sie beweisen können, dass der Junge in der Hütte war, vielleicht sogar, dass er es war, dessen Angst die Hunde erschnüffelt haben, sind sie einen Schritt weiter. »Macht mal«, sagt Manni. »Wie heißt es so schön: Im Moment klammern wir uns an jeden Strohhalm. Oder habt ihr noch was Besseres?«

»Vielleicht ein paar Hundehaare, die passen könnten.«

»Ab damit zu Karl-Heinz Müller.«

»Der wird begeistert sein.«

Einer der Hundeführer stößt einen wüsten Fluch aus, vermutlich ist er in eine der Fäkalien-Tretminen gelatscht, die frischluftvernarrte Mitbürger hinter den Sträuchern so reichlich hinterlassen haben. Manni nickt Karin zu und stapft zu den misshandelten Büschen. Manchmal ist es besser, nicht zu lange drüber nachzudenken, was Ermittlungsarbeit so alles beinhaltet. Weiß der Himmel, was sie hier in den nächsten Stunden noch an Scheiße aufwühlen werden.

*\*\*\**

Tims Beine fühlen sich an, als seien Tauchgewichte drange-schnallt, jeder Tritt in die Pedale seines Mountainbikes kostet Überwindung. In der Nacht hat er geträumt, dass er im Meer schnorchelt. Aber anders als sonst war das kein schönes Ge-fühl. Er hat die Orientierung verloren, dann hat ihn etwas in die Tiefe gezogen, weg vom Licht. Er hat in einem stummen Schrei den Mund geöffnet, was unter Wasser natürlich idio-tisch ist. Trotzdem hat er es gemacht. Und dann ist er davon aufgewacht, dass seine Mutter über ihm lehnte und an seiner Schulter rüttelte, weil er tatsächlich schrie. Klatschnass und vollkommen fertig war er. Und heiser außerdem.

Seine Beine werden immer schwerer, je näher er der Schu-le kommt. Kurz vor dem Bahnübergang nimmt er aus dem Augenwinkel einen Schatten wahr. Im nächsten Moment tritt ihm jemand von der Seite so fest gegen das Schienbein, dass er vor Schmerz beinahe die Kontrolle über sein Rad verliert.

»Moin, Rinker, du alter Stinker!« Lukas aus Tims Klasse radelt feixend neben ihm. »Na, hast du den Bullen gestern einen vorgesülzt?« – »Rinkerstinker!« Jemand lacht. Viktor. Tim spürt, wie ihm die Röte ins Gesicht schießt. Viktor ist nicht in seiner Klasse, sondern in Jonnys. Jetzt dauert es also nicht mehr lange, bis wirklich alle in der Schule seinen neuen Spitznamen kennen, hätte er sich ja gleich denken können, dass Lukas und seine Kumpels dafür sorgen, dass die Ge-schichte mit dem Furzkissen in der Schule rumgeht. Und kein Jonny da, mit dem er die Pausen verbringen kann.

Jetzt bloß nicht heulen, jetzt bloß niemanden merken las-sen, wie es um ihn steht. Das letzte Mal, als er geheult hat, haben sie das mit dem Handy fotografiert. Tagelang haben sie das Bild rumgemailt und sich darüber begeiert. Zum

Glück überholen ihn Lukas und Viktor, ohne sich noch weiter um ihn zu kümmern. Tim steigt vom Rad und bückt sich, scheinbar hochkonzentriert, nach der Gangschaltung. Andere Schüler radeln an ihm vorbei. Tim tut so, als ob er sie nicht bemerkt, fummelt blind an irgendwelchen Zügen rum. Bloß nicht zeigen, wie es um ihn steht. Bloß nicht zeigen, dass er Angst hat. Wenn er hier noch ein bisschen abwartet, wird er diesen Blödmännern mit etwas Glück nicht auch noch auf dem Radabstellplatz in die Arme laufen. Vielleicht geht Lukas ja schnurstracks auf den Schulhof, zu den anderen Arschgeigen aus ihrer Klasse, brüstet sich damit, wie er es Tim gerade gegeben hat. Und Viktor wird bestimmt schon sehnsüchtig von Cousinchen Ivonne erwartet, und wenn die beiden erst mal rumknutschen, hat er kein Auge mehr für Tim. Und dann außenrum über den Schleichweg am Zaun entlang zum Labor, wo sie in den ersten beiden Stunden Physik haben, eines von Tims Lieblingsfächern. Wenn er es geschickt anstellt, schafft er es in den Unterricht, ohne vorher Lukas und den anderen zu begegnen. Und diesmal wird er erst seinen Stuhl kontrollieren, bevor er sich setzt.

\*\*\*

Dom, Rhein und Polizeipräsidium gleiten vor den Fenstern des ICE vorbei. Sie hat es geschafft. Einen Augenblick lang denkt Judith an Charlotte, wie es ihr ergangen sein muss, was sie gefühlt und gedacht hat, am Anfang ihrer ersten und vielleicht auch letzten großen Reise.

Der Tod im Tarot bedeutet nur selten den physischen Tod. Vielmehr steht die Karte für das universale Prinzip des Loslassens, der – laut Tarotsymbolik – wichtigsten Voraussetzung für die Geburt neuer Formen. Trotzdem bleibt die Erinnerung an die Karte vage beunruhigend. In der Nacht hat Judith den Fledermäusen zugesehen und festgestellt, dass sie keine Lust hat, die Reise nach Kanada zu stornieren, egal was die Karten ihr sagen. Also hat sie am Morgen eine Digitalkamera und ein neues Triband-Handy gekauft und eine Rufumleitung von ihrem Festnetzanschluss auf das Handy gelegt, um auch auf der anderen Seite des Atlantiks erreichbar zu sein. Und jetzt ist sie unterwegs.

Der Zug lässt Köln hinter sich und beschleunigt auf Tempo 300, die Landschaft beginnt zu fliegen. Judith stöpselt die Kopfhörer ihres iPods in die Ohren. Sie braucht die passende Musik für den Beginn ihrer Reise, nicht zu ruhig, auf keinen Fall zu schwermütig, etwas mit Kraft. Sie spielt verschiedene Titel an und entscheidet sich schließlich für Patti Smith' *Horses*.

Im Frankfurter Flughafen checkt sie ein und vergewissert sich nochmals, dass ihr Rückflug sie am Sonntag rechtzeitig vor Dienstbeginn nach Köln bringen wird und dass sie, sollte es nötig sein, auch umbuchen und früher zurückfliegen kann. Im Zeitungsladen kauft sie *Die Zeit* und einen historischen Roman von Petra Durst-Benning: *Die Amerikanerin*, das scheint zu passen. Das Business-Ticket erlaubt es ihr, in der VIP-Lounge zu warten. Sie lädt ein hauchdünnes Thunfischsandwich und Oliven auf einen Puppengeschirrteller und genehmigt sich ein Glas Wodka-Orange. Kurz bevor ihr Flug aufgerufen wird, ruft sie Manni an. Er meldet sich knapp, gehetzt, als erwische sie ihn während eines Dauerlaufs. Vermutlich steht er gerade schwitzend in irgendeinem Gestrüpp, auf der Suche nach seinem verschwundenen Jungen.

»Ich werde verreisen, bis Sonntagabend«, sagt sie. »Wenn in den nächsten Tagen irgendwas im Präsidium passiert, was mich angeht, würdest du mich dann anrufen?«

»Ich dachte, du warst gerade im Urlaub, braun, wie du bist.«

»Dachterrasse.«

Manni schweigt.

»Würdest du mich anrufen?«

»Wohin fährst du?«

»Kanada.«

»Deine Schulfreundin.«

»Ja. Rufst du mich an?«

»Wenn was ist, von mir aus.«

Mehr kann sie nicht erwarten. Wahrscheinlich hat sie Manni ohnehin ganz unnötig eingeweiht. Bevor irgendjemand sie vermissen kann, ist sie schon wieder zurück.

Ihr Flug wird aufgerufen und sie schaltet ihr Handy aus. Sie fühlt sich jung und frei, als sie der lächelnden Stewardess am Counter ihr Ticket gibt.

***

Kanada. Manni kommt nicht dazu, über die neuesten Eskapaden der Kollegin Krieger nachzudenken, denn kaum hat er sein Handy zurück in die Hosentasche geschoben, vibriert es erneut. Er schaut aufs Display. Rufnummer unbekannt. Bitte lass das nicht Mutter sein.

»Wir haben vielleicht was«, sagt die Stimme von Kurt, der das Gebiet bei der Schutzhütte durchkämmt. »Nancy spielt hier an einer Stelle verrückt, so wie gestern in der Hütte. Und ganz in der Nähe hängt eine Baseballkappe. Könnte von dem Jungen sein.«

»Wo?«

»Nahe dem Wanderweg, der nach Rath führt.«

Scheiße, das heißt, vom Indianercamp aus gesehen genau nicht Richtung Autobahn. Muss er also seine Theorie mit dem Rastplatz vergessen? Einiges spricht dafür. Auch nach drei Stunden haben sie in der Nähe des Rastplatzes keine Spur von dem Jungen und seinem Dackel gefunden, die Mitarbeiter der Klobetreiberfirma wollen nichts bemerkt haben, und Mr Snack, der seinen Imbisswagen tatsächlich pünktlich um zehn Uhr geöffnet hat, weiß ebenfalls nichts Erhellendes über das Foto von Jonny zu berichten. Ist ihm am Samstag etwas aufgefallen? Mehr Getränke als sonst hat er verkauft. Kaum verwunderlich bei dieser Affenhitze. Manni schaut auf seine Uhr. Mittag schon, er muss diesen Indianerclubchef befragen, der laut Petra Bruckner nun von einer Dienstreise nach Holland zurückgekehrt ist. Die meisten anderen Clubmitglieder hat die Bruckner schon vernommen. Aber ein kleiner Dauerlauf durch den Wald ist vorher noch drin, obwohl seine Nikes allein beim Gedanken daran zu qualmen beginnen. Nancy spielt verrückt wie gestern. Was, verdammt noch mal, ist in diesem Wald los? Ein Junge, außer sich vor Angst. Ein verstümmelter Hund. Oder phantasieren sie sich das alles nur zusammen? Die Luft ist trocken und beißt in seiner Kehle. Zu viel Ozon, denkt Manni, kein Schwein hält das aus.

Die schwarze Baseballkappe mit der aufgestickten Raubkatze im Strecksprung hängt ein Stückchen abseits des Wegs in einem Brombeergestrüpp. Sie sieht neu aus, exakt so wie die, die Jonny laut Beschreibung seiner Eltern getragen hat. Wie ist diese Mütze in die Brombeeren geraten? Ist Jonny hier rumgestreift, und wenn ja, warum? Hat er seine Baseballkappe weggeworfen oder verloren? Hat jemand anders sie in die Brombeeren geworfen? Wer?

»Hier spielt Nancy verrückt.« Kurt deutet auf eine Stelle genau unterhalb der Mütze, an der sich die Ermittlungstechnikerin Karin zu schaffen macht. Sie schiebt ein Stück Baumrinde in eine Tüte und sieht Manni an, ohne ihren Mundschutz abzunehmen. »Könnte Blut sein, hier an der Rinde.«

Stehen sie hier vor einem Tatort, den der Täter makabrerweise mit Jonnys Mütze markiert hat? Manni schluckt. Und Blut von wem? Von dem Jungen oder vom Dackel?

»Ich schick es, so schnell es geht, ins Labor«, sagt Karin, als könne sie seine Gedanken lesen.

»Nancy zieht da rüber. Vermutlich ist wer auch immer hier war und Angst hatte, dort entlanggegangen«, erklärt Kurt.

Also weg von der Autobahn. Statt den Suchradius nach Spuren von Jonny einzuschränken, müssen sie ihn jetzt eher noch erweitern. Was ist hier in diesem verdammten Wald passiert? Ein Mord, denkt Manni. Der Junge ist ermordet worden. Warum denke ich das auf einmal? Ich weiß es nicht. Ich weiß nur, dass es so ist.

Vierzig Minuten später parkt er den Vectra im Hof der Baufirma Petermann am Stadtrand von Köln-Rath. Sand, Kies, diverse Pflastersteine liegen in Haufen am Ende der gepflasterten Zufahrt. Ein halbwüchsiger Junge mit hellblond gefärbtem Haar verschwindet zwischen Baggern und Gabelstaplern, die verlassen in der Mittagshitze brüten, sonst ist niemand zu sehen. Hagen Petermann selbst residiert in einem

Büro im Parterre, dessen Einrichtung teuer, wenn auch nicht sonderlich geschmackvoll wirkt. Der Blick auf die Baustoffe im Hof wird durch helle Jalousien verwehrt. Hinter einem gigantischen, tadellos aufgeräumten Schreibtisch lehnt ein geschnitzter indianischer Totempfahl an der Wand. Petermann selbst ist ein durchtrainierter Mann um die 50. Er ist etwa 1,85 m groß, wie Manni selbst. Einen Moment lang sieht er Manni mit der geringschätzigen Konzentration eines siegesgewissen Boxers direkt in die Augen, dann senkt er seinen Blick auf Mannis verschwitztes T-Shirt, die Jeans und die staubigen Nikes.

»Sie erlauben, dass ich mich ein wenig erleichtere?« Ohne Mannis Antwort abzuwarten, zieht der Chef der Kölschen Sioux sein mokkafarbenes Sakko aus, lockert seine Krawatte und öffnet den obersten Knopf seines kurzärmeligen Seidenhemds.

Arschloch, denkt Manni, nickt aber nur leicht und lässt sich von Petermann zum Besprechungstisch dirigieren, wo eine fleißige Sekretärin inzwischen Kaffee, Mineralwasser und Kekse in Stellung gebracht hat.

»Schreckliche Geschichte, ich hoffe, Sie finden Jonny bald.« Petermanns Stimme klingt jetzt nicht mehr ganz so arrogant. »Ein großartiger Junge.« Manni zieht sein Notizbuch aus der Hosentasche und entfaltet die Mitgliederliste der Kölschen Sioux. Irgendwann am Samstagnachmittag, vermutlich gegen 16 Uhr, ist Jonny in den Wald gegangen, das haben mehrere der Möchtegernindianer ausgesagt. Auch Jonnys Stiefvater hat um diese Zeit das Lager verlassen. Aber im Gegensatz zu seinem Jungen ist er am frühen Abend zurück ins Camp gekommen. Höchste Zeit, dass endlich jemand auspackt.

»Herr Petermann, wann und wo haben Sie Jonny Röbel am Samstag zuletzt gesehen?«

»Sie kommen direkt zur Sache.« Tadel? Zustimmung? Manni vermag das nicht zu entscheiden, Petermanns Stimme ist vollkommen sachlich. Er gießt Kaffee und Mineralwasser ein und schiebt ein Tablett mit Milchkännchen und Zuckerstreuer zu Manni hin.

»Ein Junge ist verschwunden. Ich habe nicht viel Zeit.« Ein Junge ist tot, denkt Manni. Aber bislang ist das nur eine Vermutung.

»Lassen Sie mich überlegen.« Petermann greift zum Milchkännchen. Ein fetter goldener Siegelring ziert seinen linken Ringfinger. Draußen auf dem Hof erwachen die Bagger mit sattem Rumpeln aus dem Mittagsschlaf.

»Morgens habe ich Golf gespielt, im Camp war ich so gegen 13 Uhr. Frank und Jonny waren schon da«, sagt Petermann.

»Und der Hund?«

Überrascht sieht Petermann von seiner Kaffeetasse auf. »Der Dackel natürlich auch.«

Was dann kommt, kennt Manni inzwischen schon auswendig, weil es in jeder einzelnen Zeugenaussage steht. Man hat es sich im Camp gemütlich gemacht, Holz fürs Lagerfeuer am Abend gesucht, geschwatzt, abgehangen, Faustball gespielt, die Nachtlager klargemacht, eine Gruppe ist zum Schwimmen gefahren und gegen 18 Uhr wiedergekommen, niemand hat wirklich aufgepasst, was Jonny gemacht hat, blablabla.

»Wie haben Sie selbst den Nachmittag verbracht?«

»Ich war im Lager, bis auf einen kleinen Spaziergang, so gegen 17 Uhr.«

»Ist Ihnen dabei jemand begegnet?«

Petermann zögert. »Spaziergänger. Jogger.«

»Fremde also?«

Wieder ein unmerkliches Zögern. »Ja. Fremde.«

»Haben Sie mit jemandem gesprochen?«

»Nein, mit niemand.«

»Etwas Ungewöhnliches gesehen oder gehört?«

»Ein Hund hat gebellt, ziemlich lange, regelrecht hysterisch. Das war etwas störend. Manche Besitzer haben ihre Köter leider nicht im Griff.«

Ein Hund, dem ein Ohr abgeschnitten wurde. Manni zückt seinen Stift.

»Wann war das genau?«

»Ich habe nicht auf die Uhr gesehen, aber ich war auf dem Rückweg. Also vor 17.30 Uhr.«

Ein halbstündiger Spaziergang, zu wenig Zeit, um einen Jungen und seinen Hund zu töten und verschwinden zu lassen.

»Was meinen Sie mit hysterisch?«

Petermann zieht fragend die Augenbrauen hoch.

»Klang das Bellen aggressiv? Könnte es sein, dass sich der Hund verletzt hatte?«

»Ich weiß es nicht. Er hat gekläfft. Nervtötend und lange gekläfft.«

»War es ein großer oder ein kleiner Hund?«

»Ich bin weiß Gott kein Experte, aber eher klein, würde ich sagen.«

Dr. D. Auf einmal scheint Petermann zu begreifen, worauf Manni hinauswill, und zum ersten Mal blitzt so etwas wie ein echtes Gefühl hinter seiner aalglatten Chefindianerfassade auf.

»Sie glauben, dass das Jonnys Dackel ... aber warum hätte der so verrückt bellen sollen?«

»Es gibt Hinweise, dass Jonnys Hund verletzt worden ist.«

»Verletzt?«, fragt Petermann.

»Gibt es jemanden in Ihrem Club, der den Hund nicht mag?«

Petermann breitet die Arme aus, was seinen Bizeps hervorragend zur Geltung bringt. »Ich bin dafür bekannt, dass ich Hunde nicht mag.«

»Haben Sie Jonnys Dackel etwas getan?«

»Natürlich nicht.«

»Wer dann?«

»Woher soll ich das wissen? Sicherlich war es niemand aus unserem Club.«

»Woher wissen Sie das?«

»Weil ich meine Leute kenne. Wir kommen seit Jahren zusammen, wir ...«

»Könnte Jonny selbst den Dackel verletzt haben?«

»Absichtlich? Jonny? Ausgeschlossen, nein, auf gar keinen Fall.«

»Mit wem in Ihrem Club ist er befreundet?«

»Die Jugendlichen sind oft für sich, fragen sie die. Aber so wie ich das sehe, ist Jonny eher ein Einzelgänger. Am liebsten ist er bei unseren Spielen Späher. Streift stundenlang im Wald rum und ist glücklich.«

»Ein Einzelgänger hat oft Feinde.«

»Nicht Jonny, nein.«

»Wie ist das Verhältnis zu seinem Stiefvater, Frank Stadler?«

»Gut. Natürlich haben die beiden hin und wieder Meinungsverschiedenheiten. Das liegt ja in der Natur der Sache, in diesem Alter. Die Pubertät, Sie wissen schon.« Petermann betrachtet Manni, als müsse er abschätzen, ob Manni selbst diesem hormongeschüttelten Zustand entwachsen ist.

»Jonny und sein Stiefvater haben also gestritten. Worüber?«

»Worüber schon, die üblichen Vater-Sohn-Geschichten. Wann Schlafenszeit ist. Hände waschen, Zähne putzen. Ob der Dackel beim Essen betteln darf oder nicht.«

»Und, darf er?«

»Frank ist der Ansicht, nein. Eine vernünftige Ansicht, wenn Sie mich fragen. Hunde sind nun einmal unhygienisch und haben bei Tisch nichts zu suchen.«

Interessant, denkt Manni, interessant. Man müsste feststellen, wo Hunde nach Frank Stadlers Ansicht noch nichts zu suchen haben. Und wie Jonny das gefallen hat. Gefällt, korrigiert er sich, Gegenwart. Noch ist es sehr gut möglich, dass der Junge lebt. Sein Handy beginnt zu vibrieren, KH Müller, verrät das Display. Manni macht eine entschuldigende Geste zu Petermann und nimmt das Gespräch an.

»Ja, Karl-Heinz?«

»Eine Ziffer ist weggefressen, bei einer bin ich nicht sicher, ob es eine Fünf oder Sechs ist, eine sieht aus wie eine Eins, könnte aber auch eine Sieben sein«, verkündet die Stimme des Rechtsmediziners. »Ich hab jetzt einen DNA-Test veranlasst, aber wenn du mich fragst, die Wahrscheinlichkeit einer Übereinstimmung ist sehr hoch, die Rasse kommt auch hin, geh also davon aus, dass das Ohr dem Dackel von Jonny Röbel gehört.«

»Danke, Karl-Heinz, Klasse. Ich komm später bei dir vorbei.«

Petermann hat Mannis Telefongespräch mit Boxerblick beobachtet. Manni starrt ihm einen Moment lang in die hellgrünen Augen, bevor er sein Gegenüber an seiner neusten Überlegung teilhaben lässt.

»Sie sagten, Frank Stadler fühlt sich zuweilen vom Hund seines Stiefsohns gestört.«

»Oh nein, das wollte ich so nicht sagen, da haben Sie mich falsch verstanden.«

»Wirklich?«

»Hören Sie, Frank hat Jonnys Hund nichts getan. Dafür lege ich meine Hand ins Feuer.«

＊＊＊

Es ist Dienstag. Jetzt, um diese Zeit, müsste Jonny aus der Schule heimkommen. Dienstags hat er in den letzten beiden Stunden Sport, dann ist er besonders hungrig, deshalb gibt es dienstags immer Nudeln. Marlene und Leander haben schon gegessen, zwei kleine tapfere Soldaten, bemüht, Martina und Frank zu glauben, dass alles in Ordnung ist. Frank bringt sie jetzt zu seinen Eltern. Martina fühlt sich schlecht, weil sie das so erleichtert. Müsste sie ihre beiden verbliebenen Kinder nicht eigentlich wie eine Glucke bewachen? Aber ihr fehlt die Kraft dazu, und auch den Anruf bei ihren eigenen Eltern schiebt sie vor sich her. Der Sohn ihrer toten Schwester – wie soll sie den Eltern sagen, dass sie ihn nicht behütet hat? Wie sehr hat sie damals darum gekämpft, dass Jonny zu ihnen zieht. Sie muss ihre Eltern wirklich anrufen. Jonnys Bild ist in allen Zeitungen. Am Abend wollen die WDR-Lokalnachrichten einen Appell von ihr senden. Jonny, komm zurück, wir lieben dich. Wie hoffnungslos das ist.

Martina tritt ans Küchenfenster. Obwohl sie weiß, dass Jonnys Mountainbike in der Garage steht, hofft sie inständig, dass Jonny jede Sekunde angeradelt kommt, eine Hand am Lenker, die andere schiebt hastig seinen MP3-Player in die Hosentasche, damit Martina nicht merkt, dass er ihr Verbot ignoriert hat, sich beim Radfahren durch Musik ablenken zu lassen. Er lehnt das Rad in die Einfahrt, und Dr. D., der sowieso schon aufgeregt zur Haustür gerannt ist, lange bevor sie selbst Jonny sehen kann, fängt freudig an zu bellen, und Jonny wirft den Rucksack an die Garderobe, streichelt Dr. D. und sagt so etwas wie mmh, Nudeln, Tini, lecker, als wäre das eine Überraschung und alles ist gut.

Die Topfpflanzen auf der Fensterbank sind welk, die Papierküken, die die Kleinen zu Ostern im Kindergarten gebastelt hatten und die Martina seitdem nicht wegschmeißen durfte, sind verblichen und schmuddelig von unzähligen kleinen Fingerabdrücken. Sie nimmt Jonnys Taschenlampe und schaltet sie an. Etwas sticht in ihrer Brust, als sie bemerkt, dass der Lichtkegel gelblich geworden ist. Oder bildet sie sich das nur ein? Sie schirmt den Lichtstrahl mit der Hand ab. Schwächer oder nicht? Und selbst wenn – das kann doch nichts damit zu tun haben, wie es Jonny geht. »Hör auf, es hat nichts damit zu tun«, sagt sie laut und glaubt sich nicht. Hastig schaltet sie die Taschenlampe wieder aus.

Ein Auto hält vor ihrem Haus, der blonde Kommissar Korzilius steigt aus. Martinas Körper setzt sich in Bewegung und öffnet ihm die Tür, das Stechen in ihrer Brust wird stärker. Sie kann im Gesicht des Polizisten lesen, dass sie stinkt. Sie hätte auf Frank hören und duschen, frische Sachen anziehen sollen. Sie zieht den Wollschal enger um die Schultern, presst die Arme an den Leib. Frank schafft es, zu funktionieren, ruhig und sachlich zu bleiben, umsichtig, für die Kleinen da zu sein. Warum schafft er das? Und warum schafft er es wie gestern Abend sogar, Martina zu trösten, während sie ihn beschimpft?

»Können wir uns hinsetzen?«, fragt der Kommissar. »Ist Ihr Mann da?«

Sein Gesichtsausdruck, er weiß etwas. Sie droht zu fallen, ins Bodenlose, ins Schwarze. »Jonny, ist etwas mit … Sie haben …«

Der Kommissar packt sie am Arm. »Nein, wir haben Ihren Sohn nicht gefunden.« Er schiebt Martina Richtung Küche.

»Frank bringt die Kleinen zu seinen Eltern.« Ihre Zähne klappern jetzt, ihre Knie sind weich. Widerstandslos lässt sie sich von dem Kommissar auf die Eckbank dirigieren. Er öffnet den Kühlschrank, holt Orangensaft heraus, findet ein Glas. »Trinken Sie.«

Der Geruch ihrer Angst erfüllt den Raum. Der Kommissar setzt sich Martina gegenüber und wartet, bis sie nicht mehr so zittert.

»Der Dackel, Dr. D.«, sagt er dann. »Jonny hat ihn mitgebracht, als er zu Ihnen zog, richtig?«

Sie nickt.

»Ihr Mann, Frau Stadler. Es gibt eine Zeugenaussage, dass er darüber nicht sehr glücklich war. Stimmt das?«

Frank hat Dr. D. vom ersten Tag an gehasst. Unerträglich fand er es, dass der Dackel die Blumenbeete durchwühlte und auf dem Rasen sein Geschäft verrichtete, so dass kein Gras mehr wuchs. Innerlich hat er getobt, wenn Jonny seinen Hund mit an den Tisch brachte und auf dem Schoß hätschelte. Aber er hat sich zusammengerissen, ihr zuliebe und weil der Junge so traumatisiert war.

»Niemand war damals glücklich«, erklärt Martina mühsam. Wie Ertrinkende hatten sie sich gefühlt. Der Schmerz ist zu groß, meine Kinder kommen zu kurz, ich erreiche Jonny nicht und Frank – wenn es überhaupt noch so etwas wie Leidenschaft zwischen uns gibt, ist sie verschüttet. Und dann dieser Köter, der uns zwischen den Beinen rumwuselt mit seinem sprichwörtlichen Dackelblick, wenn er wieder auf Franks Rasen geschissen hat, und kein Ende in Sicht. So ist das damals gewesen, aber das kann sie diesem Mann mit dem glatten Gesicht nicht sagen, weil er es nicht verstehen wird, weil er den Schmerz nicht kennt.

»Natürlich«, sagt der Kommissar, als könne er ermessen, wie viel Unglück der Tod über eine Familie bringt. »Aber Ihr Mann mag Hunde nicht gern, richtig?«

»Er hat sich an Dr. D. gewöhnt. Warum wollen Sie das eigentlich wissen?«

»Es tut mir leid, Frau Stadler. Es sieht so aus, als ob jemand Jonnys Hund verletzt hat. Verstümmelt. Wir wissen noch nichts Genaues, aber wir haben im Königsforst ein Ohr gefunden – mit an Sicherheit grenzender Wahrscheinlichkeit ist es ein Ohr Ihres Dackels.«

Wieder kommt die Dunkelheit. Irgendwo sagt eine heisere Stimme: »Das glaube ich nicht, das kann nicht sein.«

»Leider doch. Die Registriernummer im Hundepass stimmt, soweit das rekonstruierbar war, mit der Tätowierung im Ohr überein. Absolute Gewissheit bekommen wir, sobald ein paar Tests abgeschlossen sind.«

So viel Dunkelheit. Sie erträgt es nicht. Sie springt auf, verliert das Gleichgewicht, schafft es nicht mehr bis ins WC, taumelt zum Spülbecken und erbricht Orangensaft und Galle über die ungespülten Töpfe.

Augenblicklich ist der Kommissar hinter ihr und stützt sie, bis das Würgen nachlässt. Sie wischt den Mund mit einem Papiertuch ab, raus muss sie, raus. Wieder setzt ihr Körper sich in Bewegung, in den Flur, durchs Wohnzimmer auf die Terrasse, wo die Hitze sich unter der Markise staut. Der Kommissar bleibt ihr auf den Fersen.

»Bitte, Frau Stadler, ich weiß, das ist hart, aber Sie müssen uns helfen. Wer könnte das getan haben? Dr. D. ein Ohr abschneiden?«

Stumpf schüttelt Martina den Kopf. »Ich weiß es nicht. Ich weiß es einfach nicht. Mein Gott, das arme Tier. Und Jonny! Du lieber Gott, Dr. D. verstümmelt, das hält er nicht aus.«

Der Kommissar wartet, bis ihre Verzweiflung abebbt, dann beginnt er erneut mit seinen hässlichen Fragen. Über Jonnys Freunde. Über mögliche Feinde. Über Frank und Jonny. Über Frank und Dr. D.

»Suchen Sie ihn, retten Sie ihn!«, schreit sie schließlich. »Aber hören Sie auf, uns zu quälen. Wir sind Jonnys Familie, mein Gott, Familie heißt, dass man zusammensteht, auch wenn einem mal nicht alles gefällt. Wir haben Jonny nichts getan!«

Der Kommissar mustert sie. Nachdenklich. Abwägend.

»Hat Ihr Mann Ihnen inzwischen gesagt, wo er am Samstagnachmittag war?«

Martina starrt ihn an. Unfähig, etwas zu erwidern.

»Ich kann sehen, dass Sie Jonny lieben«, sagt der Kommissar schließlich. »Aber sind Sie sicher, dass Ihr Mann das Gleiche für Ihren Neffen empfindet wie Sie?«

»Verschwinden Sie, hauen Sie ab«, flüstert die fremde heisere Stimme. Martina wartet darauf, dass die Stimme noch mehr sagt. Natürlich liebt Frank Jonny so wie ich, zum Beispiel. Oder einfach nur: Selbstverständlich. Doch sosehr sie sich auch bemüht, die Worte lassen sich nicht auf ihre Lippen zwingen.

❀❀❀

Hitzefrei. Die Schach-AG fällt heute Nachmittag aus. Tims Mutter brät im Liegestuhl in der Sonne, der weiße Strohhut mit den Seidenpapierblumen liegt auf ihrem Gesicht.

»Ich geh dann.«

»Viel Spaß, Timmy«, antwortet der Hut mit flacher, abwesender Stimme. Fragt nicht, wo gehst du hin, wann kommst du wieder, wie geht es dir. Seine Mutter meint das nicht böse, sie kann nur manchmal nicht anders, wenn sie ihre Stimmungen hat. Tim schiebt sein Fahrrad aus dem Schuppen. Manchmal hasst er es, wenn seine Mutter in ihrer eigenen Welt versinkt, aber genaugenommen ist es immer noch besser, als wenn sie ihn mit ihrer Fürsorge auf Schritt und Tritt verfolgt.

Er fährt zum Baggersee, kettet das Mountainbike an eine Birke und schleicht über den Trampelpfad zum Aussichtspunkt. Gegenüber liegt der sandige Steilpfad, den man runterrutschen muss, wenn man zum Strand kommen will. Unten ist es voll. Luftmatratzen, Handtücher, Kühlboxen, jede Menge braungebrannte Menschen. Kinderjauchzer und Musikfetzen wehen über das türkisgrüne Wasser zu ihm herauf, ein Hauch von Sonnenmilch. Tim kniet sich hinter einen Busch und hebt das Fernglas vor die Augen. Ein Späher muss unsichtbar sein, hat Jonny gesagt. Ein Späher ist jemand, der da ist und doch nicht da. Irgendwann weiß er dann alles, was er über seine Feinde wissen muss, oft sogar mehr als sie selbst. Und dann kann er handeln.

Langsam und konzentriert betrachtet Tim Gesichter und Körper. Ein paar Mädchen aus seiner Klasse in neonbunten Bikinis. Cousine Ivonne. Sie steckt sich gerade eine Zigarette an – wenn das ihre Mutter wüsste. Und da, etwas abseits im

Wasser, stehen Viktor und Ralle, Bierdosen in den Händen, diskutierend. Oder streitend? Tim beobachtet sie eine Weile, schade, dass er nicht von den Lippen lesen kann. Er lässt das Fernglas sinken. Warum sind die überhaupt hier und nicht im Schwimmbad wie sonst? Ohne Jonny hat er eigentlich sowieso keine rechte Lust zum Schwimmen gehabt, aber jetzt ist es ganz und gar unmöglich geworden, nach unten zu rutschen. Und im Schwimmbad ist bestimmt Lukas mit seiner Clique.

Tim schließt sein Fahrrad auf und radelt eine Weile ziellos umher. Er ist allein, so war es schon immer. Bald lassen sie dich in Ruhe, hat Jonny letzten Freitag versprochen. Wie hatte er das gemeint? Das hatte er nicht verraten wollen und jetzt wird Tim es vielleicht nie erfahren. Tränen schießen ihm in die Augen, er zwinkert sie weg. Jonny und seine Geheimnisse. Die Geheimnisse von anderen, die eigenen Geheimnisse. Jonny, der Späher.

An einem Kiosk kauft Tim ein Eis. Er setzt sich auf eine Bank und löst die Papierfolie. Das Eis ist klebrig süß und kalt an seinen Zähnen, es schmeckt ihm nicht, und er soll nicht zwischendurch naschen, weil das dick macht; er isst es trotzdem auf. Kein Dr. D. mehr da, der ihm dabei hilft. Wer sind die Feinde, die Jonny beobachtet hat? Das hat er nicht gesagt, und Tim hat einfach geglaubt, dass sich dieses ganze Gerede von Freund und Feind auf den Indianerclub bezog. Aber was, wenn nicht? Lukas und die anderen haben Recht, denkt er. Ich bin eine Null, ein Versager. Ich weiß nicht einmal, wen mein bester Freund als Feind bezeichnet. Bald lassen sie dich in Ruhe. Jonny war nicht so vernagelt wie Tim, er hat sich wirklich für Tim interessiert. Was ist passiert am letzten Wochenende im Indianerclub? Ist Jonny doch nicht so schlau gewesen, ist er einem seiner Feinde zu nahe gekommen? Aber wer ist dieser Feind? Und was hat er mit Jonny gemacht?

Auf einmal weiß Tim, was er tun muss. Er schwingt sich aufs Rad und tritt in die Pedale, schnell und kräftig, damit er es sich nicht noch anders überlegen kann. Erst bei der leeren Fabrikhalle hält er an. Er weiß, dass Jonny manchmal dort hineingeschlichen ist, weil er ihn beobachtet hat. Heimlich hat er das getan. Heimlich und schuldbewusst, weil er seinem besten Freund nicht traut, sondern sich immer wieder vergewissern muss, dass der ihn nicht hintergeht. Aber er ist Jonny niemals in die Halle gefolgt. Weil er Angst hatte. Angst vor der düsteren Halle, vor allem aber davor, dass Jonny ihn entdecken könnte. Mamakind, Arschkriecher, Rinkerstinker, höhnt Lukas in Tims Kopf. Kann nichts und traut sich nichts. Macht sich gleich in die Hosen.

Tim versteckt sein Fahrrad in einem Gebüsch und läuft an der Seite der Halle entlang, so wie Jonny das getan hat. Graffiti und Tags sind an die Backsteinwände gesprayt, die Reste der eingeschlagenen Fensterscheiben und Oberlichter glitzern scharf wie Haifischzähne. Da ist eine rostige Eisentür, sie steht einen Spalt offen. Tim quetscht sich ins Innere der Halle. Halbdämmrig ist es hier, dreckig. Riesige Spulen liegen auf dem Boden, Reste von Eisenbahnschienen, undefinierbare Maschinenteile. Müll. Was hat Jonny hier getan, warum ist er hier herumgeschlichen? Tim durchquert die Halle. Hinten in der Ecke hat jemand eine Art Sitzecke gebaut. Drei alte Sofas, eine Kiste dient als Tisch, noch mehr Graffiti an der Wand. Ein voller Aschenbecher, halb heruntergebrannte Grablichter aus rotem Plastik und leere Flaschen deuten darauf hin, dass Menschen hier zusammenkommen. Sogar einen Ghettoblaster und eine Wasserpfeife gibt es und einen Ofen aus rostigem Eisen.

Tims Herz hämmert in harten Schlägen. Kann es sein, dass er sich so in Jonny getäuscht hat? Hat Jonny sich hier mit einer Clique getroffen, von der Tim keine Ahnung hatte? Rinkerstinker, alter Stinker, was hast du denn gedacht? Dass Jonny dich mag und überallhin mitnimmt wie seinen Hund? Tränen brennen in Tims Augen, frustriert gibt er dem Ofen einen Tritt und heult auf, weil er nicht dran gedacht hat, dass er Sandalen trägt. Er lässt sich auf eines der durchgesessenen Sofas fallen und umklammert seinen Zeh. Heulsuse, Mamakind. Geschieht dir recht.

In der Halle ist es kühler als draußen, kühl und still. Allmählich lässt der Schmerz nach und Tim kann wieder besser denken. Was hat Jonny hier gemacht? Es ist einfach nicht vorstellbar, dass er hier auf dem Sofa saß und Wasserpfeife rauchte. Oder doch? Noch einmal lässt Tim seine Blicke durch die Halle schweifen, versucht, auf jedes Detail zu achten, wie ein echter Späher. Die Ofenklappe steht jetzt offen, das ist das Einzige, was sich verändert hat. Er kniet nieder, will sie schließen, weil ein guter Späher keine Spuren seiner Anwesenheit hinterlassen darf. Etwas liegt in dem Ofen, etwas, was ganz sicher nicht dorthin gehört, etwas, was er kennt. Tim streckt die Hand in den Ofen und holt es heraus. Jonnys Messer, ganz unverkennbar Jonnys Fahrtenmesser mit dem roten Lederband und den Perlen am Griff. Noch am Freitagnachmittag am See haben sie damit Tims Leberwurstbrote zerschnitten. Warum hat Jonny sein Messer in den Ofen gelegt? Wo ist der Lederschaft, in dem Jonny es am Gürtel trägt? Und vor allem, wann hat er es hierher gebracht, wenn er doch im Indianerlager war? Das alles ergibt keinen Sinn. Tim geht zu einem der halbblinden Fenster und hält das Messer ans Licht. Die Klinge ist fleckig. Etwas Rotbraunes klebt daran. Es sieht aus wie Blut.

✳✳✳

»Die Blutspuren, die wir in dem mit der Baseballkappe markierten Gebüsch gefunden haben, stammen zum Teil von einem Hund, zum Teil von einem Menschen«, berichtet die Kriminaltechnikerin Karin, deren Nachname neuerdings Munzinger lautet, wie der ihres Kollegen Klaus.

»War es viel Blut?« Manni schaut von seinem Notizblock auf.

»Nicht viel. Und insgesamt haben wir mehr tierisches als menschliches Blut sichergestellt.«

Also vielleicht doch kein Tatort, sondern nur ein weiteres Rätsel, denkt Manni. Aber wer vermag das schon zu sagen. Ohne Leiche. Ohne klarere Spurenlage. Erdrosseln, ersticken, vergiften – es gibt genug Möglichkeiten, zu töten, ohne Blut zu vergießen. Die Frage ist zunächst einmal, wer in diesem Wald außer dem Dackel geblutet hat.

»Bis wann …?«

»Morgen Nachmittag, spätestens übermorgen, wissen wir, ob das Blut von Jonny und seinem Hund stammt.«

Morgen oder übermorgen, na klar. Nichts geht zügig in der Vermisstensache Jonny Röbel. Manni streicht sich ein paar feuchte Haarsträhnen hinters Ohr. Karin setzt sich wieder und streckt die Beine aus. Der Tischventilator, den sie am Kopfende des Konferenzraums aufgestellt haben, pustet mit leisem Surren einen Schwall abgestandene warme Luft in ihre Gesichter, dann dreht er weiter. Manni greift in die Tüte Gummibärchen, die die Bruckner spendiert hat. Am liebsten mag er die gelben, das war schon immer so. Als er noch im Kindergarten war, hat seine Mutter ihm zum Geburtstag Schokoladenkuchen gebacken, mit Gummibärchen verziert. Manni hat geweint, als jemand anders das Kuchenstück mit dem gelben Bärchen bekam. Sein Vater hat ihm eine geknallt. Abhärten nannte er das. Fürs Leben lernen.

Petra Bruckner studiert den Plan vom Königsforst, den sie an die Wand gehängt haben. Indianerlager, Autobahnrastplatz, Schutzhütte und den Fundort von Jonnys Mütze haben sie mit gelbem Textmarker hervorgehoben. Die Bruckner pikt drei rote und vier blaue Fähnchen in die angrenzenden Flächen.

»Bislang hat sich niemand gemeldet, der Jonny in Begleitung gesehen hat. Rot markiert die Stellen, wo Zeugen Jonny und seinen Hund gesehen haben wollen. Blau heißt, dass sie gegen 17.30 Uhr wie unser Zeuge Hagen Petermann das Bellen gehört haben.«

»Direkt bei der Hütte hat niemand den Jungen gesehen?«

»Bis jetzt noch nicht. Aber es ist auffallend, dass die Zeugen, die das Bellen gehört haben wollen, alle relativ nah bei der Hütte waren.«

Manni stellt sich neben die Bruckner. »Dieses rote Fähnchen hier ist ziemlich nah am Autobahnrastplatz. Damit fällt es aus Jonnys Bewegungsraster.«

Petra Bruckner nickt. »Das ist unser Wackelkandidat. Ein älterer Herr. Er konnte nicht sicher sagen, ob das T-Shirt des Jungen, den er gesehen hat, rot war.«

»Vielleicht ist er farbenblind.«

Die Bruckner nickt nachdenklich. »Das ist eine Möglichkeit. Ich werde ihn fragen. Zeitlich käme es nämlich einigermaßen hin. Alle anderen Zeugen meinen, dass es nach 17 Uhr war, als sie Jonny sahen beziehungsweise den Hund hörten. Nur er hier«, sie tippt auf das einsame rote Fähnchen, »behauptet, er hat den Jungen gegen 16 Uhr gesehen.«

»Also wäre Jonny vom Indianercamp erst zum Rastplatz und dann zur Schutzhütte gelaufen.«

»Die Frage ist nur, warum? Und was ist dann passiert?«

»Jemand hat dem Hund ein Ohr abgetrennt. Mit einer Waffe, die wir bislang nicht gefunden haben. Und dann haben sich beide in Luft aufgelöst.«

Müde sehen sie sich an. Manni mopst die letzten gelben Bärchen aus der Tüte, während sie das weitere Vorgehen planen. Man muss Frank Stadler noch genauer überprüfen. Nachbarn befragen, die Kölschen Sioux noch mal rannehmen, vor allem die Jugendlichen. Sicherlich hat nicht nur Chefindianer Petermann bemerkt, dass Stadler den Dackel seines Stiefsohns nicht leiden konnte. Die Gefahr besteht darin, dass Stadler unschuldig ist und sie so nur noch mehr Unglück über die Familie Stadler bringen. Aber was bleibt ihnen anderes übrig? Ein einsamer Waldspaziergang ist nicht gerade ein solides Alibi für die Zeit, in der sein Stiefsohn verschwand. Vielleicht müssen sie Stadler härter rannehmen, ins Präsidium vorladen, U-Haft beantragen. Doch mit welchem Grund? Sie können ja noch nicht einmal sicher sein, dass Jonny tot ist. Dranbleiben, denkt Manni, mehr kann man nicht tun. Wenn Stadler Dreck am Stecken hat, wird er früher oder später einen Fehler machen.

Natürlich muss man außerdem hoffen, dass sich noch mehr Zeugen melden, dass irgendjemand den Jungen in Begleitung gesehen hat. Die Befragungen, die die Bruckner in der Schule des Jungen durchgeführt hat, sind bislang ebenfalls himmelschreiend ergebnislos. So als ob Jonny die Unterrichtsstunden in einem anderen Orbit als seine Mitschüler absolviert hätte, lesen sich die Aussagen aus dem Bertolt-Brecht-Gymnasium. Allseits respektiert, aber allein. Hochintelligent. Sogar eine Klasse übersprungen hat er. Dieser Junge aus der Schach-AG,

Tim oder Tom, denkt Manni. Mehrere Lehrer und Zeugen haben ihn als Jonnys besten Freund bezeichnet, und er war wirklich eindeutig erschüttert, dass Jonny verschwunden ist. Aber wieso hat er dann nichts ausgesagt, was uns weiterhilft? Ich muss noch mal mit diesem Jungen reden. Morgen, denkt Manni, morgen. Heute muss ich noch in die Rechtsmedizin und ins Krankenhaus.

Die Sauerstoffreste, die der Ventilator im Besprechungsraum verquirlt, sind jetzt so gering, dass ihnen die Augen zuzufallen drohen. Die Nacht war zu kurz, denkt Manni. Der Tag ist zu schnell vergangen und erreicht haben wir genaugenommen nichts. So wird das nichts mit meiner Rückkehr ins KK 11. Er greift zur Fernbedienung und schaltet die WDR-Lokalnachrichten an. Es dauert siebeneinhalb Minuten, bis die Moderatorin ihr Lächeln einstellt und mit ernster Stimme um besondere Aufmerksamkeit für die Suche nach einem vermissten Jungen bittet. Dann kommt Martina Stadler ins Bild. Sie muss geduscht haben, nachdem Manni sich von ihr verabschiedet hat. Ihre rotbraunen Haare sind zu einem schimmernden, mütterlich korrekten Pferdeschwanz gebunden. Sie trägt endlich etwas anderes als das verschwitzte grüne Trägerkleid, nämlich eine gebügelte weiße Bluse. Prima zurechtgeschminkt ist sie außerdem, nur die verheulten Augen lassen sich nicht retuschieren, aber das verleiht dem Appell natürlich genau jenen Touch dramatischer Authentizität, den ein durch zu viele schlechte Fernsehkrimis aufgeputschtes Publikum verlangt.

Martina Stadler krampft die Hände ineinander und beginnt zu sprechen. Ihre Stimme ist leise und zittert. »Helfen Sie uns!«, beendet sie ihren Appell. »Jonny, wenn du mich hörst, bitte melde dich. Komm zu uns zurück, wir lieben dich.« Sie versucht, noch etwas zu sagen, aber das wird von Tränen erstickt und ein harter Schnitt bringt wieder das Nachrichtenstudio mit der immer noch ernst blickenden Moderatorin ins Bild. In ihrem Rücken ist ein Foto von Jonny und Dr. D. zu sehen. Die Moderatorin verliest die polizeiliche Beschreibung, auch die Registriernummer aus dem Hundepass wird eingeblendet. »Es sieht so aus, als habe jemand Jonnys Rauhaardackel ein

Ohr abgetrennt, möglicherweise um eine Identifizierung des Tiers zu verhindern«, erklärt die Moderatorin. Donnerwetter, denkt Manni, das hat unsere Pressabteilung aber gut hingekriegt, das klingt ja mal richtig vernünftig. Wenn jetzt noch ein paar brauchbare Hinweise eingehen, kommen wir endlich einen Schritt weiter.

*****

»Du warst gut.« Frank lenkt den Wagen über die Rheinuferstraße zur Zoobrücke. »Bestimmt meldet sich jemand, der Jonny und Dr. D. gesehen hat, und alles kommt wieder in Ordnung.« Seine rechte Hand greift nach Martinas linker.

»Nicht, ist zu warm.« Martina entzieht ihm ihre Hand. Nichts wird wieder gut, im ganzen Körper kann sie das spüren, und daran kann auch ihr Appell im TV nichts ändern. Sie dreht den Kopf zur Seite und schaut aus dem Fenster. Sommerlich bekleidete Menschen flanieren unter Platanen am Fluss entlang, sie hasst sie für ihre Fröhlichkeit. Dann denkt sie daran, wie leicht dieser so genannte Touristenmörder wieder zuschlagen kann, und auch wenn das gemein und niederträchtig ist, tröstet sie dieser Gedanke mehr als Franks Worte. Du warst gut. Als ob sie für eine Theaterrolle vorgesprochen hätte, hat er das gesagt. Als ob es darum ginge, Martina zu beurteilen. Wie abgrundtief geschmacklos das ist.

Sind Sie sicher, dass Ihr Mann Jonny so liebt wie Sie? Immer noch hallt diese Frage des blonden Kommissars Korzilius in ihrem Kopf. Sie hat versucht, dieses Echo zu überhören, hat die voll gekotzten Töpfe gespült, geduscht und endlich ihre Eltern angerufen, nachdem der Kommissar gegangen ist. Sie hat all diese leeren, sinnlosen Phrasen in das stumme Entsetzen am anderen Ende der Leitung gesprochen. Und dann kam Frank, und sie haben schweigend nebeneinander gesessen und gewartet, dass die Zeit vergeht, damit er sie zum WDR fahren kann. Und die ganze Zeit hat sie versucht, diese schreckliche Frage in ihrem Kopf nicht zu hören.

Aber jetzt, nachdem Frank sie vor dem Haus abgesetzt hat und gleich weiterfährt, um Lene und Leander abzuholen, jetzt wird diese Frage so laut, dass sie sie nicht länger ignorieren kann. Martina geht über den Rasen ans hintere Ende des Gartens, setzt sich rittlings auf die Schaukel, die an den Ästen des alten Walnussbaums hängt, unschuldig wie in einem Astrid-Lindgren-Bilderbuch. Sie umfasst das Seil, schaukelt sacht.

Sind Sie sicher, dass Ihr Mann Jonny so liebt wie Sie? – Was, wenn nicht? Jetzt, endlich, lässt sie auch diese zweite Frage zu. Wie oft hat sie solche Szenarien mit ihren Kolleginnen im Hort erörtert, wenn sie den Verdacht hatten, ein Vater oder Stiefvater missbrauche oder misshandle sein Kind, während die dazugehörige Mutter die Augen verschloss. Sicher, ein bisschen konnten sie das Wegsehen verstehen. Weil nicht sein kann, was nicht sein darf. Weil der Verdacht, wenn er sich denn bewahrheiten würde, in ein noch bodenloseres Loch führt, als ein Mensch, der liebt, ertragen kann. Man muss seine Kinder schützen. Mutterliebe sollte doch wohl stärker sein als die Liebe zu einem Mann, als Begehren und die eigene Bequemlichkeit, hatten sie solche Diskussionen ein ums andere Mal beendet und gar nicht gemerkt, wie selbstgerecht, wie überheblich, wie blind ihr Urteil war, denn natürlich ist nichts jemals so eindeutig und einfach, sobald es einen selbst betrifft.

Martina muss nicht in ihren Unterlagen und all den Infoheften von Jugendamt, Kinderschutzbund, Zartbitter, Weißem Ring nachschlagen, um die Wahrheit zu erkennen: dass in vielen Fällen jemand von außen die Anzeichen zuerst erkennt, dass sich dieser Verdacht fast immer bestätigt und dass männliche Verwandte und Freunde der Familie eine nicht unerhebliche Gefahr für die ihnen anvertrauten Kinder sind. Ihr Mund ist trocken, sie beginnt wieder zu frieren. Jonny war in den Tagen – oder waren es Wochen? – vor seinem Verschwinden bedrückt gewesen, stiller als sonst. Wieso hat sie nicht darauf bestanden, dass er sich ihr anvertraut? Er wird schon kommen, wenn er will, so war es noch immer, hat sie sich gesagt. Sie merkt, wie sie zu zittern beginnt. Hätte ich mich genauso verhalten, wenn Jonny mein leibliches Kind wäre? Wovor verschließe ich die Augen? Und wer ist Frank, der Mann, den ich seit elf Jahren zu lieben glaube? Hat auch er sich verändert vor Jonnys Verschwinden? Warum sagt er nicht, wo er war, als Jonny verschwand? Und warum hat er mich nicht wenigstens gleich angerufen, als er den ersten Verdacht hegte? Weil er meinen Theaterworkshop nicht stören wollte, auf den ich mich so lange gefreut hatte, hat er gesagt. Lächerlich.

Martina versucht sich vorzustellen, wie Frank den Rauhaardackel tritt, wie er ihn quält, ihm ein Ohr abschneidet, ihn vielleicht sogar tötet – ein später Racheakt für seinen zerstörten Rasen. Sie versucht sich vorzustellen, dass Frank Jonny quält, vergewaltigt, verschleppt, tötet. Es gelingt ihr nicht, und die Erkenntnis, dass sie sich tatsächlich bemüht, diese Bilder heraufzubeschwören, jagt ihr einen weiteren Kälteschauer durch den Körper. Was passiert mit uns, was ist aus uns geworden? Wie tief bin ich gesunken, dass ich der Liebesfähigkeit meines Mannes misstraue und ihn sogar eines Mordes verdächtige?

»Mama, wo bist du, wir sind wieder da-ha!« Marlene und Leander rennen in den Garten. Schwerfällig wie eine alte Frau löst Martina sich von der Schaukel.

»Ich bin im Garten, kommt her, meine Motten!« Ihre Stimme klingt viel zu hoch, sie kann es nicht ändern. Sie kniet sich ins Gras, breitet die Arme aus und zwingt sich zu einem Lächeln.

\*\*\*

Sein Vater liegt jetzt in einem Einzelzimmer, eine geschrumpfte Silhouette unter sterilen Laken, überragt von einem Ständer mit Plastikbeuteln. Aus einem der Beutel tropft ein Medikament in einen durchsichtigen Plastikschlauch, der unter der Bettdecke verschwindet, ein anderer ist halb gefüllt mit einer gelblichen Flüssigkeit – Urin. Das konstante Piepsen und Sirren der Überwachungsmaschinen ist lauter als der Atem des Kranken – falls er überhaupt noch atmet. Zögernd zieht Manni die Tür hinter sich zu. Es ist stickig und warm, der Vorhang vor dem Fenster dämpft das Abendlicht zum Halbdunkel. Sein Vater liegt reglos, die Augen geschlossen, ein weiterer Schlauch aus seiner Nase ist offenbar mit einer Maschine verbunden, die Sauerstoff in seine Lungen pumpt. Manni geht zum Fußende des Bettes, sein Fuß stößt an eine der Rollen, so dass das Bett an die Wand knallt. Sein Vater rührt sich nicht. In der Cafeteria des Krankenhauses hat Manni eine Schachtel Weinbrandpralinen und eine Flasche Hohes C gekauft, jetzt wird ihm bewusst, wie sinnlos das war.

Er stellt seine Mitbringsel trotzdem auf den Tisch vor dem Fenster und widersteht der Versuchung, den Vorhang zurückzuziehen und frische Luft in seine Lungen zu saugen oder, noch besser, aus dem Fenster in den Park zu springen. Auf dem Nachttisch stehen Blumen – unverkennbar aus dem Garten seiner Mutter – und ein Foto von dem Tag, an dem Manni von der Sitte in Essen in die Kölner Mordkommission wechseln durfte. Manni und seine Mutter links und rechts stehend hinter dem Rollstuhl des Vaters, die Mutter strahlend vor Stolz, Manni selbst ernst, nur der Blick des Vaters ist reglos auf einen Punkt gerichtet, der weit hinter dem Fotografen zu liegen scheint. Manni beugt sich über den Kranken. Die Haut wirkt wächsern, abgesehen von ein paar Bartstoppeln und geplatzten Äderchen auf den Wangen. Die Augen öffnen sich nicht.

Aus dem Auto ruft er seine Mutter an, froh, dass sie nicht mehr zur Salzsäule erstarrt auf dem Krankenhauskorridor hockt, sondern nach Hause gefahren ist, um sich um ihren Garten und die beiden Katzen zu kümmern. Ihre Stimme klingt matt, sie reden Belangloses.

»Lieb von dir, dass du das Einzelzimmer zahlst«, sagt sie zum Abschied. Manni fühlt sich zu müde, ihr zu gestehen, dass das Motiv dafür nicht Liebe ist, sondern ein Versuch, sich freizukaufen.

Um kurz vor 21 Uhr manövriert er seinen GTI in eine Parklücke vor seiner Wohnung, denn im Präsidium sind seit Martina Stadlers Fernsehauftritt keine neuen Hinweise eingegangen. Aber die Fragen bleiben trotzdem. Wo ist Jonny? Ist sein Stiefvater ein Mörder? Was ist mit dem Dackel? In seiner Wohnung streift Manni die Nikes ab und wirft die Tageszeitung und die Werbeprospekte in die Kiste für das Altpapier. Er öffnet die Fenster und atmet die warme, abgasgeschwängerte

Luft. Sein Kühlschrank enthält drei Flaschen Cola, eine angebrochene Tüte H-Milch und im Tiefkühlfach zwei Pizzas. Was ist mit Jonny Röbel geschehen? Manni tritt ein paar Mae geris, Yoko geris und einen vollendeten Ushiro mawashi geri gegen den Sandsack. Er muss häufiger ins Karatetraining gehen, sonst wird das nichts mit seinem zweiten Dan. Seine Fäuste wirbeln Zukis. Er muss diesen Jungen finden. Aber jetzt braucht er eine Pause.

Eine Viertelstunde später tritt er frisch geduscht in das sommerliche Klangpotpourri aus Stimmen und Gläserklirren des Maybach-Biergartens. Am Tresen kauft er ein Weizenbier und bahnt sich einen Weg zwischen den Tischen mit gebräunten, aufeinander einredenden Menschen. Immer noch fühlt er sich ruhelos, gleichzeitig ausgebrannt und unter Strom. Seine Schritte knirschen im hellen Kies, ein Geräusch, das er normalerweise mag, jetzt scheint es ihn zu verhöhnen.

Dann sieht er sie. Das blonde Haar, die Silberspange, ein helles Shirt, die Jacke lässig um die Hüften geschlungen. Sie sitzt auf der Mauer mit dem Rücken zu den anderen Gästen. Allein. Neben ihr steht ein leeres Kölschglas. Manni schnappt einer Kellnerin ein Kölsch, das sie gerade einem anderen Gast verkaufen wollte, vom vollgeladenen Tablett und besänftigt ihren Protest mit einem satten Trinkgeld.

»Nachschub. Darf ich?« Er hält Miss Cateye seine Beute hin und deutet auf die Mauer neben sie.

Sie sieht zu ihm auf. Er hält ihr das Kölschglas noch etwas näher vor die Nase. »Das wollte ich dir schon neulich ausgeben, aber dann musste ich leider weg.«

»Ich wollte gerade gehen.«

»Nur ein Kölsch. Die Nacht ist noch jung.«

Auf der Bahntrasse gleitet ein ICE vorbei, die Fenster ein Lichtstreifen über dem Park. Darüber steht der Halbmond im dunklen Blau.

»Erst ein Kölsch. Und dann Paris«, sagt Miss Cateye. »Oder Amsterdam.« Sie nimmt das Glas, prostet ihm zu. »Von mir aus, setz dich, trinken wir ein Kölsch. Aber bitte verschone mich mit einer dieser Du-bist-meine-Traumfrau-Anmachen, die dann in einer schnellen Nummer enden und dem obligatorischen ›Ciao, Baby‹, bevor der Morgen kommt. Davon hatte ich nämlich in letzter Zeit genug.«

»Kein Problem.« Manni setzt sich neben sie und trinkt einen großen Schluck Weizen. Dann noch einen. Nach ein paar Sekunden schaltet sein Hirn wieder auf Betrieb. Was hat sie da gerade gesagt? Sie hat die Nase voll von Anmache. Oder von schnellen Nummern?

Sie sieht ihn an. Ein Lächeln umspielt ihre Mundwinkel, ihre Katzenaugen glitzern.

»Gemein, was? Nimmt dir den ganzen Wind aus den Segeln.«

»Na ja.« Noch ein Schluck Bier. »Ich steh eigentlich eher auf langsame Nummern.« Wirklich toll, Mann, wahnsinnig originell. Die Frau neben ihm scheint zum selben Schluss zu kommen, sie betrachtet ihr Kölsch, als rätsele sie, ob es sich wohl als Wurfgeschoss eigne. Hastig spricht Manni weiter.

»Wenn schon, dann Amsterdam. Wenn du mich fragst.«

»Aha. Und warum?«

Grün, grünblau, blau? Es ist zu dunkel, um die Farbe ihrer Augen zu erkennen. Aber ihre Lippen sind fein geschwungen und die Brüste – verdammt, reiß dich zusammen, wie war die Frage? Richtig, Amsterdam.

»Die Grachten«, sagt Manni. »Die Boote. Jetzt ein Hausboot, in diesem Sommer …«

»Wenn man mit so einem Hausboot an einem Deich langschippert, ist es, als gleite man über eine Wiese und jeden Moment steigt eine Herde Kühe an Bord.« Sie spricht träumerisch, sieht Manni nicht an.

»Klingt schön.«

»Ich hab das mal gemacht.«

Sie prosten sich zu, schweigend, betrachten die Lichtspuren der Züge, die vielleicht nach Amsterdam fahren, und die blinkende Neonshow an der Glasfassade des Kölnturms im Mediapark. Ein Boot, eine frische Brise und auf Deck Miss Cateye im Bikini, oder noch besser ohne. Zum ersten Mal seit Tagen lässt Mannis Spannung nach. Er trinkt sein Weizen aus und winkt nach einer Kellnerin.

»Für mich nicht mehr, ich muss los.« Entschlossen schwingt

Miss Cateye die langen Beine über die Mauer und steht auf.
»Tschö, Fremder.«

Manni will widersprechen, sie zum Bleiben überreden oder wenigstens nach ihrem Namen fragen, aber bevor er etwas sagen kann, ist sie im Gedränge des Biergartenbetriebs verschwunden.

***

Das Land ist groß. Groß und leer. Minute um Minute gleitet tief unten Grün vorbei, nur unterbrochen vom Glitzern gewaltiger Seen. Ich bin verrückt, denkt Judith. Verrückt, vermessen, vollkommen übergeschnappt, wenn ich wirklich glaube, dass ich in dieser gigantischen Leere dort unten eine Frau finden kann, die nicht gefunden werden will und die ich noch dazu kaum kenne. Sie wendet den Kopf vom Fenster des Flugzeugs und bestellt bei einem der dienstbeflissenen Stewards Kaffee. Das Flugzeug ist mit Verspätung gestartet, in Köln ist es jetzt Abend, hier, zwei Stunden vor der Landung in Toronto, ist es Nachmittag. Beides erscheint irreal. Es ist, als sei sie mit dem Beginn ihrer Reise aus der Zeit gefallen und habe jeden Bezug zu ihrer inneren biologischen Uhr verloren.

Fünf Stunden später lässt Judith sich vom Navigationssystem eines feuerroten Mietwagens aus Toronto leiten. Im Rückspiegel glühen die gläsernen Hochhäuser von Kanadas bevölkerungsreichster Stadt im Abendlicht, metallisch glitzernde Bauklötze eines Riesen. Hoch über ihnen sticht die Spitze des CN-Towers in den Himmel. Professor Terence Atkinsons Sekretärin an der University of Toronto hat herzlich gelacht, als Judith fragte, wo eine Vogelforscherin wohl hinfährt, um Eistaucher zu beobachten.

»Loons! Those birds are everywhere.« Immerhin hat die Sekretärin verraten, dass Charlotte Professor Atkinson im Mai mehrfach im Institut besucht hat. Eine Kollegin aus Cologne, Germany, richtig? Selbstverständlich habe sich Professor Atkinson über den Besuch gefreut. Und dann sei die Deutsche nicht mehr gekommen, die Semesterferien haben begonnen und Dr. Atkinson ist, wie jedes Jahr, mit Frau, Kindern und

Boot in sein Sommerhaus an der Georgian Bay gereist. Cozy Harbour heißt das Kaff, diese Information hatte Judith der Sekretärin entlockt. Ein winziger Fliegenschiss in zerklüftetem Grün, unmittelbar neben einer großen, hellblauen Fläche, so ist es auf der Landkarte dargestellt, die Judith an einer Tankstelle gekauft hat.

Sie fährt nach Norden, wie es das PKW-Navigationssystem vorschreibt, das sie mit den Koordinaten von Cozy Harbour gefüttert hat. Die letzten Ausläufer Torontos liegen hinter ihr, Felder, Wälder, sanft geschwungene Wiesen bestimmen nun das Panorama. Nichts, was aufhält oder ablenkt, nur dieses gigantische weite Land und ab und zu eine Farm. Die Nacht kündigt sich an, mit weichem Licht. Durch das halboffene Seitenfenster strömt der strenge Geruch eines verendeten Stinktiers. Bei einem Fastfoodlokal, das Tim Horton heißt und statt Hamburger Kaffee und Gebäck verkauft, hält Judith an. Sie isst ein Sandwich und kauft einen großen Becher Kaffee to go, auch wenn sich ihr Magen bei der Aussicht auf eine weitere Koffeindosis zusammenzieht. Zum Rauchen muss sie auf den Parkplatz gehen. Die Dunkelheit kommt jetzt schnell, das Fahren wird anstrengender, die Lichter der entgegenkommenden Autos blenden. Der einzige Sender, der sich nicht nach wenigen Minuten in einem Rauschen verliert, spielt Countrymusik. Trotzdem quält Judith sich weiter, bis die Scheinwerfer des Gegenverkehrs zu verschwimmen drohen. Die Leuchtreklame eines Motels führt sie in die Schwärze neben dem Highway.

Das Zimmer riecht nach Desinfektionsmittel wie Charlottes Haus in Köln. Die Einrichtung ist aufs Nötigste beschränkt und in deprimierenden Grau- und Gelbtönen gehalten, die an Zigarettenasche und Nikotin erinnern, auch wenn in dem Zimmer Rauchverbot herrscht. Über dem Kopfende hängt in einem schiefen Rahmen hinter halbblindem Glas der Kupferstich eines Eistauchers, wie um Judith zu verhöhnen. Sie duscht, wickelt sich in ein Badelaken und setzt sich mit einer Flasche Bier aus der Minibar auf die Holzveranda. Die Neonwerbung des Motels flackert, hin und wieder klingt vom Trans-Canadian-Highway Motorengeräusch herüber, drei

Autos stehen auf dem Parkplatz vor dem Flachbau, davon abgesehen wirkt das Szenario irreal. Als sei sie unversehens in eines dieser Hopper-Gemälde geraten, in denen Architektur und Landschaft so viel mehr Raum einnehmen als Menschen.

Judith öffnet die Bierflasche und dreht sich eine Zigarette. Vielleicht hat Charlotte genau in diesem Motel übernachtet, die Wahrscheinlichkeit ist ungefähr so groß wie die eines Lottohauptgewinns. Die Luft auf Judiths nackter Haut schmeichelt wie ein Liebhaber. Sie raucht und hört der Dunkelheit zu, bis sie so müde ist, dass ihr der Desinfektionsgeruch des Motelzimmers nichts mehr ausmacht. Ihr letzter Gedanke ist die Tarotkarte Tod und warum ein schwarzes Skelett mit einer Sense etwas Positives bedeuten soll. Dann schläft sie ein.

# Mittwoch, 27. Juli

Fliegender Atem, Schweiß auf der Haut, Herzschlag in harten Stößen. Bilder, die sich nicht vertreiben lassen. Ein blonder Junge, der lacht und einen struppigen Dackel umarmt. Eine verzweifelte junge Mutter, die in den Abendnachrichten um das Leben ihres Sohnes fleht. Das Summen hungriger Fliegen. Verkrustetes Blut, dort, wo ein Schlappohr sitzen sollte. Der Stempel scharfer Hundezähne in einer pelzigen Kehle. Mit brennenden, weit geöffneten Augen liegt Elisabeth in ihrem Bett, ein Opfer der Bilder, während die Nacht in quälend winzigen Schritten vorwärts schleicht. Der einzige Trost ist das Raspeln von Barabbas' Atem im Flur vor der Schlafzimmertür – wie könnte sie die Nacht ohne dieses Geräusch überstehen? Jemand hat dem Dackel des vermissten Jungen Jonny ein Ohr abgeschnitten, hat die Nachrichtensprecherin gesagt.

Ich muss zur Polizei gehen, denkt Elisabeth. Ich muss sagen, dass Barabbas Jonnys Dackel totgebissen hat und dass ich ihn beerdigt habe. Wie Leid mir das tut. Vielleicht nehmen sie mir Barabbas ja gar nicht weg oder lassen ihn zumindest leben. Ich mache mich schuldig, wenn ich schweige, ich versündige mich. Das Leben eines Kindes ist wichtiger als ein Hund.

Sie streckt die Hand aus und schaltet die Nachttischlampe an. Bald werden die Amseln zu streiten beginnen und ein Streifen Licht wird im Osten am Himmel stehen. Doch auch wenn Elisabeth den Morgen verzweifelt herbeisehnt, weiß sie, dass er ihr heute keine Erlösung bringen wird. Sie muss zur

Polizei gehen. Mühsam setzt sie sich auf und wartet, bis der Schwindel nachlässt und die Schmerzen in ihrem Rücken so weit abebben, dass sie aufstehen kann. Barabbas tappt über die Holzdielen und begrüßt sie, Seite an Seite gehen sie ins Bad, wo Elisabeth ihren Morgenmantel überstreift, dann die steile Treppe hinunter in die Küche.

Es ist noch zu früh, um zu frühstücken, und ohnehin hat sie keinen Appetit. Du musst trinken, Mutter, sagt Carmens Stimme. Gehorsam füllt Elisabeth ein Glas mit Milch und vergewissert sich, dass auch Barabbas' Napf gefüllt ist. Der vermisste Jonny und sein Dackel Dr. D. schauen sie aus der Tageszeitung an, die noch aufgeschlagen auf dem Küchentisch liegt. Sie kann nicht nach Köln fahren, das ist zu weit und wo soll sie Barabbas lassen? Aber im Nachbarort Neurath gibt es ebenfalls eine Polizeistation. Guten Tag, ich möchte eine Aussage machen. Der vermisste Dackel, dem das Ohr fehlt. Ich habe ihn in Frimmersdorf begraben, hört Elisabeth sich sagen. Sie könnte verschweigen, dass Barabbas den Dackel totgebissen hat. Aber das ist Unsinn, denn sicher wird die Polizei das dennoch herausfinden, und wenn sie erst in ihrem Haus sind und Fragen stellen, kann sie nicht lügen.

Elisabeth starrt auf den Telefonapparat. Vielleicht genügt ein Anruf. Ein Anruf, der die Polizei den Dackel finden lässt – nicht aber sie und Barabbas. Aber kann die Polizei nicht herausfinden, wer anruft und von wo? Kein Anruf also, aber vielleicht ein Brief. Ein anonymer Brief. Die stechenden Schmerzen in ihren Schultern ignorierend, hievt Elisabeth im Wohnzimmer Heinrichs alte Triumph-Adler auf den Esszimmertisch und spannt einen Bogen Papier ein.

Der einohrige Dackel ist tot. Suchen Sie ihn im Wald am Kraftwerk Frimmersdorf.

Wird die Polizei diesen Hinweis ernst nehmen? Werden sie das Grab finden? Es funktioniert nicht. Sie zieht das Papier aus der Maschine, zerreißt es in kleine Fetzen.

Der Garten liegt jetzt im Dämmerlicht. Elisabeth schlurft zurück in die Küche und setzt Kaffeewasser auf, macht sich einen Toast und öffnet für Barabbas eine Büchse. Was soll sie tun? Wie kann sie die Polizei informieren, ohne Barabbas zu verraten?

Sie nimmt die Kaffeetasse in die Hand und tritt barfuß nach draußen, ins taufeuchte Gras. Fünf Uhr, Stille, noch hält der Tag den Atem an. Nur der Klang der Glocken von St. Martin schwebt heran und eine Amsel ruft im Kirschbaum. Langsam geht Elisabeth durch ihren Garten. Mein Leben, denkt sie. Mein Haus. Mein Hund. Es wird zu Ende gehen, muss zu Ende gehen. Bald. Aber noch nicht jetzt. Ich bin noch nicht bereit, das alles zu verlassen. Ich kann Barabbas nicht verraten.

Bei den Strauchrosen hält Elisabeth an. So viel Schönheit, so vergänglich. Sie schneidet welke Blüten ab. Atmet den feinen Duft der taubenetzten Knospen. Vielleicht gibt es noch einen dritten Weg. Einen Weg, der ihr Kraft abverlangen wird, viel Kraft, der aber, wenn sie diese Kraft aufbringt, gelingen kann. Je länger Elisabeth nachdenkt, desto sicherer ist sie, dass sie eine Lösung gefunden hat. Nur vorsichtig muss sie sein. Sie wirft die Rosenschere in den Korb und eilt zurück zum Haus, so schnell ihr Rücken es erlaubt.

\*\*\*

Auf einmal sind sie da. Schatten erst, Bewegungen hinter den Büschen an seinem Schleichweg, die den Blick auf Schulhof und Schulgebäude verstellen. Tim fühlt sein Herz in harten Schlägen, sein Mund wird ganz trocken, er beginnt zu schwitzen. Zurück zum Fahrradhof, denkt er. Sofort. Er dreht sich um. Keine Chance. Lukas steht dort am Stahlgitterzaun, etwa zwei Meter von Tim entfernt. Sagt nichts, verschränkt nur die Arme vor der Brust und grinst. Etwas knistert hinter Tims Rücken, hastig wendet er den Kopf. Viktor tritt hinter einem Strauch hervor auf den Trampelpfad, dicht gefolgt von seinem Freund Ralle. Und dann erscheinen auf einmal auch Daniel und Boris aus Tims Klasse zwischen den Büschen.

Einfach so tun, als wär nichts, manchmal hat das schon funktioniert. Sich klein machen, auf den Boden gucken, nichts hören, nichts sehen, nichts fühlen, stur den eigenen Weg gehen und hoffen, dass er irgendwann bald das Klassenzimmer erreicht, dass ein Lehrer auftaucht oder dass sie aus irgendeinem anderen Grund von ihm ablassen. Panisch sieht Tim sich um. Weiter geradeaus geht nicht, gegen Viktor und Ralle kommt er nicht an, auch Daniel und Boris sehen gefährlich aus. Also zurück, an Lukas vorbei, auch wenn der ihm neulich dermaßen den Arm verdreht hat, dass Tim nur noch Sterne sah. Aber vielleicht, wenn Tim schnell ist und sich sehr klein macht, belässt Lukas es bei einem Tritt, wie gestern auf dem Fahrrad. Und dann auf den Schulhof und hoffen, dass da irgendjemand ist, hinter dem er sich verstecken kann.

Tim geht auf Lukas zu. Ein Fehler. Augenblicklich rascheln hinter seinem Rücken Schritte. Tim erstarrt, mit rasendem Herzschlag. Lukas schüttelt ganz leicht den Kopf und stellt sich noch breitbeiniger auf den Pfad.

»Schön hier bleiben, Stinker.«

Schritt für Schritt rücken sie an ihn ran. Eine schweigende, selbstsichere Einheit, von allen Seiten, immer näher, viel zu nah, unerträglich nah. Das Blut rauscht in Tims Ohren, wie aus einer anderen Welt erklingt der Schulgong.

»Lasst mich, die Pause ist rum, ich muss zum Unterricht.« Tims Stimme versagt. Er presst sich an den Stahlgitterzaun, die harte Ecke eines Schulbuchs bohrt sich durch den Eastpak-Rucksack in seinen Rücken, keine Chance zur Flucht, er ist ihnen in die Falle gegangen, was wollen sie von ihm, was soll er tun?

Sie stehen jetzt so nah um ihn herum, dass er nichts anderes mehr sehen kann als ihre harten Gesichter, und immer noch sagen sie nichts.

Bald lassen sie dich in Ruhe. Jonnys Versprechen war ein falsches Versprechen, eine Lüge. Sie werden Tim niemals in Ruhe lassen, weil er ein Versager ist. Ein Looser. Ein peinlicher Streber. Jemand, über den man lacht. Jemand, den man quälen darf, weil er das verdient hat. Schlecht in Sport, zu ängstlich, zu beliebt bei den Lehrern, und wenn er was sagt, verstehen ihn seine Mitschüler nicht, und er selbst versteht ihre Witze und Anspielungen auch nicht. Nur Jonny hat ihn verstanden, mit Jonny konnte er reden, mit Jonny hat Tim sich nicht mehr wie ein Zombie gefühlt, sondern wie ein ganz normaler Junge, den man mögen kann.

»Lasst mich in Ruhe.« Seine Stimme ist ein Quieken, nichts liegt darin von dem ruhigen, selbstbewussten Verhalten, das er mit dem bärtigen Mann von der Beratungsstelle geübt hat, zu dem ihn seine Mutter geschleppt hat, damals, als Tim, wenn er mittags aus der Schule heimkam, nicht aufhören konnte zu heulen.

»Warum regt der kleine Stinker sich so auf, wir tun ihm doch gar nichts.« Lukas' Stimme klingt leise, beinahe freundlich. »Mag er uns etwa nicht?«

»Er hat ein schlechtes Gewissen«, sagt Viktor.

Nun reden sie alle durcheinander. »Was hat er denn nun schon wieder gemacht?« – »Hat er wieder gepetzt?« – »Etwa bei den Bullen?« – »Guck mal, gleich heult er, der kleine Schleimer, macht sich gleich in die Hosen.«

Viktor packt Tim unter dem Kinn, gräbt seine Finger in Tims Hals. Augenblicklich verstummen die anderen. Viel schlimmer als die Berührung ist ihr Hass. Abrupt lässt Viktor Tim wieder los und wischt die Hand an seiner Jeans ab, als müsse er sie säubern.

»Unser kleiner Rinkerstinker ist ein Spanner!«, sagt er beinahe traurig. »Sag, was du gestern am Baggersee mit dem Fernglas gemacht hast, du kleiner geiler Wichser.«

»Ich bin kein Wichser!«

»Ach nein? Lukas hat dich ganz genau gesehen. Hast den Mädels auf die Möpse geglotzt. Vom Wichsen kriegt man gelbe Finger.«

Tim schaut auf seine Hände. »Ich hab nicht gewichst.«

Die Jungs lachen. »Jetzt guckt er nach, boah, ist der blöd, der glaubt das auch noch!« – »Rinker ist ein Wichser!« – »Wenn er sein Ding überhaupt findet.« – »Komm, Stinker, zeig uns, was du hast.« – »Los, runter mit der Hose!«

Wie ein Mann rücken sie noch etwas dichter an Tim heran.

»Lasst mich«, sein Versuch, zu schreien, scheitert jämmerlich. Sie haben ihn in der Hand, sie können alles mit ihm tun, und er hat es nicht anders verdient, weil er so blöd war, ihnen in die Falle zu gehen.

Sie halten ihn fest, sie reißen ihm die Shorts runter, die Unterhose, eine Hand packt seine Eier und drückt, der Schmerz jagt Tim die Tränen in die Augen.

»Heul doch, du Wichser!« Sie lachen, fingern an ihm rum, Tim schließt die Augen, hört auf, sich zu wehren, macht sich ganz schlaff, ein Beutetier, das sich aufgegeben hat. »Schnell, das Handy, mach ein Foto!« – »Nein, ein Video.« – »So ein kleiner Pimmel, kein Wunder, dass unser Timmy spannen muss.« – »Wehe, du spannst noch mal, und wehe, du petzt, Stinker, dann kannst du was erleben.«

Und dann ist es vorbei. So plötzlich, wie sie gekommen sind, verschwinden sie, aber aus irgendeinem Grund kann Tim trotzdem nicht die Augen öffnen und die Hosen hochziehen. Wie festgenagelt presst er sich immer weiter an den Zaun. Ich bin nicht da, einfach nicht da, das ist gerade nicht passiert ist das Einzige, was er denkt.

Weit entfernt, eine Ewigkeit später, kündigt der Schulgong das Ende der sechsten Stunde an. Andere Schüler könnten hierher kommen oder ein Lehrer, sie könnten ihn so sehen, vor allem dieser Gedanke löst Tim schließlich aus seiner Erstarrung. Die Halle, denkt er, Jonnys geheimes Versteck, da bin ich sicher. Schwerfällig stolpert Tim am Zaun entlang zum Fahrradhof, wo er in einem anderen Leben sein Mountainbike abgestellt hat.

\*\*\*

Träge türkisfarbene Wellen schwappen auf den Sand. Die Georgian Bay, dieser hellblaue Fleck auf der Straßenkarte, ist auch in Wirklichkeit riesig. Ein Meer, denkt Judith. Oder eine Fata Morgana. Sie geht in die Hocke, taucht die Hand ins Wasser, leckt daran. Kein Salz, tatsächlich ein Süßwassersee, der sich bis zum Horizont erstreckt. Es ist warm, sie ist allein, in Köln ist es schon Nachmittag, aber hier ist der Tag noch neu, der Himmel wolkenlos, das Wasser genau angenehm erfrischend, dennoch steigt sie wieder in ihr Auto. Die Ortschaft

Cozy Harbour, die sie nach etwa drei Kilometern Schotter-piste erreicht, ist weit weniger spektakulär als der See. Ein paar bunte Holzhäuser, ein Supermarkt mit Tankstelle, eine Rotkreuzstation und eine Gastwirtschaft an einer Uferpro-menade, auf der ein paar Möwen um die Reste eines Ham-burgers streiten. Fischerboote, teuer wirkende Jachten und ein Wasserflugzeug dümpeln an den Anlegern des Hafens. Ein Mann in Jeans balanciert auf einer der Kufen des Flugzeugs, den Kopf im Inneren des Cockpits. Judith parkt und balan-ciert über silbergewaschenes Holz auf ihn zu.

»Hi, I'm looking for Terence Atkinson.«

Der Mann springt neben Judith auf den Steg, ohne erkenn-bare Anstrengung. »Deutsch?«

Erstaunt sieht sie ihn an.

»Sorry, I just thought – your accent.« Er lächelt.

»Ich komme tatsächlich aus Deutschland.«

»Meine alte Heimat. David Becker, Trips to the Wilderness. Willkommen in Cozy Harbour.«

Seine Hand ist warm. Ein bisschen rau. Sie umschließt Ju-diths Hand, nicht zu fest, nicht zu lasch, sondern genau rich-tig. So sollte ein Händedruck sein, denkt Judith, oder doch lieber nicht, denn etwas scheint von der Hand ihres Gegen-übers auszuströmen. Eine Art Kraftfeld. Ein Brennen, wie sie es von ihren Tarotlegungen kennt.

Sie entzieht David Becker ihre Hand, er lässt es wider-standslos geschehen. Ein amüsiertes, vielleicht auch verblüff-tes Lächeln tanzt in seinen Augen und noch etwas anderes, Dunkleres. Das Leben hat Linien in sein Gesicht gegraben, sein Haar sieht aus, als habe zu viel Sonne einen Teil der hell-braunen Farbe weggebleicht. Judith fühlt das absurde Bedürf-nis, das Gesicht dieses Mannes zu streicheln, ihn zu berühren, seine Hände zu spüren, seine Umarmung, noch einmal dieses Brennen. Himmel, kitschiger geht es nicht, reiß dich zusam-men, Judith, du weißt nichts von diesem Mann, in einem dieser Holzhäuser mit dem splitternden Anstrich könnten seine Frau und fünf Kinder sitzen, er könnte ein Verbrecher sein, er ...

»Old Marthas Cottage«, sagt David Becker und deutet ins Blau. »Das ist sein Ferienhaus. Liegt etwa eine Meile außerhalb von Cozy Harbour, du musst, Pardon, Sie müssen einfach aus dem Ort raus weiter auf der Piste fahren. Der dritte Weg links ab führt runter zu der Bucht, an der Marthas Cottage liegt.«

»›Du‹ ist schon okay.« Kitschig oder nicht, Judiths Körper signalisiert mit beinahe schmerzhafter Intensität, dass sie diesem Fremden nah sein möchte. Dass es Glück bedeuten würde, Geborgenheit, wenn auch nur für ein paar Stunden oder eine Nacht.

»Moment!« David Becker hangelt sich ins Cockpit des Flugzeugs, verschwindet im Inneren, springt wenig später zurück auf den Steg. Das letzte Mal mit Martin, wie lange ist das her? Die letzte Umarmung, der letzte Sex. Früher erschien es leicht, einen Fremden zu umarmen. In den letzten Jahren hat sie diese Leichtigkeit verloren. Warum kommt jetzt die Sehnsucht zurück?

»Hier, unser Prospekt. Falls du einen Guide brauchst. Meine Telefonnummer steht hinten drauf.«

»Danke.«

»Gerne.«

»Ich muss dann.«

»Ja.«

Sie läuft zurück über die verwitterten Bohlen, erstaunt, dass ihr Körper ihr gehorcht. Sieht er ihr nach? Sie dreht sich nicht um, will es nicht wissen, weil diese Unsicherheit plötzlich erträglicher scheint als der Blick auf einen leeren Steg oder David Beckers Rücken. Seine Stimme holt sie ein, als sie den Mietwagen erreicht.

»Wie heißt du?«

Er steht noch genau so da, wie sie ihn vor wenigen Sekunden verlassen hat.

»Judith.«

Er nickt und hebt die Hand. Sie winkt zurück, startet den Wagen und lächelt noch immer, als Cozy Harbour schon aus dem Autorückspiegel verschwunden ist und sie in die holprige Abfahrt zu Terence Atkinsons Sommerhaus biegt.

*\*\**

Warten. Warten, dass der Tag vorübergeht, die Hitze, das Licht. Warten, dass die letzten Angler am Fluss zusammenpacken und sich in ihre Häuser zurückziehen, vor ihre Fernseher und dann endlich in ihre Betten. Reglos sitzt Elisabeth in ihrer Küche. Wird ihre Kraft reichen, ihren Plan zu verwirklichen? Was wird mit Barabbas geschehen, wenn sie einen Fehler macht? Die Zeitung liegt aufgeschlagen vor ihr, der Junge und sein Dackel sehen sie an. Elisabeth schließt die Augen, beschwört noch einmal den Sonntagmorgen herauf. Sie ist weit hinausgegangen, so weit wie lange nicht mehr. Sie hat Barabbas laufen lassen, als Frimmersdorf hinter ihnen lag. Der Schäferhund ist in das Wäldchen gerannt, sie ist ihm gefolgt. Dann hat sie sein Knurren gehört.

War es so? Nein. So war es nicht. Noch etwas war da. Ein Geräusch. Jemand war da. Der Junge aus der Zeitung? Nein, nicht der Junge. Jemand anders. Wer? Sosehr sie sich auch bemüht, sie erinnert sich nicht.

Als der Tag sich dem Ende zuneigt, wird das Licht weicher. Elisabeth stützt die Arme auf den Küchentisch und stemmt sich hoch. Der Schwindel kommt und vergeht, ihr Rücken schreit, sie zwingt sich, weiterzuatmen, bis der Schmerz erträglich wird. Sie schlurft zum Kühlschrank und isst von den Erdbeeren, die sie am Morgen geerntet hat. Barabbas muss sich die Beine vertreten und sein Geschäft verrichten, später, wenn es dunkel ist, kann sie ihn nicht mitnehmen. Einkaufen muss sie außerdem. Sie hält Barabbas an der Leine, willig geht er an ihrer Seite, den Handwagen zerrt sie mit der Linken hinter sich her. So lange hat sie sich gesträubt, dieses Geschenk ihrer Tochter zu benutzen. Ein Omawägelchen, hat sie protestiert, das brauche ich nicht, so alt bin ich noch nicht. Aber Carmen wollte das Geschenk nicht zurücknehmen, und schließlich ist es dann doch nicht mehr ohne gegangen.

Barabbas zuliebe macht Elisabeth einen Abstecher zu den Sportplätzen, als sie die Besorgungen erledigt haben. Hinter dem Feld versperrt das Kraftwerk den Blick, ein fauchender Koloss aus Stahl und Stein, zum Greifen nah. Dampfwolken blähen aus seinen Kühlwassertürmen in den Himmel. *O Herr, wie schön ist deine Welt,* steht auf dem steinernen Kreuz neben dem Fußballplatz. So oft hat Elisabeth diese Inschrift schon gelesen, doch heute fragt sie sich auf einmal, ob zuerst dieses Kreuz da war oder das Kraftwerk und was das Kreuz mit dem leidenden Jesus gerade an dieser Stelle zu bedeuten hat. O ja, die Welt ist schön, aber wir Menschen zerstören sie, denkt sie. Zerstören, was Gott uns gab, weil wir einfach nicht genug bekommen können. Mehr Strom, mehr Geld, mehr Land, immer mehr, mehr, mehr wollen wir und das wird unser Verderben sein.

Hier, so nah beim Kraftwerk, hört sie das stete Tuten der Sirenen, das Rumpeln und Quietschen, mit dem die Transportbänder die Braunkohle vorwärtsschieben, das Surren des Umspannwerks, das niemals verstummt. Früher hat sie diese Geräusche sogar gehört, wenn sie in ihrem Garten saß. Heinrich und sie haben das in Kauf genommen und gelernt, damit zu leben, weil das Kraftwerk Heinrich Arbeit gab und ihnen Haus und Garten bezahlte, so dass Frimmersdorf, dieser Ort am Rande der Braunkohlehalden, ihnen trotz all der Hässlichkeit seiner geschundenen Umgebung zur Heimat wurde. Und irgendwann haben sie das Fauchen, Surren, Summen und Tuten des Kraftwerks nicht mehr gehört, haben gelernt, den Blick zu beschränken. Auf den Garten, auf den Fluss, auf jene Bereiche außerhalb Frimmersdorfs, die die von Mensch und Maschinen zernarbte Natur sich trotz allem zurückeroberte.

»Frau Vogt?« Die Stimme eines Mannes holt Elisabeth zurück in die Wirklichkeit. Verwirrt löst sie den Blick von dem Kreuz. Ein früherer Kollege von Heinrich steht vor ihr und mustert sie besorgt. »Ist alles in Ordnung mit Ihnen?«

»Ja, o ja, danke. Ich war nur einen Moment lang in Gedanken.«

»Das ist die Hitze. Man weiß bald nicht mehr, wohin mit sich. Am Fluss ist es noch am erträglichsten.«

Er hebt zum Gruß seine Angelrute und geht an ihr vorbei Richtung Fluss. Elisabeth folgt ihm langsam. Graue Haare hat er bekommen, denkt sie. Früher ist er immer mit dem Moped gefahren und hat den Frauen schöne Augen gemacht. Jetzt geht er zu Fuß.

Schlagartig kommt die Erinnerung zurück, an die langen

Sekunden, bevor Barabbas im Wald zu knurren anfing. Erschrocken, entsetzt schlägt Elisabeth die Hand vor den Mund. Da war ein Mann. Wie hat sie das nur vergessen können? Oder hat sie es verdrängt? Da war ein Mann, jetzt sieht sie ihn wieder vor sich. Deutlich jünger als Heinrichs ehemaliger Kollege, und doch hat der sie gerade irgendwie an diesen Mann erinnert, hat die Erinnerung überhaupt erst wachgerüttelt.

Es ist nur eine Ähnlichkeit, nur eine vage Ähnlichkeit, versucht sie sich zu beruhigen. Geh heim und warte, bis es dunkel wird. Bring zu Ende, was zu Ende gebracht werden muss, damit hast du genug zu tun.

Aber die Bilder wollen sich nicht verscheuchen lassen. Jemand war am Sonntagmorgen im Wäldchen, ein Mann, und diesen Mann hat sie schon einmal gesehen. In Frimmersdorf. Oder nicht? Doch, sie hat ihn schon einmal gesehen, sie täuscht sich nicht. Je länger sie darüber nachdenkt, desto sicherer ist sie, dass ihr löchriges Gedächtnis ihr diesmal keinen Streich spielt.

✳✳✳

Old Marthas Cottage sieht aus, als stehe es Modell für einen Kanada-Werbeprospekt. Ein einsames weißes Steinhaus vor türkisfarbenem Wasser, ins Ufer eines Natursteinbeckens gepresst. Die Frau, die auf ihr Klopfen hin die Fliegengittertür öffnet, lächelt allerdings nicht sehr werbewirksam, besonders als Judith nach Terence Atkinson fragt. Ihr Mann sei gegenwärtig in Montreal und wünsche im Übrigen in seinem Feriendomizil nicht gestört zu werden, erwidert sie knapp. Nein, den Namen Charlotte Simonis hat sie nie gehört, die Person auf dem Foto, das Judith ihr zeigt, kennt sie nicht. Immerhin rückt sie Atkinsons Handynummer heraus, bevor sie wieder in ihrem Cottage verschwindet, aus dem nun das gedämpfte Heulen streitender Kleinkinder dringt.

Judith lenkt den Mietwagen zurück bis auf die Schotterpiste, dort wählt sie die Nummer von Terence Atkinsons Handy, erreicht eine Mobilbox und bittet um Rückruf. Sie blickt hinunter auf das weiße Cottage. Schwer war es nicht zu finden, aber Charlotte muss trotzdem nicht hier gewesen sein. Vielleicht hat sie die Postkarte mit dem Eistaucher gar nicht als Einladung verstanden, vielleicht ist die Sehnsucht Charlottes nach Atkinson nur etwas, was Judith sich einbildet. Judith denkt an diesen David Becker auf dem Steg, die Verletzungen, die sie in seinen Augen gelesen zu haben glaubt, das merkwürdige Gefühl von Vertrautheit. Wie kann es sein, dass sie sich nach einem Mann sehnt, den sie nur fünf Minuten gesehen hat? Wieso fühlt es sich seit einer halben Stunde an, als sei ihr Leben unvollständig ohne ihn? Sie spinnt. Hoffentlich liegt das nur am Jetlag.

Judith starrt auf die Schotterpiste. Nach links abbiegen und herausfinden, ob es dort Nachbarn gibt, die etwas über die Atkinsons wissen. Zurück nach Cozy Harbour fahren und Charlottes Bild herumzeigen. Weiter nach Parry Sound fahren, wo sich die nächste Polizeistation befindet. Hoffen, dass Atkinson bald anruft und weiß, wo Charlotte ist. All das sind Möglichkeiten, vernünftige Möglichkeiten, Ermittlungsschritte. Sie gibt Gas, lenkt den Wagen nach rechts, zurück nach Cozy Harbour. Die Strecke kommt ihr länger vor als auf dem Hinweg, viel zu lang, obwohl sie schneller fährt. Sie parkt am Hafen, exakt an derselben Stelle wie vor einer Dreiviertelstunde, und steigt aus. Boote, Möwen, stille Häuser. Wasser, das in der Mittagssonne gleißt. Das Flugzeug ist noch da, aber der Steg ist leer. Idiotin, schilt sie sich stumm.

»Judith.«

Sie dreht sich um, mit einer einzigen unendlich ruhigen Bewegung, weil es seine Stimme ist. Er steht vor einem geduckten, blau gestrichenen Holzhaus.

»Ich musste zurückkommen.« Ihre Stimme ist belegt.

»Ja.«

Sie nähert sich ihm, Schritte auf Watte, wie in einem Traum. Ganz vorsichtig, als sei sie ein scheues Tier, ergreift er ihre Hand.

Wieder die Wärme, die unerklärliche Geborgenheit.

»Ich wollte zurückkommen«, korrigiert sie sich. Wollte die Leichtigkeit wieder, auch wenn das kaum möglich ist, weiß nicht, warum. Doch das kann sie ihm natürlich nicht sagen.

»In drei Stunden bin ich für einen Flug gebucht. Aber bis dahin könnten wir …«

»Ja.«

Blankgetretene Dielen im Inneren des blauen Hauses. Flutendes Mittagslicht. Rollos aus hellem Segeltuch vor den Fenstern zum Hafen, Küchenzeile, Schreibtisch, eine Sitzecke und in einem zweiten Raum, dessen Tür weit geöffnet ist, ein großes Bett. Sie stehen davor, immer noch Hand in Hand. Wie Hänsel und Gretel, denkt Judith. Verlorene Kinder mit einer Hoffnung.

»Warte.«

David Becker öffnet den Wandschrank, nimmt frische Laken, bezieht das Bett, die Decken. Judith lehnt an der Wand und verfolgt, was er tut. Ich will das, denkt sie, auch wenn es mir Angst macht, ich kann jetzt nicht gehen. Etwas ist zu Ende, etwas Neues beginnt. Vielleicht bin ich ja deshalb hier.

Sein Körper an ihrem Körper, seine Hände auf ihrer Haut, sanft und mühelos, wie Sommerwind. Der Geruch seiner Haut, kaum wahrnehmbar und doch überwältigend, der leichte Geschmack nach Salz. Warmer Atem. Hitze, die ihre Körper weich macht, fließen, glänzen lässt.

Sie sprechen nicht, während sie sich auf den Gliedern des anderen vorwärts tasten. Zu Hause, denkt Judith, als David – nach wie langer Zeit? – in ihr ist. Und dann denkt sie gar nichts mehr, und es gibt nur noch Verlangen und Hitze, die sich anfühlt wie Glück.

\*\*\*

»Warüball«, nuschelt der Mann in seinem Krankenhausbett. »Spanen, Idalen, Tügai, Russlan – überall.«

Manni weiß nicht, was er sagen soll. Gar nichts weiß er, schon gar nicht, ob es diesen schwerkranken Mann, der sein Vater ist und der heute, entgegen aller Prognosen der Ärzte, sein Bewusstsein zurückerlangt hat, mehr quälen oder mehr freuen würde, wenn er seine Hand ergreift.

»Überall.« Die Lippen des Kranken sind rissig. Mit jedem Wort, das er hervorstößt, schäumt sein Speichel weißliche

Blasen in die Mundwinkel. Seine Augen saugen sich an Manni fest. Manni rückt den Stuhl ein Stück näher zum Kopfende des Bettes. Ein Scheißtag ist im Begriff, zu Ende zu gehen. Ein Scheißtag mit wenig mehr als Scheißstillstand. Der Junge Jonny und sein Dackel bleiben wie vom Erdboden verschluckt, es gibt keine Zeugenaussagen, die sie weiterbringen, Jonnys Stiefvater behauptet weiterhin, er sei am Samstagnachmittag allein spazieren gegangen. Er ist nervös, aber davon einmal abgesehen können sie ihm bislang keinerlei Fehlverhalten oder gar eine Misshandlung des Dackels nachweisen. Jonnys bester Freund Tim war krank, seine reiche Luxusmama hat sich strikt geweigert, die Polizei an sein Krankenbett zu lassen. Und währenddessen verschlechtert sich die Spurenlage im Königsforst stündlich; sollte die Hundestaffel jetzt noch etwas finden, käme das einem Wunder gleich. Und als Krönung des Ganzen der Reinfall mit Miss Cateye gestern Abend. Nicht einmal ihren Namen hat er ihr entlockt.

Manni schafft es nicht, die Hand seines Vaters zu ergreifen. Er fühlt sich leer. Ein verstümmelter Dackel, ein Junge in panischer Angst, ein paar Tropfen Blut und eine Baseballkappe. Je länger er darüber nachdenkt, je länger sie im Trüben fischen, desto sicherer ist er: Jonny ist tot. Millstätt und Thalbach haben vorhin in der Eingangshalle des Präsidiums über Manni gesprochen. Ganz deutlich hat er seinen Namen gehört. Und die Art, wie sie sofort das Thema wechselten, als er sich ihnen näherte, die übertrieben joviale Freundlichkeit, mit der sie ihm einen schönen Feierabend wünschten, hat ihn ganz und gar nicht beruhigt. Sie werden mir den Fall wegnehmen, denkt er. Sie lassen mich nicht zurück in eine Mordkommission. Und die Krieger vergnügt sich derweil in Kanada – unbehelligt von irgendwelchen Versetzungsmaßnahmen, sondern im Gegenteil sehnsüchtig zurückerwartet. Miss Superhirn vom KK 11.

Er zuckt zusammen, weil ihn seine Mutter an der Schulter berührt.

»Ich geh mal kurz in die Cafeteria, unterhaltet euch gut, ihr zwei«, flüstert sie.

»Geh nur.« Manni zwingt sich zu einem Lächeln. Ganz

außer Atem vor Freude hatte seine Mutter nachmittags am Telefon geklungen, als sie ihn aus dem Meeting klingelte und beschwor, sofort ins Krankenhaus zu kommen. Sein Vater sei wach, es sei ein Wunder. Ich beeile mich, hat Manni erwidert. Aber genau das hat er nicht getan und jetzt ist es Abend, 21 Uhr schon, und in die Stimme seiner Mutter ist wieder die alte Resignation gekrochen.

»Üball«, wiederholt der Mann im Bett mit feuchtem Mund.

»Ja, Papa, ich weiß, du bist viel rumgekommen.«

»Fü dich!«

Die Luft in dem halbdunklen Krankenzimmer scheint noch dicker zu werden. Manni beißt die Zähne zusammen. Dies ist nicht der richtige Ort, die richtige Zeit, zu widersprechen. Nie war die richtige Zeit dafür.

»Ich weiß, Papa, du hast es gut gemeint. Hast uns das Haus gebaut, Mama und mir.«

Und wenn dir danach war, hast du uns geschlagen.

Er muss pissen, verdammt noch mal. Er muss nach Hause, duschen, etwas essen, schlafen, damit er morgen weiterkommt. Der Kranke sabbert weiße Blasen, beinahe sieht es so aus, als wolle er ausspucken.

»Aba du hasnichsdrausjemach, Jung. Schmeiß dein Leben weg.«

»Das stimmt doch nicht.«

»Bulle. Mein eigna Sohn. Scheiße.«

»Sich auf der Straße die Gesundheit ruinieren, sich von Speditionen schikanieren lassen für einen Hungerlohn ist auch nicht besser.«

»Bulle.« Noch mehr Sabber. Eisige Verachtung, so lange hat Manni die schon gespürt, jetzt, endlich ist sie ausgesprochen. Manni springt auf.

»Immer noch besser als LKW-Fahrer. Schau dich doch an, was aus dir geworden ist. Ein Mann im Rollstuhl, der seine Familie tyrannisiert und die Welt hasst!«

»Manni!« Scheiße, auch das noch. Die Stimme seiner Mutter, hysterisch, flehend, schrill. Ihre Hand krallt sich in seinen Arm. »Bitte, Manni!«

»Bulle!« Wieder spuckt sein Vater aus.

»Und was bist du? Ein Prolo! Einer der glaubt, die Fahrerkabine von so 'nem LKW ist das Schaltzentrum der Welt, aber sorry, Dad, so ist das nicht. Ich verdiene jetzt schon mehr als du! Ich trage, verdammt noch mal, Verantwortung für Menschenleben. Also wag es nie mehr, mich zu beleidigen!«

Weißlicher Speichel. Keuchender Atem. Das Piepsen der Überwachungsmonitore. Manni löst sich aus dem Klammergriff seiner Mutter, die leise zu schluchzen beginnt. Er braucht Luft, dringend, er muss ein Klo finden, er muss hier raus, einfach nur raus. Hinter ihm schnappt die Tür ins Schloss. Er beginnt zu laufen.

❋❋❋

Sie öffnet die Augen, umfasst Davids Gesicht. Er riecht frisch geduscht und ist angezogen. Die Sonne hinter den weißen Stoffrollos hat sich ein paar Zentimeter weiterbewegt.

»Morgen Mittag komme ich zurück. Bitte bleib«, sagt er leise.

»Ich ...«

»Oder komm wieder. Nebenan ist Kaffee und geröstetes Brot. Der Schlüssel liegt auf dem Tisch. Wenn du morgen nicht hier sein kannst, leg ihn unter die Fußmatte.«

»Wo fliegst du hin?«

»Algonquin Park.«

»Gibt's da Eistaucher?«

»Loons? Klar.«

Judith setzt sich auf. »Ich muss dir ein Foto zeigen. Eine Schulfreundin ...«

Er löst sich von ihr. »Tut mir leid, ich muss wirklich los.«

Einen Augenblick später fällt die Haustür ins Schloss.

Judith steht auf und geht ins Bad. Drei Stunden sind vergangen, seit sie dieses blaue Holzhaus betreten hat. Drei Stunden, die sie nicht darauf verwendet hat, Charlotte zu suchen. Nicht sehr lange, aber es fühlt sich an wie eine Ewigkeit. Heißhungrig ist sie auf einmal, durstig. Sie zieht sich an, trinkt mehrere Gläser Wasser und isst Davids Brot mit Käse und Tomaten, lange hat sie nichts mehr so intensiv geschmeckt. Sie schenkt sich einen Tonbecher Kaffee ein und geht damit auf die Holzveranda. Zu ihren Füßen liegt das Hafenbecken von Cozy Harbour unverändert im gleißenden Nachmittagslicht, nur das Wasserflugzeug ist jetzt fort.

Noch einmal wählt Judith Atkinsons Handynummer, wieder erreicht sie nur seine Mobilbox, und das bringt das Gefühl von Gefahr zurück. Ist Atkinson jetzt, in diesem Moment, mit Charlotte zusammen, ist das der Grund, warum seine Ehefrau so feindselig auf Besuch aus Germany reagiert? Judith dreht sich eine Zigarette. Bislang weiß sie nur, dass Charlotte in Toronto war und dort Atkinson an der Universität besuchte, und das ist eindeutig zu wenig.

Sie versucht sich vorzustellen, was Charlotte in Toronto getan hat. Eine Frau ohne Bindungen, die ihre Karriere gleich zweimal aufgegeben hat, erst wegen ihrer kranken Eltern, dann sogar wegen eines Wildvogels, der sich auf einen deutschen See verirrte und verendete, weil es dort Menschen gab. Eine ungelenke Frau, die sich mit 39 Jahren, als ihr nach dem Tod ihres Vaters nichts außer einem Haus voller Reliquien geblieben ist, endlich auf den Weg gemacht hat. Spätestens in Toronto muss sie erfahren haben, dass der Mann, dessen Postkarte ihr die Erfüllung eines Traums versprochen hatte, verheiratet ist. Was hat sie dann gemacht? Gekämpft? Versucht, ihn zu verführen? Resigniert?

Danke, Charlotte, haben Judith und die anderen Schülerinnen damals gesagt, als Charlotte die handgeschriebenen Einladungen zu ihrem 15. Geburtstag verteilte. Sie waren ganz schön baff, dass Charlotte diese Einladungen verteilte, obwohl sie doch im Jahr davor wegen der fehlenden Cola wochenlang gehänselt worden war. Am Tag der Party verabredeten sie sich am Neumarkt, um ein Geschenk zu kaufen und danach zu Charlotte zu gehen. Dachte Judith. Aber dann hieß es: Scheiß auf die blöde Charlotte in ihrem langweiligen Spießerhaus. Und so waren sie stattdessen durch die Innenstadt gestromert, hatten in den Kaufhäusern Parfüm- und Cremeproben mitgehen lassen, Klamotten anprobiert und bei Burger King Fritten gegessen.

Und Judith hatte mitgemacht. Mit schlechtem Gewissen zwar, aber froh, dass sie dabei sein durfte, obwohl sie das ganze Getue um Jungs und Schminke langweilig fand. Abends hat sie dann Charlotte angerufen, gratuliert und etwas von einer Erkältung genuschelt. Wahrlich keine Heldentat und total fadenscheinig, aber Charlotte nahm es ganz offenbar als Freundschaftsbeweis. Wie ein treues Hündchen hat sie damals immer wieder Judiths Nähe gesucht. Und Judith hat es geschehen lassen, stets in der Hoffnung, dass die anderen es nicht bemerken. Und weder sie noch Charlotte noch die anderen Mädchen in der Klasse haben Charlottes Geburtstag jemals wieder erwähnt.

Wie feige ich damals war, denkt Judith jetzt. Na schön, ich war jung, ich hatte Angst, ich wollte nicht geächtet werden. Das uralte Gesetz in jeder Gemeinschaft, die auf Unterdrückung basiert. Die Außenseiter verbünden sich nicht miteinander, weil auch sie die Normen der Stärkeren verinnerlicht haben und selbst glauben, dass sie verabscheuungswürdig sind und es nur schlimmer machen, wenn sie sich mit den anderen Gebrandmarkten zusammentun. Trotzdem hätte ich mich ja gegen diese Regeln stemmen können.

Wieder lenkt Judith den Mietwagen über die Schotterpiste und biegt auf die Zufahrt zu Old Marthas Cottage ein. Diesmal spielt Atkinsons Frau mit zwei Kindern draußen am Strand. Ein attraktiver dunkelhaariger Mann in Bermudashorts sitzt auf einem Felsen und sieht ihnen zu. Er hält eine Flasche Bier in der Hand. Judith hält vor der Kate an und steigt aus dem Wagen. Die Frau des Professors macht eine unwillig wedelnde Handbewegung, als wolle sie ein Insekt verscheuchen. Judith beachtet sie nicht und läuft zu dem Mann auf dem Felsen.

»Professor Atkinson, I'm looking for Charlotte Simonis. A German friend of mine.«

Er drückt die Bierflasche in den Sand und steht auf. »Ich kann Ihnen nicht helfen«, sagt er in beinahe akzentfreiem Deutsch, aber in seinen Augen liest Judith etwas anderes. Besorgnis, Erschrecken. Oder sogar Angst?

»Ich muss wirklich sehr dringend mit Ihnen reden«, beharrt sie. »Warum haben Sie meine Anrufe nicht beantwortet?«

»Anrufe?«

»Auf Ihrem Handy. Ich dachte, Sie sind in Montreal.«

Verwirrt sieht er sie an.

»Ihre Frau hat gesagt, Sie wären in Montreal.«

»I didn't want her to disturb your holidays, dear«, meldet sich Atkinsons Frau zu Wort, die sich Judiths Bemerkung offenbar zusammengereimt hat. Oder kann sie ebenfalls Deutsch?

»Ich war mit dem Kanu weg.« Der Professor macht eine vage Handbewegung zur Bucht hin. »Ich weiß nichts von Ihren Anrufen, im Urlaub benutze ich mein *mobile* nicht.«

»Können wir irgendwo ungestört reden?« Judith hat keine Lust, noch weiter Verstecken zu spielen. Ein Dienstausweis wäre jetzt schön. Da sie den nicht hat, versucht sie es mit der Weibchenmasche und schenkt dem Professor ein Lächeln.

»Ich habe wirklich große Angst um meine Freundin. Wenn Sie mir nur fünf Minuten Ihrer Zeit schenken könnten?«

»Wenn das so wichtig für Sie ist.« Atkinson ignoriert die Giftblicke seiner Frau. »Gehen wir in mein Büro.«

Das Büro ist ein winziges, holzgetäfeltes Zimmer im ersten Stock der weißgetünchten Kate.

»Sie müssen bitte meine Frau entschuldigen. Sie findet, dass ich überarbeitet bin, und ist deshalb manchmal ein bisschen zu besorgt um mich«, erklärt Atkinson. »Overprotective, verstehen Sie?«

Eifersüchtig trifft es vermutlich besser, denkt Judith. Immer noch lächelnd, legt sie das Foto von Charlotte und die Eistaucher-Postkarte vor Atkinson auf den Tisch.

»Meine Freundin hat Sie vor ein paar Wochen in Toronto besucht.«

Atkinson nickt zögernd.

»Hatten Sie sie eingeladen?«

»Nein. Sie kam völlig überraschend.«

Judith deutet auf die Postkarte. »One day we'll make it come true, haben Sie ihr geschrieben. Sie hat früher oft von Ihnen geschwärmt. Was sollte denn wahr werden?«

»Das ist lange her.«

»One day we'll make it come true«, wiederholt Judith.

Atkinson seufzt. »Loons – Eistaucher. Das war damals in Köln, ich war ja oft bei ihrem Vater zu Gast. Charlotte war immer so fasziniert, wenn ich von unserer kanadischen Fauna sprach. Das habe ich wohl gemeint – dass ich ihr unsere Loons zeigen wollte, wenn sie je nach Kanada käme.«

»Aber das stand ja nicht zu befürchten.« Das ist jetzt nicht mehr so freundlich. Atkinson schweigt.

»Und dann ist Charlotte doch gekommen. Was haben Sie denn da gemacht? Haben Sie Ihr Versprechen gehalten?«

Nervös blinzelt Atkinson zur Tür. Judith lächelt ihn an.

Er seufzt. »Sie wollte Eistaucher beobachten, ein Langzeitprojekt für ihre Dissertation. Ich habe ihr eine Adressliste unserer Naturparks gegeben.«

»Eine Adressliste.«

»Ich konnte doch nicht mit ihr – es war doch mitten im Semester. Ich habe Familie.« Wieder schaut Atkinson zur Tür. »Charlotte hat das verstanden.«

»Haben Sie ein Verhältnis mit ihr?«

»Nein!«

Zum ersten Mal hat Judith das Gefühl, dass er die Wahrheit sagt. Vielleicht ging es Charlotte ja gar nicht um Atkinson, überlegt sie. Vielleicht ging es ihr tatsächlich um die Eistaucher und die Wissenschaft und Atkinson sollte nur der Geburtshelfer zu einer neuen Karriere als Vogelforscherin sein.

»Eine Adressliste«, wiederholt sie. »Ist das nicht ein bisschen wenig Hilfe für die Tochter Ihres alten Mentors?«

»Ich bin Genetiker.«

»Wie Charlottes Vater.« Auf einmal hat Judith das Gefühl, dass etwas ihr die Kehle zuschnürt. Beherrsch dich, beschwört sie sich stumm, du bist nicht schuld daran, dass Charlottes Vater und dieser arrogante kanadische Professor und weiß der Himmel wer noch Charlotte enttäuscht haben. Sie räuspert sich.

»War Charlotte jemals hier in Cozy Harbour?«

Wieder der fliegende Blick zur Arbeitszimmertür. »Nein.«

Sie glaubt ihm nicht, aber auch mit noch mehr Lächeln, einigen Komplimenten und einer weiteren Runde des alten Frage-und-Antwort-Spiels, schafft sie es nicht, Atkinson zu knacken. Und vielleicht gibt es ja auch gar nichts zu knacken, vielleicht sind ja wirklich die Eistaucher der Schlüssel, vielleicht ging es Charlotte tatsächlich nur um sie. War es das, was der Eistaucher aus Judiths Traum ihr mitteilen wollte? Nein. Der starre rote Blick war eine Warnung, vielleicht auch ein Hilferuf.

»Wo ist Charlotte jetzt?«, fragt sie Atkinson.

Der Professor schüttelt den Kopf, offensichtlich erleichtert, dass das Gespräch zu Ende geht. »Ich weiß es nicht. Ich habe wirklich keine Ahnung.« Er steht auf. »Ich muss mich jetzt um meine Familie kümmern. Kommen Sie, ich bringe Sie zu Ihrem Wagen.«

***

22.30 Uhr. Sie ist zu Tode erschöpft und trotzdem hellwach. Martina Stadler schiebt die Decke beiseite und greift nach Jonnys Taschenlampe, die auf ihrem Nachttisch liegt. Im Gästezimmer ist die Luft noch stickiger als im Schlafzimmer. Leise schließt sie die Tür hinter sich ab und lauscht. Von nebenan kommt kein Laut, Frank schläft. Noch vor einer Woche hätte sie bedenkenlos geschworen, dass ihr Mann nie und nimmer zu einem Verbrechen fähig wäre. Jetzt ist sie sich nicht mehr so sicher. Ein weiterer Tag ist vergangen, so unerträglich wie alle Tage, seit Jonny verschwunden ist. Wieder hat der blonde Kommissar wissen wollen, wo Frank am Samstagnachmittag gewesen ist. Wieder hat Frank verbissen geschwiegen. Schütteln hat sie ihn wollen, anschreien, aber dann fehlte ihr die Kraft dazu.

Sie legt Jonnys Heiligtum auf den Schreibtisch und schaltet die Tischlampe mit dem flaschengrünen Glasschirm an, ein Erbstück von Franks Großvater. Zögernd zieht sie Schubladen auf, schiebt sie wieder zu. Nur Büromaterial, das Frank und sie gemeinsam benutzen. Sie hat sich nie zuvor Gedanken gemacht, wo Frank etwas vor ihr verstecken könnte. Sie öffnet den Wandschrank, in dem sich mehr oder weniger ordentlich beschriftete Kisten stapeln, die Franks Modellbauutensilien enthalten. Bevor Jonny zu ihnen gezogen ist, ging Frank unten im Souterrain seinem Hobby nach und diese Dachstube hier war Martinas Reich. Sie hatten Jonny wählen lassen, welches Zimmer er gern haben wollte, er hatte sich für den Keller entschieden, also hatten sie für Frank den Einbauschrank anfertigen lassen, den Sekretär von Martinas Großmutter ins Schlafzimmer geschoben und Franks riesigen Schreibtisch vom Keller unters Dach geschafft. Hat es damit angefangen? War dieser Verzicht der Beginn einer lang unterdrückten Bitterkeit, die zu Hass geworden ist, ohne dass sie es bemerkte?

Sie öffnet Kisten, verschließt sie wieder. Was sucht sie hier eigentlich? Ein blutiges Messer? Lächerlich. Ein Tagebuch, in dem das notiert ist, was der blonde Kommissar zu wissen glaubt: dass Frank Dr. D. gehasst hat, den Dackel und vielleicht auch Jonny loswerden wollte? Aber Frank ist nie ein Mann der Worte gewesen. Geld, denkt sie. Das würde ich jedenfalls einer anderen Frau raten, die plötzlich nicht mehr weiß, ob sie ihrem Mann trauen darf. Kontrollieren Sie sein Handy. Kontrollieren Sie seine E-Mails. Und vor allem: Kontrollieren Sie sein Bankkonto. Sie schaltet den Computer ein, der mit zu lautem Piepen zum Leben erwacht. Kann Frank das nebenan hören? Sie schleicht zur Tür und lauscht angestrengt. Nichts.

Frank und sie haben eine gemeinsame E-Mail-Adresse, die eigentlich nur sie benutzt, weil er noch einen Account in der Firma hat. Auch das gemeinsame Girokonto hält keine Geheimnisse bereit, wie üblich ist es nur knapp im Plus. Bleiben noch die Kreditkarte und das Tagesgeldkonto. Nach zehn Minuten hektischen Suchens erinnert Martina sich endlich, wo Frank die Zugangsdaten aufbewahrt. Mühselig tippt sie die ellenlangen PIN- und TAN-Nummern in diverse Internetformulare. Dann, endlich, wird ihre Anmeldung akzeptiert. Sie klickt auf »Kontoübersicht« und fühlt, wie ihr Herz zu rasen beginnt. Das Geld auf dem Tagesgeldkonto ist ihre sauer ersparte Rücklage für defekte Waschmaschinen und andere Eventualitäten, am Ende des Jahres wollten sie eine Sondertilgung für ihren Hauskredit damit finanzieren. Jetzt ist das Konto leer. Frank hat 20 000 Euro abgehoben. Einen Tag bevor Jonny verschwunden ist.

Mechanisch drückt sie auf »Kontoauszug drucken«, mechanisch faltet sie den Ausdruck und fährt den Computer herunter. Sie zittert jetzt so stark, dass jede ihrer Bewegungen eine Ewigkeit in Anspruch nimmt. Sie hat diese Suche hinter dem Rücken ihres Mannes gemacht, weil sie trotz aller Angst überzeugt war, dass sie sich so beruhigen kann, dass sie nichts anderes finden wird als Indizien seiner Unschuld. Jetzt weiß sie, dass sie sich geirrt hat, und kommt nicht damit klar. Jonny, denkt sie einmal mehr. Bitte, Jonny, komm zurück. Immer kleiner und kleiner falten ihre kalten, zittrigen Finger den Kontoauszug, und immer noch pumpt und jagt es in ihrer Brust mit der Frequenz eines Säuglingsherzens, dabei hat sie soeben eine Unschuld verloren.

Sie schaltet die Schreibtischlampe aus, der Kontoauszug liegt in ihrer kalten Hand, ein kleines hartes Rechteck. Sie schiebt es in die Jackentasche ihrer Strickjacke. Jonnys Taschenlampe umklammernd, steht sie auf, zittert aber so stark, dass ihr die Knie wegrutschen. Sie stolpert aufs Sofa, starrt in die Dunkelheit. Noch haben sie Jonny nicht gefunden, noch gibt es Hoffnung. Oder nicht? Sie streichelt die Taschenlampe, bevor sie sie einschaltet. Kein Lichtkegel, nicht einmal ein Schimmer. Ihr Herz explodiert, die Angst reißt es in tausend Stücke, das intuitive Wissen, dass sie sich nicht irrt.

Dann nichts mehr, kein Gefühl, nur bodenlose Dunkelheit.

Jemand rüttelt an der Tür, klopft und ruft nach ihr.

»Martina, was ist los? Martina, warum weinst du? Martina, mach auf!«

Sie wankt durch die Schwärze und hält sich an der Türklinke fest. Dreht den Schlüssel im Schloss und macht eine abwehrende Geste, die Frank augenblicklich gefrieren lässt.

»Die Taschenlampe«, flüstert sie. »Jonny ist tot.«

\*\*\*

Die Kriminalpolizistin Margery Cunningham sieht aus wie ein Erzengel: klein, rund und blondlockig. Doch ihr Händedruck ist fest, ihr Blick geradeheraus, und ihre Stimme hat das Timbre einer Nachtclubsängerin, die zu oft von Träumen singt, die sie längst begraben hat. Konzentriert hört sie sich an, was Judith über die verschwundene Charlotte Simonis zu sagen hat, und das, denkt Judith, ist genaugenommen ein Wunder, so unverhofft, wie ich hier in diese Polizeiwache *in the middle of nowhere* hineingeschneit bin. Ein Wunder oder die in jedem Reiseführer beschworene kanadische Freundlichkeit, die ich bislang für ein Märchen gehalten habe. Oder vielleicht ist meine Audienz hier auch schlicht und einfach der Langeweile des Sommerlochs in einer Provinzpolizeistation geschuldet.

»I'll see what I can do for you«, sagt die Erzengelkommissarin, deren Augen überraschenderweise nicht himmelblau, sondern dunkelbraun sind. »We should know more by tomorrow.«

»Heute wäre mir lieber«, sagt Judith auf Englisch und wundert sich, wie gut das noch klappt.

Margery Cunningham zieht die Augenbrauen hoch.

»Ich glaube, dass Atkinson lügt. Ich bin ziemlich sicher, dass Charlotte Simonis ihn in Cozy Harbour aufgesucht hat. Ich werde jetzt dorthin zurückfahren und ihr Foto herumzeigen. Aber vielleicht ist das ja ganz sinnlos, weil ihr etwas zugestoßen ist. Vielleicht«, Judith deutet auf den Computer der Kommissarin, »ist sie längst als unidentifizierbare Tote registriert.«

»Ein Verbrechen?«

»Ich weiß nur, dass Charlotte möglicherweise irgendwo hier in dieser Gegend ist und dass Terence Atkinson nicht sagt, was er weiß.«

»Er ist ein angesehener Bürger.«

»Sie kennen ihn?«

»Ich lebe in Cozy Harbour.« Die kanadische Kollegin mustert Judith mit schräg gelegtem Kopf, dann scheint sie zu einem Entschluss zu kommen.

»Also gut, mein Urgroßvater war Deutscher, und es kommt ja nicht oft vor, dass eine deutsche Kollegin mich um Hilfe bittet. Sie übernachten in Cozy Harbour?«

Judith nickt.

»Kommen Sie um acht zum Dinner. Bis dahin weiß ich mehr.«

Die kanadische Kommissarin kritzelt eine Adresse auf die Rückseite ihrer Visitenkarte. »Auf der Piste an Old Marthas Cottage vorbei, dann etwa drei Meilen bis zum Ende des Fahrwegs. Dort wohne ich.«

Cozy Harbour, das Judith nach einer halben Stunde Autofahrt erneut erreicht, wirkt immer noch verschlafen, nur die Gaststätte am Hafen ist jetzt geöffnet. Träge Männer mit Baseballmützen und karierten Hemden trinken am Tresen Bier und blicken aufs Wasser. Aus einer Jukebox dudelt ein Mariah-Carey-Hit, der Fernseher über der Bar zeigt Nachrichten ohne Ton. Nein, ja, schon möglich, vielleicht – mit Sicherheit will keiner der Männer bestätigen, dass die Frau auf dem Foto schon einmal hier gewesen ist. Eine eher schüchterne Frau, ziemlich groß, insistiert Judith. Eine Vogelforscherin, die sich für *loons* interessiere. Eventuell ein Gast von Terence Atkinson. Die Männer reichen das Foto herum, trinken von ihrem Bier, schütteln die Köpfe.

Draußen bei den Anlegern glaubt Judith einen Moment lang, das Wasserflugzeug zu sehen, und die Erkenntnis, dass sie sich geirrt hat, bringt die Unwirklichkeit zurück, das Gefühl, aus der Zeit gefallen zu sein. Die Stunden mit David, das Wissen, in seinen Armen zu Hause zu sein und doch nicht bleiben zu können, haben sie weich gemacht, durchlässig. Vermutlich liegt es daran, dass sich die Sorgen um Charlotte und die Erinnerungen an sie hier in diesem großen leeren Land immer weniger in Schach halten lassen. Der Tod. Einen Augenblick lang ist Judith überzeugt, dass es das ist, was die Tarotkarte ihr sagen wollte: dass sie den Tod finden wird, nicht den Beginn eines neuen, besseren Lebens. Hör auf, du bist übermüdet, ermahnt sie sich. Außerdem hast du dich in Köln monatelang aus allem herausgehalten – kein Wunder, dass du nun überwältigt bist.

Aber sie will sich nicht überwältigt fühlen, sie will Charlotte finden, will diese Suche, die keine offizielle Ermittlung ist und sich doch mehr und mehr so anfühlt, im Griff haben und zu Ende bringen, bevor sie zurück nach Köln fliegt und dort ihren Dienst für die Toten antritt. Als sei ein Erfolg im »Fall« Charlotte ein gutes Omen für ihre Rückkehr ins KK 11 und ein Scheitern – hör auf, Judith, quäl dich nicht. Sie dreht sich eine Zigarette und inhaliert in tiefen Zügen.

Der Supermarkt von Cozy Harbour verkauft neben Lebensmitteln und Drogerieartikeln auch Fahrtenmesser, Angelruten und Campingzubehör. Ein mit einer Eisengittertür abgeriegelter Hinterraum dient als Liquor Store und ist soeben im Begriff zu öffnen. Weitere Baseballmützen und Karohemd tragende Männer, die denen aus der Gaststätte am Hafen verblüffend ähnlich sehen, bilden eine geduldige Schlange, um in braune Papiertüten verpackte Bierdosen, Wein- oder Schnapsflaschen entgegenzunehmen. Judith kauft eine Flasche trockenen Rotwein, Mineralwasser und einen Kaffee. Die Tatsache, dass Atkinson sie abgewimmelt hat und dass sie keine Handhabe hat, ihn schärfer anzupacken, nagt an ihr. Wieder zeigt sie Charlottes Foto herum. Wieder will niemand mit Sicherheit sagen, Charlotte schon einmal gesehen zu haben.

Wie so oft kommt der Treffer in dem Moment, in dem sie schon nicht mehr damit gerechnet hat. Ja, sagt die Kassiererin beim Bezahlen nach einem kurzen Blick auf das Foto, sie erinnere sich. Eine Ausländerin. Deutsch oder skandinavisch. Eine hochgewachsene Frau. Sie habe eine Campingausrüstung gekauft und sich alles genau erklären lassen, etwa vier Wochen sei das her.

»Hat sie gesagt, was sie vorhatte? War sie in Begleitung?«

Die Verkäuferin schüttelt den Kopf.

»Wo wollte sie hin?«

Die Verkäuferin lächelt bedauernd. »Zelten, nehme ich an. Wo? Ich habe keine Ahnung.«

Sie muss die Kassiererin von ihrer Ladentheke und den Kunden loseisen, sie braucht eine Kopie der Quittung von Charlottes Einkauf, doch dazu ist sie nicht befugt, und die erneute Erinnerung daran, wie sehr ihr ohne ihren Dienstausweis die Hände gebunden sind, macht sie wütend. Alles, was sie hier im Moment noch tun kann, ist, Namen und Telefonnummer der Verkäuferin zu notieren.

Zurück in ihrem Mietwagen, klemmt Judith den Kaffeebecher aus Styropor zwischen die Knie und biegt wieder auf die Schotterpiste ein, die aus Cozy Harbour herausführt. Sie widersteht der Versuchung, bei Old Marthas Cottage abzubiegen und Atkinson mit der Aussage der Verkäuferin zu konfrontieren. Solange sie ihm nicht beweisen kann, dass er mit Charlotte zusammen war, wird er das nicht zugeben.

Die nächste Abzweigung hinter der Zufahrt zu Old Marthas Cottage führt hinunter zu einer unbebauten, menschenleeren Bucht. Immer noch erstreckt sich die Georgian Bay bis zum Horizont, doch das intensive Türkis ist nun zu samtigem Dunkelblau geworden. Inzwischen ist es kurz nach 19 Uhr, in Köln schon weit nach Mitternacht. Der Ruf eines Seevogels schwebt durch die Luft, sehnsüchtig, klagend und fremd. Der Vogel selbst ist nicht zu sehen. Entschlossen streift Judith ihre Kleidung ab und taucht nackt ins Wasser. Sie schwimmt mit kräftigen Stößen vom Ufer fort. Wieder erklingt der exotische Schrei des Vogels. Immer noch vermag sie den Verursacher nicht zu entdecken, doch jetzt irritiert sie das nicht mehr, weil es auf eine archaische Art und Weise zu dieser einsamen Bucht zu gehören scheint. Sie dreht sich auf den Rücken und lässt sich von den Wellen tragen, bis sie sich erfrischt fühlt.


Statt Rock und Bluse trägt Margery Cunningham jetzt Jeans und ein leuchtend rot kariertes Flanellhemd. »Let's eat first, I'm starving«, schlägt sie mit ihrer rauchigen Stimme vor, nachdem sie sich begrüßt haben. Ihr hölzernes Wohnhaus wirkt winzig im Vergleich zu der daneben liegenden Scheune, die, wie Margery erklärt, ihr Mann als Schreinerwerkstatt nutzt. Neben der Scheune parkt ein staubiger Pick-up-Truck, daneben liegen mehrere Stapel Bretter und rohe Baumstämme. Margery entkorkt den Wein und drückt Judith zwei Gläser in die Hand.

»Wir essen am Strand. Barbecue. Gegrillte Maiskolben und Hamburger, the real Canadian experience. Die anderen warten schon.«

»Die anderen?«

»Mein Mann und die Kinder.«

»Brauchen wir nicht noch ein drittes Glas?«

»Sean trinkt nicht.«

Das Barbecue stellt sich als Lagerfeuer heraus, eine Decke im warmen Sand dient als Sitzplatz, über dem Wasser geht die Sonne unter, von einem Rost verströmen Maiskolben und würzige Frikadellen einen verführerischen Duft. Sean sieht indianisch aus, doch in den Gesichtern der Kinder, dunkel wie das ihres Vaters, entdeckt Judith auch etwas von der engelhaften Weichheit der Mutter. Sie essen in schweigendem Einvernehmen, mit jedem Bissen fühlt Judith, wie hungrig sie war. Zum Nachtisch spießen die Kinder schaumig weiße Marshmallows auf Stöcke und lassen sie über den Flammen schmelzen.

»Willst du auch?« Margery deutet auf die Marshmallow-Tüte. »Der Traum aller kanadischen Kinder.«

»Lieber nicht.«

»Dann gehen wir ans Wasser.« Die Kanadierin nimmt die Weinflasche, streift die Wange ihres Mannes mit dem Hauch eines Kusses und steht auf.

Ein glattgewaschener Stamm Treibholz dient ihnen als Rückenlehne. Der Himmel explodiert in Rot- und Violetttönen. Judith dreht sich eine Zigarette, auch Margery will eine. Sie rauchen und sehen zu, wie die Farben vom Himmel sich im Wasser ausbreiten.

»Ich wollte niemals fort. Die Stadt, Toronto, das ist nichts für mich.« Margery trinkt einen Schluck Wein.

»Ich glaube, ich weiß, was du meinst.« Judith lässt Sand durch ihre Finger rieseln. »Der Dreck, die Enge. Zu Hause in Köln finde ich es auch manchmal schwer, das auszuhalten.«

»Die Menschen änderst du nicht. Und hier einen Mann zu finden, ist wie Lottospielen. Die Guten gehen in die Stadt, die Trinker bleiben hier.«

»Wie habt ihr euch kennen gelernt, Sean und du?«

Margery lacht ihr kehliges Nachtclublachen. »Im Gefängnis. Ich fuhr damals noch Streife und hatte ihn verhaftet, wegen Trunkenheit am Steuer. Am Morgen, als er halbwegs nüchtern war, konnte ich sehen, dass er ein ernstes Alkoholproblem hatte, wie so viele Angehörige unserer sogenannten First Nation, aber ich sah auch, dass er im Grunde in Ordnung war. ›Komm wieder, wenn du nüchtern bist‹, hab ich zu ihm gesagt. Und so hat er's ein halbes Jahr später gemacht. Seitdem ist er trocken.«

»Und hattest du keine Angst?«

»Angst?« Margery streckt die Beine aus. »Doch. Und dann das Gerede der Leute. Aber im Endeffekt hab ich versucht, auf das zu hören, was mein Herz mir sagte. Dass Sean gut für mich ist, dass er besser ist als die meisten hier, dass er trocken bleiben wird, dass wir es schaffen können. Und ich wollte Kinder. Klingt banal, nicht wahr?«

Judith lächelt. »Ja.«

»Die Angst ist kleiner geworden. Ich hab nicht mehr jedes Mal Angst, wenn er sich verspätet. Ganz verlieren werd ich die Angst vermutlich nie, aber ich kann damit leben. Und was ist mit dir?«

Angst? Ja, jede Menge. Angst vor der Liebe, vor ihren Konsequenzen. Angst vor der Leere, wenn die Liebe vergeht. Angst, dass aus Lebenden Tote werden.

»Ich weiß noch nicht, ich war lange allein. Jetzt hab ich jemanden kennen gelernt, ganz neu. Die äußeren Umstände sprechen nicht für uns.« Das ist nicht genug, aber fürs Erste muss es reichen. Judith fühlt Margerys Blick auf sich. Mitfühlend. Klug. Sie drückt ihre Zigarette aus.

»Die Verkäuferin in eurem Supermarkt ist sicher, dass sie meiner Charlotte vor ein paar Wochen eine Campingausrüstung verkauft hat«, sagt Judith schließlich.

»Das deckt sich mit dem, was ich herausgefunden habe. Charlotte Simonis war hier. Sie hat vom 16. bis zum 23. Mai ein Einzelzimmer im Moonshine Inn belegt. Das ist ein Motel zwischen Cozy Harbour und Parry Sound. Einen ungeklärten Todesfall, der auf ihre Beschreibung passt, habe ich nicht gefunden. Ihr Touristenvisum läuft übrigens nächste Woche aus. Aller Wahrscheinlichkeit nach ist sie also noch in Kanada, jedenfalls ist nirgendwo registriert, dass sie unser Land auf legalem Weg verlassen hat.«

»Aber wo ist sie?«

»Sie wollte nach Norden, Eistaucher beobachten. Das hat sie jedenfalls an der Rezeption des Moonshine gesagt. Keine näheren Angaben.«

»Shit.«

»Nicht so schnell. Ich weiß auch, wie sie in den Norden gekommen ist. Sie hat ihr Mietauto in Parry Sound zurückgegeben und dort einen Flug gebucht. Am 24. Mai. Das Unternehmen heißt Trips to the Wilderness, ein Kleinunternehmen, spezialisiert auf den Transport von Privatleuten, die ungestört angeln wollen, Panoramaflüge, Campingtouren, so was. Leider konnte mir im Büro niemand sagen, wohin genau deine Charlotte gebracht wurde. Der Pilot, der sie geflogen hat, ist erst morgen Mittag wieder erreichbar.«

»Wie heißt er?«

»David Becker. Stammt übrigens aus Deutschland und lebt in Cozy Harbour. Leichtes Spiel für dich.«

»David Becker!«

»Was ist? Kennst du den?« Nur eine Frage, aber der Unterton, der in dieser Frage mitschwingt, erfüllt Judith mit Unbehagen.

»Ja«, antwortet sie vorsichtig. »Das heißt, eigentlich nicht, oder nicht sehr gut. Erst seit heute Morgen.«

Stille. Sie kann förmlich hören, wie Margery darauf wartet, dass sie weiterspricht. Aber was soll sie sagen? Dass sie, statt diesen naheliegendsten aller Zeugen zu Charlottes Verbleib zu befragen, mit ihm ins Bett gestürzt ist? Sie tastet nach ihrem Tabakpäckchen.

»Was weißt du über Becker, Margery?«

»Eigentlich nichts. Es liegt nichts gegen ihn vor.«

»Aber?«

»Er ist ein Einzelgänger. Kam vor ein paar Jahren hierher. Geschieden, glaube ich.«

»Und?«

»Es ist mehr so ein Gefühl. Für meinen Geschmack ist Becker ein bisschen zu smart. Die Touristinnen lieben das.«

# Donnerstag, 28. Juli

Das Handy fiedelt noch vor dem Wecker, die Luft im Schlafzimmer ist stickig, Mannis Kopf dröhnt. Das letzte Weizen hätte er sich schenken sollen. Das vorletzte auch. Er wühlt in dem Klamottenberg neben seinem Bett, wo irgendwo das Handy lärmt. So einiges hätte er sich gestern Abend schenken sollen, angefangen bei dem Besuch im Krankenhaus.

»Korzilius.«

»Wir haben den Dackel!« Thalbachs sonore, selbstsichere Stimme. Manni schaut auf die Digitalziffern seines Weckers. 6.29 Uhr. Wieso ist Thalbach schon im Büro? Schläft der da neuerdings? Hat seine Frau die Nase voll von ihm? Die letzte Digitalziffer springt auf null, der Wecker beginnt zu fiepen. Mit einem routinierten Klaps bringt Manni ihn zum Schweigen.

»Ist der Dackel …?«

»Tot. Schon seit ein paar Tagen, vermuten die Kollegen.« Na bravo. Und das bei dieser Hitze.

»Und es ist sicher, dass es Jonny Röbels Hund ist?«

»Ein Ohr fehlt. Einen Zeitungsausschnitt mit unserer Suchmeldung hat der Täter quasi mitgeliefert. Das müsste schon mit dem Teufel zugehen.«

»Wo?«

»Frimmersdorf.«

»Frimmersdorf?«

»Irgendwo Richtung Holland, der Fahrdienst ist unterwegs, müsste gleich bei dir sein.«

Also keine Dusche und kein Frühstück, wobei sich Letzteres angesichts der Aussicht auf einen halbverwesten Köter und Mannis vom vielen Bier ohnehin schon strapazierten Magens als Vorteil erweisen könnte. Richtung Holland. Wie ist der Dackel dahin geraten? Die Autobahn, denkt Manni. Der Rastplatz an der A4. So falsch habe ich also nicht gelegen, auch wenn ich bislang nichts beweisen kann. Er setzt sich auf und unterdrückt ein Stöhnen, weil sein Kopf mit schmerzenden Wellen protestiert.

»Der Dorfpfarrer hat ihn gefunden«, verkündet Thalbachs unerträglich ausgeruhte Stimme. »Ausgerechnet. Bin gespannt, was du nachher zu berichten hast.«

Der Frimmersdorfer Dorfpfarrer, der sie auf einem kleinen Parkplatz unterhalb der Kirche erwartet, sieht genauso aus, wie man sich den Hüter ländlicher Schäfchen gemeinhin vorstellt. Ein dickbäuchiger rosiger Herr um die 60, der sich als Pater Lehmann vorstellt. Weiße Haarsträhnen kleben auf seinem Schädel, nervös fingert er an seinem Priesterkragen herum, der die heftigen Auf-und-Ab-Bewegungen des Adamsapfels ganz offensichtlich behindert. Die Kirche St. Martin überragt mit spitzem Schieferdach die engstehenden Backsteinhäuschen des Dorfs. Der Wetterhahn blitzt golden im Frühmorgenlicht. Irgendwo hupt in nervtötenden Intervallen die Sirene einer Fabrik und macht so jeden Eindruck vermeintlicher Landidylle zunichte. Frimmersdorf, rund 40 Kilometer außerhalb Kölns gelegen, ist voll und ganz der Stromproduktion unterworfen, auch wenn die Luft in den Gassen verhalten nach Kuhmist riecht. Wie ein in einer von Überlandstromleitungen und Kühlwasserwolken ausstoßenden Kraftwerken beherrschten Industrielandschaft vergessener Flecken liegt es da.

Ein kleiner Trupp meist älterer Bürger hat sich in respektvollem Abstand hinter Pater Lehmann versammelt, von Minute zu Minute werden es mehr. Stumm starren sie Manni an. Er räuspert sich.

»Also, dann wollen wir mal, Herr Lehmann.«

Der Pater nickt und setzt sich augenblicklich in Bewegung, über die Gasse, dann an der Kirchenmauer entlang. Steile

Steinstufen führen zum Haupteingang von St. Martin, oben steht ein uniformierter Kollege der örtlichen Kreispolizeibehörde. Lehmann stützt sich schwer auf das schmiedeeiserne Geländer und schaudert. Der unverwechselbare Gestank verwesenden Fleischs liegt in der Luft.

»Ich stehe früh auf, um fünf Uhr morgens, spätestens um halb sechs, das ist so meine Zeit. Ich wohne gleich hier.« Der Priester deutet auf eines der geduckten Backsteinhäuser. »Ich trinke also meinen Kaffee, dann will ich meine gewohnte Morgenrunde drehen und da sehe ich zu Füßen unseres Herrn Jesu den Koffer.«

Ein Koffer zu Füßen des Herrn, Manni unterdrückt ein Grinsen. Doch als sie die Treppe erklimmen, erkennt er, dass diese Beschreibung weniger fromm als vielmehr präzise ist. An der Kirchenfassade, neben dem verschlossenen Eingangsportal, ist ein lebensgroßer hölzerner Jesus ans Kreuz geschlagen. Ein verwittertes Kupferdach beschattet sein dornengekränztes Haupt. Zu seinen Füßen steht ein Waschbetonkübel, in dem Efeu und allerlei Blühzeugs sprießen. Daneben liegt ein rotgrün karierter Kinderkoffer.

»Zuerst dachte ich, das sei eine Opfergabe oder ein Kinderspielzeug, aber der Gestank ...« Wieder versucht Pater Lehmann, seinen Priesterkragen zu lockern. »Und dann sehe ich auf dem Deckel diesen Zeitungsausschnitt mit dem Foto von diesem vermissten Jungen und seinem Hund.«

»Sie haben den Koffer geöffnet?«

Der Adamsapfel hüpft noch heftiger auf und ab. »Ich hielt das für meine Pflicht.«

Sie werden die Fingerabdrücke des Paters nehmen müssen. Manni streift Latexhandschuhe über, befiehlt seinem Magen, ihm keine Schande zu machen, und klappt den Deckel auf. Augenblicklich surren Fliegen herbei, kein Wunder, der Gestank ist überwältigend. Ein blindes Hundeauge starrt ihn an. Da, wo ein Schlappohr sitzen sollte, ist nichts als verkrustetes Fell, was den auf weißen Laken ruhenden Kopf seltsam verzerrt wirken lässt. Vermutlich ist er auch schon aufgedunsen, Karl-Heinz Müller wird begeistert sein. Der Rumpf des Tiers ist von Tüchern bedeckt. Wie aufgebahrt, beinahe liebevoll arrangiert liegt der Rauhaardackel da. Wer auch immer dafür verantwortlich ist, hat sich Mühe gegeben.

Mannis Handy beginnt zu vibrieren, er nimmt das Gespräch an, ohne aufs Display zu gucken.

»Manfred, dein Vater … du musst.«

»Nicht jetzt, Mutter.« Er drückt das Gespräch weg. Und noch einmal, als sein Telefon erneut vibriert. Magensäure ätzt in seiner Kehle, er schluckt hart, richtet sich auf. Pater Lehmann beobachtet ihn aufmerksam.

»Die Kriminaltechniker müssen jeden Moment kommen«, sagt Manni zu den Streifenbeamten, und zum Priester: »Wann genau haben Sie diesen Koffer entdeckt?«

»Kurz nach halb sechs.«

»Haben Sie jemanden gesehen?«

»Nein.«

»Seit wann kann der Koffer hier gelegen haben?«

»Nicht länger als ein paar Stunden. Gestern Abend bin ich noch spät von einem Hausbesuch zurückgekehrt, etwa um 23 Uhr, da war der Koffer sicher noch nicht da.«

Manni betrachtet eine Straßenlaterne. »Ist hier nachts beleuchtet?«

»Um Mitternacht gehen die Lampen aus.«

Also wird der Kofferträger das abgewartet haben. Bleiben immer noch fünf Stunden. Man muss die Anwohner befragen, vielleicht hat jemand was bemerkt.

»Haben Sie irgendwas Ungewöhnliches gehört oder gesehen in dieser Nacht? Sind sie mal wach geworden?«

Pater Lehmann schüttelt den Kopf. Auf seinem strähnigen Schädel perlt der Schweiß.

Unten hält jetzt der Bus der Spurensicherer; wie eilige Notärzte, die noch die Chance haben, ein Leben zu retten, hasten Karin und Klaus in ihren weißen Overalls die Treppe hinauf.

»Genau den gleichen Koffer hatte ich als Kind auch«, ruft Karin begeistert. »Heute gibt's die wahrscheinlich gar nicht mehr.«

Guter Punkt, denkt Manni, ein erster Hinweis auf den Täter und zugleich nur ein weiteres Rätsel, das es zu lösen gilt. Er schiebt ein Fisherman's zwischen die Zähne, um den beißenden Magensäuregeschmack zu bekämpfen. Das Aspirin mit Cola, das er vorhin eingeworfen hat, scheint endlich seinen Job zu erledigen, die Kopfschmerzen ebben allmählich ab. Trotzdem fühlt er sich alles andere als fit.

»Erdreich«, sagt Karin. »Überall. Der Koffer ist zwar abgewischt worden, aber ich könnte schwören, dass der vor kurzem mit Erde in Kontakt war.«

»Du meinst, er war im Dreck abgestellt?«

»Dann würden die Ritzen nicht so voll sitzen. Sieht eher aus, als wäre er vollständig mit Erde bedeckt gewesen, vielleicht vergraben.«

»Vergraben wie beerdigt?«

»Gut möglich.«

»Und warum wurde er dann wieder ausgebuddelt?«

»Das herauszufinden ist nicht mein Job, Manni.«

***

Er hat alles sorgfältig vorbereitet. Eine Tasse mit heißem Wasser versteckt, Hände und Gesicht im Badezimmer so lange unter den brühheißen Wasserstrahl gehalten, bis sie rot geschwollen waren und ihm die Schmerzenstränen nur so aus den Augen stürzten. Aber das war unwichtig, weil es ihn vorerst gerettet hat. Seine Mutter ist in sein Zimmer gekommen, um ihn für die Schule zu wecken. Er hat ein bisschen gestöhnt und gejammert, und sie hat seine heiße Stirn befühlt und das Fieberthermometer geholt. Er hat sie um ein Glas Saft gebeten und während sie es holen ging, die Spitze des Thermometers in die Wassertasse getaucht. Nur kurz, das hat schon gereicht. Mit erwiesenen 38,6 Grad Fieber darf er im Bett bleiben, und nun ist seine Mutter auch nicht mehr sauer, dass er gestern so spät aus der Schule gekommen ist und als Erklärung nur etwas von Bauchweh genuschelt hat.

Tim schließt die Augen. Er hat seine Mutter gebeten, die Vorhänge geschlossen zu lassen, weil angeblich die Sonne blendet. In Wirklichkeit will er die Sonne einfach nicht sehen und selbst die Korallenfische auf den Vorhängen können ihn heute nicht trösten. Er kann nie wieder in die Schule gehen, so viel ist klar. Aber genauso klar ist, dass er den Grund dafür niemandem sagen kann.

In der Nacht hat er wieder geträumt, dass er im Ozean taucht, plötzlich nicht mehr weiß, wo er ist, und schreit. Er hat gespürt, dass er nicht allein ist, andere Taucher waren da oder Raubfische, irgendeine lauernde Gefahr, unsichtbar und doch jederzeit bereit, ihn noch tiefer von der rettenden Oberfläche wegzudrängen. Er hat keine Luft mehr bekommen. Das Meer, einst sein Verbündeter, sein Schutz, ist zum Feind geworden. Selbst das haben sie ihm genommen.

Tim langt nach einem der Bildbände auf seinem Nachttisch. Lustlos blättert er durch die Unterwasserfotos, an denen er sich sonst nicht satt sehen kann. Nur ein Bild vermag ihn ein klein wenig zu fesseln. Sandiger Meeresboden, aus dem bei längerem Hinsehen zwei dunkle Augen herausschauen. »Der Pfauenbutt kann seine Körperfärbung dem jeweiligen Untergrund, auf dem er liegt, anpassen«, lautet die Bildunterschrift. Der Pfauenbutt kommt als ganz normaler Fisch auf die Welt, aber weil er immer seitlich schwimmt, verändert er sich im Laufe seines Lebens grundlegend. Sein Körper wird platt. Sein linkes Auge wandert über den Kopf bis ganz in die Nähe seines rechten Auges. So kann der Pfauenbutt, wenn er flach über dem Meeresgrund dahingleitet, mit beiden Augen nach Feinden über sich Ausschau halten. Und wenn er unsichtbar sein will, vergräbt er sich im Meeresboden. Die Augen sitzen erhöht, in sandfarbener Fischhaut. Wenn der Pfauenbutt sie öffnet, dienen sie ihm als Periskope, wie bei U-Booten.

Der Gedanke an Periskope bringt die Erinnerung an das Fernglas zurück, an Jonny und an das bittere Wissen, dass er, Tim, es nicht geschafft hat, ein unsichtbarer Späher zu sein. Tränen schießen ihm in die Augen, als er daran denkt, wie sie ihm die Hose runtergezogen haben. Angewidert stößt er den Bildband beiseite. Er ist kein Tiefseefisch, er ist kein Späher und er hat keinen Freund mehr.

Er ist ein Nichts. Er will nicht mehr leben.

❀❀❀

Es ist nur noch eine Frage der Zeit, bis die Polizei kommt und die Todesnachricht überbringt. Martina weiß, dass das so sein wird, sie weiß, dass Jonny in der vergangenen Nacht gestorben ist, auch wenn Frank behauptet, eine leere Taschenlampenbatterie sei kein Zeichen, Martina solle sich beruhigen, nicht so hysterisch sein, sich zusammenreißen. Sie hat ihn noch nicht auf die 20 000 Euro angesprochen. Sie konnte einfach nicht. Den verräterischen Kontoauszug hat sie in ihrem Kleiderschrank in den Karton mit den Tampons und Slipeinlagen gestopft. Da ist er sicher.

Sie küsst Marlene und Leander, hilft Frank, die beiden in die Kindersitze zu bugsieren, winkt dem Passat nach, der den verbliebenen Rest ihrer Familie für einen weiteren Vormittag von ihr entfernt. Wie lässt sich Schuld bemessen? Was auch immer Franks Vergehen sein mag – auch sie selbst hat Jonny im Stich gelassen. So eilig hatte sie es, zu ihrem Theaterworkshop zu kommen, so wichtig erschien es ihr, nach Jahren des Verzichts ihren Traum wiederzubeleben. Wenn sie das nicht getan hätte, wenn sie da gewesen wäre für Jonny, wenn sie darauf bestanden hätte, dass er ihr sagt, was ihn bedrückt, wenn sie ihm beim Packen geholfen hätte, darauf geachtet hätte, dass er seine Taschenlampe einsteckt, wenn sie vielleicht sogar mit ins Indianercamp gefahren wäre, dann würde er noch leben.

Sie brüht Pfefferminztee auf. Tee und Zwieback ist das Einzige, was ihr Körper noch akzeptiert. Als es an der Haustür klingelt, zuckt sie zusammen und beginnt zu zittern. Auch wenn sie wusste, dass sie kommen werden, so schnell hat sie nicht mit ihnen gerechnet. Die Ungewissheit, die ihr in den letzten Tagen so unerträglich vorgekommen ist, wird plötzlich zum erstrebenswerten Zustand.

Der blonde Kommissar Korzilius hat Schatten unter den Augen. Was ist mit Jonny, wo ist er?, will sie fragen und schafft es nicht. Stattdessen schenkt sie dem Kommissar eine Tasse Tee ein und kauert sich auf die Eckbank, ein stummer Kampf um jede Sekunde Unwissenheit. Korzilius nimmt ihr gegenüber Platz, genauso wie vorgestern und gestern. Wie schnell sich aus einer Zufallsbegegnung Gewohnheiten entwickeln, wie schnell man zu einer Gemeinschaft wird, auch wenn diese aus Not und Pflicht geboren ist. Der Kommissar hebt an, etwas zu sagen, aber das Fiepen seines Handys kommt ihm zuvor. Er mustert das Display mit einem misslaunigen Blick, bevor er das Gespräch entgegennimmt.

»Ja, Karl-Heinz?« Sein Kuli tippt auf seinen Block. »Kein Zweifel also. Danke.«

Er klappt sein Mobiltelefon wieder zusammen, wendet sich Martina zu.

»Ihr Dackel, Frau Stadler, wir haben ihn heute Morgen gefunden.«

Nicht Jonny. Dr. D.

»Er hat ja einen dieser Mikrochips implantiert, zusätzlich zur Tätowierung im Ohr, es besteht also kein Zweifel, dass es sich um Ihren Dackel handelt. Leider ist er tot.«

»Jonny …« Sie schafft es nicht, weiterzusprechen. Kann es sein, dass sie sich geirrt hat? Dass es doch noch Hoffnung gibt? Nein.

»Wir haben nur den Dackel gefunden.«

Wieder meldet sich das Handy des Kommissars, wieder betrachtet er das Display, doch diesmal nimmt er das Gespräch nicht an. Stattdessen redet er von einem Ort, Frimmersdorf, den sie nicht kennt, von einer Kirche, von einem Koffer. Besonders der scheint wichtig zu sein. Er legt ein Polaroidfoto dieses Koffers vor Martina auf den Küchentisch.

»Kann es sein, dass dieser Koffer Jonny, gehört? Haben Sie diesen Koffer schon einmal gesehen?«

Martina schüttelt den Kopf.

»Hat Ihre Familie, hat Jonny irgendeinen Bezug zu Frimmersdorf?«

»Ich weiß nicht einmal, wo das ist.«

»Etwa 40 Kilometer nordwestlich von hier, am Rande des Braunkohletagebaugebiets Garzweiler.«

Garzweiler. Irgendetwas ist damit, irgendwas hat Frank mal davon erzählt. Von jemandem, den er kennt, der da wohnt? Es fällt ihr nicht ein.

»Jemand hat Ihren Dackel in diesem Koffer, ja also, man muss beinahe sagen, liebevoll aufgebahrt. Das spricht dafür, dass, wer immer das getan hat, den Hund mochte. Halten Sie es für vorstellbar, dass das Jonny war?«

»Jonny hat Dr. D. getötet und aufgebahrt? Ist es das, was Sie sagen wollen?« Martinas Stimme klingt sachlich, distanziert. Der blonde Kommissar versteht nichts, er wird ihren Sohn nicht finden, er kann ihr nicht helfen, so wenig wie Frank. Die Erkenntnis, dass das die Wahrheit ist, erleichtert sie beinahe. Martina fühlt, dass etwas in ihr erkaltet und sie endlich fähig ist zu handeln.

»Vielleicht hat Jonny seinen toten Hund ja nur zur letzten Ruhe gebettet«, sagt der Kommissar.

»Sie verschwenden Ihre Zeit, wenn Sie meinen Sohn verdächtigen. Jonny ist tot«, sagt Martina, mit dieser neuen eisigen Ruhe.

»Sagen Sie das nicht.«

»Ich bin seine Mutter. Ich spüre das.«

Der Kommissar steht auf. Seinen Tee hat er nicht angerührt.

»Ich muss noch einmal mit Ihrem Mann sprechen, Frau Stadler.«

»Er bringt gerade die Kleinen zu seinen Eltern.«

Wieder fiept das Handy des Kommissars. Wieder kontrolliert er das Display mit gefurchter Stirn, bevor er sich meldet.

»Ich komme sofort«, sagt er knapp.

»Woran ist Dr. D. gestorben?«, fragt Martina.

»Das wissen wir noch nicht. Sagen Sie Ihrem Mann, er soll sich bei mir melden. Ich finde selbst hinaus.«

\*\*\*

Um kurz vor fünf wacht Judith auf, benommen von einem Traum, an den sie sich nicht erinnern kann, benommen von einer weiteren viel zu kurzen Nacht. Sie dreht sich auf den Rücken und schiebt das Kopfkissen zurück an seinen Platz, das sie im Schlaf in ihre Arme gezogen hat, als sei es ein Geliebter. Hat Margery Cunningham Recht, ist David Becker ein auf Touristinnen spezialisierter Casanova? Etwas zieht sich in Judiths Bauch zusammen. Ihr Körper ist ein Verräter. Sehnt sich nach Berührungen, giert nach Nähe mit der ausgehungerten Kompromisslosigkeit eines Exhäftlings. Doch darum geht es nicht, darf es nicht gehen. Viel wichtiger ist jetzt, dass der Guide David Becker der Schlüssel zu Charlottes Aufenthaltsort ist.

Judith steht auf und streift ein Baumwollhemd über den Kopf. Sie schenkt sich ein Glas Leitungswasser ein, nimmt ihr Tabakpäckchen und tritt auf Davids Veranda. Die Luft ist kühl. Ein zartrosa Schleier hängt über der Georgian Bay, zwei Reiher oder Kraniche ziehen mit majestätischem Flügelschlag über die Bucht, eine Jacht gleitet aus dem Hafen, lautlos, obwohl keines der Segel gesetzt ist. Ist es das, was Charlotte Simonis gesucht hat? Diesen Überfluss an Raum und Weite, an Licht und Luft, so gegensätzlich zu ihrem bisherigen, von kranken Eltern und toten Puppenaugen dominierten Leben. So gegensätzlich auch zu Köln, dieser Stadt ohne freien Blick, in die sich zu den Tauben, Elstern und Amseln allenfalls ein paar Möwen und im Sommer die Mauersegler verirren. Sogar die Spatzen sterben ja inzwischen aus.

Judith dreht sich eine Zigarette. Unternimm nichts auf eigene Faust, rede vorher mit mir, hat Margery Cunningham gesagt, als das Feuer heruntergebrannt war und die Weinflasche leer. Ich hätte ihr von David und mir erzählen sollen, denkt Judith. Das wäre fair gewesen, schließlich hat sie mir geholfen und in Sachen Charlotte in erstaunlich kurzer Zeit erstaunlich viel herausgefunden, obwohl ich noch nicht einmal einen Dienstausweis vorlegen kann. Sie hat mir vertraut. Aber Judith hat lediglich preisgegeben, dass sie heute mit David sprechen will, und die kanadische Kommissarin hat ihr das zugestanden. Vielleicht unterschätze ich sie, denkt Judith, vielleicht ließe sie mich auch gewähren, wenn ich ehrlich bin, mit emotionalen Risiken kennt sie sich schließlich aus.

Sie drückt ihre Zigarette aus und geht zurück ins Innere des blauen Holzhauses. Wer ist David Becker? Sie könnte Schubladen aufziehen, Schränke durchsuchen, sein Notebook hochfahren, in Ordnern blättern, doch das würde seine Gastfreundschaft verraten und noch etwas anderes, über das sie im Augenblick lieber nicht so genau nachdenken will. Sie setzt

Kaffee auf. Die Versuchung ist groß, Manni anzurufen, um zu hören, dass wenigstens im Kölner Präsidium alles seinen Gang geht, aber sie gibt ihr nicht nach. Keine Schonfrist, hat Millstätt gedroht. Hoffentlich hat Manni seinen vermissten Jungen heil gefunden, bevor sie am Montag ihren Dienst antritt. Aber selbst wenn nicht, kann sie nichts machen, also ruft sie Berthold Prätorius an.

»Ich glaube nicht, dass Charlotte in Kanada promovieren will«, sagt er, als Judith ihren Bericht beendet hat. »Das hätte sie mir bestimmt gesagt.«

»Warum bist du dir so sicher?«

»Wir haben immer über alles Berufliche gesprochen.«

»Aber nicht über Charlottes Rausschmiss von der Kölner Uni, als sie sich weigerte, den toten Eistaucher zu sezieren.«

»Na ja, nein, nicht viel. Trotzdem ...«

»Du meinst, es muss etwas sehr Persönliches sein, weshalb Charlotte nach Kanada geflogen ist, sonst hätte sie es dir erzählt?«

»Ja.«

Was für eine Aussage über eine seit vielen Jahren andauernde Beziehung, die Berthold selbst als Freundschaft bezeichnet.

»Charlotte hat dir nie etwas von Atkinson und den Eistauchern erzählt, oder?«

Berthold Prätorius schweigt.

»Wie gut seid ihr eigentlich befreundet, Berthold?«

»Na ja, wie gesagt, seit der Schulzeit, ich weiß natürlich, dass Charlotte sich für Vögel interessiert, und wir haben uns immer über alles Berufliche ...«

»Ausgetauscht, ja, das habe ich verstanden.«

»Du musst sie finden«, wiederholt Berthold zum x-ten Mal.

»Das versuche ich ja.«

Sie verabschieden sich nach ein paar Takten Smalltalk über das Kölner Wetter, das immer noch schwül ist, ohne Aussicht auf Abkühlung. Ein Jahrhundertsommer, der die Menschen mürbe macht, wie Berthold sagt. Auch Judith fühlt sich auf einmal mürbe. Das Gefühl tiefer Einsamkeit, das in Bertholds

Worten mitschwang, deprimiert sie, nein, nicht die Einsamkeit, sondern das Fehlen jeglichen Aufbegehrens dagegen. Für einen Augenblick sieht sie Berthold vor sich, wie er früher war, ein dicklicher Schüler mit tintenfarbenen, zerkauten Fingern. Wie er gelacht hat, wenn sie ihn gehänselt haben. Wie er seine Tollpatschigkeit bis ins Groteske übertrieben hat, damit sie noch mehr lachen. Wie seine Augen nicht mitgelacht haben, zwei blanke, ausdruckslose Spiegel. Ist es das, was auch mit Charlotte geschehen ist? Hat auch sie ihre Gefühle und Sehnsüchte so lange verborgen, bis sie unerreichbar wurden, erfroren wie unter Eis?

Eine Stunde später parkt Judith den Mietwagen auf dem Parkplatz des Moonshine Motels. Der noch beinahe kindlich wirkende Nachtportier an der Rezeption nickt nachdrücklich, als sie ihm Charlottes Foto zeigt.

»Ich weiß, dass Sie schon mit der Polizei gesprochen haben, deshalb bin ich hier. Charlotte Simonis ist meine Freundin, ich bin aus Deutschland hierher gekommen, weil ich mir Sorgen um sie mache.«

»A friend.« Dies scheint ihn gesprächiger zu stimmen, auch wenn es nicht viel ist, was er berichten kann. Charlotte sei früh am Morgen aufgestanden und spätabends wiedergekommen. Eine Naturfreundin, ihrer Kleidung nach zu schließen, wie so viele deutsche Touristen. Geredet habe er kaum mit ihr.

»Wie ging es ihr?«, fragt Judith.

Verständnislos schaut der Portier sie an. Vielleicht hat er sich noch nie über die Gefühlslage von aus seiner Sicht älteren Frauen Gedanken gemacht.

Judith probiert es trotzdem. »Wirkte sie glücklich? Bedrückt? Aufgeregt?«

Er zuckt die Schultern. »Sie hat nie viel gesagt. Aber wenn Sie so fragen, ich würde sagen: Normal. Eher glücklich als unglücklich.«

»Und sie war immer allein?«

»Ja, das heißt, fast immer. Einmal hat jemand sie auf dem Parkplatz abgeholt. Ein Mann.«

»Würden Sie den wiedererkennen?«

»Möglich.«

Judith legt das Foto von Atkinson, das sie in der Kölner Universität entwendet hat, und den *Trips to the Wilderness*-Prospekt mit David Beckers Konterfei auf die Theke. »War es einer von diesen beiden Männern?«

Der Portier studiert die Bilder eingehend, dann tippt er auf den Prospekt. »Bei denen hat sie eine Reise gebucht. Aber der andere hier, der hat sie mal abgeholt.«

Atkinson. Judith fühlt das altbekannte Prickeln.

»Sicher?«

»Ich denke schon.«

✳✳✳

Allmählich drehen alle durch. Seine Mutter ruft ihn im Viertelstundentakt an, akzeptiert einfach nicht, dass er nicht mit ihr sprechen will. Beim letzten Anruf hat er sie angeschrien; dass sie nun endlich Ruhe gibt, ist trotzdem keineswegs sicher. Und Martina Stadler ist eine noch härtere Nuss. Erst heult sie und kotzt sich die Seele aus dem Leib, wenn man sie befragt, nun auf einmal ist sie eiskalt und behauptet, Jonny sei tot. Und die ganze Zeit ist völlig offensichtlich, dass sie etwas verschweigt, wahrscheinlich um ihren Mann zu schützen. Manni versucht, sich auf Thalbachs Gequatsche zu konzentrieren. Es müssten unbedingt alle sofort ins Präsidium kommen, darauf hatte der Leiter des Vermisstenkommissariats bestanden. Aber nun, da sie füßescharrend im stickigen Besprechungsraum hocken, weiß ihr Chef nichts zu sagen, als lang und breit über die fatale Botschaft zu lamentieren, die ein unauffindbares Kind darstellt, über besorgte Bürger, bösartige Medienvertreter und natürlich vor allem über die bevorstehende Pressekonferenz, die er einmal mehr ohne Erfolgsmeldung durchstehen muss, blablaba.

Jonny ist tot. Ich bin seine Mutter. Ich spüre das. Martina Stadlers Worte rotieren in Mannis Kopf wie die Endlosschleife einer Callcenter-Ansage. Die allermeisten Vermisstenfälle haben sich nach zwei, spätestens drei Tagen erledigt, weil der Vermisste wieder auftaucht. Der Junge Jonny Röbel ist jetzt seit fünf Tagen verschwunden, und außer einer Baseballkappe, ein paar Blutstropfen, dem Geruch von Angst, dessen flüchtige Existenz ohnehin nur die Spürhunde bemerkten, einem Dackelohr und nun auch dem dazu passenden toten Dackel haben sie nichts.

Hat Martina Stadler Recht? Ist ihr Junge tot? Sie hat das ohne erkennbare Gefühlsregung behauptet, beinahe sachlich, als habe sie sich bereits damit abgefunden. Vielleicht liegt es daran, dass ihm das so unter die Haut geht. Ich spüre das. Manni hat solche Behauptungen verzweifelter Angehöriger schon früher gehört. Als er nicht anrief, habe ich sofort gewusst, dass etwas passiert ist. Ich bin nachts aufgewacht und habe gefühlt, sie lebt nicht mehr. Doch das war im Verlauf einer Mordermittlung, als sie das Opfer schon gefunden hatten, er hatte diese Bekundungen eines angeblich existierenden sechsten Sinns der Angehörigen deshalb nie sonderlich ernst genommen.

Thalbachs Sekretärin stiefelt in den Besprechungsraum und überreicht einen Packen Fotos. Thalbach wirft einen kurzen Blick darauf, reicht sie herum. Es gibt nur zwei Motive: Eines zeigt den rotgrün karierten Kinderkoffer, das andere denselben Koffer zu Füßen des hölzernen Jesus. Wehmütig blickt der Gottessohn über die Dächer Frimmersdorfs hinweg in den Himmel, wo sich, wie Manni weiß, die fettleibigen Dampfwolken der Kraftwerke blähen.

»Warum Frimmersdorf?« Thalbach stemmt sich vom Stuhl hoch und verschränkt die Arme hinter seinem Rücken.

»Der Täter hat einen Bezug zu Frimmersdorf.« Petra Bruckner spricht langsam, als sei sie gerade aufgewacht.

»Welchen?«

»Er wohnt oder wohnte da, arbeitet da, hat Freunde oder Verwandte dort, er kennt das Dorf …«

»Überprüf das. Für jeden auf eurer Liste.«

Manni setzt sich aufrechter hin. »Der Täter wollte, dass wir den Dackel finden. Der Platz unter dem Jesus – das ist wie eine Botschaft.«

Thalbach sieht Manni an, aufmerksam, undurchdringlich, wie gestern im Foyer, als Manni versehentlich in Thalbachs Gespräch mit Millstätt hineingerannt ist.

»Was für eine Botschaft?«

»Reue? Die Bitte um Vergebung?« Laut ausgesprochen klingt das ziemlich gaga, Manni fühlt, wie ihm noch heißer wird. Warum kann er nicht die Schnauze halten? Was haben Thalbach und Millstätt gestern über ihn entschieden? Er weiß es nicht, und wahrscheinlich ist es sowieso ganz egal, was er jetzt noch tut oder sagt; wenn aus der Vermisstensache eine Todesermittlung wird, ist er raus, die Krieger wird übernehmen, ein abgekartetes Spiel, also kann er seinen Gedanken genauso gut weiterspinnen. Er holt Luft und sieht Thalbach an. »Oder der Dackel ist nur ein Symbol. Jonnys Stiefmutter ist jedenfalls seit heute Morgen fest davon überzeugt, dass Jonny tot ist.«

Thalbach legt den Kopf schief. »Verständlicherweise liegen bei den Stadlers die Nerven blank. Halten wir uns für den Moment an das, was wir haben.«

»An Mannis Interpretation könnte was dran sein«, schaltet sich die Bruckner ein. »Der Täter bedauert, dass er den Dackel getötet hat. Er will, dass er beerdigt wird. Sogar mit kirchlichem Segen. Deshalb hat er ihn vor die Kirche gelegt.«

»Ein durchgeknallter Täter also«, sagt Manni.

»Oder sehr tierlieb«, widerspricht die Bruckner.

»So tierlieb, dass er ihm das Ohr abschneidet? Und wenn wir schon dabei sind: das Ohr im Königsforst, der Hund in Frimmersdorf, 40 Kilometer weit weg. Warum?«

»Das abgeschnittene Ohr war tätowiert. Vielleicht wusste der Täter nichts von dem Mikrochip. Also hat er das Ohr abgeschnitten, damit man den Dackel nicht identifizieren kann.«

»Und warum dann jetzt auf einmal der Zeitungsausschnitt?«

Entnervt sehen sie sich an.

»Tierlieb, durchgeknallt oder was auch immer – auf jeden Fall war dieser Koffer vor kurzem begraben«, sagt die Stimme des Kriminaltechnikers Klaus Munzinger, der den Besprechungsraum unbemerkt betreten hat.

»Ein exhumierter Dackel?« Thalbach guckt ungläubig.

»Könnt ihr von den Erdresten darauf schließen, wo der Koffer vergraben war, Klaus?«, fragt die Bruckner.

»Wenn wir die passende Vergleichsprobe haben, klar. Im Moment analysieren wir auf gut Glück Proben aus Frimmersdorf und aus dem Königsforst.«

Also wieder mal warten, denkt Manni. Es gibt zu viel Warterei, zu viele Wenns in diesem Fall. »Wir müssen auf jeden Fall so schnell wie möglich klären, wem der Koffer gehört«, sagt er laut. Das und tausend andere Dinge. Zum Beispiel, wie der Dackel nach Frimmersdorf kam. Woran er gestorben ist. Ob die Spurensicherer wider Erwarten doch noch etwas Brauchbares am Rastplatz Königsforst gefunden haben. Sie müssen endlich jemanden finden, der den Waldspaziergang von Jonnys Stiefvater bezeugen oder widerlegen kann. Und dann muss Manni noch mal mit Rothautboss Petermann sprechen. Das letzte Mal hat der gesagt, er sei gerade aus Holland gekommen. Frimmersdorf liegt von Köln aus gesehen Richtung Holland.

»Carmen«, sagt Klaus Munzinger.

»Carmen?«

»Das steht im Deckelrand, ganz versteckt, halb verblasst, in krakeligen Kinderbuchstaben. Der Koffer selbst war übrigens ein großer Verkaufsschlager in den 6oer Jahren.«

Thalbach greift nach seinen Unterlagen. »Danke, Klaus. Eine Carmen, die in den 6oer Jahren Kind war. Die sollte sich doch finden lassen. Ich werde das sofort an die Presse geben.«

❊❊❊

Old Marthas Cottage ist verschlossen und verlassen, sowohl auf Atkinsons als auch auf Davids Handy meldet sich nur die Mobilbox – frustriert lenkt Judith den Mietwagen zurück nach Cozy Harbour. Es bleibt ihr vorerst nichts anderes übrig, als auf Davids Rückkehr zu warten. Um sich die Zeit zu vertreiben, telefoniert sie sich durch die Liste der Naturpark-Verwaltungen, die Atkinson ihr gestern gegeben hat. Vielleicht hat er ja Recht und Charlotte will tatsächlich promovieren, auch wenn Berthold dies bestreitet. Doch falls es so ist, recherchiert Charlotte außerhalb eines kanadischen Naturschutzgebiets.

Keine der Parkdirektionen weiß etwas von einer deutschen Wissenschaftlerin, die sich für Eistaucher interessiert.

Gegen 13 Uhr verschließt Judith das blaue Holzhaus, legt den Schlüssel unter die Fußmatte und schlendert am Hafen entlang zum Restaurant, in dem noch immer der tonlose Fernseher läuft und die Männer auf den Barhockern so aussehen, als hätten sie sich seit gestern nicht bewegt. Judith bestellt das Tagesmenü, Cheeseburger und Caesars Salad sowie ein Mineralwasser und tritt mit dem Glas in der Hand auf die Terrasse. Die Luft ist klar, nicht so schwül wie in Köln, die Mittagshitze angenehm. Judith legt die Füße auf eine Holzbank und raucht. Das immense Schlafdefizit und die Sonne machen sie träge, auch wenn ihre Unruhe bleibt. Sie spürt, dass sie Charlottes Geheimnis näher kommt, und auf eine Art, die sie noch immer nicht verstehen kann, fühlt sich das an, als würde sie durch diese Suche noch etwas anderes finden. Etwas das mit ihr selbst zusammenhängt, etwas, das sie vor langer Zeit verloren hat, ohne es auch nur zu bemerken. Sie hört das Wasserflugzeug, kurz bevor sie es sieht, es dreht eine Schleife, sinkt tiefer und pflügt silbern durchs Wasser, um dann mit gedrosseltem Motor auf den Holzanleger zuzusteuern. Kurze Zeit später steht David vor ihr.

»Du bist noch da.«

»Ja.« Sie drückt ihre Zigarette aus.

»Das hatte ich gehofft.«

»Ja.«

»Sicher war ich nicht.«

»Ja, das heißt nein, ich auch nicht, meine ich.«

Herrgott, was für ein schwachsinniger Dialog. Ja, nein, ja, wie ein verliebter Teenager führt sie sich auf. Aber genau so fühlt sie sich. Will diesen Fremden umarmen, sich mit ihm verlieren, und zugleich will sie cool bleiben, ihn befragen, die Kontrolle behalten, Margerys Warnung beherzigen. Ganz vorsichtig nimmt er ihre Hand und wieder strömt diese seltsame Kraft.

»Ich muss was essen, was ist mit dir, hast du Hunger?«

»Ich habe gerade das Tagesmenü bestellt.« Noch so ein banaler Satz. Es ist nicht sein Körper, nicht nur sein Körper, nicht nur seine Hand. Es sind seine Augen. Augen, die lächeln und doch nicht verbergen können, dass sie die Schatten kennen. Er löst sich von ihr, bestellt drinnen am Tresen sein Essen, kommt zurück. Sie sind die einzigen Gäste hier draußen, setzen sich an einen der Picknicktische. Wieder greift David nach ihrer Hand, doch diesmal zieht sie sie weg.

»Charlotte Simonis«, sagt sie und bildet sich ein, dass die Schatten in seinen Augen dunkler werden.

»Charlotte Simonis.« David blickt aufs Wasser.

»Eine alte Schulkameradin von mir. In Deutschland gilt sie als vermisst, deshalb bin ich hier. Ich mache mir Sorgen um sie. Ich will sie finden.«

»Loons, da!« Er deutet auf zwei schwarze Schatten, die mit schwerfälligem Flügelschlag hintereinander über den Hafen fliegen. »Das ist ungewöhnlich, dass die hier so nah vorbeiziehen, sie sind sonst sehr scheu.«

»Charlotte Simonis wollte Eistaucher beobachten. Du hast sie in die Wildnis geflogen, am 24. Mai.«

»Woher weißt du das? Wer bist du?«

»Judith. Judith Krieger. Eine ehemalige Schulkameradin von Charlotte.«

»Krieger.«

»Komm mir jetzt bitte nicht mit Amazonen. Euer Büro hat gesagt, dass du Charlotte am 24. geflogen hast. Nur wohin, das wussten sie nicht. Ich hab versucht, dich anzurufen.«

»Da, wo ich war, gibt es keinen Empfang. Wieso gibt unser Büro einfach Kundendaten raus?«

»Nicht ich habe gefragt, sondern die Polizei.«

»Die Polizei.«

Die Bedienung kommt und stellt Teller vor ihnen ab. Auch David hat sich für das Tagesmenü entschieden, doch so hungrig, wie er gerade erst gesagt hat, ist er offenbar doch nicht. Er ignoriert seinen dampfenden Burger und studiert Judith.

»Die Polizei sucht also nach Charlotte Simonis.«

»Ich suche nach Charlotte. Ich habe bei der Polizei lediglich gefragt, ob es eine unidentifizierbare Tote gibt, auf die Charlottes Beschreibung passt. Da haben die ein bisschen rumgefragt.«

»Und wie sind sie auf mich gekommen?«

»Himmel, David, über ihr Motel, über euer Büro, das ist doch egal. Ich will Charlotte finden und du hast sie geflogen, oder stimmt das etwa nicht?«

»Okay, ja, ich habe sie geflogen. Aber ich kann dir nicht sagen, wohin.«

»Warum nicht?«

»Weil ich ihr das versprochen habe.«

»Charlottes Visum läuft nächste Woche ab.«

»Bitte, Judith. Meine Kunden bezahlen mich dafür, dass ich ihre Wünsche erfülle und diskret bin.«

Diskretion. Wünsche erfüllen. Welche Wünsche? Die Liebessehnsüchte vereinsamter Städterinnen? Was hat Margery Cunningham gesagt? David Becker ist ein bisschen zu smart. Judith legt ihr Besteck auf den Tellerrand. Zu heftig, es klirrt hart.

»Es geht hier nicht um Kundenwünsche. Es geht darum, dass niemand seit dem 23. Mai etwas von Charlotte Simonis gehört oder gesehen hat. Dass sie möglicherweise in Gefahr ist. Dass du bislang der Letzte bist, der sie lebend gesehen hat.«

Wieder blickt David aufs Wasser. »Da, wo sie ist, geht es ihr gut.«

»Bring mich zu ihr.«

Er schüttelt den Kopf. »Das will sie nicht.«

»Das soll sie mir bitte schön selbst sagen.«

»Sie will allein sein.«

»Du weißt also, wo sie ist.«

»Was läuft hier, Judith? Ich komm mir vor, als würde ich verhört, als hätte ich deine Freundin umgebracht. Du redest auf einmal wie ein Bulle. Was ist eigentlich los? Gestern Mittag, das war – ich weiß nicht, was. Und jetzt?«

»Es war wunderschön gestern Mittag.« Etwas zieht in Judiths Magen. »Aber da wusste ich noch nicht, dass du mich zu Charlotte bringen kannst. Und ich muss Charlotte finden.«

»Sie ist da, wo sie hinwollte.«

»Ich muss zu ihr.«

Lichtpunkte in seinen Augen, fliehende Schatten. Sie will

ihm vertrauen, will das nicht zerstören, indem sie überlegt, was vorher war und was noch kommen wird. Will das Jetzt mit ihm, so lange es eben geht. Es kann nicht sein, dass ihr Körper sie täuscht.

Sie essen schweigend. Erst als die Kellnerin den Kaffee serviert und Judith ihre Zigarette dreht, beginnt David zu sprechen. Dass er zunächst geglaubt habe, Charlotte wolle das, was alle Touristen sich wünschen: ein paar Tage Abenteuer mit Lagerfeuer, Kanu und Wildtieren. Stattdessen verlangte sie aber, dass er sie an einen See brachte, jenseits aller Straßen und Touristenrouten, an einen geheimen Ort, wo sie für den Rest des Sommers ein Zelt aufschlagen und Eistaucher beobachten könne.

»Alle zwei Wochen fliege ich hoch und bringe ihr Vorräte«, beendet David seinen Bericht. »Sie bezahlt mich dafür, sie zahlt gut. Für die Lieferungen. Vor allem aber für meine Diskretion. Ich kann sie nicht verraten.«

»Atkinson, Terence Atkinson. Weiß der, wo Charlotte ist?«

»Atkinson? Wieso fragst du das?«

»Seinetwegen weiß Charlotte überhaupt von den Loons. Seinetwegen ist sie hier.«

Er nickt. »Mag sein.«

»Hat sie von ihm gesprochen?«

»Sie redet nicht viel.«

Schweigsame Charlotte. Einsame Charlotte. Allein in den Wäldern, allein mit den Eistauchern. Allein am einzigen Ziel, von dem sie sich nicht hat abbringen lassen. Ist es so? Ist das das Ende dieser Suche? Die Lösung? Ich sollte erleichtert sein, denkt Judith. Ich habe sie gefunden. Ich hatte Recht, die Eistaucher sind der Schlüssel zu ihr. Warum zum Teufel bleibt dieses Gefühl von Gefahr?

David greift nach ihrer Hand. Wieder wird Berührung zu Hitze.

»Ich muss trotzdem mit Charlotte sprechen«, sagt Judith.

✳✳✳

»Dieser Korzilius will dich noch mal befragen. Du sollst ihn anrufen.«

Erst als Leander und Marlene im Bett sind, bricht Martina ihr Schweigen und richtet aus, was der Kommissar ihr am Mittag aufgetragen hat.

Frank lehnt an der Spüle und sieht müde aus. Wächsern.

»Morgen«, sagt er. »Jetzt ist es zu spät. Warum sagst du mir das erst jetzt?«

»Sie haben Dr. D. gefunden.«

»Wo? Wann?« Frank macht einen Schritt auf sie zu, will sie umarmen. Sie hebt die Hand, eine winzige Geste nur, aber sie bremst ihn aus. Wie ein geschlagenes Kind bleibt er vor ihr stehen.

»Wo? Wann?«, äfft sie ihn nach. »Als ob das eine Rolle spielt.«

Er fährt sich mit der Hand durchs Haar, eine hilflose, mechanische Geste. »Bitte, Tina, sag mir, was du weißt. Was ist mit Dr. D.?«

Sie will ihn anschreien, sein Gesicht zerkratzen, ihn ohrfeigen, damit er endlich die Beherrschung verliert. Diese coole, unnahbare, scheißrationale Ich-bin-der-Familienvater-Attitüde, diese gottverdammte männliche Überlegenheit, mit der er versucht, in den Griff zu bekommen, was nicht in den Griff zu bekommen ist.

»Ich soll dir sagen, was ich weiß? Warum redest du nicht zur Abwechslung mal mit mir? Warum sagst du mir nicht endlich, warum du am Samstagnachmittag allein im Wald warst, statt dich um Jonny zu kümmern? Nur so als Anfang?«

»Bitte, Tina.«

Sie gibt dem Küchenstuhl einen Tritt, dass er an die Wand schleudert. Diese Wand, die sie erst vor ein paar Wochen mit so viel Liebe marmoriert hat. Wehe, jemand spritzt noch mal Spaghettisoße dagegen, hat sie gedroht. Jetzt hat sie ihr sonnengelbes Kunstwerk zerstört, die gebeizte Lehne hat eine hässliche schwarze Schramme in ihre Wand gerissen. Sie starren beide auf diese Wunde, so lange, dass Frank zusammenzuckt, als sie endlich seine Frage beantwortet.

»Tot«, sagt sie. »Dr. D. ist tot. Sie haben ihn in einem Koffer gefunden, sozusagen aufgebahrt, unter einem Jesus, vor einer Kirche in irgendeinem Kaff.«

Wieder will ihr Mann einen Schritt auf sie zu machen. Wieder lässt sie seine Bewegung gefrieren.

»Ich war heute Nachmittag bei Jonnys Freund Tim. Er ist krank. Krank vor Angst, wenn du mich fragst, auch wenn er das vehement bestreitet. Jonny hatte auch Angst, bevor er verschwand. Wovor?«

»Ich weiß es nicht. Das bildest du dir ein. Er war wie immer.«

»Nein.« Sie wundert sich, dass sie ganz normal sprechen kann, dass sie nicht losheulen muss, dass sie nichts fühlt. »Er war stiller als sonst. Bedrückt. Ich habe Tim gefragt, ob Jonny Schwierigkeiten in der Schule hatte. Er hat das bestritten. Also hatte Jonny vielleicht Probleme mit uns.«

»Du weißt doch gar nicht, ob dieser Tim die Wahrheit sagt.«

»Du hast Dr. D. nie gemocht.«

»Was zum Henker willst du damit sagen, Martina?«

»Du hast ihn nicht gemocht. Jetzt ist er tot. Das müsste dir doch gefallen. Keiner mehr, der deinen Rasen kaputtmacht.«

Frank dreht sich von ihr weg, schlägt mit der Stirn gegen den Hängeschrank.

»Herrgott, Martina, geht das jetzt wieder los? Glaubst du ernstlich, es ist meine Schuld, dass Dr. D. tot ist und Jonny nicht heimkommt? Ich dachte, das hätten wir neulich geklärt.«

»Jonny ist tot, erzähl mir nicht, dass es anders ist. Ich will endlich wissen, was du am Samstagnachmittag getan hast, und was ist mit dem ...«

Er stürmt an ihr vorbei, reißt seinen Schlüsselbund vom Haken. Sekunden später knallt die Haustür ins Schloss.

\*\*\*

Die Stadt fiebert. Wie ein zuckendes, überhitztes Organ kommt sie Manni vor. Die sich ankündigende Dämmerung hat die Menschen aus ihren Häusern und Wohnungen getrieben. Ein Geruchsmischmasch aus Grillfleisch, Parfüm, Asphalt und

Benzin wabert durch die geöffneten Autofensterscheiben, begleitet von Musikfetzen und Gelächter. Am Aachener Weiher lümmeln leichtbekleidete Studentinnen und ihre Begleiter Kölsch trinkend auf der Wiese, hier und da qualmt ein Grill, im Biergarten sitzen sie dicht an dicht und reden aufeinander ein. Lauter schöne, junge, braungebrannte Menschen, die den Anspruch auf ihr Glück als eine Selbstverständlichkeit verbuchen, so selbstverständlich, dass sie nicht einmal darüber nachdenken. Seit wann ist es so, dass er sich ihnen nicht mehr zugehörig fühlt?

Die Ampel schaltet auf Grün, Manni gibt Gas, passiert den Melatenfriedhof und manövriert seinen GTI wenig später in eine Parklücke vor dem Rechtsmedizinischen Institut. Ein Leichenwagen schnurrt die Zufahrt zum Kellergeschoss hinunter, wo die Kühl- und Obduktionsräume sind. Manni entscheidet sich für den offiziellen Eingang und erklimmt die hässlichen Betonstufen. Ungewöhnliche Geräusche dringen an sein Ohr. Ein metallisches Klacken, ein französischer Chanson. Manni erreicht den Platz zwischen den Waschbetonfassaden der beiden Gebäudetrakte des Instituts. In dem mehrere Quadratmeter großen, jahrelang gänzlich kahlen Pflanzkübel proben neuerdings ein paar Bambuspflanzen das Überleben. Dr. Karl-Heinz Müller steht im Kiesbett und bückt sich soeben nach einer Boulekugel. Er trägt hellbraune, nur ganz leicht verknitterte Seidenhosen und ein rosa Poloshirt. In seinem Mundwinkel klemmt eine Zigarette. Manni schlendert zu ihm hinüber und lehnt sich an die sonnenwarme Fassade.

»Ich dachte, es gibt bessere Bouleplätze in dieser Stadt.«

»Zigarettenpause.« Müller saugt bekräftigend an seinem Glimmstängel. »Man muss trainieren, wo man kann.«

»Tja.« Manni schiebt sich ein Fisherman's in den Mund.

»Am Sonntag ist ein Turnier in der Südstadt. Wir hätten gute Chancen gehabt, aber nun fällt meine hochverehrte Partnerin aus«, sagt der Rechtsmediziner. »Eine SMS ist das Letzte, was sie mir zugedacht hat.« Müller tritt seine Davidoff aus. »Kanada. Wie geht's ihr denn, du weißt doch sicher mehr?«

Die Krieger spielt also Boule mit Karl-Heinz Müller. Ob die beiden was laufen haben? Manni schiebt das Fisherman's mit der Zungenspitze in die Backentasche. »Am Montag ist sie wieder da. Sie sucht eine alte Schulfreundin. Mehr weiß ich auch nicht.«

»Alle suchen jemanden. Scheint zur schlechten Angewohnheit zu werden dieser Tage. Oder hast du deinen Jungen inzwischen gefunden?«

»Schön wär's.« Manni denkt an die blau lackierte Ente, aus deren Faltdach 70er-Jahre-Oldies wehen, an Judith Kriegers schwarz lackierte Zehennägel und die Hippielocken. Ziemlich unwahrscheinlich, dass der stets adrette Junggeselle Müller auf so was steht. Falls er überhaupt auf Frauen steht. Reiß dich zusammen, Mann, und fang jetzt bloß nicht wieder mit Miss Cateye an. Manni räuspert sich.

»Hast du schon feststellen können, woran der Dackel gestorben ist?«

Der Rechtsmediziner tippt mit dem Fuß auf ein Holzköfferchen, in dem drei unbenutzte Boulekugeln liegen. Er wirft das Schweinchen ins Kiesbett, dann seine erste Kugel. Sie landet hart, dass der Kies nur so spritzt, gut 15 Zentimeter hinter der kleinen Holzkugel. »Du bist dran.« Karl-Heinz Müller grinst Manni auffordernd an.

Mannis erster Wurf missglückt völlig, der zweite endet im Bambus, der dritte ist schon ziemlich gut, wenige Zentimeter neben dem Schweinchen. Müller wirft ihm einen anerkennenden Blick zu. »Den Bambus lass aber besser stehen. Der ist der ganze Stolz von unserem Chef. Japanischer Steingarten. Demnächst müssen wir wohl auch noch meditieren.« Er geht in die Knie, kneift die Augen zusammen, schwingt den Arm mit der Boulekugel. »Mit Hunden kenne ich mich nicht aus. Ich bin noch nicht mal zuständig. Trotzdem habe ich ein paar Proben in die Toxikologie gegeben.«

Also wieder einmal warten. »Bis wann …?«

Die Kugel schnellt aus Müllers Hand, schießt haarscharf über Mannis letzten Wurf hinweg.

»Merde. So wird das nichts am Sonntag. Ich hab dem Labor ein bisschen Druck gemacht, morgen Nachmittag wissen wir mehr.«

»Und das abgeschnittene Ohr?«

»Definitiv nicht die Todesursache.«

»Kannst du sagen, ob es vor oder nach dem Tod des Hundes abgetrennt wurde?«

»Vitalitätsbestimmung bei todesnahen Verletzungen.« Karl-Heinz Müller wirft Manni einen listigen Blick zu. »Ein weites Feld.«

»Ein Zeuge hat einen Hund hysterisch bellen gehört. Könnte unser Dackel gewesen sein, bevor man ihm ein Ohr abgetrennt hat.«

»Weißt du, wo genau das passiert ist?«

»Leider nein.«

»Also wissen wir nicht, wie viel Blut geflossen ist. Das Ohr selbst ist praktisch unbrauchbar. Viel zu angefressen.«

»Aber jetzt haben wir den Dackel.«

Der Leichenarzt nimmt seine dritte Kugel, poliert sie mit einem flauschigen Tuch, geht erneut in die Knie, federt, zielt und schafft es diesmal, Mannis besten Wurf mit einem satten, metallischen Klack in den Bambus zu befördern.

»Na also!« Müller fischt im raschelnden Grün nach den Blindgängern, nun offenbar, ohne sich um die meditativen Ambitionen seines Chefs zu scheren. »Du hast Glück, dass ich ein großes Herz habe.«

Manni zwingt sich zu einem Lächeln.

»Am Kopf selbst weist nichts auf eine Ausblutungsblässe hin, unterm Mikroskop habe ich keine Anzeichen von Zellbildung gefunden. Post mortem also, würde ich sagen«, verkündet der Rechtsmediziner.

»Das heißt, der Dackel war schon tot, als man sein Ohr abschnitt.«

»Das wäre mein Tipp, ja. Ein Tipp, wohlgemerkt. Aber bei der Bisswunde bin ich ziemlich sicher.«

»Bisswunde?«

»An der Kehle. Eine Schlagader ist angeritzt, das führte aber offenbar nicht zu massiven Blutungen. Kein Herzschlag, keine Blutung – so einfach ist das.«

»Was für eine Bisswunde?«

»Die Zahnstellung legt ein größeres Tier nahe. Einen Kampfhund vielleicht. Oder einen Schäferhund.«

»Ein großer Hund hat den bereits toten Dackel in die Kehle gebissen?«

»Spreche ich etwa chinesisch?« Karl-Heinz Müller poliert hingebungsvoll seine Boulekugeln, bevor er sie zurück in den Holzkasten legt. Der Chansonnier im Transistorradio säuselt: *L'Amour, L'Amour*.

»Woran ist Jonnys Dackel gestorben, Karl-Heinz?«, fragt Manni. »Hast du irgendeine Idee?«

»Ich will nicht zitiert werden, aber aus fachlichem Interesse hab ich mir unseren pelzigen Kandidaten natürlich schon ein bisschen genauer angeschaut, wo er schon mal da ist. Es gibt Hinweise auf akute Blutstauungen der inneren Organe und ein Lungenödem.« Offenbar animiert durch die Erwähnung des Atemorgans, zündet der Rechtsmediziner eine Davidoff an. »Wasser in der Lunge«, präzisiert er dann. »Wobei nur ein Veterinärmediziner sicher erkennen könnte, wie hoch der Flüssigkeitsgehalt einer Dackellunge normalerweise ist.«

»Kannst du das etwas präziser ausdrücken?«

»Könnte ein Hinweis auf einen Kreislaufkollaps sein. Ungewöhnlich bei so einem relativ jungen Hund.«

»Ungewöhnlich oder ausgeschlossen?«

»Es war heiß. Vieles ist möglich.«

»Irgendwas Entsetzliches ist Jonny in dieser Schutzhütte widerfahren. Irgendwas, was vermutlich unmittelbar mit seinem Verschwinden und mit der Misshandlung seines geliebten Hundes in Zusammenhang steht.«

»Vielleicht ist der Hund in der Schutzhütte verendet.«

»Da gibt's keine Spuren.«

»Vielleicht hat sich dein Junge nach dem plötzlichen Tod seines Hundes in der Schutzhütte verkrochen.«

Vielleicht, möglicherweise, könnte sein. Mannis Katerkopfschmerzen vom Morgen kommen mit Vehemenz zurück, das schlechte Gewissen wegen seiner Eltern belauert ihn, er fühlt sich ausgelaugt, als wäre er ein Anfänger, der in einem Karatewettkampf verzweifelt versucht hat zu punkten und am Ende erkennen muss, dass sein Gegner ein Schwarzgurt ist. Manni fährt sich mit der Hand durchs Haar, das nass in seinem Nacken klebt. Schon wieder hat er heute nichts erreicht. Die Filzerei in Frimmersdorf hat nichts gebracht, niemand hat etwas gesehen. In der Schule schwören sie weiterhin, dass Jonny keine Probleme hat, Petermann, der Indianerboss, ist aalglatt und leugnet jede Verbindung zu Frimmersdorf, Jonnys Stiefvater hat sich nicht gemeldet und Jonnys Freund Tim war wegen Sommergrippe nicht zu sprechen. Jonny ist tot. Das spüre ich. Ist es das, was der Täter ihnen mit der aufgebahrten Dackelleiche sagen will? Ist der tote Dr. D. eine Botschaft?

»Ein Junge hat panische Angst«, sagt Manni langsam. »Und sein Hund erliegt einem Kreislaufkollaps. Vielleicht ist die Ursache dieselbe.«

»Du meinst, der Dackel hatte Angst?« Karl-Heinz Müller guckt ungläubig.

»Na ja, ein Mensch kann doch wegen Stress einen Herzanfall kriegen, oder?«

»Herzversagen kann viele Gründe haben. Beim Menschen ist einer davon zu viel Stress, große Aufregung oder Todesangst. Warten wir auf das Ergebnis der Toxikologie. Im Magen des Dackels habe ich Reste eines Medikaments gefunden. Vielleicht ein Vitaminpräparat, vielleicht unsere Lösung. Morgen wissen wir mehr.«

»Ich brauche jemand, der sich mit Hunden auskennt.«

Karl-Heinz Müller klemmt seine Boulekugelkiste unter den Arm und bringt mit einem gezielten Tastenhieb endlich den französischen Chansonnier zum Verstummen.

»Angst«, sagt er ungläubig. »Was bitte sollte für einen 14-jährigen Jungen und einen Dackel gleichermaßen furchterregend sein?«

* * *

Es wird schon dunkel, als er das Auto seines Vaters hört. Ein tiefes Brummen, dann das leise Quietschen des Garagentors. Tim zieht die Bettdecke bis ans Kinn. Mit geschlossenen Augen hört man viel besser, all die vertrauten Geräusche klingen ganz neu. Die gemurmelte Begrüßung seiner Eltern, die Schritte auf der Treppe, das Rauschen des Wasserhahns im

Badezimmer. Tim hält die Augen fest geschlossen und bemüht sich, möglichst gleichmäßig zu atmen. Wenn er Glück hat, schaut sein Vater nur kurz zu ihm rein und lässt ihn in Ruhe. Die Zimmertür schwingt auf, ohne das kleinste Geräusch, trotzdem merkt er das. Schritte auf dem Boden, das Rücken eines Stuhls, eine Hand auf seiner Stirn. Tim zuckt zusammen und hasst sich dafür, warum schafft er es nicht einmal, sich schlafend zu stellen?

»Tim? Was ist los?« Die Stimme seines Vaters ist leise.

Tim öffnet die Augen, unfähig, etwas zu erwidern. Sein Vater schaltet die Nachttischlampe ein.

»Fieber hast du keins. Lass mich mal in deinen Hals gucken.«

»Hab keine Halsschmerzen.« Es ist zwecklos, einem Vater, der Arzt ist, etwas vorzumachen.

»Haben sie dich in der Schule wieder geärgert? Soll ich noch mal mit deiner Lehrerin sprechen? Oder mit dem Leiter der Schach-AG, wie heißt er noch gleich, den magst du doch?«

Nein, nein, nein. Heftig schüttelt Tim den Kopf. Auf keinen Fall darf sein Vater in die Schule gehen, das macht alles nur noch schlimmer. Nach dem ersten Mal hat die Dolling, die damals noch seine Klassenlehrerin war, Lukas direkt zur Rede gestellt. Vor der gesammelten Klasse musste Tim sagen, was er Lukas vorwarf, und Lukas musste sich entschuldigen. Seitdem waren Lukas und seine Kumpels im Unterricht vorsichtiger, aber die Quälereien und Hänseleien auf dem Schulhof wurden umso schlimmer. Doch Tim hat seine Lektion gelernt und eisern geschwiegen. Bis diese Sache mit dem I-Pod passierte. Tims neuer iPod, einfach aus der Schultasche geklaut, von Lukas, der sogar offen mit seiner Beute prahlte. Nach einem erneuten Besuch seiner Eltern in der Schule tauchte Tims iPod dann wieder auf, in seiner eigenen Sporttasche, wie peinlich. Danach wurde Tim noch mehr gehänselt, und seit einem Telefonat mit Lukas' Vater glaubten selbst Tims Eltern, er habe seinen I-Pod verschlampt und die Geschichte von Lukas erfunden, damit sie nicht mit ihm schimpften. Öffentlich entschuldigen musste er sich bei Lukas, vor der ganzen Klasse.

»Was ist los, Tim?« Die Stimme seines Vaters holt Tim zurück in die Gegenwart. »Ist wieder etwas vorgefallen in der Schule?«

»Nein, nichts. Du musst nicht in die Schule gehen, bitte.« Tims Augen füllen sich mit Tränen, beschämt presst er die Fingerkuppen in die Augenwinkel, aber das hilft nichts, es kommt immer noch mehr Wasser nach. »Ich hatte nur Fieber heute Morgen und Kopfschmerzen.«

»Es ist wegen Jonny, nicht wahr?«

Noch mehr Tränen, was ist er nur für eine blöde Heulsuse.

»Du darfst die Hoffnung nicht aufgeben, Timmy.« Sein Vater spricht ungewohnt sanft. »Morgen früh gehst du wieder zur Schule. Vielleicht ist dein Freund bis dahin ja wieder da.«

Tim lauscht, wie sich die Schritte seines Vaters wieder entfernen. Er weiß, dass seine Eltern jetzt unten im Wohnzimmer streiten werden. Er schleicht zur Tür, öffnet sie einen Spalt. Satzfetzen flattern zu ihm hoch.

»… verwöhnst ihn!«

»… bist immer weg!«

»… denkst nur an dich!«

»… kommt aufs Internat … fängt er auch schon mit Kopfschmerzen an … wie du.«

»… sei froh, dass er noch lebt!« Seine Mutter schluchzt auf, ein trockenes, krächzendes Geräusch. Tim zieht die Zimmertür wieder zu. Sein Vater murmelt etwas und öffnet die Hausbar, Gläser klirren, das Schluchzen seiner Mutter ebbt ab.

Wenn man sich die Pulsadern aufschneidet, stirbt man nicht immer. Besser, man sticht sich ins Herz. Vorsichtig dreht Tim den Schlüssel im Schloss, erst dann zieht er Jonnys Messer aus dem Versteck bei den Seeigelschalen. Wo genau ist das Herz? Tim tastet über seinen Brustkorb, fühlt die Erhebungen der Rippen, fast schmerzhaft das harte Pochen darunter. Wenn er die Messerspitze genau richtig platziert, sich dann bäuchlings auf den Boden wirft, wird das gehen? Und wo genau ist »richtig«?

Die Messerspitze ist scharf. Kühl. Er traut sich nicht. Was, wenn er nicht die richtige Stelle erwischt? Dann werden sie ihn wieder zu einem Psychologen schicken, sie werden mit seinen Lehrern reden. Jonny würde sicher wissen, wo die richtige Stelle ist. Wie enttäuscht wäre Jonny von ihm. Ein Späher, der sich erwischen lässt. Ein Junge, der zu feige ist, seinem Leben ein Ende zu bereiten, wenn die Zeit gekommen ist.

Tim löscht das Licht und tastet nach seinem Unterwasserbuch, das er am Nachmittag aus dem Bett geworfen hat. Er blättert es auf, liebkost die seidigen Seiten ein letztes Mal. Dann packt er Jonnys Messer fester und stößt die kalte Spitze hinein. Zerschneidet die stummen Fische, weil sie ihm nicht helfen.

❊❊❊

Blau-, Braun- und Grüntöne, bis zum Horizont, nur hin und wieder durchbrochen von ein paar Häusern oder einer verlassenen Straße. David zieht die Nase des Flugzeugs nach links, das Ufer verschwindet, nichts als schillerndes Wasser liegt jetzt noch unter ihnen.

»In ein paar Minuten überqueren wir Manitoulin Island – das ist die größte Süßwassersee-Insel der Welt. Über 300 Kilometer lang. Nach einer Indianersage wurde hier ihr Gott geboren. Manitu«, erzählt Davids Stimme in Judiths Kopfhörer. Präzise, knappe Sätze, Reiseführerzitate. Es stört Judith nicht. Ihre letzte Urlaubsreise liegt über ein Jahr zurück. Vierzehn ruhige Tage mit Martin in einem korfiotischen Olivenhain. Martin, der für sie da war nach Patricks Ermordung, den sie dennoch nicht lieben konnte. Jetzt ist er Oberarzt in Erfurt, und sicher ist es nur eine Frage der Zeit, bis zu seinem neuen Leben auch Eigenheim, Ehefrau und Kinder gehören. Mit David ist es anders, vom ersten Moment an war es mit David anders. Wie eine halsbrecherische Schussfahrt kommt ihr die Begegnung mit ihm vor. Ein Beginn auf dem Gipfel, unverhofft mühelos und schwebend. Man stößt sich ab und nimmt Schwung auf, wohl wissend, dass die Geschwindigkeit ihre eigenen Gesetze hat, Gesetze, denen man sich beugen muss, und nur wenn man das tut, kann man diese Schussfahrt genießen und heil überstehen, denn umkehren oder anhalten kann man nicht.

Es ist dieses weite, leere Land, das mich zum Leichtsinn verführt, denkt Judith. Es ist, weil ich mich so lange in Köln verkrochen habe, in meiner Wohnung, meiner Musik, meiner Trauer. Aber natürlich ist das nicht wahr. Natürlich ist es David selbst. Er, sie, zwei Körper, zwei Menschen, zwei Fremde, die der Illusion erliegen, sie seien eins, geschaffen füreinander, Glück. Eine uralte Geschichte, eine uralte Sehnsucht, banal, tausendmal gehört, gelesen, im Kino beweint, im Freundeskreis bestaunt, belächelt, gescheitert und trotzdem hier, in diesem Moment, so unwiderstehlich, dass die Konzentration auf alles andere zum Kraftakt wird.

Judith hat versucht, Margery Cunningham zu erreichen, ihr von Atkinsons plötzlich verwaistem Cottage zu berichten und davon, dass sie mit David in die Wildnis fliegt und vielleicht – wenn es ihr gelingt, David dazu zu überreden – zu Charlotte. Aber auf der Polizeistation hieß es, Margery sei auf einem Einsatz, und am Mobiltelefon meldete sie sich nicht. Also ist Judith zu David ins Wasserflugzeug gestiegen, ohne eine Nachricht zu hinterlassen, was streng genommen gegen die Verabredung mit Margery ist und Judith gerade deshalb mit einem beinahe kindischen Gefühl von Freiheit erfüllt. Und wie lange hätte sie auf das Okay und eventuelle neue Erkenntnisse der kanadischen Kollegin warten sollen? Sie hat keine Zeit, zu warten, ihr bleiben noch 48 Stunden, um Charlotte zu finden, 48 Stunden mit David, dann muss sie nach Toronto fahren und ihr Flugzeug nach Deutschland erwischen, sonst kann sie ihren Neustart im KK 11 vergessen.

David ist der Schlüssel. Er hat schließlich nachgegeben und versprochen, Judith in die Nähe von Charlottes Quartier zu bringen, er wird als Bote fungieren, vielleicht kann sie ihn auch noch überreden, dass er sie direkt zu Charlotte führt. Charlotte, die einst Judiths Freundschaft suchte, die, wie Berthold schwört, noch immer große Stücke auf Judith hält, obwohl Judith sie verraten hat. Charlotte, die in ihrer Villa außer Kindheitsrelikten nur ein Gefühl von Verlorenheit zurückgelassen hat, Sehnsucht, die zu lange ins Leere gerichtet war und darüber gestockt und übersäuert ist wie alte Milch. Wie soll Judith dieser Charlotte begegnen? Sie hat bislang nicht einmal darüber nachgedacht, weil sie nicht damit gerechnet hat, sie lebend zu finden, wird ihr bewusst. Charlotte ist eine zwar wortkarge, aber entschlossene Naturliebhaberin, die ihre Ruhe will und dafür Geld bezahlt, hat David gesagt. Vielleicht ist Judiths Bild also ein falsches Bild, vielleicht hat sie die falschen Schlüsse gezogen und ihr Mitleid mit Charlotte ist nichts anderes als Arroganz.

Sie überfliegen den Killarney Provincial Park und die Gebirgskette der La Cloche Mountains. Nadelbäume werfen lange Schatten, Wasser glitzert. Das Nachmittagslicht lässt die Felsen rötlich schimmern.

»Rosafarbener Granit und weißer Quarz prägen diesen Park«, wieder Davids Reiseführerstimme in ihrem Kopfhörer. Judith lehnt sich ans Fenster, überlässt sich seinen Erklärungen. Eine Gruppe Maler, eine Group of Seven, hat sich Anfang des 20. Jahrhunderts dafür stark gemacht, dass diese rosigen Felsen, die knorrigen Pinien und Fichten unter Naturschutz gestellt werden, erklärt er. Dass der saure Regen später den Gewässern schaden würde, haben die Künstler natürlich nicht vorausgesehen. Doch inzwischen werden die Abgase gefiltert, die Seen erholen sich wieder, und die Kanuten, die auf ihnen ihre Runden drehen, können Wildnis pur erleben.

Sie landen auf einem waldumstandenen See, außerhalb des Killarney Parks, wie David sagt, doch ob dies der Wahrheit entspricht, weiß Judith nicht. Bäume, Wasser, Felsen – die Zutaten haben sich nicht verändert, der Park hat keine sichtbaren Grenzen. Sie tuckern eine Weile über das Wasser, schließlich drosselt David den Flugzeugmotor. Judith erkennt einen Holzsteg, dann eine Blockhütte, halb versteckt unter Bäumen.

»Du hast mich also doch zu Charlotte gebracht.« Sie sucht eine Erklärung in seinen Augen, vielleicht auch etwas anderes, was sie lieber nicht so genau benennen will.

David schüttelt den Kopf. »Ich habe dich zu mir gebracht.«

Erleichterung, das ist es, was sie fühlt. Unprofessionelle, unrühmliche Erleichterung.

»Charlottes Lager ist nicht sehr weit von hier«, sagt David. »Wir sind eben drübergeflogen.«

»Wieso habe ich es nicht gesehen?«

»Schwer zu erkennen, ein grünes Zelt unter den Bäumen.«

»Warum hast du es mir nicht wenigstens gezeigt?«

David nimmt Judiths Hand. »Lass uns Zeit.«

»Hast du mich deshalb hierher gebracht? Weil du Zeit mit mir verbringen möchtest?«

»Wäre das ein Verbrechen?«

»David, verdammt, darum geht es nicht. Ich kann hier nicht herumsitzen und warten. Du weißt, wie dringend ich Charlotte finden muss.«

»Ja, ich weiß.« Ist da Schmerz in seinen Augen oder bildet sie sich das nur ein?

Er öffnet die Flugzeugtür, springt auf den Steg. Judiths Körper probt einmal mehr den Verrat. Sie gibt ihm nicht nach, nicht sofort, schaltet ihr Handy an, wartet darauf, dass es eine Nachricht von Margery anzeigt, irgendeinen entgangenen Anruf, aber es sieht nicht so aus, als hätte sie hier Empfang. Sie ist auf David angewiesen. Auf ihn, auf sich selbst. Sie sind zwei Menschen in einem leeren Land, von denen einer den entscheidenden Vorteil hat, dass er es kennt und ein Flugzeug besitzt. Vielleicht ist David tatsächlich der Dorfcasanova. Vielleicht hatte er nie die Absicht, sie zu Charlotte zu bringen, vielleicht weiß er gar nichts von ihr. Ein paranoider Gedanke, dagegen steht Margery Cunninghams Aussage, die Information von Davids Büro.

Judith schiebt das Handy in die Hosentasche und klettert zu David auf den Steg. Die grob behauenen, silbrigen Balken federn unter ihrem Gewicht. David macht einen Schritt auf sie zu. Sie dreht sich von ihm weg, blickt aufs Wasser. Die Luft ist weich, das Wasser blank, das Land um sie herum auf eine Weise still, wie sie es noch nie gehört hat. David legt die Arme um sie, eine fragende, federleichte Berührung. Sie lehnt sich an ihn. Die Balken unter ihren Füßen knarren, dann ist es wieder still. Kein Nachklang irgendeines Motors, einer Fabrik, einer Stromleitung, nicht das leiseste Echo von Stimmen, Schritten,

Bewegungen, nur Davids Atem an ihrem Ohr und ihr eigener Herzschlag in ihrer Brust. Auf einmal wird Judith bewusst, wie laut es in Köln ist, wie laut es selbst in Cozy Harbour ist, gemessen an dieser Stille hier. Auf einmal erscheint ihr Charlotte sehr nah. Was macht sie hier, allein in einem grünen Zelt? Und was tut sie, wenn sie die Stille nicht mehr ertragen kann? Ist sie, die die Menschen fliehen wollte, nun eine Gefangene dieser stummen, endlosen Wälder?

Ein Schrei durchbricht die Stille. Noch mal. Und noch einmal. Ein übernatürlich hohes Tremolo, klagend, kopflos, sich beschleunigend, das Lachen einer Irrsinnigen. Judith fühlt Davids Arme fester um sich. Mit einem Ruck befreit sie sich.

»Was ist das?«

»Eistaucher«, sagt er.

\*\*\*

Etwas jagt ihn aus dem Schlaf, er weiß nicht, was. Das Gefühl, zu rennen und nicht anzukommen, ein Versäumnis, ein toter Junge, das Sabbern seines Vaters. Ein Lufthauch bewegt die Stoffgardine vor dem geöffneten Fenster, das Licht der Straßenlaternen wirft bläuliche Schatten. Es ist zu warm. Manni setzt sich auf. Sein Kopf ist wieder klar, immerhin, er hat zwar eine Feierabendrunde durchs Maybach gedreht, aber kein Bier bestellt, sondern ein Spezi. Miss Cateye ist nicht da gewesen, wie eine schwüle Phantasie kommt ihm der kurze Abend mit ihr inzwischen vor, ein Zerrbild, ein Sommernachtstraum. Er sieht auf die Uhr, 3.30 Uhr, viel zu früh zum Aufstehen, viel zu früh, um auch nur annähernd ausgeschlafen zu sein. Er weiß nicht, was mit ihm los ist, normalerweise kennt er keine Schlafstörungen, es muss die Hitze sein. Er stellt sich unter die Dusche, er ist auf eine überdrehte Art übermüdet und zugleich hellwach, also kann er ebenso gut ins Präsidium fahren.

Die Gänge des KK 66 sind dunkel und leer. Manni schaltet das Deckenlicht an, setzt Kaffee auf und starrt auf seinen Computermonitor. Pappumlaufmappen stapeln sich daneben, unerledigte Vorgänge, Anfragen, Berichte von Vernehmungen. Zwei Kartons auf dem Fußboden enthalten den Wandschmuck aus seinem alten Büro, Sporttrophäen und Fotos von seinen Rheindorfer Kumpels, er hat bislang keine Lust gehabt, sie aufzuhängen. Manni fährt den Computer hoch. Er muss noch seinen Bericht von gestern tippen, aber erst einmal gilt es herauszufinden, was ihn aus dem Bett getrieben hat. Wen müssen sie noch befragen, wen müssen sie noch mal befragen? Klassenkameraden, Lehrer, Nachbarn, die Clubmitglieder der Kölschen Sioux? Zeile für Zeile kontrolliert er die Listen, beginnt mit der Schach-AG. »Tim Rinker vernehmen«, notiert er auf einen Extrazettel. Mannis Zeigefinger fährt die nächste Liste entlang, die Namen von Jonnys Mitschülern. Viktor Petermann, steht da. Ist das der Sohn des Indianerchefs oder nur eine zufällige Namensgleichheit? Wenn es kein Zufall ist, wieso hat Petermann das dann nicht erwähnt? Auf dem Flur gurgelt die Kaffeemaschine. Manni holt sich eine Tasse, lässt zwei Stück Würfelzucker hineinplumpsen. Ein weiterer Name fällt ihm auf: Ivonne Rinker. Eine Schwester von Tim? Manni notiert auch diesen Namen. Wenn sie die Schüler einzeln befragt hätten, wüssten sie jetzt schon mehr; wenn er sich gestern nicht von Tim Rinkers Mutter hätte abwimmeln lassen, auch. Außerdem ist er davon ausgegangen, dass Petra Bruckner einen Namensabgleich gemacht hat. Offenbar ein Irrtum.

Manni tippt seinen Bericht und stopft die Ausdrucke in die bereits überquellenden Posteingangskörbchen von Thalbach und der Bruckner. Das KK 66 ist immer noch verwaist, vor den Fenstern dämmert der sechste Tag, an dem der Junge Jonny Röbel spurlos verschwunden ist. »Hagen Petermann«, notiert Manni auf seinem To-do-Zettel, »warum Frimmersdorf?«, »Kinderpornos/Händler/Holland?!« und nach einem Moment des Nachdenkens: »Was ist mit dem Stiefvater?«. Zu viele Fragen, zu wenige Antworten, so kommt er nicht weiter, so findet er den Jungen nicht. Er blättert in seinen Berichten, bis er das Protokoll der ersten Vernehmung des Indianerchefs gefunden hat. Was hat der über Jonny gesagt? Da steht es: Jonny sei ein Einzelgänger, ein Späher.

Manni springt auf, plötzlich hellwach. Was tut ein Späher? Beobachten – ohne selbst bemerkt zu werden. Winnetou sei das Idol ihres Stiefsohns, hat Martina Stadler gesagt, auch wenn Jonny allmählich aus dem Indianeralter herauswachse, die Pubertät, Sie wissen schon. In Jonnys Zimmer stehen dennoch die gesammelten Karl-May-Werke im Regal, goldgrüne Rücken neben Indianer-Sachbüchern, Bildbänden, *Harry Potter*, Tolkiens *Herr der Ringe* und Comics. Im Computer der Stadlers sind diverse Indianersites wie auch die Karl-May-Festspiele und das Museum in Radebeul als Lesezeichen abgespeichert.

Manni macht sich nicht die Mühe, seinen Computer herunterzufahren, er muss raus, nachdenken, je schneller, desto besser. Wenig später lenkt er den Fuhrpark-Vectra, den er inzwischen schon beinahe lieb gewonnen hat, auf den Zubringer zur A 4, kurz darauf erreicht er den Rastplatz Königsforst, wo Mr Snacks Imbisswagen verriegelt und verrammelt aufs Wochenendgeschäft wartet. Manni steigt aus und verschließt den Vectra, der im Augenblick das einzige Auto auf dem Rastplatz ist. Picknicktische und Klohaus liegen verlassen da, auch auf der Autobahn ist nur wenig Verkehr.

Es ist beinahe hell, als Manni die Schutzhütte erreicht. Er setzt sich exakt dorthin, wo laut Auskunft von Hundeführern und Spurensicherung Jonny gesessen haben muss, die Holzbank ist unbequem. Was treibt einen Jungen, der spielt, er sei ein Späher, in diese Hütte? Wollte er sich hier verstecken? Wohl kaum, Hütte und Holzbank sind gut einsehbar, ein Stück des Fußwegs ist von der Bank aus zu erkennen.

Manni betrachtet die Konturen der Bäume, die mit der aufgehenden Sonne plastischer werden. Wir haben die falschen Fragen gestellt, denkt er. Wir haben uns einlullen lassen von wohlmeinenden Lehrern, einer verzweifelten Mutter und einem stummen Stiefvater. Manni rekapituliert die Aussagen aus den Berichten. Ein netter Junge, klug, gut in der Schule, beliebt, aber am liebsten allein. Indianerfan. Mitglied der Schul-Schach-AG. Wie blass, wie nichts sagend all diese Beschreibungen sind. Trotzdem haben sie das hingenommen und vergessen, die wichtigste Frage zu stellen. Die Frage, wer Jonny wirklich ist.

Und auch die zweitwichtigste Frage ist bis dato unbeantwortet: Was hat diesen Jungen, der es liebte, andere zu beobachten, hier in diesem Wald mit abgrundtiefer Angst erfüllt?

\*\*\*

Wolken treiben auf dem Wasser. Rosafarbene Wolken, ausgerechnet. An den Ufern schwimmt der Wald im See. Judith sitzt auf dem Holzsteg, versunken in das Schauspiel eines gedoppelten Himmels.

»Abends wird es hier oft so windstill, dass die Wasseroberfläche zum Spiegel wird«, ruft David vom Ufer.

Sie dreht sich halb zu ihm um. Wie Ertrinkende haben sie einander eben noch gehalten, Ertrinkende, Verhungernde. Aber das sind nur Worthülsen, Klischees, die nichts über die Bedingungslosigkeit zu sagen vermögen, mit der ihre Körper aufeinander reagieren.

Er kommt zu ihr auf den Steg, eine Flasche kanadischen Rotwein und ein Glas in der Hand, und schenkt ihr ein.

»Du nicht?«, fragt sie leise.

»Ich kümmere mich jetzt ums Essen.«

Nach dem ersten Mal sind sie geschwommen. Im Wasser haben sie sich dann noch einmal geliebt, ruhiger, wissender. Judith trinkt einen Schluck Wein. Er schmeckt nach Waldbeeren und erinnert sie an die Bouleabende mit Karl-Heinz Müller; wie aus einem anderen Leben erscheinen sie ihr. Sie dreht sich eine Zigarette, taucht ihre Füße in die Wolken, die im Zeitlupentempo um den Steg fließen. Das alles ist surreal. Ein einziges Zuviel von allem: Farben, Schönheit, Glück. Es kann nicht echt sein, nicht beständig, und doch wünscht sie, dass es genau das ist. Vier Stunden sind seit ihrer Ankunft in der Wildnis vergangen. Von Charlotte hat es bislang nicht das kleinste Lebenszeichen gegeben.

Zwei Wasservögel materialisieren sich wie aus dem Nichts, Silhouetten mit spitzen Schnäbeln. Erst als sie näher herangleiten, erkennt Judith das charakteristische weiße Muster am Hals und auf dem Rücken, das sie zuvor nur von Bildern kannte und aus ihrem Traum. Kreisrunde rote Augen glimmen sie an, archaische Blicke, gänzlich leer und dennoch forschend. Eines der Tiere richtet sich im Wasser auf und schlägt mit den Flügeln. Im nächsten Augenblick verschwinden die Eistaucher von der Wasseroberfläche, und sosehr Judith sich auch anstrengt, sie sieht sie nicht mehr. Erst Minuten später entdeckt sie sie wieder, dunkle Schemen, weit draußen auf dem Wasser.

Die Verfärbung der Wolken wird intensiver, beginnt dann zu verblassen. Vielleicht ist es so einfach, denkt Judith, vielleicht ist dies hier ja die Wirklichkeit, oder besser, der Sinn: Ein Abend an einem See mit einem Mann, so fremd und so nah. Ein Glas Wein, ein Feuer und über allem diese Stille, die wie ein großes Atemholen ist. Keine Ermittlungen. Kein Tod.

Sie essen Spaghetti mit geräucherten Muscheln und Paprika, die David über dem Feuer bereitet hat. Die Nacht kommt jetzt schnell und mit ihr eine Kakophonie fremder Laute. Balzende Frösche, glucksendes Wasser, das Husten eines Waschbären, undefinierbares Rascheln. Der sphärische Ruf eines Eistauchers.

»Die Indianer sagen, die Loons tauchen zwischen der Welt der Lebenden und der der Toten hin und her«, sagt David. »Es gibt unzählige Sagen, in denen Eistaucher den Menschen mit magischen Kräften zu Hilfe kommen. Irgendwo hab ich mal gelesen, dass auch die skandinavischen Samen das glauben. Die sind sogar davon überzeugt, dass die Welt der Toten am Grund der Seen beginnt. Sájvva nennen sie die.«

»Vielleicht haben sie Recht. Das spiegelnde Wasser, das hat schon was Mystisches.«

»Auf jeden Fall sind Eistaucher sehr alte Vögel. Alles Leben begann im Wasser – die Eistaucher sind noch immer aufs Wasser angewiesen. Sie können nur vom Wasser aus abheben und nur im Wasser landen. Sie können minutenlang tauchen, sie jagen unter Wasser, ihr Körperbau ist fürs Schwimmen fast besser ausgelegt als fürs Fliegen. Seit Jahrtausenden haben sie sich kaum verändert, all ihre nächsten Verwandten sind ausgestorben.«

»Es ist also durchaus plausibel, dass eine Wissenschaftlerin wie Charlotte sich den Eistauchern verschreibt?«

»Ihr Schrei gilt als Symbol der nordamerikanischen Wildnis, sogar auf unserer Dollarmünze schwimmt ein *loon* – *loony* sagen die Kanadier dazu. Trotzdem sind *loons* immer noch wenig erforscht. Zu scheu. Schwer zu beobachten, dank ihres Doppellebens über und unter Wasser. Eine echte Herausforderung.«

Ist es das, was Charlotte gewollt hat, eine Herausforderung? »Morgen«, verspricht David, und wieder glaubt Judith, in seinen Augen Traurigkeit zu lesen, aber was weiß sie schon von ihm?

Eckpunkte hat er genannt: Flucht aus Deutschland, das ihm zu eng war, eine gescheiterte Ehe mit einer Kanadierin, die Liebe zu seinem Beruf, zur Natur. Sie hätte Fragen stellen können, nachhaken, sie wollte es nicht. Auch von ihrer eigenen Geschichte hat sie nicht viel erzählt. Es ist nicht wichtig, nicht hier, nicht jetzt.

Später trägt David ein Kanu zum See. Myriaden von Sternen glitzern im Schwarz bis hinab zu den Wipfeln der Bäume. Im Kanu gleiten sie fast lautlos übers Wasser, das sie mit einem zweiten Firmament empfängt, einem nassen Himmel. Weit draußen zieht David das Paddel ins Boot, und sie sehen zu, wie der Mond aus den Bäumen steigt, in kaltem, dunstigem Gold.

Dann beginnt der Gesang der Eistaucher. Ein einzelner Ruf erst, beinahe fragend. Die Antwort von weit her, hoch und zitternd. Und schließlich ein kollektives Tremolo, ein Klagegesang, der ohne erkennbaren Ursprung über dem Wasser schwebt, für immer geheimnisvoll, die Botschaft aus einer unerreichbaren Welt.

»Vergiss das nicht«, bittet David später in der Blockhütte, als sie unter seinem Schlafsack liegen. »Was auch immer passiert, vergiss das nicht.«

»Was?«

»Die Eistaucher. Uns. Hör nicht auf das, was die Leute so reden.«

»Ich bin Kommissarin, ich vergesse nichts.«

Es sollte ein Scherz sein, aber Davids Arm spannt sich beinahe unmerklich an. Judith versucht, sein Gesicht zu erkennen, aber es ist zu dunkel, sie ist müde, so unendlich müde, und sein Arm hält sie immer weiter fest, nun wieder weich und verführerisch warm. Sie will David noch etwas fragen, ihm versichern, dass sie aus privaten Gründen hier ist, aber stattdessen schläft sie ein.

# Freitag, 29. Juli

»Der Koffer, Mutter, mein karierter Kinderkoffer. Hast du ihn gefunden?«

Elisabeth widersteht der Versuchung, den Telefonhörer einfach wieder auf die Gabel zu drücken. Sieben Uhr, so früh hat Carmen noch nie angerufen, im Gegensatz zu ihr selbst ist ihre Tochter ein unheilbarer Morgenmuffel. Aber jetzt will sie etwas von Elisabeth und deshalb wird sie nicht lockerlassen, so war sie immer schon, unerbittlich, wenn sie ein Ziel vor Augen hatte. Gnadenlos. Ein ewiges Rätsel ist es, wie ein Mensch, der aus ihr hervorgegangen ist, so anders sein kann als sie.

»Ich war gestern zu müde, um noch auf den Dachboden zu steigen«, erwidert Elisabeth.

»Du hast gesagt, du schaust nach, Mutter. Du hast es versprochen.«

»Sonst sagst du immer, ich soll langsam machen.«

»Himmel, Mutter, begreifst du das nicht? Jemand hat einen toten Hund vor die Frimmersdorfer Kirche gelegt. In einem Koffer, in dem mein Name steht. Das kann kein Zufall sein. Ich muss die Polizei anrufen. Es sei denn, du überzeugst dich jetzt augenblicklich davon, dass der Koffer noch auf dem Dachboden liegt.«

»Ist ja gut, ich sehe nach.«

»Ich rufe dich in einer Viertelstunde wieder an, Mutter.«

Barabbas tappt über den Linoleumboden der Küche, legt seinen Kopf auf Elisabeths Knie. Sie krault ihn hinter den

Ohren. Sie hat ihn beschützen wollen, sie hat all ihre Kräfte mobilisiert, es hat nicht gereicht. Sie hat nicht einmal gewusst, dass Carmens Name in dem Kofferdeckel stand, sie muss ihn damals auf Juist heimlich reingeschrieben haben, so muss es gewesen sein, das würde passen. Das ist meins, meins, meins. Auf Besitzstandswahrung war ihre Tochter schon als Kind bedacht. Und jetzt ist Carmen eine entschlossene Frau, die bald 50 wird. Elisabeth spürt, wie ihr die Tränen in die Augen steigen. Sie kann Carmens Koffer nicht zurückholen, sie ist nicht auf die Idee gekommen, dass die Tochter je danach fragen würde, sie wusste nichts von diesem Namen. Den Adressaufkleber hat sie natürlich entfernt. Die Reste der Prilblumen-Aufkleber. Die Monogramme in den Laken. Sie hat nicht dran gedacht, dass der Koffer in die Nachrichten kommt. Sie werden ihr Barabbas wegnehmen, sie werden ihn töten und sie ist schuld daran.

Das Telefon beginnt zu schellen, schrill und hart, wie Carmens Stimme, wenn sie sich ungerecht behandelt fühlt. Mühsam streckt Elisabeth ihren schmerzenden Arm nach dem Hörer aus.

»Du hast Recht«, sagt sie, als Carmen sich gemeldet hat. »Der Koffer ist nicht mehr auf dem Dachboden. Als ich oben war, ist es mir wieder eingefallen, ich habe ihn letztes Jahr auf den Sperrmüll getan. Jemand muss ihn damals mitgenommen haben.«

»Du hast meinen Koffer auf den Sperrmüll getan?«

»Es tut mir leid, Carmen, ich dachte nicht, dass dir dieser Koffer etwas bedeutet.« Du hast dir doch gar nichts aus unseren Urlaubsreisen gemacht, will Elisabeth hinzufügen, beherrscht sich aber. Weg von uns, immer nur weg wolltest du, denkt sie. Aber sie darf jetzt nicht streiten, hat nicht die Kraft dazu. Jedes Wort ist schon schwer genug. Und es ist so wichtig, dass Carmen ihr glaubt. Ein allerletzter Versuch, eine allerletzte, hauchdünne Chance, Barabbas zu behüten.

»Du wirfst nichts auf den Sperrmüll, Mutter, das glaube ich nicht. Du trennst dich doch nie von was.«

\*\*\*

Sein Vater lässt es sich nicht nehmen, Tim bis vor das Schulportal zu fahren; Tims Beteuerungen, den Rest des Wegs könne er gut laufen, überhört er einfach. Am Schuleingang steht die Keyser, seine Klassenlehrerin. Jetzt gibt es kein Entkommen mehr, müde klettert Tim aus dem Mercedes. Wie ein Schaf vor dem Schlachthof kommt er sich vor. Seine Klassenlehrerin lächelt ihm zu.

»Alles in Ordnung, Tim, wieder gesund?«

Tim nickt. Was bleibt ihm auch übrig, er hat es verbockt letzte Nacht, deshalb ist er hier. Nächste Woche gibt es endlich Ferien, aber das heißt: noch sechs Tage Bertolt-Brecht, und das hält er nicht aus. Jemand lacht hinter ihm. Tims Schultern versteifen sich, sein Herz beginnt zu rasen. Nicht Rumdrehen, beschwört er sich, nicht Rumdrehen, das macht es nur schlimmer, das wollen sie doch nur. Fahr, fahr, fahr, fleht er stumm. Aber sein Vater lässt das Autofenster herunter, offenbar will er mit der Keyser quatschen. Tim setzt sich in Bewegung. Wieder dieses Lachen. Tims Rücken tut weh, weil er den Kopf, so tief es geht, zwischen die Schultern duckt, er fühlt seine Schritte nicht. Es kostet so unendlich viel Beherrschung, sich nicht einfach auf den Boden zu werfen, sich nicht an die schmuddelige Backsteinfassade zu pressen, die Augen zu schließen und zu beten, dass er unsichtbar wird oder, noch besser, zu Stein.

»Dein Vater sagt, du vermisst deinen Freund.« Die Keyser hat ihn eingeholt, legt ihm die Hand auf die verkrampften Schultern, so unverhofft, dass Tim zusammenzuckt. »Wir alle vermissen Jonny, wir alle hoffen, dass er bald wieder bei uns ist. Gib die Hoffnung nicht auf.« Sie gibt ihm einen leichten Stups Richtung Werksäle, in den ersten beiden Stunden hat Tims Klasse heute Kunst, auch so ein Fach, das ihm mal was bedeutet hat. Früher.

Es wird ganz still, als er den Werksaal betritt. Wissen es schon alle? Haben schon alle seine Schmach gesehen, in ihren Handys abgespeichert, sich dran aufgegeilt, drüber gelacht, sie ihren Freunden gezeigt? Wie ein verängstigtes Tier drückt Tim sich an der Wand entlang zu seinem Platz. Ein paar von den Mädchen gucken ihn neugierig, beinahe mitleidig an, oder bildet er sich das nur ein? Lukas lehnt neben dem Fenster. In seinem Blick liegt etwas Lauerndes.

»Seit wann bringt dich dein Vater zur Schule, Rinker?«

»Weiß nicht, war nur heute.«

»Hast du wieder Lügen erzählt?«

Tim schüttelt den Kopf. In der Klasse ist es jetzt so still, dass man eine Stecknadel fallen hören könnte.

»Lügen!« Ganz langsam zieht Lukas sein Handy aus der Hosentasche. »Vik hat mir 'n Bild gesimst. 'n wirklich lustiges Bild, warte, wo hab ich's denn nur?«

»Hier wird jetzt erst mal gar nichts gesimst, schaltet eure Handys aus, Leute, und setzt euch auf eure Plätze.« Die Stimme ihres Kunstlehrers duldet keinen Widerspruch. Expressionismus ist das Thema, als Einstieg sollen sie alle was malen, was ihnen ganz besonders wichtig ist, einfach aus dem Gefühl raus. Murren und Stöhnen wird laut, aber dann machen sich doch alle ans Werk, sogar Lukas. Tim starrt auf sein Blatt. Er weiß, dass expressionistische Bilder bunt sind, bunt wie die Fische, die er in der Nacht zerschnitten hat.

»Was soll das sein, Tim, willst du mich veräppeln?« Ungläubig reißt der Kunstlehrer Tims Bild vom Block und hält es hoch. Tim hat die Vorderseite schwarz gefärbt. Die Klasse johlt.

»Was soll das sein, Tim?«

Die Tiefsee, denkt Tim, ganz weit unten ist es so, keine Farben mehr, nichts als Schwärze. Aber das sagt er natürlich nicht, denn sie würden ihm sowieso nicht glauben.

\*\*\*

Etwas ist anders an Martina Stadler. Nicht ihre Kleidung. Sie trägt noch immer dieselbe schlabberige Sporthose, dasselbe T-Shirt wie am Vortag und krallt eine schmale Hand ins wollene Tuch, das sie trotz der Wärme um ihre Schultern geschlungen hat. Etwas ist anders an der Art, wie sie ihn ansieht. Gefasst, geradezu ruhig, und aus einem Grund, den Manni nicht benennen kann, erfüllt ihn das mit Unruhe.

»Frank ist nicht da«, erklärt Martina Stadler und dann

leiser, mit einem Blick auf die beiden Rotznasen, die hinter ihr im Flur stehen und Manni angaffen: »Ich weiß nicht, wo er ist.«

»Wir müssen reden«, sagt Manni.

Sie nickt, als hätte sie nichts anderes erwartet. »Gehen Sie in die Küche, ich muss erst – Leander, Marlene, kommt mit, ihr dürft einen Film gucken.«

Wie schnell man sich an etwas gewöhnt, denkt Manni, während er sich in der Küche auf seinen Stammplatz setzt. Noch vor einer Woche kannte er diese Familie nicht, nun gehört sie zu seinem Leben.

»König der Löwen«, sagt Martina Stadler. »Damit sind sie eine Weile beschäftigt. Normalerweise dürfen sie morgens nicht fernsehen.« Sie setzt sich Manni gegenüber auf die Eckbank. »Jonny«, fängt Manni an. »Wir wissen noch zu wenig von ihm.«

»Ich habe Ihnen alles …«

»Nein, das haben Sie nicht.«

Es sieht aus, als ob sie gefriert, aber sie weicht seinem Blick nicht aus, erwidert ihn aus unergründlich grünen Augen. Schöne Augen in einem schönen Gesicht, das nun vom Schmerz verwüstet ist.

»Wer ist Jonny, was macht ihn einzigartig?«, fragt Manni.

»Leopold«, piepst eine Kinderstimme.

Martina Stadler springt auf. »Marlene, was machst du hier, ihr wollt doch den Film gucken.«

»Dürfen wir Schokolade?«

Martina Stadler reißt eine Schranktür auf, drückt ihrer Tochter zwei Riegel Kinderschokolade in die Hand, schiebt sie zurück auf den Flur.

»Erpressung. Kleine Monster. Sie wissen genau, wann sie damit durchkommen.« Sie setzt sich wieder auf die Eckbank, und wieder sieht es so aus, als ob sie in dieser Haltung gefriert. »Jonny war tatsächlich wie Leopold«, sagt sie mit steifen Lippen.

»Leopold?«

»Leopold ist ein Glühwürmchen. Die Hauptfigur aus Lenes Lieblingsbuch. Jonny hat es den Kleinen oft vorgelesen. Die

Kinder haben das geliebt, sie hatten dieses Ritual vor dem Einschlafen. Sie haben das Bilderbuch angeschaut und dann hat Jonny Leuchtzeichen für sie gemacht, mit seiner Taschenlampe.«

Wie zur Bestätigung ergreift Martina Stadler die Taschenlampe.

»Was ist so besonderes an diesem Leopold?«

»Er ist der Lichtbringer«, Martina Stadlers Stimme klingt wie von weit her. »Man bemerkt ihn erst nicht, aber wenn man sich im Dunkeln fürchtet, ist er plötzlich da und knipst seine kleine Laterne an. Leopold hat keine Angst.« Sie lächelt, unnatürlich, mit steifen Lippen. »Jonny war genauso. Er hatte die Fähigkeit, allem etwas Positives abzugewinnen, weil er so viel Phantasie hatte. Er war ein Idol für Lene und Leander, er hat uns nach dem schrecklichen Tod seiner Eltern wirklich Licht gebracht, nachdem die schlimmste Trauerphase vorüber war.«

»Sie sprechen von ihm in der Vergangenheit.«

»Er ist tot.« Sie sieht ihn an. »Das wissen Sie doch selbst. Es gibt keine andere Möglichkeit.«

»Wir wissen nicht, was passiert ist, wir können nur spekulieren.« Die Hundestaffel hat die Suche eingestellt. Der Junge kann natürlich trotzdem im Königsforst verscharrt worden sein. Oder woanders. Ist alles schon passiert. Ein paar Knochen, Weichteilreste, Haare, Bekleidungsfetzen – viel bleibt nicht übrig nach einer Woche Hochsommer im Freien. Aber sie haben nicht einmal das. Keine heiße Spur, keine Botschaft eines Erpressers, keine Leiche. Einfach nichts, nada. Auf einmal sehnt sich Manni regelrecht nach Klarheit, auch wenn das aller Voraussicht nach bedeuten wird, dass er raus ist aus dem Fall.

»Niemals hätte Jonny zugelassen, dass Dr. D. etwas passiert«, sagt Martina Stadler.

»Vielleicht hat er es gar nicht mitbekommen. Vielleicht war derjenige, der es tat, schneller als er.«

Martina Stadler schüttelt den Kopf. »Die beiden waren unzertrennlich.«

Umso größer muss sein Entsetzen gewesen sein, wenn jemand seinen Hund verletzt, denkt Manni. Wenn er erkennen musste, dass er das nicht verhindern konnte.

»Er hätte seinen Hund in jedem Fall beschützt«, beharrt Martina Stadler mit seltsam monotoner Stimme. »So war er einfach, er musste helfen, wenn jemand in Not war, musste die Welt verbessern. Im Schwimmbad zum Beispiel, wenn zwei Kinder rauften – Jonny ging dazwischen, selbst wenn die anderen größer waren als er. Ich fand das oft leichtsinnig, aber seltsamerweise kam er immer damit durch. Wie in der Schule. Er war der Kleinste, der Jüngste, hochintelligent – also eigentlich dafür prädestiniert, gehänselt zu werden. Aber stattdessen wurde er respektiert.«

»Sind Sie da ganz sicher?«

»Ja.«

»Eltern wissen nicht immer alles von ihren Kindern.«

»Jonny war glücklich. So glücklich, wie es eben ging.«

Er glaubt ihr nicht, aber bevor er nachhaken kann, beginnt sein Handy zu vibrieren. Thalbach. »Wir haben hier eine Zeugin wegen dieses Koffers, wär gut, wenn du dich augenblicklich drum kümmerst«, befiehlt sein Chef.

»Ich bin mitten in einer Vernehmung und wollte dann in die Schule.«

»Da hab ich Petra gerade hingeschickt. Wann kannst du hier sein?«

»Ich beeil mich.« Manni sieht auf seine Armbanduhr, dann zu Martina Stadler. Mit unbewegtem Gesicht zieht sie den Wollschal enger um sich.

»Frau Stadler, wo ist Ihr Mann?«

»Ich weiß es nicht.«

»Und das beunruhigt Sie nicht?«

»Er ist ein freier Mensch.«

»Haben Sie ihm gestern ausgerichtet, dass ich ihn sprechen muss?«

Sie nickt.

»Frau Stadler, wenn es etwas gibt, was sie mir sagen möchten. Etwas über Ihren Mann. Sie müssen das natürlich nicht. Aber andererseits ist es nicht immer die beste Lösung, jemanden zu schützen, indem man schweigt.«

Es ist, als ob sie ihn nicht hört.

»Sagen Sie Ihrem Mann, er soll sich noch heute bei mir melden. Sonst müssen wir ihn zur Fahndung ausschreiben.«

Ihr Schweigen begleitet ihn auf den gepflasterten Weg im Vorgarten, vorbei am Chaos des immer noch verstreuten Kinderspielzeugs. Ein Bild, das in seiner Unaufgeräumtheit der Fakten- und Zeugenlage in der Vermisstensache Jonny Röbel durchaus entspricht.

Auf dem Weg ins Präsidium ruft Manni im Krankenhaus an. Sein Vater könne nicht sprechen, berichtet die Stationsschwester. Seine Mutter sei bei ihm und werde Manni zurückrufen. Nur Augenblicke später dringt ihre Stimme aus der Freisprechanlage ins Wageninnere, das von Minute zu Minute enger und stickiger zu werden scheint, eine ideale Brutstätte für sein schlechtes Gewissen.

»Dein Vater liegt im Sterben. Diesmal ist es wirklich ernst, Manni. Komm her und versöhn dich mit ihm, solange es noch geht.«

»Ich kann nicht. Ich arbeite. Ich muss diesen Jungen finden. Ich bin auf dem Weg zu einer Zeugenbefragung.«

»Bitte, Manni. Gib den Lebenden eine Chance. Nicht nur deinen Toten.«

Sie beginnt zu weinen. Er drückt sie weg.

Die Zeugin sitzt im Vernehmungszimmer und nippt an einem Glas Mineralwasser. Carmen Vogt, eine Frau Ende 40, Coinhaberin eines Reisebüros, das auf Städtereisen spezialisiert ist. Gepflegt, dezent schick, mit einem etwas zu harten Zug um den Mund. Ihr perlmuttfarben lackierter Zeigefingernagel tippt auf die Lokalseite des Kölner Stadt-Anzeigers, wo das Foto des karierten Koffers veröffentlicht ist.

»Der gehörte einmal mir. Ich habe als Kind meinen Namen in den Deckel geschrieben. Carmen. Ein Kollege von Ihnen hat mir den Schriftzug schon auf einem Foto gezeigt. Es gibt überhaupt keinen Zweifel.«

»Aber Sie haben den Hund nicht in den Koffer gelegt.«

»Nein.« Sie lächelt nicht. Vielleicht fehlt ihr der Sinn für Ironie.

»Wann haben Sie den Koffer zuletzt gesehen?«

»Das ist Jahre her. Er stand, soweit ich mich erinnere, immer auf dem Speicher in meinem Elternhaus, in Frimmersdorf.«

»Wer kann ihn von dort entfernt haben?«

»Meine Mutter sagt, sie habe ihn auf den Sperrmüll getan, wann genau, weiß sie nicht mehr. Letztes Jahr irgendwann. Sie ist schon alt.«

»Wir müssen mit Ihrer Mutter sprechen.«

Einen Augenblick lang wirkt Carmen Vogt wie ein ertapptes Kind. »Ist das wirklich nötig? Sie ist manchmal schon etwas wirr und ängstigt sich leicht. Mit Sicherheit ist sie keine Verbrecherin.«

»Vielleicht hilft es ihr, wenn Sie mitkommen.«

»Jetzt sofort? Unmöglich. So kurz vor Ferienbeginn ist im Geschäft die Hölle los. Last Minute, ein schrecklicher Trend. Aber was soll man machen, die Kunden …«

»Ich brauche Namen und Adresse Ihrer Mutter.« Manni hat keine Lust, sich weitere Ausflüchte anzuhören. Ausflüchte, Halbwahrheiten, Probleme. Er notiert die Adresse, die Carmen Vogt ihm widerstrebend diktiert. Ein Verhör mit einer verwirrten alten Frau, ihm bleibt auch nichts erspart. Aber der Koffer ist eine Spur, und Thalbach erwartet, dass er sich um diese Spur kümmert. Und Carmen Vogt hat Recht, die Schulferien stehen bevor. Alle seine Zeugen werden bald in den Urlaub fahren. Eine Katastrophe.

Zu wenig Zeit. Zu wenig Zeit zum Schlafen, zum Denken, zum Abarbeiten der Fragen auf seiner Liste. Er muss mit diesem Tim Rinker sprechen, egal was Thalbach angeordnet hat. Der Junge muss einfach irgendetwas wissen. Tims Cousine Ivonne Rinker geht in Jonnys Klasse. Viktor, der Sohn des Indianerchefs Petermann, auch. Warum hat Häuptling Petermann verschwiegen, dass sein Sohn und Jonny Klassenkameraden sind? Auch das muss geklärt werden. Und vor allem muss Manni das jetzt sofort Kollegin Petra Bruckner mitteilen. Er verabschiedet Carmen Vogt und wählt die Handynummer seiner Kollegin. Die alte Frau Vogt wird schon nicht weglaufen, er wird auf dem Weg nach Frimmersdorf einen Zwischenstopp in Jonnys Schule einlegen. Manni drängt den

Gedanken an seinen Vater beiseite. Später. Abends. Eins nach dem anderen.

Es klopft an der Tür, Carmen Vogt steht erneut vor ihm. »Bitte sagen Sie meiner Mutter nicht, dass ich bei Ihnen war.«

»Das wird sich kaum vermeiden lassen.« Manni steht auf. Frauen und ihre Heimlichkeiten. Frauen und ihre emotionalen Abgründe. Der Koffer ist ein Puzzlestück, ein winziges Bausteinchen, und selbst das macht noch Probleme. Ein Durchbruch fühlt sich anders an. Ganz anders. Er muss sich diesen Petermann noch mal vorknöpfen. Und wo zum Teufel steckt Frank Stadler?

\*\*\*

Tim weiß nicht, wo er hin soll, als es endlich zur Pause läutet. In sein Versteck am Zaun auf keinen Fall, nie wieder kann er dorthin, nicht nach dem, was sie dort mit ihm gemacht haben. Chemielehrer Mohr hat Pausenaufsicht. Tim versucht sich in seiner Nähe zu halten, ohne seine Aufmerksamkeit zu erregen. Viktor und Ivonne hocken mit Ralle auf der höchsten Stufe des Freiluftatriums. Viktor hat den Arm über Ivonnes Schulter gelegt, seine Hand baumelt lässig vor ihrer Brust, beinahe sieht es so aus, als berühre er sie. Davon abgesehen ist er ganz in sein Gespräch mit Ralle vertieft, was Ivonne nicht zu stören scheint. In ihren Ohren stecken iPod-Kopfhörer, sie lässt Kaugummiblasen zerplatzen und ist versunken in den Anblick ihrer Fingernägel.

Jetzt haben sie Tim entdeckt, schauen zu ihm runter, fangen an zu grinsen. Ralle deutet mit gespreizten Fingern ein Telefongespräch an. Viktor hebt die Hand, die vor Ivonnes Brust baumelt, ein Stückchen, und streckt seinen Zeigefinger aus. Ganz sacht bewegt er ihn hin und her, hin und her, so wie sie das vorgestern mit Tims Penis, Pimmelmann, Schwanz – nein, er will und kann das nicht denken, will sich nicht erinnern. Hitze schießt ihm ins Gesicht. Er dreht sich um, sieht Lukas, hört sein Lachen, beginnt zu rennen, weg muss er, nur weg.

Eine Hand packt ihn an der Schulter. Tim schlägt um sich, der Griff wird fester.

»Tim, he, Tim, was soll das, wo willst du denn hin?«, fragt die Stimme von der Keyser. »Die Polizei hat noch mal ein paar Fragen an dich. Komm bitte mit.«

Ihre Blicke brennen sich in seinen Rücken, er hört Lukas' Lachen, er weiß, dass Viktor seinen Zeigefinger immer noch bewegt. Wie die zum Tode Verurteilten auf dem Weg zum Schafott fühlt er sich, die in dem Geschichtsbuch zur Französischen Revolution abgebildet sind. Nur weiß er, dass es für ihn nicht so schnell vorbei sein wird.

Die Keyser führt ihn in ein leeres Klassenzimmer, auf dem Flur stehen der Turnschuhkommissar und seine dicke Kollegin, die Raubfischfrau. Es sieht so aus, als ob die beiden über irgendwas streiten, aber sobald sie Tim entdecken, verstummen sie und der Turnschuhkommissar eilt ihm entgegen.

»Tim, hallo. Wir sind das letzte Mal unterbrochen worden. Komm, wir setzen uns noch mal zusammen.«

Die Raubfischfrau macht Raubfischaugen, aber sie kommt nicht mit ins Klassenzimmer. Die Keyser zieht die Tür hinter ihnen zu und setzt sich in eine der hinteren Bankreihen. Der Turnschuhkommissar blättert in einem Notizblock.

»Ist dir vielleicht noch was eingefallen, was uns helfen könnte, Jonny zu finden?«

Tim schüttelt den Kopf.

»Deine Cousine Ivonne geht in Jonnys Klasse. Habt ihr euch über sie kennen gelernt?«

»Nein, durch die Schach-AG.«

»Sind Ivonne und Jonny befreundet?«

»Nein.«

»Wir hatten über das Indianerlager gesprochen. Jonny hat sich drauf gefreut, hast du gesagt.«

»Ja.«

»Warum warst du eigentlich nicht auch in dem Indianerclub?«

»Weiß nicht, ich mag das nicht so.«

»Was denn nicht, Tim?«

»Weiß nicht.«

»Findest du das vielleicht doof, Indianer zu spielen?«

»Nein, das nicht.«

»Und an Jonny liegt es auch nicht.« Keine Frage, eine Feststellung.

Jonny hatte ihn mal gefragt, ob er mitkäme, aber die Vorstellung, in einem Zelt mit lauter fremden Kindern zu schlafen – nein, das konnte er nicht, selbst wenn Jonny dabei war.

»Warum wolltest du nicht mit deinem Freund Indianer spielen, Tim?«

»Wir haben doch Indianer gespielt, nur eben nicht im Lager.«

»Weil du da nicht hin wolltest. Woran lag das? An den anderen dort?«

»Ich wollte da einfach nicht hin.«

»Aber Jonny wollte. Warum er und nicht du, wenn ihr doch so gut befreundet seid, Tim?«

Tim starrt auf das Schulpult. DOLLING DU SCHLAMPE, hat jemand darauf geschrieben.

»Oder wollte Jonny in Wirklichkeit gar nicht mit seinem Vater in dieses Indianercamp?«

DOLLING DU SCHLAMPE.

»Weißt du, Tim, ich habe den Eindruck, du hast vor irgendetwas Angst. Jonny hatte auch Angst, an dem Tag, an dem er verschwunden ist. Meinst du nicht, du kannst mir ein bisschen vertrauen, damit wir deinen Freund finden?«

»Jonny hat keine Angst, so ist er nicht!«

Der Turnschuhkommissar fährt sich mit der Hand durchs Haar, eine lässige Geste, aber sein Blick ist alles andere als das.

»Von mir aus: Jonny hat keine Angst. Aber du, Tim, du hast Angst. Vor etwas im Indianerlager? Im Wald? Hier in der Schule? Wovor?«

Die Fragen sollen aufhören, die Blicke, alles soll aufhören. Die Keyser weiß noch nichts von Tims schwarzem Bild mit den unsichtbaren Fischen, sonst hätte sie bestimmt schon was gesagt. Der Tiefseeangler trägt auf seiner Stirn eine Art Antenne, deren Spitze nur leuchtet, wenn er Beute anlocken will. Wenn er will, schwebt er unsichtbar in der Schwärze. Der jugendliche Tiefseeangler wächst in einer Gelatineschicht auf, damit er größer wirkt, falls ihn Feinde trotz der Dunkelheit finden. Schwärze fließt durch die Gelatine und den Fischkörper hindurch, so sieht das aus. Vollkommene, schützende, wohltuende Schwärze.

»Tim, hast du meine Frage nicht gehört? Wovor hast du Angst?«

Das Foto vom Tiefseeangler ist das einzige Bild aus seinem Buch, das Tim nicht zerschnitten hat. DOLLING DU SCHLAMPE. Bald lassen sie dich in Ruhe. Jonny, du Verräter.

»Ich glaube, es ist besser, wenn Sie Tim in Anwesenheit seiner Eltern weiter befragen«, meldet sich die Keyser zu Wort.

Nicht das, nicht auch noch das. Tim hebt den Kopf.

»Jonny wollte nach Radebeul.«

Der Kommissar guckt ihn an, als sei das nun wirklich keine Neuigkeit.

\*\*\*

Heulen, Brummen, das Sirren von Propellern. Judith dreht sich auf die Seite. Es ist kalt in der Blockhütte. Sie zieht den Schlafsack enger um sich. Das Brummen hört nicht auf. In der Nacht gab es dieses Brummen nicht, in der Nacht gab es überhaupt kein von Menschen gemachtes Geräusch, außer ihrem Atem. Lautlos sind sie über den schwarzen See geglitten, der die Sterne spiegelte. Wein am Feuer, Davids Arme, der Geruch seiner Haut, der Gesang der Eistaucher. Vergiss das nicht.

Das Brummen entfernt sich, wird Wirklichkeit. Mit einem Ruck setzt Judith sich auf. Sie ist allein, David ist nicht da. Durch ein schmales Fenster sickert bleiernes Morgenlicht. Das Brummen ist das Startgeräusch eines Flugzeugs, was absurd ist, was nicht sein kann. Judith reißt den Schlafsack auf, kommt auf die Beine, stolpert ins Freie. Es riecht nach verbranntem Holz und ganz leicht nach Kerosin. Der bleiche Steg ist leer, draußen auf dem See hebt gerade Davids Cessna ab. Judith rennt auf den Steg. Das Wasserflugzeug gewinnt stetig an Höhe, zieht eine Schleife und verschwindet hinter den Wipfeln.

Wie benommen sieht sie ihm nach. Wie unter Drogen, wie unter Schock, unfähig zu begreifen. Charlotte, ist ihr erster Gedanke. Charlotte hat unser Flugzeug geklaut. Aber wo hätte Charlotte das Fliegen gelernt, was sollte sie mit dem Raub bezwecken und vor allem: Wo ist David, wenn nicht im Cockpit seines Flugzeugs? Das ergibt keinen Sinn. Das Motorengeräusch verklingt, plötzlich ist gar nichts mehr zu hören, nicht einmal der Ruf eines Tiers. Stille hüllt Judith ein, diese ganz besondere Stille, die es nur gibt, wo weit und breit Natur regiert.

Sie sieht sich um. Die kleine Lichtung zwischen Blockhütte und Ufer ist leer. David muss das Feuer neu entfacht haben, Qualm steigt auf, ein Blechkessel steht auf einem Rost in der Glut, frisch gebrühter Kaffee ist darin, heiß. Das Kanu haben sie in der Nacht aufs Land gezogen. Auf seinem Boden liegt eine kanadische Eindollarmünze, ein *loony*. Glücksbringer hat David die gestern genannt. Na wunderbar.

In der Blockhütte fehlt Davids Tasche. Der kleine Rucksack mit den wenigen Dingen, die Judith selbst mitgebracht hat, liegt auf dem Boden. Sie schaltet ihr Handy an. Keine Nachricht. Kein Empfang. Kein Verbindungsaufbau möglich. Die Schlafstelle, Holzbänke, ein grob gezimmerter Tisch, ein paar Regale – es ist schwer, hier etwas zu verstecken. Trotzdem durchsucht Judith die Blockhütte systematisch. Unter dem Bett findet sie eine Landkarte. Sie faltet sie auseinander. Die Blockhütte ist mit einem Kreuz markiert, zumindest nimmt sie an, dass das Kreuz ihr Standort sein soll. Rundherum gibt es sehr lange nichts, keine Ansiedlung, keine Straßen, nur blaue Flecken in Grün, die im Westen nach schätzungsweise 30 Kilometern zum Killarney Provincial Park werden. Judith leert ihren Rucksack aus, fasst nacheinander in alle Seitentaschen. Keine Nachricht von David. Keine Erklärung. Nichts. Bleibt noch der Wandschrank, der mit einem Vorhängeschloss verriegelt ist. Mit Hilfe ihres Taschenmessers bricht Judith ihn auf. Ein Jagdgewehr befindet sich darin, eine Packung Schrotpatronen und mehrere Dosen mit Fertiggerichten.

Jetzt erst merkt sie, dass sie friert. Sie zieht ihre Hose und eine Fleecejacke an, hängt das Jagdgewehr über die Schulter und geht hinaus ans Feuer, wo sie sich einen Becher mit Kaffee eingießt und die Hände darumlegt. Es ist noch früh, vor sechs Uhr. Nur allmählich mischt sich ins Grau über dem See ein Streifen rötliches Licht. Vielleicht will David bloß etwas erledigen, wollte sie nicht wecken, kommt bald zurück. Judith trinkt den bitteren schwarzen Kaffee in kleinen Schlucken. Das Frieren lässt nach, die Kälte bleibt. Sie weiß, dass David nicht zurückkommen wird. Trips to the Wilderness, was für eine Ironie. Er hat sie in der Wildnis ausgesetzt, aus welchem Grund auch immer. Sie hat sich blenden lassen, ihr Körper hat sie betrogen, sie hat vertraut, wo sie nicht hätte vertrauen dürfen, und deshalb hat die Suche nach Charlotte ein frühzeitiges, groteskes Ende genommen. Ein Ende, das sie ihren Job im KK 11 kosten wird. Es sei denn, sie schafft es, in 48 Stunden in Toronto zu sein. Realistisch gesehen hat sie keine Chance.

*\*\**

Die B 59 ist mit Abstand die hässlichste Bundesstraße, an die Manni sich erinnern kann. Schnurgerade zerschneidet sie eine auf Effizienz getrimmte Agrarlandschaft, der nichts Natürliches geblieben ist. Überlandstromleitungen spannen sich darüber, riesig im Vergleich zu den Häusern, die Manni passiert. »Bundeshauptstadt der Energie«, steht auf einem Schild am Ortseingang von Grevenbroich, in schwarz-rot-goldenen Lettern. Aus den Feldern zur Linken der Landstraße stemmen sich die Braunkohlekraftwerke in den Himmel. Grobe Klötze, aus deren Schornsteinen und Kühltürmen Dampf bläht, ein nicht enden wollendes Gewölk, so zäh, dass es neben den Kraftwerken zunächst Richtung Erde wabert, bevor es doch noch in die Luft gehoben wird und zu weißlichen Kunstwattefahnen zerfranst, die am gleißenden Mittagshimmel die einzigen Wolken bilden. Die Klimaanlage des Vectra hat kapituliert. Die Luft, die durchs offene Fenster dringt, scheint zu brennen und zugleich die Poren zu verkleben. Aus der noch einigermaßen erträglichen, trockenen Hitze der letzten Tage ist Schwüle geworden, und eine Erlösung ist nicht in Sicht, so wenig wie im Fall Jonny Röbel.

Elisabeth Vogt, die Manni nach mehrfachem Klingeln sehr zögerlich die Haustür öffnet und zu ihm aufsieht, wirkt keineswegs verwirrt und ist trotz ihres betagten Alters eine schöne Frau, ganz anders als ihre verkniffen wirkende Tochter. Manni begegnet hellen, wachsamen Augen, registriert viele Falten, ein klares Profil mit gerader Nase und sanft geschwungenen Lippen. Nach dem ersten Klingeln glaubte er, das tiefe Bellen eines Hundes zu hören, doch nun ist es still, kein Hund ist zu sehen. Er reicht der Frau seinen Ausweis. Sie mustert ihn genau, mit weitsichtigen Augen.

»Meine Tochter hat mich angerufen, Sie kommen wegen des Koffers.« Sie gibt ihm den Ausweis zurück, dreht sich um, schreitet voran ins verdunkelte Innere ihres Hauses. Ihr glattes weißes Haar ist im Nacken zu einem Knoten gewunden. Sie hält sich sehr aufrecht, auch wenn man sehen kann, dass ihr das Gehen Mühe macht. Manni folgt ihr in eine Wohnküche, in der es nach Hund riecht, obwohl er immer noch keine Spur eines Vierbeiners entdecken kann.

Die alte Frau nimmt einen blau lasierten Tonkrug, füllt ihn über dem Spülstein mit kaltem Leitungswasser, stellt zwei Gläser auf den Tisch und schenkt ein.

»Der Kinderkoffer Ihrer Tochter ist unsere heißeste Spur zu einem Jungen, der verschwunden ist. Seine Eltern sind verzweifelt, der Junge schwebt vielleicht in größter Gefahr. Wir müssen wirklich sehr dringend herausfinden, wie der Koffer mit dem toten Dackel des Jungen vor die Frimmersdorfer Kirche gelangt ist«, erklärt Manni.

»Ich kann Ihnen nicht helfen. Ich habe den Koffer auf den Sperrmüll getan.«

»Wann?«

»Ich weiß es nicht mehr.«

»Hatten Sie den Sperrmülldienst denn bestellt? So etwas lässt sich ja bei der Gemeinde überprüfen.«

Elisabeth Vogt greift nach ihrem Wasserglas. Sie sieht jetzt unwohl aus. Ihre Hand zittert leicht. Weil sie alt ist oder weil sie etwas zu verbergen versucht? Er hat keine Ahnung, er weiß es nicht, er weiß nicht, was er als Nächstes fragen soll, weiß nur, dass er wirklich sehr dringend Jonny Röbel finden will, ob tot oder lebendig.

Manni steht auf. Elisabeth Vogt beobachtet ihn stumm. Von der Küche führt eine Tür in den Garten. Manni tritt auf eine holprig gepflasterte Terrasse. Ein großer Garten mit Blumenrabatten, Gemüsebeeten und knorrigen Obstbäumen liegt vor ihm. Ein nicht einsehbarer Garten. Das Nachbarhaus steht offensichtlich leer, seine Fenster sind vernagelt, das Grundstück ist verwildert. Auf der anderen Seite gibt es keine Nachbarn. Am Horizont dümpeln Kraftwerkwolken, das rhythmische Tuten einer Werkssirene ist zu hören, das geschäftige Summen von Insekten. Neben der Terrasse lehnen Gartengeräte an der Hauswand. Harke, Spaten, Schaufel. Erdreste kleben daran. Manni betrachtet die Beete. Sie sehen nicht so aus, als seien sie in letzter Zeit umgegraben worden, aber was versteht er schon davon.

Er geht zurück in die Küche. Elisabeth Vogt sitzt noch genauso da, wie er sie verlassen hat. Eine steife Gestalt in einem blauweiß gemusterten Kleid, die schwach nach 4711 riecht. Manni trinkt sein Wasser aus.

»Sie haben also keinen Sperrmülldienst bestellt. Was glauben Sie, was passiert, wenn unsere Kriminaltechniker die Erdreste, die sich an dem Koffer Ihrer Tochter befinden, mit denen an Ihren Gartengeräten und Bodenproben aus Ihrem Garten vergleichen?«

Sie sitzt einfach da und antwortet nicht. In ihren Augenwinkeln schimmern Tränen.

»Frau Vogt? Hören Sie mich? Was glauben Sie, was dann passiert?«

Statt eine Antwort zu geben, stemmt sie sich hoch.

»Haben Sie einen Wagen?« Ihre Stimme ist brüchig und trotzdem beherrscht.

»Kommen Sie mit, ich bringe Sie hin«, sagt Elisabeth Vogt.

***

Die gebackenen Bohnen, die sie zum Frühstück gegessen hat, scheinen in ihrem Magen ein Eigenleben zu entwickeln. Judith dreht sich noch eine Zigarette. Sie hat entschieden zu viel geraucht in den letzten zwei Stunden, die Zigarette schmeckt nicht, aber im Moment ist ihr das egal. Die letzte Möglichkeit, wo David eine Nachricht an sie versteckt haben könnte, war der Plastiksack mit den Vorräten, den er, in einigem Abstand zur Feuerstelle, über Nacht mit einer improvisierten Seilwinde in einen Baum gezogen hat – zur Sicherheit, wegen der Bären. Judith hängt sich das geladene Jagdgewehr über die Schulter und lässt den Proviantsack herunter. Keine Nachricht, nur zwei Pakete Pumpernickel, Kaffee, Teebeutel, Käse, Nudeln, ein Plastikbehälter mit Tomatensoße, Äpfel und eine Flasche Canadian Club Whiskey. Verhungern wird sie also vorläufig nicht und abends kann sie sich betrinken, vielleicht sollte sie damit gar nicht bis zum Abend warten.

Sie geht hinunter zum See und spült die Töpfe sauber. Das Jagdgewehr legt sie griffbereit neben sich. Seit David fort ist, erscheint ihr die Natur überhaupt nicht mehr romantisch – das Wissen, dass in dem Wald hinter dem Blockhaus nicht nur Elche und Waschbären, sondern auch Braunbären leben, sorgt dafür, dass sie sich entblößt fühlt, wie leichte Beute. Braunbären sind sehr scheu, sie greifen Menschen höchstens an, wenn sie sich oder ihren Nachwuchs bedroht sehen, hat David gesagt. Was findet ein Braunbär bedrohlich?

Sie sitzt hier fest, allein in der Wildnis, und außer David weiß niemand, wo sie ist. Weil sie es eilig hatte, weil sie ihm vertraut hat, weil sie blöd war. Weil sie die Warnung der Polizistin Margery Cunningham überhörte und nicht einmal ihr eine Nachricht hinterlassen hat, wohin und mit wem sie unterwegs ist. Stark hat sie sich gefühlt, siegesgewiss, sicher, dass David sie zu Charlotte führen wird. Versessen auf jede Minute mit ihm. Blind ist sie gewesen. Wie lange wird es dauern, bis Margery nach ihr sucht? Wird sie überhaupt suchen? Kaffee und Nikotin legen sich als bitterer Belag auf Judiths Zunge. Sie ist zu wütend, um zu weinen. Oder zu verletzt. Roh kommt sie sich vor. Gehäutet. Filetiert. Vermutlich steht sie unter Schock.

Sie schraubt die Canadian-Club-Flasche auf und nimmt einen Schluck, dann noch einen, den sie als Mundwasser benutzt und wieder ausspuckt. Das Brennen des Alkohols ist geradezu eine Erleichterung. Sie verschließt die Flasche wieder, breitet die Landkarte aus. Zu Fuß durch die Nadelwälder hat sie keine Chance, aber vielleicht gibt es einen Weg mit dem Kanu. Zumindest kann sie ausprobieren, ob ihr Handy auf dem See Empfang hat. Ob es noch weitere Blockhütten an diesem See gibt, Menschen mit Funkgeräten und Ortskenntnis, die ihr weiterhelfen können. Sie studiert die auf der Landkarte mit dem Kreuz markierte Bucht. Im Blau davor liegt eine Insel. Vor ihr, in der Realität, gibt es diese Insel nicht. Stattdessen entdeckt sie einen Eistaucher, der aussieht, als wolle er übers Wasser laufen. Mit wild schlagenden Schwingen pflügt er sich eine Bahn, hebt schließlich schwerfällig ab und verschwindet über den Bäumen.

Judith konzentriert sich wieder auf die Landkarte. Wenn es diese Insel gar nicht gibt, ist die Karte wertlos, dann kann sie sich nicht orientieren. Doch irgendeinen Sinn muss die Karte ja haben. Beinahe wie auf einer Schnitzeljagd kommt sie sich vor. Schon als Kind hat sie solche Spielchen gehasst. Morgen, hat David versprochen, und sie hat keinen Zweifel gehabt, dass er sie zu Charlotte bringen wird, dass er die Wahrheit sagt, nicht den geringsten Zweifel. Sie hat ihm vertraut. Sie hat ihn geliebt. Sie hat es versäumt, ihn nach dem Grund für diese Traurigkeit zu fragen, die sie in seinen Augen zu lesen glaubte. Traurigkeit oder etwas Dunkleres? Jetzt ist es müßig, darüber zu spekulieren. Jetzt muss sie handeln. Vielleicht hat David ja zumindest in Bezug auf Charlotte die Wahrheit gesagt. Vielleicht markiert das Kreuz auf der Karte Charlottes Lager, vielleicht liegt diese Insel ganz in der Nähe, vielleicht wird Judith Charlotte finden.

Sie löscht das Feuer und lädt ihr Gepäck, den Schlafsack, die Dosengerichte, den Whiskey und die Äpfel ins Kanu. Den Rest der Vorräte zieht sie wieder in den Baum, sie will nichts bei sich haben, das tierische Besucher anlocken könnte. Im letzten Moment nimmt sie in der Hütte einen alten Strohhut vom Haken, weil ihr einfällt, dass die Sonnenstrahlung auf dem Wasser intensiv sein wird. Sie verschließt die Hütte und zieht das Kanu ins Wasser. Neben den Steg, auf dem sie gestern beinahe vergessen hätte, dass Glück fragil ist, niemals von Dauer. Das Kanu schwankt beim Einsteigen, und es dauert eine Weile, bis sie mit dem Paddel zurechtkommt. Auf einmal fällt ihr die Digitalkamera ein, die sie in Köln extra für diese Reise gekauft und dann seit ihrer Ankunft in Kanada komplett vergessen hat. Jetzt kramt sie sie hervor und fotografiert den Steg und die Blockhütte. Nostalgie oder Beweisaufnahme, vielleicht auch beides. Sie wendet das Kanu und treibt es mit harten, wütenden Schlägen vom Ufer weg.

Sie ist vertrauensselig gewesen, leichtsinnig, gefühlsduselig. Sie hat sich täuschen lassen. Aber kampflos geschlagen geben wird sie sich nicht.

✳✳✳

Sehr aufrecht sitzt Elisabeth Vogt neben ihm. Eine Gefangene, die Haltung bewahrt und mit knappen Gesten den Weg weist. Durch enge Straßen aus dem Dorf hinaus, über eine Brücke, vorbei an einem Sportlerheim und einem von hohen Fichten umstandenen Hundeübungsplatz. Unmittelbar daneben liegt ein Stromumspannwerk, das Kraftwerk Frimmersdorf ist jetzt ganz nah, ein Gigant hinter Gittern. Güterzüge rumpeln, grüne Metallbänder auf Betonstelzen laufen scheinbar aus dem Nichts zu ihnen hin.

»Förderbänder«, erklärt Elisabeth Vogt.

Sie dirigiert Manni durch einen engen Tunnel, erneut überqueren sie den Fluss, links und rechts des geteerten Fahrwegs stehen nun Bäume.

»Hier«, flüstert die Frau nach einer Weile.

Zu Fuß führt sie ihn einen Trampelpfad hinunter in ein Wäldchen, das hier völlig fehl am Platz wirkt. Bis zum Kühlwasserfluss sind es vielleicht 200 Meter, auf der anderen Seite liegt das Kraftwerk, und aus dieser seitlichen Perspektive erkennt Manni erst, wie riesig es ist, wie viele Kühltürme es hat.

Die alte Frau an seiner Seite beachtet das Kraftwerk nicht. Sie verlässt den Trampelpfad und führt Manni Schritt für

Schritt zwischen den Bäumen hindurch, vorsichtig tastend, als suche sie für jeden ihrer Schritte einen Halt, den es nicht gibt. Schließlich bleibt sie vor einer Stelle stehen, wo die Erde frisch gelockert aussieht.

»Hier«, murmelt sie wieder. »Hier habe ich den Dackel gefunden. Hier habe ich ihn begraben.«

Manni sieht sich um. Junge Bäume und eine alte Frau, die Mühe hat zu laufen und sich dennoch soldatisch aufrecht zu halten sucht, mit dunklen Schweißflecken im Kleid. Nichts ist sonst zu sehen, nicht der Fahrweg, nicht das Kraftwerk. Nur bröckelige, lockere Erde und eine Zeugin mit Angst im faltigen Gesicht.

»Wann haben Sie den Dackel gefunden?«

»Sonntag früh. Ich konnte nicht schlafen, da bin ich spazieren gegangen. Es war etwa fünf.«

Am Sonntagmorgen war der Dackel schon tot. Das kann bedeuten, dass sie seit bald einer Woche in einem Mordfall ermitteln, ohne eine Leiche zu haben. Es kann sogar bedeuten, dass auch Jonny irgendwo hier in diesem Wäldchen liegt. Manni braucht die Spurensicherung, die Hundestaffel, die Sucherei geht von vorne los, diesmal in Frimmersdorf. Er wählt die entsprechenden Nummern, beschreibt den Weg. Elisabeth Vogt beobachtet ihn, wachsam wie ein in die Enge getriebenes Tier. Manni steckt das Handy wieder in die Hosentasche.

»Und Sie sind einfach so hier in dieses Wäldchen gelaufen und da lag der Dackel?«

»Ich bin dann noch mal wiedergekommen und habe ihn beerdigt, in dem alten Koffer. Ich konnte ihn doch nicht einfach so liegen lassen.«

»Und dann?«

»Dann kamen die Berichte in der Zeitung. Von dem Jungen und seinem Hund. Es gab keinen Zweifel, dass das mein Dackel war. Ihm fehlte doch das Ohr.«

»Warum haben Sie nicht die Polizei gerufen?«

Schweißperlen auf ihrer Stirn, Wasser in ihren Augen. »Ich bin doch nur eine alte Frau, sie hätten mir vielleicht nicht geglaubt.«

»Wir hätten das leicht überprüfen können.«

»Ich …«

»Also haben Sie den Koffer vorgestern Nacht wieder ausgegraben und vor die Kirche gelegt.«

»Ich wollte ja nur helfen.«

»Sie helfen uns am allermeisten, wenn Sie die Wahrheit sagen.«

Die Frau schwankt leicht und sieht jetzt sehr blass aus. Blasser als blass.

»Haben Sie hier außer dem Dackel noch etwas gesehen, was Ihnen komisch vorkam? Verdächtig? Sind Sie jemandem begegnet?«

Sie schüttelt den Kopf.

»Trug der Dackel ein Halsband, als Sie ihn fanden?«

Kopfschütteln. All diese Fragen, auf die er keine Antwort bekommt, jedenfalls keine vollständige, manchmal ist er es wirklich leid. Fliegen summen. Elisabeth Vogt sieht jetzt wirklich krank aus. Er fasst sie am Ellenbogen, bugsiert sie zurück zu seinem Wagen. Das, was er von ihr wissen muss, kann sie ihm auch in ihrem Haus erzählen. Was er jetzt wirklich nicht gebrauchen kann, ist eine Zeugin mit Kreislaufkollaps, denn auch wenn er überzeugt ist, dass sie ihm etwas verschweigt, so scheint es doch mehr als unwahrscheinlich, dass Elisabeth Vogt Jonny oder Jonnys Hund etwas zu Leide getan hat. Kein Grund also, den Ortstermin in die Länge zu ziehen. Andere Fragen sind jetzt auch vordringlicher. Wie ist der Dackel nach Frimmersdorf gekommen? Gibt es Zeugen, die in der Nacht von Samstag auf Sonntag ein Fahrzeug bemerkt haben oder sogar verdächtige Personen? Und wieso Frimmersdorf und dieses Wäldchen – der Fundort spricht eindeutig dafür, dass der Täter Ortskenntnis haben muss, denn auch wenn Köln nur etwa 40 Kilometer entfernt liegt, verirrt sich keiner aus Zufall hierher. Doch bislang können sie für niemanden aus Jonnys Umfeld eine Verbindung mit diesem Kaff am Rande des Braunkohletagebaufördergebiets Garzweiler-Süd nachweisen.

Elisabeth Vogt will ganz offensichtlich nicht, dass er sie bis in ihr Haus begleitet. Er lässt ihr keine Wahl, bittet darum, die Toilette benutzen zu dürfen und um ein Glas Wasser. Sie gibt sich geschlagen, schiebt den Schlüssel ins Schloss. Augenblicklich ertönt von innen Hundegebell.

»Sie haben mir gar nicht gesagt, dass Sie einen Hund haben.«

Statt ihm eine Antwort zu geben, fällt sie um. Manni kann gerade noch verhindern, dass ihr Kopf auf den Steinboden schlägt.

\*\*\*

Keine Insel, nicht die Spur eines Menschen, kein Mobilfunknetz. Nichts als Nadelbäume, Felsen, Wasser, Sonne und Stille, die nur hin und wieder vom Schrei eines Eistauchers durchbrochen wird. Judith lenkt das Kanu ans Ufer und zieht es auf einen glatten Felsen, der die Farbe gebleichter Knochen hat. Sie ist schweißgebadet, Arme, Rücken und Knie protestieren schmerzhaft gegen die ungewohnte Beanspruchung. Das Wasser habe Trinkwasserqualität, hat David gesagt, ihr bleibt nichts anderes übrig, als ihm zu glauben. Sie trinkt aus dem See, zieht sich aus, taucht hinein und lässt sich treiben, bis sie sich abgekühlt hat. Vor nicht einmal einer Woche saß sie in Köln in ihrer Ente und hat von einem Waldsee geträumt, während sie vor Charlottes Haus auf Berthold Prätorius wartete. Ihr Instinkt hat sie gewarnt, sie hätte darauf hören sollen, Gas geben, abhauen, solange sie noch konnte. Stattdessen hat sie sich in eine alte Geschichte hineinziehen lassen, aus einem alten Schuldgefühl heraus, das sie längst vergessen hatte, und der See, den sie fand, entpuppt sich als Falle.

Noch einmal studiert sie die Landkarte. Der See ist viele Kilometer lang, leicht nierenförmig gekrümmt, so dass sie keine Weitsicht hat. Sie weiß nicht, wie viele Kilometer sie in einer Stunde zurückgelegt hat, aber David hat behauptet, Charlottes Lager liege in der Nähe seiner Blockhütte. Wenn das nicht gelogen war und das Kreuz den Standort markieren soll, ist sie in die falsche Richtung gepaddelt.

Der Weg zurück erscheint ihr doppelt so lang. Endlich passiert sie Davids Blockhütte, die noch genauso daliegt, wie sie sie am Morgen verlassen hat. Kein Wasserflugzeug liegt am

Steg, und einen winzigen Augenblick ist sie deshalb enttäuscht und muss sich eingestehen, dass sie sich wider besseres Wissen immer noch nach einem Happy End sehnt. Nach David, der zurückkommt mit einer Erklärung, vielleicht auch einfach nur mit einer Flasche Sekt.

Die Wut, gegen ihren Willen festzusitzen und sich das selbst eingebrockt zu haben, treibt sie voran und lässt sie das Brennen in ihrer rechten Hand, wo sich eine Blase bildet, ignorieren. Eine Dreiviertelstunde später sieht sie die Insel, eine dunkel bewaldete Erhebung im Wasser. Sie hält darauf zu und wenig später entdeckt sie auch das grüne Zelt. Der Insel gegenüber unter einer Kiefer, am Rande einer steinernen Bucht, genau wie es auf der Landkarte markiert ist. Ein rotes Kanu liegt umgedreht auf den Felsen, es gibt eine Feuerstelle, daneben einen Baumstamm zum Sitzen und etwas entfernt in einem Baum einen Vorratssack. Trotzdem wirkt das Lager verlassen.

Judith zieht ihr Kanu an Land und überwindet den Drang, sich einfach auf den von einem Bett trockener Nadeln federnden Boden fallen zu lassen. Sie schöpft sich Wasser ins Gesicht, füllt einen Becher und trinkt. Dann klemmt sie das Jagdgewehr unter den Arm und nähert sich der Feuerstelle. Verkohlte Holzreste, kalt, die Asche ist verflogen. Sie ruft Charlottes Namen. Ihre Stimme verhallt über dem Wasser, wird verschluckt von einem Wald, der zu lauschen scheint, als ob die Lebewesen darin schon lange keinen Menschen mehr gesehen hätten und nun erstaunt den Atem anhalten würden, während sie Judith beobachten.

Im Vorzelt findet sie ein Paar solide Wanderschuhe in Größe 42 und einen Campingkocher. Im Zelt selbst liegen mehrere Plastiktüten mit Wäsche, Socken, Outdoorbekleidung und Damenhygieneartikeln. Ein Schlafsack liegt daneben, eine Schwimmweste für Kanuten, eine Taschenlampe und eine Gaslaterne, ein Stapel teils deutschsprachiger Vogelkundebücher und ein Fernglas. In einem der Bücher weist ein Stempel den Besitzer als Professor Wilhelm Simonis aus. Judith nimmt das Fernglas an sich und kriecht wieder ins Freie. Sie ist nun sehr sicher, Charlottes Lager gefunden zu haben. Nichts sieht hier so aus, als sei die Bewohnerin abgereist, und doch ist sie verschwunden.

Judith lädt das Gewehr durch und schießt in die Luft. Dann noch einmal. Wenn Charlotte in Hörweite ist, wenn irgendjemand in Hörweite ist, soll er wissen, dass sie da ist. Sie tritt ans Wasser, betrachtet durchs Fernglas die umliegenden Ufer und die Insel. Keine Bewegung, nichts. Nur grüne Stille. Judiths Verlangen nach Schlaf wird beinahe übermächtig. Schlafen und vergessen: die sinnlose Suche, die Zeit, die gegen sie arbeitet. Und David. Seine Berührungen, wie er sie angesehen und gehalten hat, weich werden ließ, viel zu weich. Sie schwimmt noch einmal, öffnet eine Dose Nudeln in Tomatensoße, löffelt sie kalt, isst einen Apfel, raucht eine Zigarette. Ein Eistaucherpärchen schwimmt in Sicht, taucht ab, taucht wieder auf. Sie beobachtet sie durchs Fernglas, die spitzen Schnäbel, die runden Augen, in denen keine Wärme ist, nur kaltes Feuer.

Die Lebewesen im Wald haben sich nun offensichtlich an ihre Anwesenheit gewöhnt, überall piept, raschelt und surrt es. Es riecht nach vermoderndem Laub und Harz. Etwa 200 Meter hinter dem Zelt findet sie eine Holzkiste, die als Donnerbalken dient, eine Rolle Toilettenpapier klemmt unter dem Deckel. Ist es das, was Charlotte gewollt hat? Keine Menschen mehr, keinen Komfort? Hat sie das wirklich aushalten können, Stunde um Stunde, Tag um Tag, Woche um Woche? Sonnenlicht fällt jetzt auf den Vorratssack in den Bäumen, wahrscheinlich liegt es daran, dass Judith nun erst die Insekten bemerkt. Eine schwarz wabernde Wolke, die den Sack umschwirrt, aufstiebt, sofort zurückkehrt, an der Kunststoffhaut klebt, nicht abläesst, einzudringen versucht.

Langsam bewegt sich Judith darauf zu. Das Seil ist rau in ihren wundgescheuerten Händen, der Knoten zu fest, um ihn zu lösen. Es dauert lange, bis sie das Seil mit dem Taschenmesser durchtrennt hat, dann kann sie es nicht mehr halten und der Sack prallt auf den Boden, mit einem satten, schmatzenden Geräusch. Augenblicklich sind die Insekten wieder da, und jetzt versteht Judith, was sie so rasend macht. Es stinkt widerlich. Vergoren, verdorben. Mit angehaltenem Atem öff-

227

net sie den Sack. Irgendwann waren die Lebensmittel darin sicher genießbar. Doch das ist schon lange her.

*** 

Sie schaukeln. Sie spielen Fangen. Sie spielen Ball. Insgeheim hat Martina immer davon geträumt, Schauspielerin zu sein, aber sie war nicht talentiert genug, keine der Theaterschulen hat sie angenommen, also hat sie nach dem Sozialpädagogikstudium in Laiengruppen gespielt und für die Kinder Theaterprojekte geleitet, doch nie war sie so gefordert wie heute. Jede einzelne Geste, jedes Wort, jedes Lachen ist ein Kraftakt und muss doch echt wirken, natürlich, weil das wichtig ist für Lene und Leander und wahrscheinlich auch für sie selbst. Wichtig. Überlebenswichtig.

Frank hat sich nicht gemeldet und auf seinem Handy erreicht sie ihn nicht. Er muss nachts zurückgekommen sein und ein paar Stunden auf dem Wohnzimmersofa geschlafen haben, doch als sie aufstand, war er schon wieder fort, vielleicht in der Firma, vielleicht bei seinen Eltern. Sind Sie sicher, dass Sie Ihrem Mann vertrauen können? Ja, will sie schreien, ja, ja, ja. Aber während die Kinder mittags schliefen, hat sie nochmals Franks Schubladen durchsucht.

Als der Nachmittag fortschreitet, hält sie es nicht mehr aus und setzt Lene und Leander in den Bollerwagen. Sie protestieren lauthals, wollen lieber mit Roller und Fahrrad fahren, aber Martina setzt sich durch, denn sie hat es plötzlich eilig. Sie besticht die beiden mit Eiswaffeln und dem Versprechen, dass sie Papa abholen und danach unter dem Rasensprenger rumtollen dürfen.

Am Gemeindezentrum klebt ein Schild: »Männergesprächskreis, heute im Garten hinter dem Haus«. Sie setzt sich mit Lene und Leander auf die Bank neben dem Eingang. Jetzt ist sie ganz ruhig. Sie wird sich bei Frank für ihr Misstrauen entschuldigen, sie werden nach Hause fahren, und wenn die Kinder im Bett sind, werden sie reden. Bestimmt gibt es eine plausible Erklärung für die 20 000 Euro. Und dafür, wo er am Samstagnachmittag war. Die ersten Männer kommen um die

Ecke, in Zweier- und Dreiergruppen. Sie legt die Arme um Lene und Leander. »Gleich«, sagt sie, »gleich.« Aber dann kommt niemand mehr, und sie rennen ums Haus in den Garten, der nach Geißblatt und Rosen duftet, aber dort ist nur der Pfarrer, der die Sitzkissen von den Stühlen zu einem ordentlichen Stapel häuft. Ein Mann um die 40, in Jeans und T-Shirt, ein Mann, den sie beide sofort sympathisch fanden, als er Frank zu seinem Vätergesprächskreis einlud, damals, als sie Jonny zu sich nahmen und auf eine neue Weise lernen mussten, eine Familie zu sein.

»Entschuldigung, ich suche meinen Mann. Frank.«

Der Pfarrer sieht sie an.

»Wir wollten ihn abholen.«

»Er ist nicht mehr hier.«

»Nicht mehr hier?«

»Wissen Sie das denn nicht? Seit einem halben Jahr ist er nicht mehr dabei.«

»Lene, Leander!« Ihre Stimme klingt scharf. Sie zerrt ihre Kinder zurück zum Bollerwagen. Der Pfarrer heftet sich an ihre Fersen. »Ich war mir sicher, das hat er mit Ihnen besprochen.«

Lene und Leander merken, dass etwas nicht stimmt. Freiwillig klettern sie in den Wagen, ungewohnt folgsam. Martina läuft los und singt ihnen ein Lied vor, damit sie ihr keine Fragen stellen. Sie ist erstaunt, dass ihre Stimme trägt.

Freitagnachmittags gab es einen Theaterkurs, den sie eigentlich gern besucht hätte. Aber der Gesprächskreis tat Frank gut und sie können die Kinder ja nicht immer bei seinen Eltern parken, also hat Martina verzichtet. Zugänglicher ist Frank durch den Gesprächskreis geworden. Gelassener. Er hat die Kinder nicht mehr so oft angeschrien. Geredet haben sie nicht viel über das, was er bei seinen Treffen erlebte. Er ist nie ein Mann vieler Worte gewesen, und sie hat gelernt, ihn nicht zu bedrängen. Aber ein Teil des Drucks ist durch die Männergruppe von ihm abgefallen, ihre Ehe ist besser geworden. Das hat sie schnell gespürt und das war ihr genug.

Sind Sie sicher, dass Sie Ihrem Mann vertrauen können? Martina singt immer weiter, immer noch ein Lied fällt ihr ein.

Es muss der Schock sein, dass sie das kann. Oder ihr Muttertrieb. Es ist ihr egal, solange die Kleinen Ruhe geben und lachen und sie nicht denken muss.

✳✳✳

Spürhunde, Kriminaltechniker, stickige Hitze. Das Wäldchen neben dem Frimmersdorfer Kraftwerk wimmelt von Polizeibeamten, die Dorfbevölkerung drängelt sich am Absperrband. Die Leiche eines toten Jungen neben ihrem Kraftwerk, das ist eine Sensation, das treibt sie aus ihren Häusern. Das einzige Problem ist, dass es bislang keine Leiche gibt, wenn man von dem Dackel einmal absieht. Mannis Handy vibriert, zum wievielten Mal an diesem Tag eigentlich?

»Du rätst es nie!«, verkündet Karl-Heinz Müller fidel.

»Was?«

»Woran dein Dackel gestorben ist!«

Zu viele offene Fragen, zu wenig Zeit und jetzt auch noch Rätselraten. Immerhin hat sich der Zustand der Zeugin Elisabeth Vogt inzwischen stabilisiert. Pater Lehmann wacht an ihrem Bett, später wird ihn Carmen Vogt mit ihrer Leichenbittermiene ablösen. Es war die beste Lösung, der Hausarzt hat strikte Bettruhe verordnet, ins Krankenhaus wollte die alte Dame aber auf keinen Fall. Barabbas, Barabbas, hat sie wieder und wieder gefleht. Der Name ihres altersschwachen Schäferhunds, wie sich herausstellte. Als Manni sie verlassen hat, lag das Vieh treuergeben neben ihrem Bett und leckte ihre Hand, was Elisabeth Vogt zu beruhigen schien. Vernehmungsfähig wird sie frühestens morgen wieder sein. Manni räuspert sich. Sein Hals ist trocken, er hat zu wenig getrunken und schwitzt wie ein Stier in der Sauna.

»Sag mir, was mit dem Dackel ist, Karl-Heinz, wenn du schon so fragst, komm ich ja doch nicht drauf.«

»Ich geb dir einen Tipp.« Der Rechtsmediziner stößt deutlich hörbar einen Schwall Zigarettenrauch in den Telefonhörer, dann beginnt er offenbar, in die Hände zu klatschen. Ein schneller Rhythmus. Hektisch. Nervtötend. »Dff – dff – dff – dff«, summt er dazu. »Na?«

»Keine Ahnung.« Manni fühlt, wie sich seine Geduld rapide erschöpft.

»Disco.«

»Disco?«

»Techno.«

»Techno? Bitte, Karl-Heinz. Hier ist die Hölle los.«

»Durch die chemisch-toxikologischen Untersuchungen wurde eine akute Beeinflussung durch MDMA zum Todeszeitpunkt nachgewiesen. MDMA 84 ng/ml Serum, um präzise zu sein. Ein Designer-Amphetamin, das auch unter dem Namen Ecstasy gehandelt wird.«

»Jonnys Dackel war auf Droge?«

»Ohne jeden Zweifel. Wie gesagt, wir sind ein rechtsmedizinisches Institut, keine Tierpathologie, diese Untersuchung geschah aus fachlichem Interesse und weil wir nette Menschen sind. Dennoch wage ich es, mich hier festzulegen: Die nachgewiesene Menge MDMA im Blutspiegel des Dackels würde selbst bei einem Menschen einen erheblichen Rausch, wenn nicht gar einen Kreislaufzusammenbruch verursachen, eventuell sogar zum Atemstillstand führen.«

»Ein Technodackel. Ich fass es nicht.«

»Yep. Todeszeitpunkt Samstag oder Sonntag kommt übrigens hin. Was ist mit dem Jungen?«

»Vorerst kannst du wieder Boule spielen, Karl-Heinz.«

Es ist bereits dämmrig, als Manni zum zweiten Mal an diesem Tag vor dem Haus der Stadlers parkt. Martina Stadler sieht endlich einmal nicht so aus, als würde sie frieren. Ihre nackten, nassen Füße stecken in Gummischlappen, das rote Haar ist zu einem Pferdeschwanz hochgebunden, in der Hand hält sie eine Gießkanne. Nur ihr versteinerter Gesichtsausdruck verrät, dass ihre Welt aus den Fugen geraten ist.

»Ich weiß nicht, wo Frank ist«, sagt sie. »Ich weiß nicht, warum er sich nicht bei Ihnen meldet. Es wäre mir lieb, wenn die Kinder nicht mitbekämen, dass Sie schon wieder hier sind. Sie sind gerade eingeschlafen.«

»Wir haben jetzt das Ergebnis aus der Rechtsmedizin. Ihr Hund starb an einer Überdosis der Partydroge Ecstasy.«

Die Ungläubigkeit in ihren Augen wirkt echt.

»Kann es sein, dass Jonny Drogen nimmt?«

»Ausgeschlossen, nein, bestimmt nicht.«

Martina Stadler nimmt zwei Flaschen Bier aus dem Kühlschrank.

»Alkoholfrei«, sagt sie. »Gehen wir in den Garten, ich muss die Blumen noch fertig wässern.«

Manni setzt sich auf die Steinstufen, die von der Terrasse hinab in den Garten führen. Er denkt an Miss Cateye, zum ersten Mal an diesem Tag. Dass es schön wäre, ihr beim Blumengießen zuzusehen, obwohl er doch bislang immer geschworen hat, dass diese ganze Zweierkisten-Alltagsbetulichkeit nichts anderes ist als ein grandioser Erotikkiller. Vielleicht müsste es ja nicht gleich ein gemeinsamer Garten sein, denkt er. Vielleicht hat sie ja sogar schon einen Garten. Er trinkt sein Bier und sieht Martina Stadler zu, wie sie sich den Schaum von den Lippen wischt, die Flasche auf einen Trittstein stellt, welke Blüten abschneidet, gießt und zupft und schließlich den Gartenschlauch aufrollt.

»Ich muss Ihren Mann zur Fahndung ausschreiben, Frau Stadler. Ich brauche ein Foto von ihm.«

Sie nickt abwesend, doch als sie zu sprechen beginnt, ist ihre Stimme sachlich. »Können Sie noch bis morgen warten? Wegen der Kinder. Wenn sich das hier herumspricht, wird das eine Katastrophe für sie, noch eine Katastrophe.«

Auf eine Nacht mehr oder weniger kommt es nun auch nicht mehr an. Ohnehin weist die Ecstasy-Spur eher ins Jugendmilieu. Aber wer weiß, vielleicht hat Jonny wegen der Misshandlungen seines Stiefvaters Drogen konsumiert. Oder der Stiefvater dealt mit Drogen. Oder dieser Petermann, schließlich ist da ja auch noch die Hollandidee, die durch die Drogen neue Brisanz erhält. Manni steht auf. »Das Foto nehme ich aber schon mit.«

Er wartet in der Küche, während Martina Stadler ein brauchbares Bild sucht. Stellt die beiden Bierflaschen nebeneinander auf die Spüle. Denkt an Miss Cateye, an einen weiteren Tag ohne Karatetraining, an seine Eltern und daran, wie sein Vater beim Rasenmähen gewütet hat, damals, als er noch laufen konnte. Wie er geflucht hat und den Rasenmäher an den Rändern in die Blumenrabatten rammte, bis Mannis Mutter ihn weinend anflehte, die Gartenarbeit bitte künftig ihr zu überlassen. Manni fühlt sich so müde wie noch nie.

Es dauert lange, bis Martina Stadler wiederkommt, sie gibt ihm das Foto und ein mehrfach zusammengefaltetes Blatt Papier.

»Einen Tag vor Jonnys Verschwinden hat Frank 20 000 Euro von unserem Konto abgehoben. Ich weiß nicht, warum.«

∗∗∗

Die Sonne hat ihren Zenit überschritten. Längst hat die Insektenwolke Charlottes Vorratssack erobert. Judith lässt es geschehen. Tag, Nacht, Sonne, Regen, Leben, Tod – im Alltag kann man sich darüber hinwegtäuschen, dass man dem ausgeliefert ist, trotz aller technischen Errungenschaften ausgeliefert. Man verflucht den Moloch Stadt, verklärt die Natur und verdrängt, wie wenig man ihr gewachsen ist. Die eigentliche Macht in der Wildnis haben nicht die großen Tiere, hat David gesagt. Im Mai und Juni hältst du es hier kaum aus, die Mücken schlüpfen und fressen dich auf. Im September gibt es dann manchmal stecknadelkopfgroße Gnitten, du siehst sie nicht, aber du fühlst sie. Und du kannst nichts gegen sie tun.

Judith nimmt das Fernglas und sucht die Insel ab. Etwas an ihrer stillen Erhabenheit zieht sie an, je länger sie hier im Lager sitzt, desto mehr. Vielleicht ist es Charlotte ähnlich gegangen, bestimmt hat sie einen Abstecher auf die Insel gemacht. Vielleicht findet Judith da drüben eine Spur von ihr, vielleicht sogar eine Erklärung für ihr Verschwinden. Sie schiebt das Kanu aufs Wasser und hat die Insel nach wenigen Minuten erreicht. Stoische Bäume, knochenweiße Felsen; dort, wo das Wasser an ihnen leckt, sind sie rötlich verfärbt. Geäst ragt aus dem Wasser, von Wind und Wetter entrindet, gebleicht und ineinander verschlungen, ähnelt es einem chinesischen Phantasiedrachen, der die Insel bewacht. Judith macht das Kanu fest und ist sich sofort sicher, dass dies Charlottes Insel ist, ihre Präsenz scheint beinahe greifbar zu sein. Ich fühle es, denkt Judith, Charlotte war hier. Aber im nächsten Moment denkt sie an David und wohin ihr Gefühl bei ihm sie gebracht hat, nämlich geradewegs ins Aus. Gut, dass Manni nicht hier ist, der würde sich schlapplachen über sie. Sie hängt das Jagdgewehr über die Schulter, steigt aus dem Kanu und erklimmt das felsige Ufer. Die Insel ist nicht sehr groß, vielleicht 200 bis 300 Meter lang. Judith kommt nur langsam vorwärts. Sobald sie die Uferzone verlässt, stehen die Bäume dicht an dicht. Die knotigen Wurzeln krallen sich in den Boden, ein stummes Ringen von Pflanze und Fels, ein Ringen um die schiere Existenz.

Draußen auf dem Wasser schwimmt jetzt ein Eistaucher, er scheint Judiths Erkundung zu begleiten, lässt sie nicht aus den Augen, als wolle er sie bewachen. An der westlichen Spitze der Insel sieht sie warum. Ein zweiter Eistaucher hockt dort auf einem Nest, öffnet den Schnabel zu einem stummen Schrei und fixiert Judith dabei mit kalten, roten Augen. Sie weicht zurück, nun doch wieder überzeugt, dass Charlotte hier gewesen sein muss. Wenig später findet sie einen Unterschlupf, gerade groß genug, dass eine Person darin sitzen kann, trockene Fichtenzweige dienen als Sichtschutz, eine dunkelgrüne Plastikplane als Dach. Sie kriecht hinein, späht hinüber zum Nest, wo sich der brütende Vogel allmählich beruhigt. Sie versucht sich vorzustellen, wie es hier im Juni gewesen sein muss, im Regen, als Beute blutstoller Mücken.

Zeit vergeht. Der Eistaucher scheint Judith vergessen zu haben, sein Partner kommt an Land, bewegt sich mit torkelnden Schritten zum Nest. So, von nahem, erkennt sie, wie groß die Eistaucher tatsächlich sind. Die Flügelspanne kann bis zu einem Meter betragen, steht in einem von Charlottes Büchern.

Was hat Charlotte hier in der Wildnis gesucht? Wollte sie wirklich Stoff für ihre Doktorarbeit sammeln und wenn ja, wo sind dann ihre Aufzeichnungen? Judith kriecht aus dem Unterschlupf, versucht, sich lautlos zu entfernen, eine Unmöglichkeit. Die roten Blicke verfolgen sie, scheinen sich in ihren Rücken zu bohren. Sie richtet sich auf, läuft schneller, plötzlich von einer Urangst erfüllt.

Äste auf dem Boden, gestorben, vertrocknet, bräunlich verblichen wie Knochen. Judith bleibt stehen. Sieht genauer hin, mit fliegendem Atem und zugleich schon mit dem geschulten Blick der Kriminologin, die Wadenbeine, Becken, Brustkorb, Schädel identifiziert. Ein Mensch liegt vor ihr. Die Überreste eines Menschen. Das, was Insekten, Vögel und wer weiß was noch für Getier davon übrig gelassen haben.

Judith kniet auf dem Boden, Tränen laufen ihr über die Wangen, stille Tränen. Sie weiß nicht, warum. Sie hat Charlottes Lager gefunden. Sie hat ihre Schulkameradin gefunden. Das, was von ihr übrig blieb. Sie hat jeden einzelnen ihrer Funde fotografisch dokumentiert. Ganz vorsichtig streckt Judith die Hand aus und streichelt Charlottes Schädel.

Sie weiß jetzt, dass David nicht wiederkommen wird. Er ist auf der Flucht.

\*\*\*

Bevor er ins Krankenhaus fährt, macht Manni noch einen Abstecher zum Autobahnrastplatz Königsforst. Der Parkplatz hat etwas mit dem Verschwinden Jonny Röbels zu tun, und er wird nicht aufgeben, bis er das passende Puzzleteilchen gefunden hat. Die Wirklichkeit ist ein Konstrukt, das aus der Summe der Ansichten über sie besteht. Dieselbe Ehe kann für den einen Glück, für den anderen Gefängnis sein. Ein Rastplatz kann ein Rastplatz oder ein Drogenumschlagplatz sein. Und das, was Mannis Mutter als letzte Chance bezeichnet, stellt sich für Manni in der Regel als weit weniger dringlich heraus, auch wenn Ma das vehement bestreitet.

Neben Mr Snacks Imbisswohnwagen parkt ein Lieferwagen. Zwei Männer laden Waren aus, Manni läuft zu ihnen hinüber und wedelt mit seinem Ausweis.

»Wir haben Papiere, alles korrekt, alles sauber«, sagt Mr Snack.

Bei der ersten Vernehmung hat Manni es versäumt, ihn nach seinen Mitarbeitern zu fragen. Ein Anfängerfehler, unverzeihlich. Manni schiebt seinen Ausweis wieder in die Hosentasche. Beide Männer tragen jetzt einen dümmlichen Unschuldslamm-

Gesichtsausdruck zur Schau: Ich tu nichts, ich weiß nichts, ich will nur spielen – eine stinklangweilige Masche.

»'ne Cola hätt ich gern. Kalt«, sagt Manni.

Zögernd steigt Mr Snack in seinen Wagen und fördert eine Flasche zutage.

»Geht aufs Haus.«

Manni sieht Mr Snacks Partner an. »Samstagnachmittag. Waren Sie da hier?«

Der Mann schielt fragend zu Mr Snack.

»Hier ist alles korrekt«, postuliert der.

Manni trinkt einen Schluck Cola. »Ich kann das gern überprüfen lassen, hab einen guten Freund beim Gewerbeaufsichtsamt. Andererseits würde mir eine einfache Auskunft reichen.«

Er legt die Fotos von Jonny und Frank Stadler auf einen der Stehtische. »War einer von denen am Samstagnachmittag hier?«

»Der Junge hatte 'nen Hund dabei«, rattert Mr Snacks Kompagnon los. »Er ist aufs Klo gegangen.«

»Und dann?«

»Weiß nicht. Hab nicht drauf geachtet.«

»War der Junge allein?«

»Ja.«

»Sicher?«

Mr Snack tippt auf Frank Stadlers Konterfei. »Der da hat bei mir eine Flasche Wasser gekauft, aber den Jungen hab ich nicht gesehen. Die meisten Leute bleiben hier an den Stehtischen. Aber der hier«, er tippt erneut auf das Foto von Stadler, »wollte wohl seine Ruhe. Hat sich dahinten an den Waldrand zu einem anderen Typen gehockt und geredet. Da sitzt sonst nie jemand.«

»Geredet. Nur geredet? Oder hat der eine dem anderen was gegeben?«

»Hab ich nicht gesehen.«

»Und der Junge war nicht bei ihnen?«

»Ich hab ihn nicht gesehen.«

»Wie sind die beiden Männer hier auf den Rastplatz gekommen?«

»Weiß ich nicht. Mit dem Auto?«

»Was für ein Auto?«

»Keine Ahnung.«

»Und der Junge?«

Ratlosigkeit steht in ihren Gesichtern.

Manni notiert die Personendaten. »Sie müssen morgen ins Präsidium kommen, wir müssen Ihre Aussagen protokollieren.« Er gibt den Männern seine Visitenkarte. »Rufen Sie mich an, wenn Ihnen bis dahin noch irgendwas einfällt.«

Der Picknicktisch, an dem Stadler und Mister X gesessen haben sollen, liegt wirklich abseits. Alle anderen Tische stehen in der Nähe der Parkbuchten. Vielleicht können die Spurensicherer noch Fingerabdrücke nehmen, vermutlich aber nicht. Der Fall zerrt an ihm, geht ihm an die Nieren, jeder noch so kleine Erfolg birgt sofort neue Fragen und Aufgaben. Wen hat Frank Stadler hier getroffen und warum? Es kann kein Zufall sein, dass zur gleichen Zeit auch Jonny auf dem Rastplatz war. Jonny, der Späher. Jonny, der Mutige, der Kämpfer für Gerechtigkeit. Womöglich hat er seinen Stiefvater beobachtet. Womöglich hat er etwas erfahren, was er nicht wissen durfte, und musste dafür sterben. Wenn er überhaupt gestorben ist. Er muss diesen Jungen finden, verdammt noch mal, ob tot oder lebendig. Er muss Frank Stadler zur Rede stellen, muss ihn dazu vor allem erst einmal finden. Warum soll er das eigentlich alles allein machen, warum gibt es im KK 66 außer der lahmarschigen Bruckner niemanden, der ihn unterstützt?

Mannis Handy beginnt zu vibrieren, eine Bonner Nummer, die ihm vage bekannt vorkommt.

»Herr Korzilius, Manfred Korzilius?«

Der Unterton in der fremden Männerstimme ist wie ein Faustschlag. Manni weiß, was jetzt kommen wird, er kennt diesen Ton, auch wenn er sich plötzlich unbedingt wünscht, dass er sich irrt.

»Es tut mir sehr Leid, Herr Korzilius, Ihr Vater ist vor einer halben Stunde verstorben ...«

»... nicht gelitten, ein zweiter Schlaganfall, letzte Nacht ... hat das Bewusstsein nicht wiedererlangt ...«

Scheiße.

»… Ihre Mutter, Herr Korzilius, es geht ihr nicht gut. Wir haben ihr ein Beruhigungsmittel gegeben. Können Sie möglichst schnell kommen?«

Einmal hat Mannis Vater ihm von einer seiner Fahrten eine ganze Tüte gelbe Gummibärchen mitgebracht. Manni hat sich in seinem Zimmer verkrochen und sie alle auf einmal aufgegessen. Danach war ihm schlecht, er wollte kein Abendbrot essen, sein Vater hat ihm eine geklebt. Später ist Manni aufs Gymnasium gekommen, auch wenn sein Vater das für Zeitverschwendung hielt. Bei der Abiturfeier hat er sich eingebildet, sein Vater sei letztendlich doch stolz auf ihn, aber gesagt hat der Alte nichts, nur zu viel Bier und Klare getrunken. Genau wie bei der Feier zu Mannis Verbeamtung.

Polizist. Schmeißt dein Leben weg. Stolpernde Schritte über die Wiese. Auf den Asphalt, ins Toilettenhaus. Manni torkelt in eine Kabine und kotzt einen klebrigen Schwall Cola und Gyrosreste in die stählerne Toilettenschüssel. Er kotzt, bis er nichts mehr in sich hat und Galle schmeckt, er drischt mit den Fäusten gegen die Wand, bis seine Knöchel blutig sind. Seine Mutter hat Recht gehabt, er kommt zu spät.

Nach einer langen Zeit wäscht er sich schließlich Hände und Gesicht, richtet sich auf, starrt in den Edelstahlspiegel, der sein Gesicht zu einem blassen Zerrbild macht. Blut tropft ins Waschbecken, bahnt sich einen Weg zwischen dreckigen Schlieren. Das ist dein Leben, Mann, da rinnt es dahin. Er kann nicht weinen.

&#42;&#42;&#42;

Die Dunkelheit kommt und mit ihr die Nachtgeräusche. Wieder ist jeder Windhauch erloschen. Der See spiegelt das letzte Abendlicht, dann die ersten Sterne und den Widerschein des Feuers, das Judith am Ufer der Insel entfacht hat. Es gibt keine Spuren auf der Insel, die auf ein Gewaltverbrechen hinweisen. Es gibt keine Spuren an den Gebeinen. Doch welche Sicherheit über die Todesursache kann man haben, wenn mit Fleisch und Gewebe eine Vielzahl Verletzungen und Spuren verschwunden sein können?

Eine Frau allein in der Wildnis. Stunde um Stunde. Tag um Tag. Vielleicht wechselt sie manchmal ein paar Worte mit dem Piloten, der sie mit Vorräten versorgt. Wenn sie Lust dazu hat, paddelt sie zu seiner Hütte, sobald sie sein Flugzeug hört. Wenn sie zu spät kommt, ist er schon wieder weg. Was hat sie gemacht, wenn sie Sehnsucht hatte – nach Worten, nach Berührungen, vielleicht auch nur nach dem Klang ihrer eigenen Stimme in einem Gespräch?

Eine Frau sitzt am Feuer und spricht mit sich selbst. Eine Frau allein in der Wildnis. Eine Frau und ein Mann in der Wildnis, nur er weiß, wo sie ist, sie bezahlt ihn für sein Schweigen, für seine Botenflüge, vielleicht fordert sie etwas von ihm, was er ihr nicht geben will, also bringt er sie um. Vielleicht war es so. Vielleicht hat Charlottes Geschichte mit David genauso begonnen wie Judiths.

Judith trinkt einen Schluck Whiskey. *We're messin' up the world*, singt Manfred Mann. *Messin' up the sea, messin' up you and me*. To mess something up: etwas durcheinander bringen, verhunzen, ruinieren, verderben. Ein Leben, eine Liebe, eine Karriere, die Welt. Judith regelt die Lautstärke ihres iPods hoch und singt mit, immer wieder, immer wieder diesen Song. Weil er sie die Einsamkeit vergessen lässt. Weil er sie durchs Leben begleitet hat, seit damals, als sie das Geld für die Langspielplatte zusammengespart hatte und den Song zum ersten Mal hörte, damals, als Charlotte und sie in eine Klasse gingen und Judith nach der Schule vor den Gesetzen ihrer Klassenkameradinnen in die Sicherheit ihres Zimmers geflohen war, in ihre Musik und ihre Träume. *Messin' up you and me*.

Wenn David für Charlottes Tod verantwortlich ist – warum hat er Judith dann hierher gebracht? Wenn er nichts damit zu tun hat, warum ist er geflohen?

Eine Frau in der Wildnis. Allein. Verrückt. Verloren in einer inneren Welt, nicht mehr erreichbar. Messing up a life. Hoffnung, die zu Chaos wird. War es so? Ist es das, was Charlotte passiert ist?

Kaltes Mondlicht taucht aus den Baumwipfeln. Judith schaltet den iPod aus, lauscht dem Gesang der Eistaucher, wie eine Totenklage erscheint er ihr nun. Und vielleicht ist es gut so: eine Totenklage, und sie, Judith, hält die Totenwache, weil sie etwas gutzumachen hat. Weil Charlotte ihr einmal vertraute.

Judiths Haut brennt von der Sonne, der Luft und dem Feuer. Sie schwimmt noch einmal, das Wasser ist mittlerweile wärmer als die Luft. Schwarzes Wasser, benetzt von Sternen. Sie hat nicht gewusst, dass es etwas so Schönes gibt. Sie hat nicht gewusst, dass man vom Sternegucken besoffen werden kann.

Sie lässt sich am Feuer trocknen, raucht und trinkt Whiskey, in kleinen Schlucken. Betrachtet die Flammen und die schwimmenden Sterne, bis ihr die Augen zufallen. Sie versucht, nicht ans KK 11 zu denken, an Köln, wo es bald Morgen wird, an die Zeit, die sich nicht anhalten lässt. Im Schlaf kommt David zu ihr zurück und sie schreit ihn an, schreit ihm ihre Fragen ins Gesicht, ihre Enttäuschung, ihre Wut. Sie schreit immer weiter, aber er antwortet nicht.

3. Teil

# Glut

# Sonntag, 31. Juli

Sein Schlaf ist bleiern, ein gnädiges Blackout. Das Fiepen seines Handys reißt Manni zurück in das Haus, in dem er aufgewachsen ist. Fußballurkunden und Fotos von seinen Karatemannschaften hängen noch immer an den hoffnungslos spießigen Tapeten. Ein alter Pirellikalender, den zu besitzen er mit Anfang 20 wahnsinnig cool gefunden hat. Lass doch den Jungen, hat sein Vater gesagt, als Mannis Mutter sich darüber ereiferte. Es war, soweit sich Manni erinnern kann, einer der wenigen Anlässe, bei denen Günter Korzilius seinen Sohn unterstützt hat. Sieben Uhr. Manni tastet nach dem Handy. Wann ist er eingeschlafen? Er erinnert sich nicht, irgendwann, nachdem seine Mutter aufgehört hat zu weinen. Der Schlaf hat ihn nicht erfrischt, sondern betäubt. Wie unter einer Glasglocke fühlt er sich.

»Wir haben den Jungen«, meldet Thalbach. Ohne Mannis Reaktion abzuwarten, beginnt sein Chef sofort damit, Koordinaten zu diktieren. Königsforst, Teich, tot, notiert Manni auf der Papprückseite des Pirellikalenders, als er endlich einen Kuli gefunden hat. Und dann die Wegbeschreibung.

»Die haben ein immenses Personalproblem im KK 11«, beendet Thalbach seine Ansage. »Ferien, jede Menge Krankmeldungen und dieser Touristenmörder gibt auch keine Ruhe. Ich hab Millstätt gesagt, du kannst für ihn ermitteln, ab morgen ist dann auch die Krieger dabei.«

Unten in der Küche sitzen seine Mutter und seine Tante, und für einen Moment hat Manni die Vision, dass sie die ganze

Nacht hier auf ihn gewartet haben, zwei traurige schwarze Gestalten. Stumm sehen sie zu, wie er Pflaster aus einer Schublade reißt und seine Fingerknöchel neu verklebt. Der Frühstückstisch ist für drei Personen gedeckt. Kaffee, Marmelade, Honig, Brötchen, Butter, gekochte Eier.

»Sonntagsfrühstück«, sagt seine Mutter. »Es muss ja weitergehen. Nachher wollen wir in die Kirche. Setz dich, Manni.«

Sie hat ihm keine Vorwürfe gemacht, sie hat überhaupt kaum etwas gesagt, seitdem er sie vorgestern Nacht im Krankenhaus abholte. Sie hat sich einfach an ihn geklammert und in wortloser Entschlossenheit leise vor sich hin geschluchzt. Am Morgen ist dann ihre Lieblingsschwester angereist, und nach einer Anstandsfrist hat Manni sich davongeschlichen, um die Fahndung nach Frank Stadler in die Wege zu leiten. Was sich als unnötig herausstellte, der Mann fand sich freiwillig im Präsidium ein.

Ja, gab Stadler schließlich zu, als Manni ihn mit den Zeugenaussagen der Mr Snacks und dem Kontoauszug seiner Frau konfrontierte, ja, er sei am Samstagnachmittag auf dem Autobahnrastplatz gewesen. Er habe einen Freund getroffen, einen sehr guten Freund, der in finanziellen Schwierigkeiten steckte. Das habe er nicht offenbaren wollen, den Freund schützen, deshalb sein Schweigen, das sei doch keine Straftat, nicht wahr? Jonny jedoch habe er nicht gesehen, mit seinem Verschwinden nichts zu tun, mit Drogen erst recht nichts. Ob sie sein Haus durchsuchen wollten? Vorerst nicht, hat Manni zähneknirschend erwidert und Stadler wohl oder übel laufen lassen, nachdem sein Freund dessen Aussage bestätigt hatte. Und auch die erneute Vernehmung von Indianerboss Petermann hat ihn nicht weitergebracht.

Manni setzt sich an den Frühstückstisch, rammt sein Messer in ein Brötchen, bestreicht es mit Butter, zertrümmert die Schale seines Eis, das hart gekocht ist, extra für ihn, seine Mutter mag ihres lieber weich, und diese Fürsorglichkeit macht ihn rasend, auch wenn das unfair ist. Warum kann sie ihn nicht einfach in Ruhe lassen, sich um ihre eigenen Angelegenheiten kümmern? Stumm sieht sie zu, wie er das

Ei zerschneidet, das Brötchen damit belegt, salzt, die andere Brötchenhälfte draufdrückt, aufspringt und eine Flasche Orangensaft aus dem Kühlschrank nimmt. Er hat ihr im Winter verschwiegen, dass er zu den Vermisstenfahndern versetzt worden ist, sie wäre nur besorgt gewesen, und er wollte nicht riskieren, dass sie mit seinem Vater drüber redete. Jetzt kann er ihr nicht erklären, wie wichtig es ist, dass er seine Chance auf Rückkehr ins KK 11 nutzt.

»Ich muss los«, haspelt er in das Schweigen der beiden Frauen. »Ich komme, so schnell ich kann, wieder.«

Der Junge liegt am Ufer eines beliebten Angelweihers, unweit der Schutzhütte, wo er vermutlich mit ansehen musste, wie sein Dackel an einer Überdosis Ecstasy krepierte und dann verstümmelt wurde. Manni geht in die Hocke. Nasse Kleidung, die exakt der Beschreibung aus der Vermisstenanzeige entspricht. Nasses blondes Haar. Ohne Zweifel ist dies Jonny Röbel. Er wirkt merkwürdig friedlich, wenn man von einer geschwollenen Lippe und einem gelblich schimmernden Hämatom unter dem linken Auge absieht, beinahe so, als schliefe er. Keinesfalls wirkt er so, als wäre er schon seit einer Woche tot.

»Wir haben ihn sofort gesehen, als wir hier ankamen«, sagt einer der beiden Zeugen. »Er trieb bäuchlings auf dem Wasser, ganz dicht an dem Schutzhaus für die Enten. Ich bin sofort rein und hab ihn rausgezogen, hab versucht, ihn zu beatmen, war aber zu spät.« Der Mann schluckt. Jetzt erst bemerkt Manni seine nassen Haare und dass er eine Polizeitrainingshose trägt und die Uniformjacke eines Streifenkollegen um die bloßen Schultern gelegt hat. Seine eigene Kleidung hängt tropfend über Sattel und Lenker eines Herrenfahrrads. Im Gras daneben liegen Anglerutensilien.

»Ist Ihnen auf dem Weg an den Weiher jemand begegnet? Ist Ihnen irgendetwas aufgefallen?«

Beide Angler schütteln den Kopf. Höchstens eine Nacht lang könne Jonny unbemerkt in dem Teich gelegen haben. Jogger und Spaziergänger kämen hier quasi ständig vorbei, der Teich werde außerdem intensiv beangelt.

Die Spurensicherer bringen Karl-Heinz Müller mit, der

schon auf einige Entfernung nach Sonnenöl und zitronigem Aftershave duftet und eine Baskenmütze trägt.

»Musst du den Jungen ausgerechnet finden, wenn ich zum Bouleturnier will?«

Ohne Mannis Antwort abzuwarten, streift der Rechtsmediziner Latexhandschuhe über und beginnt mit der ersten Untersuchung des Leichnams. Wie so oft scheint die Arbeit seine Laune zu verbessern. Nach ein paar Minuten beginnt er zu pfeifen, diesmal Hildegard Knefs *Für dich soll's rote Rosen regnen*. Manni weiß aus Erfahrung, dass man Karl-Heinz Müller in dieser sensiblen Phase besser nicht mit Fragen behelligt. Er geht hinüber zu den Spurensicherern, die das Teichufer scannen, auch wenn es kaum Hoffnung gibt, dass sie irgendwas Brauchbares finden werden. Der Boden ist knochentrocken, der Wald wird frequentiert wie ein Freizeitpark. Ein Froschmann bereitet sich darauf vor, das trübe Wasser des Weihers zu erkunden. Vielleicht war der Täter ja dumm genug, dort etwas zu versenken.

Manni kehrt zurück zu Karl-Heinz Müller. Er müsste erleichtert sein, aber er ist es nicht. Dabei hat er noch vor kurzem geradezu gebetet, dass sie den Jungen endlich finden, tot oder lebendig. Dann kam der Anruf aus dem Krankenhaus. Manni drängt die Erinnerung beiseite. Ich muss zu den Stadlers fahren, denkt er. Die Todesnachricht überbringen. Es hat keinen Sinn, das noch länger hinauszuzögern.

»Was ist eigentlich mit deinen Händen passiert, bist du unter die Boxer gegangen und hast die Handschuhe vergessen?« Karl-Heinz Müller fördert einen silbernen Taschenaschenbecher aus der Gesäßtasche seiner Designerjeans und zündet sich eine Davidoff an. Er mustert Manni aufmerksam.

»Frag nicht, wie mein Gegner aussieht.«

Karl-Heinz Müller zieht die linke Augenbraue hoch.

»Was ist mit dem Jungen, kannst du schon was sagen?«

»Ein bis drei Tage ist er schon tot, vorsichtig geschätzt, aber die hat er wohl nicht in diesem Tümpel verbracht, sondern irgendwo, wo es kühl war. Die Totenstarre lässt schon wieder nach, erste minimale Anzeichen von Fäulnis, sehr vermindert ausgeprägte Totenflecke, das ist auffällig.«

»Und was heißt das?«

»Könnte ein Indiz für hohen Blutverlust sein. Entweder durch schwere Verletzungen, die ich jedoch so auf den ersten Blick nirgendwo finde, oder durch innere Blutungen.«

»Innere Blutungen – eine Folge von Drogen?«

Karl-Heinz Müller streift Asche in seinen Aschenbecher. »Über Ursachen spreche ich nach der Obduktion. Wer ist denn zuständig vom KK 11?«

»Ich soll's machen.«

»Allein?«

»Ab morgen mit Judith zusammen.«

Karl-Heinz Müller zieht an seiner Zigarette. Sein Gesichtsausdruck ist unergründlich.

»Wir sehen uns bei der Leichenschau« ist sein einziger Kommentar zum Revival des Teams Krieger und Korzilius.

\*\*\*

Am Tag, an dem sie Jonny finden, wird der Kommissar Manfred Korzilius noch eine Spur ernster gucken, seine Stimme wird tiefer sein, er wird ihren Blick nicht suchen wie sonst. Er wird sie über Jonnys Tod informieren, in angemessen gesetzten Worten, er wird sie bitten, Jonny zu identifizieren, so wie in diesen Fernsehkrimis. Sie wird aufstehen und Jonnys Taschenlampe in ihre Handtasche stecken und mit ihm gehen. Sie wird nicht weinen, sie wird nicht weinen können, egal was die Polizei ihr auch zeigen wird, sie ist sicher, dass sie nie mehr weinen können wird.

So oft hat Martina Stadler sich all das ausgemalt, dass sie von der Panik, die sie ergreift, als sie nun tatsächlich in das ernste Gesicht Manfred Korzilius' blickt, vollkommen überrascht ist. Er legt ihr die Hand auf den Arm, wie um sie zu stützen, eine beinahe intime Geste, und warum auch nicht, denkt sie, wir sind schließlich einen langen gemeinsamen Weg gegangen in der letzten Woche. Er muss sich verletzt haben, auf seinem Handrücken kleben Pflaster, halb aufgeweichte Pflaster, an den Rändern glaubt sie Eiter zu erkennen.

Frank ist mit den Kindern und seinen Eltern im Garten.

Martina schickt den Polizisten in die Küche, wo sie eben begonnen hatte, die Pellkartoffeln für den Kartoffelsalat klein zu schneiden. Sie geht auf die Terrasse, wo Frank und sein Vater sich am Grill zu schaffen machen.

»Frank«, sagt sie, und sie sieht die Angst in seinen Augen, die Ahnung, dass es nun vorbei ist.

Sie dreht sich um, geht zurück in die Küche. Sie hört die unnatürlich helle Stimme ihrer Schwiegermutter, die die Kleinen ruft. Sie hört Franks Schritte hinter sich, steife, widerwillige Schritte. Wie seltsam es ist, dass sie keinerlei Bedürfnis hat, sich an ihn zu lehnen, dass sie sich einem Todesboten näher fühlt als ihrem Mann.

»Es tut mir leid«, sagt der Polizist Korzilius. »Es tut mir sehr leid ...«

Er redet immer weiter, und Martina hört ihn und hört ihn doch nicht, weil er ja nur bestätigt, was sie schon weiß. Ich muss die Mayonnaise in den Kühlschrank stellen, wenn ich gleich zu Jonny fahre, sie verdirbt sonst bei dieser Hitze, denkt sie. Erst Franks Stimme holt sie wieder zurück in die Küche.

»Im Angelweiher nahe der Schutzhütte, sagen Sie? Im Angelweiher haben Sie Jonny gefunden?«

»Ja, warum fragen Sie das?«, erwidert Manfred Korzilius, und Martina erkennt, dass etwas an Franks Tonfall sein Misstrauen erregt. Sie wartet darauf, dass Frank antwortet, etwas vollkommen Plausibles sagt wie: Den Teich haben Sie doch schon durchsucht, deshalb wundere ich mich. Sie sieht ihren Mann an und wartet, aber er schüttelt nur stumm den Kopf und antwortet nicht.

Gestern nach dem Verhör im Präsidium hat er sich bei ihr dafür entschuldigt, dass er ihr nichts von dem Geld gesagt hat, mit dem er Volker aus der Klemme helfen wollte. Tausendmal um Verzeihung gebeten hat er sie und tatsächlich hat sie zu hoffen begonnen, hart ins Gericht gegangen ist sie mit sich, nachts, allein im Garten. Für ihr Misstrauen, für ihren Verrat.

Der Kommissar wartet immer noch auf Franks Antwort, sie kann das in seinen Augen lesen, wie gut sie ihn inzwischen kennt. Aber auch in Franks Augen kann sie lesen, sieht die

Angst darin, Angst, die immer stärker wird, die Angst eines in die Enge getriebenen Tiers. Diese Erkenntnis ist ein Schock, noch ein Schock, sie beißt sich auf die Unterlippe. Es ist nicht zu Ende, denkt sie, ich habe mich getäuscht, es ist überhaupt nicht zu Ende. Frank weiß etwas über diesen Teich, etwas Wichtiges, was er auf keinen Fall preisgeben will. Die 20 000 Euro waren nur die Spitze des Eisbergs.

*＊*

Das Gewitter kommt im Morgengrauen. Wind peitscht Asche in Judiths Gesicht, das Feuer ist erloschen. Sie rafft ihren Schlafsack zusammen, wirft sich den Rucksack über die Schulter. Es kracht und grollt in den Bäumen, rund um die Insel scheint das Wasser zu kochen, nichts ist mehr von den Sternen zu sehen, die sich darin gespiegelt haben. Der Regen fällt plötzlich, wie eine Wand. Harte schwarze Tropfen aus dem Nichts. Judith reißt das Kanu zu den Felsen in ihrem Rücken, dreht es um und macht es zum Dach, indem sie die Kanuspitze in eine Felsspalte schiebt, kauert sich darunter. Die Natur um sie herum tobt, blitzt und brüllt. Es gibt nichts, was sie dagegen tun kann. Selten hat sie sich so ausgeliefert gefühlt.

Als das Gewitter vorüber ist, lässt Judith das Kanu ins Wasser. Die Lebensmittel sind aufgebraucht, die Hoffnung, dass David zurückkommt, verpufft. Wenn sie noch länger untätig neben Charlottes sterblichen Überresten auf Rettung wartet, wird sie verrückt. Judith sticht das Paddel ins Wasser. Auf einmal muss sie an ihren Vater denken, der vor über 35 Jahren den Mut hatte aufzubrechen und dann in Nepal erfroren ist, wodurch seiner Tochter auf immer die Chance genommen wurde, sich an ihn zu erinnern. Alles, was ihr von ihm geblieben ist, ist ein Foto, aus dem sie ihre eigenen Augen ansehen. Ein Toter mehr, der mit ihr verbunden ist und ihr Leben prägt: ihr Vater, Patrick, nun in gewisser Weise auch noch Charlotte und dann natürlich die Toten aus ihrem Beruf. Es muss einen Sinn für ihre Verbundenheit mit diesen Toten geben. Und darüber hinaus einen Sinn zu leben.

Drüben am Ufer wirkt Charlottes Zelt unversehrt. Gestern hat Judith in den Büchern über Eistaucher gelesen. Einsame Vögel, Überbleibsel einer jahrtausendealten Zeit, niemand weiß, warum. Scheue Vögel, die Wasser brauchen, um sich zu ernähren und um zu fliegen, aber an Land kommen müssen, um ihre Art zu erhalten, auch wenn die Natur sie dafür nicht ausgestattet hat und ihre Nester am Boden Feinden aussetzt, die dort immer im Vorteil sind. Archaische Vögel, die die Einsamkeit eines kalten nördlichen Sees brauchen, denen es genügt, sich der Existenz ihrer Artgenossen durch ihren Gesang zu versichern, den der Wind von einem See zum anderen trägt.

Gavia. Vier Arten gibt es, das Hauptverbreitungsgebiet der größten, *gavia immer*, die im Deutschen Eistaucher heißen, ist das nördliche Amerika. Eistaucher – vielleicht war es ja zuerst dieser Name, der Charlotte faszinierte, die Vorstellung eines Lebens im Verborgenen, in einer anderen Welt tief unten am Grund kalter Seen, unter dem Eis. Aber existieren können die Eistaucher unter dem Eis nicht, weil sie nicht nur Wasser brauchen, sondern irgendwann auch Luft zum Atmen.

Seltsame Vögel, denkt Judith. Einsam, scheu, von der Evolution vergessen, wenn man so will. Vielleicht hat Charlotte sich ja auch so gefühlt. Immer und überall fremd – in der Schule, in der Uni, in ihrem Haus, in dem es Platz für ihre Puppen und ihre Eltern gab, nicht aber für sie. Aber was ist dann hier in der Wildnis passiert? Hat sie da erkennen müssen, dass sie wieder nicht dazugehört, ist das der Grund, warum sie jetzt tot ist? Welche Rolle hat David Becker dabei gespielt? Und welche Terence Atkinson? Ohne Atkinson wäre Charlotte nicht nach Kanada gereist. Sie hat ihn geliebt und vermutlich deshalb die Erforschung der Eistaucher zu ihrem Traum gemacht. Hat Atkinson Charlotte getötet? David Becker? Und warum hat sie nie gekämpft? Oder hat sie gekämpft und trotzdem verloren wie ein Eistaucher, der den Menschen zu nahe kommt und am Ende an einer Angelschnur erstickt oder auf der Flucht in einem halbgefrorenen See die Orientierung verliert und unter dem Eis, dessen Kälte er nicht spüren kann, erstickt?

Verdammt noch mal, jetzt werde ich auch noch pathetisch, denkt Judith, ich fange an zu phantasieren, anstatt mich auf die Fakten zu konzentrieren. Sie lässt Charlottes Lager hinter sich, ohne noch einmal an Land zu gehen. Gestern hat sie es noch einmal sorgfältig abgesucht, mehr ist ohne Kriminaltechniker nicht zu machen. Sie kann an diesem Ort nichts mehr tun, nicht für Charlotte und auch nicht für sich selbst. Irgendwie komme ich hier wieder weg, verspricht sie ihrer alten Schulfreundin stumm. Dann werde ich Becker und Atkinson finden, und auch wenn ich die Ermittlungen hier unmöglich leiten kann, werde ich nicht lockerlassen, bis ich weiß, was mit dir geschehen ist. Diesmal lasse ich dich nicht im Stich. Sie paddelt am Lager vorbei, lenkt das Kanu zurück zu Davids Blockhütte. Vielleicht hat sie dort irgendetwas übersehen, etwas, was ihr helfen kann.

Kurze Zeit später gewinnt die Sonne an Kraft, löst die Wolken auf und verschleiert die Oberfläche des Sees mit goldenem Nebel. Es ist unsagbar schön, auf eine kalte Art. Eine erhabene, sich selbst genügende Schönheit, die nichts Tröstliches hat.

Die Hütte liegt genauso da, wie Judith sie verlassen hat. Sie durchsucht sie einmal mehr, akribisch, verbissen, zunehmend wütend und wieder völlig ergebnislos. Vor einer Stunde hat ihr Flugzeug nach Deutschland abgehoben. Die wirklich allerletzte Chance, einigermaßen pünktlich im Präsidium zu sein, ist ein Flug nach Düsseldorf, um 18.30 Uhr ab Toronto. Noch zehn Stunden sind es bis dahin. Viel zu wenig Zeit.

Ruhelosigkeit und Wut treiben sie aus der Hütte zurück auf den Steg. Sie erreicht sein Ende, blickt zurück. Ein paar hundert Meter hinter der Hütte steigt das Gelände leicht an, warum fällt ihr das erst heute auf? Judith schiebt ihr Handy in die Hosentasche, versichert sich, dass das Gewehr geladen ist, hängt es über die Schulter. Der Wald ist dicht, Unterholz reißt an ihrer Hose, die nass und schwer an ihrem Körper klebt.

Mühsam bahnt Judith sich ihren Weg. Schon nach fünf Minuten vermag sie nicht mehr zu sagen, ob sie sich in gerader Linie von der Hütte fortbewegt oder in einem sinnlosen Bogen zurück zum Ufer. Sie stoppt immer wieder, knickt

Zweige um, mustert das Display ihres Handys, registriert mit Befriedigung, dass das Gelände tatsächlich zu steigen beginnt. Dann, wie ein Wunder, eine sumpfige Lichtung und links oben im Display des Mobiltelefons ein winziger Balken, der Empfang verheißt.

Der Akku ist fast leer, ein Balken muss genügen. Wie wunderbar verheißungsvoll das Summen eines Freizeichens ist. Doch statt Margery Cunninghams Stimme meldet sich ein Rauschen. Judith probiert es erneut, mit demselben Effekt. Sie hat keine Wahl, spricht ihre Nachricht ins Leere, bittet um Hilfe, dringend, versucht zu beschreiben, wo sie ist. Verschickt die gleiche Nachricht noch einmal als SMS.

Zeit vergeht, kostbare Zeit. Das Handy bleibt stumm, der Empfangsbalken zittert, mit ihm erlischt die Hoffnung. Judith stolpert zurück zur Hütte und entfacht ein Feuer, um ihre nassen Sachen schneller zu trocknen. Sie isst Pumpernickel aus Davids Vorratssack, brüht Pulverkaffee auf, dreht sich eine Zigarette. Bald wird auch das nicht mehr möglich sein, ihr Tabakvorrat geht zu Ende, sie versucht, die Panik zu unterdrücken, die sie bei diesem Gedanken überfällt. Sie legt nasses Holz auf, entsichert das Gewehr und schießt in die Luft, so wie sie es auch am Vortag immer wieder getan hat, weil selbst die sinnloseste Handlung erträglicher ist als untätiges Warten. Das Echo verklingt, lässt sie allein. Vielleicht hört irgendjemand irgendwann die Schüsse oder sieht den Qualm. Vielleicht hat Margery ihre Nachricht erhalten und ist schon unterwegs. Die Wahrscheinlichkeit ist denkbar gering.

※※※

»The person you've called is momentarily not available«, näselt eine weibliche Kunststimme. Manni drückt die Verbindung weg. Ganz offensichtlich hat Judith Krieger etwas Besseres zu tun, als seine Anrufe entgegenzunehmen. Er überlegt, ob er ihr eine Nachricht auf dem Festnetztelefon hinterlassen soll, entscheidet sich aber dagegen. Wenn sie was von ihm will, wird sie sich melden, das weiß er aus Erfahrung. Und morgen werden sie sich sowieso wiedersehen.

Er erreicht den Stadtteil Rath und parkt vor der Einfahrt zu Petermanns Baufirma. Das Wohnhaus am Rand des Geländes ist ein protziger Klotz mit Erkerturm. Offenbar versteht der Indianerboss seinen Privatbesitz als eine Art Ausstellungsgelände. Zufahrt, Mauer, Eingangsstufen, Fassade und ein Fußweg, der am Haus vorbei in einen weitläufigen Garten führt, sind mit allen nur erdenklichen Materialien aus der Baufirma gepflastert, was der Gesamtästhetik nicht unbedingt dienlich ist.

»Es ist Sonntag, ich wollte gerade ins Camp«, beschwert sich Hagen Petermann, winkt Manni dann aber mit einer gönnerhaften Handbewegung in sein Heim. Manni lässt sich in ein schwarzes Ledersofa sinken, während Petermanns Gattin Mineralwasser auf den Glascouchtisch stellt, um sich dann in den Garten zurückzuziehen, wo die Mittagssonne einen hellblauen Pool in Szene setzt, in den eine fette, madenweiße Marmorputte Wasserrinnsale speit.

»Wir haben Jonathan Röbel gefunden. Er ist tot«, sagt Manni und drängt den Gedanken an Miss Cateye beiseite, der ihn beim Anblick des Schwimmbassins völlig unpassend überfällt.

»Mein Gott«, sagt Petermann. »Tot?«

»Angler haben ihn in einem Weiher gefunden, nicht sehr weit vom Lager der Kölschen Sioux entfernt.«

»Ertrunken?«

»Genaueres wissen wir nach der Obduktion. Wo waren Sie in den letzten 24 Stunden, Herr Petermann?«

»Sie verdächtigen mich?«

»Ich tue meine Arbeit, ich versuche, mir ein Bild zu machen.«

»Wir hatten gestern Abend unser Sommerfest im Camp. Ich war bis etwa ein Uhr nachts dort, mit Monika, meiner Frau. Danach waren wir hier.«

»Und Ihr Sohn?«

»Viktor auch.«

»Die ganze Zeit?«

Petermann steht auf und sieht auf Manni herunter. Manni unterdrückt den Impuls, ebenfalls aufzustehen. Stattdessen lehnt er sich scheinbar entspannt zurück, obwohl er alles andere ist als das. Noch einmal alle Möchtegernindianer befragen, Alibis überprüfen, warten, bis die Spurensicherer ein weiteres Stück Gelände durchsiebt haben, warten, dass sich endlich eine heiße Spur ergibt. Und dann auch noch Jonnys Obduktion. Manni sieht Hagen Petermann in die Augen.

»Warum haben Sie verschwiegen, dass Viktor und Jonny Klassenkameraden waren?«

»Wie ich bereits sagte: Die beiden sind nicht befreundet. Ich dachte, es sei nicht wichtig.«

»Ich muss mit Viktor sprechen.«

Erst sieht es aus, als wolle Petermann widersprechen, dann nickt er knapp und verlässt das Wohnzimmer. Manni sieht aus dem Fenster zum Pool, wo nun Petermanns Frau Bahnen schwimmt, den Kopf weit aus dem Wasser gereckt, vermutlich um Frisur und Sonnenbrille vor Wasserspritzern zu schützen. An ihrem Hals blitzt dezenter Goldschmuck, was vollkommen passend ist. Monika Petermann ist eine typische Vertreterin jener Spezies Frau, die mächtige Männer heiraten, um mit ihnen zu repräsentieren: sonnengegerbt, mager wie eine Bergziege, abgrundtief langweilig perfekt. Petermann kommt mit seinem Sohn im Schlepptau zurück, einem Halbwüchsigen, der sich bewegt, als imitiere er das Gehabe von Möchtegernpromis auf RTL 2. Er ist größer und älter als Jonny, sein Haar ist von wasserstoffblonden Strähnen durchzogen. Pubertät, denkt Manni. Wie habe ich das gehasst: die Peinlichkeiten, die Heimlichkeiten, das ewige Rangeln um Anerkennung. Und doch war es die aufregendste Zeit der Welt.

»Der Kommissar hat Fragen an dich.« In Hagen Petermanns Stimme liegt jetzt eine Schärfe, die Manni vorher nicht wahrgenommen hat.

»Ich würde gern allein mit Viktor sprechen.«

»Setzen wir uns.« Hagen Petermanns Stimme duldet keinen Widerspruch. Zögernd nimmt Viktor auf einer Sesselkante Platz, jeden Blickkontakt mit Manni und seinem Vater vermeidend.

»Was weißt du über Jonny, Viktor?«, fragt Manni.

»Was soll ich über ihn wissen?«

»Er war in deiner Klasse.«

»Und?«

»Viktor.« Hagen Petermanns Stimme ist ein Messerstich. Auf seiner Stirn hat sich eine steile Falte eingegraben. Er mag seinen Sohn nicht, denkt Manni. Er verachtet ihn. Oder bin ich jetzt schon so durch den Wind, dass ich überall meine eigene Geschichte zu sehen glaube?

»Jonny war nicht in meiner Clique.« Immer noch blickt Viktor zu Boden.

»Sondern?« Manni lehnt sich vor.

»Keine Ahnung, Mann.«

»Tim Rinker.«

Zum ersten Mal sieht Viktor Manni an. Verunsichert? Erschrocken? Wütend? Bevor Manni das entschieden hat, sinkt Viktors Blick wieder in Richtung Teppich.

»Tim Rinker war mit Jonny befreundet«, wiederholt Manni. »Wer noch, Viktor?«

Schulterzucken.

»Warum niemand aus eurer Klasse? Warum nicht du?«

Noch mehr Schulterzucken. Und viel mehr ist aus Viktor nicht rauszuholen, trotz der zunehmend gereizten Ermahnungen seines Erzeugers oder – was wahrscheinlicher ist – gerade wegen dieser Ermahnungen. Hatte Jonny eine Freundin? War er beliebt? Unbeliebt? Noch mehr Schulterzucken, nein, Mann, keine Ahnung, Mann. Nahm Jonny Drogen? Nimmt irgendjemand in der Bertolt-Brecht-Schule Drogen? Mit Sicherheit ist das der Fall, denkt Manni, doch wie soll Viktor das zugeben, solange sein Vater neben ihm sitzt? Wieder blitzt die Erinnerung an Mannis eigene Pubertät auf. Wie er seine Eltern angelogen hat, ihnen verschwieg, wie es ihm ging und was er tat, wie das nach erstaunlich kurzer Zeit zu einer Selbstverständlichkeit wurde.

Kurz nach seinem vierzehnten Geburtstag hat sich seine Welt von der seiner Eltern entfernt, sie sind zu Bewohnern zweier Planeten geworden, die unabhängig voneinander existieren: nebeneinander und doch immer fremd. Und nun ist ein Teil dieses anderen Planeten verglüht, bevor Manni ihn besuchen konnte, ja bevor er entschieden hatte, ob er ihn überhaupt besuchen wollte. Nun sitzt er unverhofft fest in einer Welt, in der Entscheidungen persönliche Konsequenzen haben und zu spät tatsächlich zu spät bedeutet. Natürlich hat er das schon lange gewusst, aber jetzt ist es plötzlich real.

Wer war Jonny wirklich? Immer noch kann Manni diese Frage nicht vollständig beantworten. Aber das muss er, das muss er ganz dringend, wenn er Jonnys Mörder stellen will.

»Frank Stadler hat sich letzten Samstag mit einem Freund getroffen«, sagt er zu Hagen Petermann. »Mit Volker Braun. Kennen Sie ihn?«

»Flüchtig. Er war bis vor einem Jahr bei uns im Club.«

»Warum ist er ausgetreten?«

Jetzt zuckt Petermann senior mit den Schultern, eine unwillkürliche Parodie seines Sohnes, dessen Aufsässigkeit ihm soeben noch missfallen hat.

»Volker hat, glaube ich, ein Haus gekauft und von Grund auf saniert, in Eigenregie, er hatte keine Zeit mehr«, sagt er schließlich.

»Sie kennen Volker Braun also nicht näher, auch wenn er in ihrem Club war? Wie viele Jahre eigentlich?«

»Vier Jahre. Aber wir haben über 50 aktive Mitglieder, man kann nicht mit allen eng befreundet sein.«

»Haben Sie Volker Braun am letzten Samstag gesehen, als sie im Wald spazieren gegangen sind?«

»Ich sagte doch bereits, ich habe niemanden gesehen, den ich kannte.«

Zum ersten Mal hebt Viktor den Kopf und einen Moment lang sehen sich Vater und Sohn in die Augen, doch wenn dieser stumme Blick eine Botschaft transportiert, kann Manni sie nicht entschlüsseln.

»Wo warst du eigentlich letzten Samstag, Viktor?«, fragt er.

»Bei 'nem Kumpel.«

»Nicht im Indianercamp?«

»Nein, Mann.«

»Oder im Königsforst?«

Ein schneller Seitenblick zu seinem Vater. »Nein!«

»Erzähl mir, was ihr gemacht habt, du und dein Kumpel.«

»Wir ham nix gemacht, nur so rumgehangen.«

»Wo? Wie heißt dein Kumpel?«

»Sag es ihm, Viktor«, schaltet sich Petermann senior ein. »Antworte bitte in ganzen Sätzen.«

»Wir warn bei Ralle«, noch ein Seitenblick zu seinem Vater, der die Lippen zusammenpresst, als wolle er sich am Sprechen hindern.

»Ich brauche den vollständigen Namen«, sagt Manni.

»Ralf Neisser.«

»Ein Junge von eurer Schule?«

»Er wohnt in der Nähe.«

»Heißt das ja oder nein?«

»Ralle geht nicht auf die Brecht.«

»Viktor ist natürlich auch mit Jugendlichen vom Gymnasium befreundet«, meldet sich Hagen Petermann zu Wort. »Er hat zum Beispiel eine sehr nette Freundin, Ivonne Rinker, aus seiner Klasse. Du hast sie doch getroffen, am Samstagabend?«

Zum ersten Mal hat Manni keine Schwierigkeiten, den Blick, den Viktor seinem Vater zuwirft, zu verstehen. Er guckt, als wolle er ihn am liebsten knebeln. »Hab ich«, nuschelt er schließlich.

»Ivonne ist die Cousine von Jonnys bestem Freund Tim Rinker, richtig?«, fragt Manni.

Einen Augenblick lang sieht Viktor Manni in die Augen. Misstrauisch, abweisend. Dann starrt er erneut auf den Glascouchtisch und zuckt mit den Schultern.

»Ja, na und?«

Er wird einen anderen Zugang zu Viktor finden müssen, ohne Eltern und Lehrer. Er muss einen Weg in die Welt der Schüler finden, wenn er etwas über Jonny erfahren und diesen Mordfall lösen will. Gelingt ihm das nicht, wird ein Unglück geschehen, noch ein Unglück. Manni weiß nicht, warum er davon auf einmal so überzeugt ist, er weiß nur, dass er sich nicht irrt.

***

Erdbeerkuchen mit Schlagsahne. Schokoladentorte. Kaffeegeruch. Das Klappern von Geschirr. Die vertrauten Stimmen der Erwachsenen – längst nicht so fröhlich wie sonst, wenn die Familie Rinker zu einer Geburtstagsfeier zusammenkommt, sondern gedämpft. Gedämpft wegen Jonny, seinem Freund Jonny. Dem er vertraut hat, an den er geglaubt hat, der ihn im Stich gelassen hat und jetzt tot ist. Tim starrt auf das Stück Erdbeerkuchen auf seinem Teller, das von Minute zu Minute größer wird, sich aufzublasen scheint wie ein Igelfisch, der sich gegen einen Angreifer rüstet. Nur dass Tim sich nicht wie ein Angreifer fühlt, sondern leer, als sei er tot wie Jonny, dessen Messer, wie ein allerletzter Gruß, immer noch in Tims Bettkasten bei den Seeigeln liegt, weil er zu feige ist, es zu benutzen.

»Du isst ja gar nichts, Timmy.« Seine Tante streicht ihm über den Kopf und klatscht einen Löffel Sahne neben sein Kuchenstück. »Jetzt rutscht es sicher besser.«

Gehorsam sticht Tim in den Kuchen und schiebt sich ein Stück in den Mund, das augenblicklich zu einer süßen Masse aufzuquellen scheint, die ihn zu ersticken droht. Er sehnt sich plötzlich nach Dr. D., der so gern Sahne schleckte und Eis, mit seiner feuchten, rauen Zunge. Er fühlt die Blicke seiner Cousine Ivonne auf sich. Seit Tim und seine Eltern angekommen sind, lässt sie ihn nicht aus den Augen, taxiert ihn, sobald sie sich unbeobachtet fühlt. Schlange, denkt Tim, falsche Schlange. Machst hier einen auf liebe Tochter, spielst Klavierständchen für deinen Vater und bist nett, aber mir kannst du nichts vormachen, ich weiß, wie du wirklich bist.

Endlich ist das Kaffeetrinken vorbei, Ivonne verabschiedet sich mit einem strahlenden Lächeln, um für ein Stündchen einer Freundin bei den Hausaufgaben zu helfen. Sie wirft Tim einen warnenden Blick zu, als sie das sagt. Als ob er vorhätte, sie zu verpfeifen. Als ob das irgendetwas bringen würde, selbst wenn er es täte. Im Zweifelsfall wird immer Ivonne gewinnen. Ihm würden sie sowieso nichts glauben.

Die Erwachsenen öffnen jetzt Sekt und prosten sich zu, Tim kann spüren, wie sie darauf brennen, über Jonny zu sprechen, über Jonny, Ivonne und Tim. Erwachsenengespräche.

»Geh doch in Ivonnes Zimmer und hör eine CD, wenn du dich langweilst, Timmy, sie hat sicher nichts dagegen«, schlägt seine Tante vor.

Die anderen nicken und lächeln. Er kann spüren, wie sehr sie sich wünschen, ihn los zu sein.

Er steht auf, geht zur Toilette, hockt auf dem Klodeckel und hört durch das angelehnte Fenster, wie sie die Gläser klirren lassen und sich warm reden, bis sie schließlich über ihre Sorgen sprechen, in diesem gepressten Tonfall, der signalisiert, wie hart das Leben ist und dass sie es natürlich trotzdem meistern.

»... Tim ist so sensibel, nimmt sich alles so sehr zu Herzen ... und jetzt auch noch Jonnys Tod.«

»Schrecklich, einfach schrecklich.«

»... hoffentlich beginnen jetzt nicht wieder seine Probleme in der Schule ...«

»Bei Ivonne hat sich das ja seit dem Schulwechsel zum Glück gegeben ... aber wie anstrengend das vorher war, ständig dieses Geheule über ihre Mitschüler, die sie angeblich nicht mögen.«

»... na ja, zum Schluss ist das ja wirklich eskaliert.«

»... zum Glück vorbei.«

»Bei Tim auch. Regelrecht bekniet hat er uns, diesen Polizisten nichts zu verraten von den früheren Hänseleien, weil das erledigt ist, sagt er.«

Ivonnes Zimmer ist riesig, viel größer als Tims. Sie hat ein Himmelbett, eine weißlackierte Schminkkommode mit dreigeteiltem Spiegel, eine superteure Stereoanlage und sogar einen eigenen Fernseher mit DVD-Player. Tim blättert durch die CDs. Silbermond, Robbie Williams, Pink – Mädchenkram. Über dem Schreibtisch sind Fotos an ein Magnetbord geheftet. Ivonne, Viktor und Ralle – Arm in Arm. Schnappschüsse von einer Klassenfahrt: die ganze Klasse, Jonny steht hinten rechts und sieht nachdenklich aus. Ivonne mitten in einer Mädchenclique, lauthals lachend, das schönste Mädchen der Schule.

Früher ist das anders gewesen. Früher haben Tim und sie sich öfter besucht und sich alles anvertraut, was sie bewegte.

Sie haben zusammengehalten, und Tim hat sich gefreut, als Ivonne auf seine Schule wechselte. Doch das Mädchen, das nach den Sommerferien auf den Schulhof trat, war ein anderes als die Cousine, die er kannte. Cool, taff, schlagfertig, modisch gekleidet. Wie Luft hat sie ihn behandelt, tat so, als hätte es all die vielen Stunden und Geständnisse in ihren und Tims Zimmern niemals gegeben. Da, noch ein Foto, von derselben Klassenfahrt, halb verdeckt von einer Pferdepostkarte. Ivonne und Jonny. Sie im Profil, und er guckt sie an, als sei sie etwas ganz Besonderes, etwas Kostbares, als sei er ihr Freund. Jonny, du Verräter.

Das Gedudel eines Handys holt Tim zurück in die Gegenwart. Ivonne hat ihr Handy vergessen, Tim findet es in der Hosentasche einer Jeans, die neben dem Himmelbett auf dem Boden liegt. Vorsichtig hebt er es hoch. Es dudelt jetzt nicht mehr, das Display verrät, dass der Anruf von der Mobilbox kommt, die eine neue Nachricht meldet. Ivonnes Handy. Tim geht zum Fenster, wo die Erwachsenen inzwischen die zweite Flasche Sekt geöffnet haben. Er schleicht zur Zimmertür, öffnet sie und lauscht. Alles still. Nichts zu hören von einer Ivonne, die frühzeitig zurückkommt, weil sie ihr Handy vermisst. Soll er oder soll er nicht? Seine Finger drücken bereits auf die Handytasten, bevor Tim seine Entscheidung getroffen hat. Mit klopfendem Herzen presst er das Handy ans Ohr.

»Hey, Baby, wo bleibst du?«, hört er Viktors Stimme. »Ich warte auf dich. Und noch mal: Samstagabend vor 'ner Woche, da warn wir zusammen, ja? Sag das, wenn jemand dich fragt. Mein Alter flippt sonst aus, du weißt, wie er Ralle hasst.«

Vik, der große, coole Vik hat Angst vor seinem Vater. Die Erkenntnis ist so überwältigend, dass Tim sich hinsetzen muss. Mobilboxnachrichten. Eingehende SMS, gesendete SMS. Immer tiefer klickt er sich in die Welt seiner Cousine, bis er sich schließlich nicht mehr ganz so machtlos fühlt. Bald lassen sie dich in Ruhe. Vielleicht hat Jonny ja trotz allem Recht, vielleicht gibt es einen Weg. Doch dann findet Tim die Bilder, sieht seine Schmach, hört wieder ihre Stimmen, stellt sich vor, wie Ivonne diese Bilder gesehen hat, was sie gesagt hat, wie sie gelacht hat. Gelacht über Tims Erniedrigung. Wie sie ihn vorhin gemustert hat. Wie soll er ihr jemals wieder in die Augen sehen? Er drückt auf »Löschen«, ein lächerlicher Versuch, seine Schmach auf diese Weise ungeschehen zu machen. Heulsuse. Arschkriecher. Rinkerstinker. So ein kleiner Pimmel.

Tim schiebt das Handy zurück in Ivonnes Hosentasche. Wie viele Handys gibt es in der Schule? Wie viele seiner Mitschüler haben diese Bilder schon gesehen? Wie viele werden sie noch sehen? Nichts wird sich jemals ändern für ihn. Jonny hat gelogen, er hatte keine Macht. Und jetzt, wo Tim das endlich begreift, ist es zu spät.

* * *

Auf Glück folgt Unglück, auf Leben Tod, und dann beginnt alles wieder von vorn, anders, vielleicht sogar besser, zumindest für jene, die daran glauben können. Aber Glauben hat keinen Platz im Leben einer Kriminalhauptkommissarin, deren Tagesgeschäft sich Leichensachbearbeitung nennt. Judith zündet eine Zigarette an. Noch fünf Zigaretten, dann ist ihr Tabakvorrat zu Ende. Sie liegen vor ihr, fertig gedreht. Fünf Zigaretten. Fünf kleine Ewigkeiten des untätigen Wartens. Auf der Tarotkarte Tod durchtrennt das schwarze Skelett mit der Sense Marionettenfäden, die es an etwas binden, was überholt ist und vergehen muss. Ist Charlottes Tod ein Beginn? Und wenn ja, von was?

Brummen. Tief. Unnatürlich. Ein Flugzeug. So überraschend, dass Judith erst verspätet reagiert. Dann springt sie auf, stößt Holz ins Feuer, rennt auf den Steg, den Blick in den Himmel gerichtet, sieht den silbrigen Leib tief über dem See, winkt und schreit. Das Flugzeug landet, bewegt sich auf sie zu. Zwei Männer sitzen im Cockpit. Nicht David. Fremde Männer. Das Flugzeug dreht bei, der Motor verstummt, die Tür schwingt auf. Einer der Männer springt zu Judith auf den Steg, macht das Flugzeug fest. Noch eine Gestalt wird jetzt im Cockpit sichtbar. Klein und blondlockig. Springt mit einem lässigen Satz auf den Steg.

»Are you okay?«, fragt die Kommissarin Margery Cunningham mit ihrer Barsängerinnenstimme, und nur die steile

Falte zwischen ihren Augenbrauen verrät, dass ihr Abstecher in die Wildnis kein Sonntagsausflug ist und dass sie Judiths Alleingang keinesfalls witzig findet. Schon vor Judiths Hilferuf habe sie sich ihre Gedanken gemacht. Seit Tagen stehe Judiths Mietwagen vor David Beckers Haus, von Becker selbst fehle jede Spur, erklärt sie knapp.

»Er hat mich hierher gebracht, dann ist er verschwunden«, sagt Judith, und jetzt, wo sie das ausspricht, fühlt sie nicht mehr nur Wut, sondern auch Schmerz. Aber das muss warten, darum geht es nicht, denn sobald sie ihren Bericht beendet hat, fordert Margery Cunningham über Funk Verstärkung an und macht deutlich, dass sie Judith als Kronzeugin für ihre Ermittlungen in einem ungeklärten Todesfall betrachtet.

»Ich weiß, dass ich hier bleiben müsste, aber ich muss nach Deutschland fliegen, heute Abend noch. Ich werde die Ermittlungen von dort aus unterstützen, wie ich nur kann«, sagt Judith, als sie Charlottes Insel erreichen. »Bitte, Margery.«

Lange sieht es so aus, als wolle die kanadische Kollegin ihr keine Antwort geben. Schweigend folgt sie Judith zu der Stelle, wo Charlottes sterbliche Überreste ruhen. Schweigend geht sie in die Hocke. Erst als sie alles genau in Augenschein genommen hat, sieht sie zu Judith auf, abwägend, ein Erzengel im Karohemd.

»Terence Atkinson hat zugegeben, dass er Becker beauftragte, Charlotte Simonis hierher zu bringen. Sie muss ihm ganz schön zugesetzt haben. Stalking. Seine Ehefrau war verständlicherweise außer sich. Aber er schwört, dass er nichts mehr von Charlotte hörte, seit Becker sie hierher brachte.«

»Er hat sie mal vom Motel abgeholt.«

»Sie waren essen. Danach hat er sie wieder ins Motel gebracht. Dafür gibt es Zeugen.«

Margery steht auf, ohne den Blick von Judith zu wenden. »Wir müssen David Becker finden.«

Einen Augenblick fühlt Judith noch einmal die Wärme in ihrem Körper, als David ihre Hand berührte und sie ansah mit diesem Blick, der so vertraut war und zugleich schon Abschied in sich barg.

»Du musst uns helfen, Becker zu finden«, sagt Margery Cunningham. »Jedes Detail, an das du dich erinnerst, kann wichtig sein.«

Wärme, so viel Wärme. Konturen eines fremden Körpers an ihrem eigenen Körper, für sie geschaffen, erdend, tröstend, Glück verheißend. Der Geruch salziger Haut, der Blick in die Sterne, das Gefühl, die Zeit überwinden zu können, den Lauf der Zeit. Das Gefühl, alles überwinden zu können. Vergiss das nicht.

»Du musst kooperieren«, wiederholt Margery Cunningham.

»Ich weiß«, antwortet Kriminalhauptkommissarin Judith Krieger. Zwei Worte nur. Worte, die bitter schmecken.

*\*\**

Karl-Heinz Müller hat es sich nicht nehmen lassen, die Obduktion zu leiten, das verpasste Bouleturnier scheint ihn nicht mehr zu kümmern. Ungewöhnlich ernst gehen er und die beiden assistierenden Ärzte ihrem Job nach, jetzt, nachdem die Spurensicherer den Jungen endlich freigegeben haben. Große Leichenschau – warum eigentlich Schau?, überlegt Manni. Das ist doch hier kein Varietétheater, wo die Toten tanzen. Er drängt die Erinnerung an seinen Vater beiseite, den Urinbeutel am Infusionsgalgen – Galgen, noch so ein absurd makabres Wort –, die weißen Speichelbläschen in den rissigen Mundwinkeln, die Worte, die sich nie mehr zurücknehmen lassen.

Der Rechtsmediziner ist jetzt mit der äußerlichen Begutachtung fertig. Nur schwach ausgeprägte Totenflecke auf der rechten Seite. Keine Stich- oder Schusswunden, keine Würgemale, schon vorab haben die Röntgenaufnahmen offenbart, dass es keine frischen Knochenbrüche gibt. Nackt, blass, leicht gelblich liegt Jonny Röbel auf dem Stahltisch und wirkt beinahe unversehrt. Wären da nicht die Blutergüsse an Armen, Beinen und im Brustbereich, der gelbbräunlich schimmernde Bluterguss an seinem linken Auge, die aufgesprungene Lippe, die jedoch so aussieht, als habe sie schon vor seinem Tod zu heilen begonnen. Woher all diese Prellungen? Hat Jonny

Röbel, der Späher, der Kämpfer für Gerechtigkeit, sich vor seinem Tod geprügelt?

Karl-Heinz Müller macht sich jetzt am Brustkorb zu schaffen.

»Denk an die Angehörigen«, murmelt Manni völlig unpassend, denn eine Leichenschau unterliegt ihren eigenen Ritualen, und das schichtweise Abtragen der Haut, die Öffnung des Körpers, die Entnahme der Organe, bis der Tote kein Geheimnis mehr hat, ist nun einmal ihr Sinn. Karl-Heinz Müller wirft Manni einen prüfenden Blick zu und Manni zwingt sich zu einem Grinsen. In seinen Augen ist es jedes Mal ein Wunder, dass Karl-Heinz die Kandidaten am Ende einer Obduktion wieder so zusammenflickt, dass sie einigermaßen präsentabel sind. Ihm bleibt nichts übrig, als auch diesmal auf die Künste des Rechtsmediziners zu vertrauen und unterdessen möglichst wenig an Martina Stadler zu denken. Die Klimaanlage summt leise, es ist, als ob Manni niemals weg gewesen wäre von hier, auch wenn die letzte Obduktion, der er beiwohnte, über ein halbes Jahr zurückliegt. Die schöne Darshan. Auch noch beinahe ein Kind. Wie damals hat Manni wieder das Gefühl, jeden Kontakt zur realen Welt zu verlieren. Tag, Nacht, Sommer, Winter – hier unten im Obduktionskeller des Rechtsmedizinischen Instituts gibt es nur drei stählerne Tische, gekachelte Wände, Neonlicht und Abflüsse. Hier unten hört man nur das Sirren der Knochensägen, das Klappern der Instrumente, das lateinische Fachkauderwelsch, das die Obduzenten ins Mikrofon sprechen, das leise Quietschen von Gummisohlen auf dem grau gefliesten Boden.

Karl-Heinz Müller unterbricht sein Gebrabbel und richtet sich auf. »Kein Wasser in der Lunge.«

Also nicht ertrunken. Manni räuspert sich. »Hinweise auf Drogen?«

»Warten wir die Ergebnisse der Toxikologie ab.«

Warten, na klar. Mannis Mund ist trocken, sein letztes Fisherman's hat sich aufgelöst, er hat vergessen, Ersatz zu kaufen, er ist nicht zum Mittagessen zu seiner Mutter gefahren und auch nicht zum Kaffee, er weiß nicht einmal, ob er es zum Abendbrot schaffen wird, denn eine Leichenschau dauert, und außerdem war er so blöd, Martina Stadler zu versprechen, dass sie Jonny nach der Obduktion noch einmal sehen darf. Er hat seine telefonische Entschuldigung in das Schweigen seiner Mutter gesprochen, wie schon so oft. Die Arbeit, Ma, du weißt doch, wie das ist, es ist wirklich wichtig, ich beeile mich, tut mir leid.

Karl-Heinz Müller deutet auf einen halbmondförmigen Bluterguss unter Jonnys Rippen.

»Könnte ein Schuhabdruck sein.«

Vorsichtig vermisst er die Prellung, zieht dann Hautschicht für Hautschicht ab, die sein Assistent akribisch konserviert. »Hämatom, Einblutungen«, versteht Manni, der Rest ist Fachchinesisch. Das Skalpell öffnet die Bauchhöhle, nichts ist für Mannis Augen zu erkennen, nur stinkendes, schwarzrotes Blut, doch Karl-Heinz pfeift ein paar Takte von Queen, als habe er soeben im Lotto gewonnen.

»Massive innere Blutungen«, erklärt er schließlich. »Deshalb haben wir auch diese eklatant unterentwickelten Totenflecken.«

Innere Blutungen – Manni lehnt sich an einen ungenutzten Obduktionstisch, während Müller und einer seiner Assistenten in Jonnys Leib herumtupfen, schneiden, Organe herausheben und wiegen. Innere Blutungen – was um alles in der Welt hat das nun wieder zu bedeuten? Ist Jonny Röbel womöglich gar nicht umgebracht worden, sondern an einer Krankheit gestorben? Aber wer hat ihn dann in den Teich geworfen? Wo war er, bevor er starb? Dass er nicht viel länger als 48 Stunden tot sein kann, scheint immerhin einigermaßen klar zu sein.

»Im Magen befinden sich halbverdaute Reste von etwas, was eventuell Hackfleisch und Tomatensoße gewesen sein könnte«, sagt Karl-Heinz Müller. »Spaghetti Bolognese, vielleicht auch ein Hamburger, ich geb eine Probe ins Labor.«

Gift? Drogen? Abwarten ist die Devise. Manni steht auf, starrt in die blutige Bauchhöhle. Merkt, wie sein leerer Magen bei diesem Anblick rebelliert.

»Bin gleich wieder da«, sagt er. Die drei grün bekittelten Männer beachten ihn nicht, sind jetzt vollkommen in ihre Arbeit vertieft, setzen die Säge auf Jonnys Stirn. In der Toilette im Parterre schöpft Manni sich kaltes Wasser ins Gesicht, es weicht die Pflaster auf seinen Händen auf, augenblicklich beginnen seine Knöchel, schmerzhaft zu pochen. Sein Gesicht wirkt grünlich im Neonlicht. Manni geht nach draußen, starrt auf den Waschbetonkübel mit dem Bambus, den Japan-Garten, den Karl-Heinz Müller zum Bouletrainingsplatz umfunktioniert. Er muss noch Berichte verfassen, er muss Martina Stadler auf morgen vertrösten, er muss das, was er bislang an Informationen hat, auswerten, eine Prioritätenliste erstellen, sich ein Standing verschaffen in diesen Ermittlungen, damit ihn Millstätt und Judith Krieger morgen früh nicht an die Wand drücken. Die alte Frau, die Jonnys Dackel gefunden hat, fällt ihm ein. Er hätte sie längst noch einmal vernehmen müssen. Er muss sich um seine Mutter kümmern, eine Beerdigung organisieren. Zu viel, einfach zu viel.

»Zweizeitige Milzruptur!« Ohne dass Manni es bemerkt hat, ist Karl-Heinz Müller neben ihn getreten.

»Zweiseitige Milz – was?«

»Zweizeitig, bitte schön. Eine Ruptur der Milz, also ein Riss. Zweizeitig – das heißt, die erste Verletzung erfolgte wesentlich früher als die massive Blutung, die wir in der Bauchhöhle gefunden haben.«

»Einen Riss der Milz, wie bekommt man so was?«

»Ziemlich einfach, durch einen Schlag oder einen Tritt. Muss nicht mal besonders gewaltsam sein. Eine Milzruptur ist eine typische Verletzung bei Schlägereien.«

»Und das ist tödlich?«

»Die Zweizeitigkeit ist das Problem. Die Milz ist gerissen, die Blutung ergießt sich aber zunächst ins Innere des Organs. Der Verletzte merkt das unter Umständen nicht einmal. So wird die verletzte Milz gewissermaßen zur Zeitbombe. Irgendwann reißt sie ein zweites Mal, das Blut fließt in die Bauchhöhle, viel Blut, und dann ist es meist zu spät.«

»Der Tag der Verletzung und der Todeszeitpunkt sind also nicht identisch«, folgert Manni nachdenklich.

Karl-Heinz Müller nickt. »Verletzung und Exitus können mehrere Stunden oder sogar mehrere Tage auseinander liegen.«

»Das heißt, Jonny könnte am Samstag im Wald geschlagen worden, aber erst am Donnerstag oder Freitag gestorben sein?«

»Yes!«

»Wo war er bis zu seinem Tod? Was hat er getan? Warum hat er niemanden um Hilfe gebeten?«

»Er hat was gegessen, etwa acht Stunden vor seinem Tod. Einige Prellungen sehen aus, als wären sie ihm erst später zugefügt worden.«

»Er wurde mehrmals geschlagen?«

Der Rechtsmediziner entzündet mit der Glut seiner aufgerauchten Zigarette eine weitere Davidoff. »Ja. Und nach seinem Tod hat jemand seinen Leichnam kühl gelagert, bis man ihn in diesen Angelteich warf.«

»Jemand hat Jonny Röbel gefangen gehalten und misshandelt, jemand mit Zugang zu einem Kühlraum«, sagt Manni.

»Muss kein richtiger Kühlraum sein. Nur ein Ort, wo es kälter ist als draußen.«

»Zum Beispiel?«

»Ich mach im Labor Druck, vielleicht finden die noch was.« Müller tritt seine Zigarette aus und verschwindet wieder in seinem Reich. Manni starrt ihm nach. Man hat Jonny Röbels Dackel mit Drogen getötet. Man hat Jonny gefangen gehalten und gequält. Wo? Und, wichtiger noch, wer? Er hat, verdammt noch mal, keinen blassen Schimmer.

# Montag, I. August

Montagmorgen. Müde Gesichter. Der Himmel vor den Fenstern des KK-11-Besprechungsraums ist nicht mehr blau, sondern grau, doch das Gewitter, auf das alle sehnsüchtig warten, ist auch in dieser Nacht nicht gekommen, die Luft schmeckt nach Hitze und Staub. Unsere Rückkehrer Manni Korzilius und Judith Krieger werden den Kern der Mordkommission »Jonny Röbel« bilden, hat Kommissariatsleiter Axel Millstätt zu Beginn des Meetings verkündet, obwohl von Mannis alter und neuer Teampartnerin bisher nichts zu sehen ist. Ein paar der Kollegen haben Manni zugenickt und ihm Daumen hoch signalisiert, seitdem geht es wieder um den Touristenmörder, den Stand der Ermittlungen, die absolut notwendige Verstärkung der »SOKO Tourist«. Manni denkt an seine Mutter und ihren ordentlich eingedeckten Frühstückstisch, an dem er wieder nicht lange genug gesessen hat. Er hat im Präsidium nichts vom Tod seines Vaters erzählt. Er kann nicht riskieren, dass sie Aufgaben von ihm wegorganisieren, um ihn zu schonen, oder ihn gar vom Dienst freistellen, jetzt, wo er so dicht dran ist an seiner Rehabilitation im KK 11.

Die Tür öffnet sich und Judith Krieger betritt den Besprechungsraum. Lautlos, beinahe vorsichtig, doch sobald die Kollegen sie bemerken, entsteht Unruhe. Die Krieger lächelt, macht eine Abwehrgeste mit den Händen wie ein Popstar, der sein tosendes Publikum zu beschwichtigen versucht, aber wie bei einem Konzert braucht es eine Weile, bis wieder Ruhe einkehrt. Die Krieger sieht verwildert aus, ja tatsächlich, anders kann man es nicht beschreiben, denkt Manni, verwildert, als käme sie direkt von einer Buschsafari. Ihre Locken springen ungebändigt um ihr Gesicht, das schmaler geworden ist und dessen Haut trotz der tiefen Sonnenbräune um die Augen rum durchsichtig wirkt. Sie trägt Cargohosen, die in die Wäsche gehören, ein schwarzes Tanktop mit einem Riss im Dekolleté, ein orangefarbenes Kapuzenshirt ist um ihre Hüften gebunden. Über ihrer Schulter hängt ein vollgestopfter Rucksack.

»Willkommen zurück, Judith. Die Feierlichkeiten müssen wir leider verschieben.« Im Gegensatz zu Manni scheint Millstätt sich weder über das Outfit noch über die mehr als einstündige Verspätung seiner einstigen Lieblingsermittlerin zu wundern. Die Krieger nickt, lässt den Rucksack auf den Nadelfilz plumpsen und lehnt sich an die Wand. Sie wirkt, als sei sie keinesfalls sicher, ob sie bleiben wolle.

Zwanzig Minuten später sitzen sie trotzdem zu dritt in Millstätts Büro: Judith, Manni und Millstätt. Judith Krieger stürzt einen Kaffee hinunter und schenkt sich nach. Ihr Körper verströmt den unverkennbaren Geruch eines Lagerfeuers, ihre Fingernägel haben Trauerränder. Auf ihren gebräunten, von Sommersprossen übersäten Armen schält sich die Haut in silbrigen Schüppchen. Das letzte Zusammentreffen in dieser Dreierkonstellation fand im Winter neben der Leiche eines Mörders in einem nasskalten Wald statt. Wir reden später, hat der KK-11-Leiter damals gesagt. Aber dann hat Judith sich beurlauben lassen und Manni ist versetzt worden, und geredet hat niemand, jedenfalls nicht mit ihm.

»Wir haben also drei Verdächtige«, fasst Millstätt zusammen, als Manni seinen Bericht über den Stand der Dinge im Fall Jonny Röbel beendet hat. »Jonnys Stiefvater, den Indianerclubleiter Hagen Petermann sowie, was ich persönlich für sehr bedenkenswert halte, einen Täter aus dem Schulumfeld, da offensichtlich Ecstasy im Spiel ist – eine Droge, die sich ja vor allem bei Jugendlichen großer Beliebtheit erfreut.«

»Wann hat Karl-Heinz die Laborergebnisse?«, fragt die Krieger.

»Er ruft mich an«, antwortet Manni.

»Besser, du fragst nach«, sagt Millstätt.

Eine Anweisung, nicht, danke, Manni, für deinen Bericht und die Überstunden. Manni wirft seinen Kuli auf den Tisch. »Ich muss sowieso gleich rüber in die Rechtsmedizin, bin da mit den Stadlers verabredet.«

»Ich komme mit.« Judith Krieger steht auf. »Irgendwo muss ich ja anfangen.«

Axel Millstätt nickt ihnen zu. »Ich hoffe auf schnelle Fortschritte.«

\*\*\*

Auf der Severinsbrücke staut sich der Verkehr, die Hitze in der Stadt hat sich während Judiths Abwesenheit zu zähflüssiger Schwüle verdichtet. Kölnklima. Nichts hat sich verändert. Nichts und alles. Manni sitzt neben ihr, verbissen auf den Verkehr konzentriert. Jede seiner Körperzellen signalisiert: Rühr mich nicht an. Auf seinen Handrücken kleben Pflaster. Einen Moment lang ist die Sehnsucht nach den gemeinsamen Einsätzen mit Patrick wieder da, erscheint es Judith ganz und gar unmöglich, dass es diese Einsätze nie mehr geben wird, weil von Patrick nur noch ein Grabstein geblieben ist. Auf Mannis Händen kleben Pflaster. Ein zusammengepflastertes Team sind wir, denkt Judith. Wir reden später, Manni. Wenn ich es irgendwie geschafft habe, zu duschen, die Klamotten zu wechseln, etwas zu essen, mich in die Akten einzulesen und Berthold über den Tod seiner einzigen Freundin zu informieren.

Der Trauerraum des Rechtsmedizinischen Instituts befindet sich im Tiefparterre und entsprach in den 70er Jahren vermutlich dem neuesten Standard staatlich verordneter Innenarchitektur und Pietät: schwarz getünchte Wände, die das fahle Kunstlicht der Bullaugenlampen verschlucken, ein pseudosakrales Bleiglasfenster. Früher hing sicher ein Kreuz an der Wand, das man dann im Zuge neuzeitlicher Multikulti-Korrektheit entfernt hat, um muslimische Mitbürger nicht zu verletzen. Nun gibt es hier für keine Religionsgemeinschaft ein Symbol der Hoffnung. Nichts lenkt den Blick ab von der länglichen Plexiglashaube, unter die vom Kühlraum der Pathologie aus die Bahre mit den sterblichen Überresten des

14-jährigen Jonny Röbel geschoben wird. Auf dass seine Stiefeltern sich von ihm verabschieden können und anerkennen, dass Karl-Heinz Müller und die Seinen ihrem Jungen nicht auch noch das Gesicht genommen haben. Im Vorraum des Trauerraums lehnt hochkant eine Liege an der Wand – einsatzbereit, falls einer der Trauernden kollabiert.

Judith betrachtet Jonnys Angehörige: Die dünne Rothaarige mit dem steinernen Gesicht, deren Hand immer wieder über das Plexiglas fährt, als streichele sie Jonnys Haut. Den gutaussehenden Mann, der auf einen der schwarz gepolsterten Stühle mit den Metallbeinen gesunken ist und aussieht, als würde er jede Sekunde die Liege benötigen. Zwischen den beiden verläuft eine unsichtbare, hocheffiziente Trennwand. Vermintes Gelände, denkt Judith. Wie damals an der innerdeutschen Grenze. Frank Stadler hält Informationen zurück, möglicherweise weil er der Täter ist oder weil er den Täter decken will. Seine Frau ist meiner Meinung nach unschuldig, aber auch sie ist nicht vollkommen ehrlich. Wir müssen den Druck erhöhen, hat Manni gesagt. Früher hätte Judith ihm zugestimmt. Jetzt fühlt sie sich vor allem unendlich müde und in diese Müdigkeit drängen sich Erinnerungen. Erinnerungen an Patrick, den für immer verlorenen Freund und Teamkollegen, an David, an Margery Cunningham, und auf einmal ist Judith nicht mehr so sicher, ob den Angehörigen eines Opfers Verrat zugemutet werden sollte. Und doch ist das unvermeidbar, die dunkle Seite einer Ermittlung: Zweifel säen, damit irgendwann jemand sein Schweigen bricht, auf dass es einen Durchbruch geben kann, im Namen der Gerechtigkeit.

Margery Cunningham wird eine offizielle Anfrage um Amtshilfe an die deutsche Kriminalpolizei richten. Sie wird Judith darin erwähnen. Judith hat versprochen, die Ermittlungen von Deutschland aus zu unterstützen. Sie hat versprochen, Davids Vergangenheit zu durchleuchten und nach ihm zu fahnden, obwohl sie es für unwahrscheinlich hält, dass er in Deutschland ist. Doch das hat Margery Cunningham nicht interessiert. Bedingungslose Kooperation hieß der Preis, den Judith zahlen musste, damit Margery sie per Kleinflugzeug nach Toronto bringen ließ. Natürlich hat sie zugestimmt.

Doch vielleicht war dieser Preis zu hoch und wird sie etwas kosten, was sie noch gar nicht richtig ermessen kann.

»Wir müssen Ihnen nochmals Fragen stellen«, sagt Manni in Richtung des gläsernen Schneewittchensarkophags.

Wie in Zeitlupe hebt die Rothaarige den Kopf. »Sie haben keine Kinder, richtig?«

Manni schüttelt den Kopf.

»Sie, Frau Krieger?«

»Nein.«

Martina Stadler nickt. »Natürlich nicht. Sonst wären Sie nicht hier.«

»Wir …«

»Sie können das nicht verstehen. Niemals. Wie es ist, ein Kind zu lieben. Wie es ist, ein Kind zu verlieren.«

Der Mann auf dem Stuhl sieht jetzt aus wie ein wachsames Tier.

»Kinder zu haben ist ein Ausdruck der Hoffnung. Und eine lebenslange Lektion im Loslassen«, flüstert Martina Stadler. »Das hat meine Schwester bei Jonnys Taufe gesagt, als ich seine Patentante wurde. Und sie hatte Recht. Als ich selbst Kinder bekam, habe ich das verstanden. Das erste Lächeln, der erste Zahn, der erste Schritt, das erste Wort, Kindergarten, Schule, Sportverein, Freunde. Man tut und macht und hofft und bangt. Und die ganze Zeit muss man vertrauen, dass es schon gut gehen wird, denn Garantien gibt es keine. Man will ein gesundes Kind und hat plötzlich ein krankes. Will einen Fußballer und bekommt einen Geiger. Man lernt, das hinzunehmen oder sogar zu mögen. Man sagt sich: Hauptsache, die Kinder sind glücklich. Man lernt, aus ihrem Glück das eigene Glück zu ziehen, denn mehr bekommt man nicht zurück, jedenfalls nichts, auf das man bauen könnte. Von wegen Kinder *haben*.«

Wieder streichelt Martina Stadler das Plexiglas. Beugt sich darüber, betrachtet Jonnys Gesicht.

»Loslassen. Aber das hier hat Susanne nicht gemeint, das hätte sie niemals hinnehmen wollen, das kann sie nicht gemeint haben. Das ist nichts, was man von Eltern verlangen darf.«

Abrupt löst sie sich von dem Sarkophag.

»Und jetzt gehen Sie bitte und lassen uns hier in diesem *Trauerraum* mit Jonny allein. Und wenn wir hier fertig sind, können wir möglicherweise Fragen beantworten.« Sie greift in ihre Handtasche. »Hier, sorgen Sie dafür, dass Jonny seine Taschenlampe bei sich hat.«

Das geht nicht, will Judith sagen, aber Manni streckt die Hand aus und nickt Martina Stadler beinahe verschwörerisch zu.

Aus Karl-Heinz Müllers Büro im zweiten Stock dringt das stakkatoartige Geklapper einer Computertastatur. Der Rechtsmediziner winkt sie herein und nimmt seine Hackerei augenblicklich wieder auf, ein offensichtlich ausgeklügeltes Vierfingersystem. Neben ihm, in einem übervollen Aschenbecher, verglimmt eine Kippe. Rund um seinen Schreibtisch türmen sich Ordner, Fachlexika und CDs. In einem Regalfach grinsen ein angebissener Milka-Schokoladenosterhase und ein Totenschädel neben Karl-Heinz Müllers Boulekugeln um die Wette.

»Tut mir leid wegen des Turniers«, sagt Judith.

»War's schön in Kanada?«

»Ist 'ne längere Geschichte. Was machen wir mit den Stadlers? Die sind unten im Trauerraum und wollen nicht gehen.«

»Manche brauchen länger. Manche kommen mehrmals. Haben wir alles schon gehabt. Lass sie. Da unten stören sie nicht.«

Manni legt die Taschenlampe auf den Schreibtisch. »Gib die dem Jungen, ist gegen die Vorschrift, weiß ich, tu's trotzdem und frag nicht, ja?«

Der Rechtsmediziner hört auf zu tippen. Scheint widersprechen zu wollen. Nickt dann.

»Hast du die Laborergebnisse?«, fragt Manni.

»Keine Drogen, kein Gift.«

»Sicher?«

Karl-Heinz Müller verschränkt die Arme vor der Brust und mustert Manni mit der Physiognomie eines hungrigen Habichts.

»Ein gemeinsamer Drogentrip von Herr und Hund scheidet definitiv aus.«

»Also vielleicht doch kein Mord im Jugendlichenmilieu«, sagt Judith.

»Scheiße.« Manni schiebt sich ein Fisherman's in den Mund. »Langsam hab ich echt die Faxen dicke.«

\*\*\*

Es ist nicht vorbei. Sie werden zurückkommen mit ihren Fragen. Carmen. Die Polizei. Langsam geht Elisabeth durch ihr Haus, das verändert ist, fremd. Ihre Tochter hat über das Wochenende ganze Arbeit geleistet. Hat aufgeräumt, geputzt und gewaschen. Sogar Barabbas hat sie sich vorgenommen. Jetzt riecht er nach Kamillenshampoo und sein Fell glänzt seidig wie lange nicht mehr. Carmen hat auch die Kirschen, Erdbeeren und Bohnen geerntet. Sie haben gemeinsam Gewürzgurken eingelegt und auf der Terrasse zu Abend kalte Ente getrunken: Weißwein mit Sekt und Zitrone, wie früher, als Heinrich noch lebte. Es ist doch schön, nicht allein zu sein, hat Elisabeth gedacht. Willst du nicht doch noch mal über einen Umzug nachdenken, Mutter?, hat Carmen da gefragt. Frimmersdorf ist doch viel zu weit weg. Es gibt da in Köln diese nette Seniorenresidenz. Elisabeth hat nicht antworten können, sondern stattdessen zu zittern begonnen. Schon gut, Mutter, schon gut. Erhol dich erst mal. Die Besorgnis in ihrer Stimme hat Elisabeth einen Stich versetzt, viel mehr als Carmens ewige Ungeduld. Viel mehr als die abschätzenden Blicke, mit denen Carmen sie taxiert, sobald sie sich unbeobachtet glaubt. Immer wieder hat sie gefragt, wie ihre Mutter nur auf die Idee kommen konnte, mit einem toten Dackel dieses groteske Schauerstück zu inszenieren. Warum denn nur, Mutter? Das musste doch auffliegen, das war doch klar.

Jetzt ist Carmen wieder in Köln, wird gleich ihr Reisebüro aufschließen, den Kunden Träume erfüllen und hin und wieder vor dem Spiegel in dem engen Toilettenvorraum die Sorgenfalten auf ihrer Stirn mit der Puderquaste abtupfen. Ich habe ihr ihr freies Wochenende genommen, denkt Elisabeth mit schlechtem Gewissen. Ich hätte sie nicht so beanspruchen dürfen.

Sie schenkt sich ein Glas Leitungswasser ein. Trink, Mutter, kein Wunder, dass du umkippst, wenn du bei dieser Affenhitze nichts trinkst, hört sie Carmens Stimme. Viele alte Leute verdursten einfach. Also trink, damit du mir erhalten bleibst. Beinahe eine Liebeserklärung. Ganz ungewohnt für Carmen. Elisabeth zwingt sich, das Glas zu leeren. Wie kann es sein, dass sie keinen Durst spürt, wenn ihr Körper Flüssigkeit braucht? Wieso lässt er sie auch dabei im Stich?

Sie hat Carmen nicht erzählt, was Barabbas getan hat. Sie hat auch dem jungen blonden Kommissar nichts davon erzählt. Der Schäferhund sieht sie an. Unternehmungslustig. So wie an dem Morgen im Wäldchen, bevor sie den Dackel fanden. Sie versucht sich zu erinnern. Das Kraftwerk, das Wäldchen. Die Hoffnung, weil der Tag so jung und unschuldig erschien. So voller guter Möglichkeiten. Dann ist Barabbas weggelaufen, dann hat sie sein schreckliches Knurren gehört. Warum hat der Dackel eigentlich nicht gebellt oder zumindest gejault? Hunde, die sich begegnen, geben doch Laut? Oder hat sie das einfach nicht gehört? War das eine weitere Laune ihres Körpers?

Der Mann fällt Elisabeth ein. Eine Gestalt, die sie gesehen und doch nicht gesehen hat, die sie zu kennen glaubt und doch nicht identifizieren kann. Sie wünscht sich die Jugend zurück, den Mut der Jugend, etwas zu riskieren, weil man ganz selbstverständlich davon ausgeht, dass man mit den Konsequenzen leben kann. Jetzt ist das anders. Eine schwerhörige alte Frau mit Gedächtnislücken, die tote Hunde in Koffern vergräbt und Mitbürger denunziert, weil sie Gespenster sieht – da ist der Weg, bis jemand sie für unzurechnungsfähig erklärt, nicht mehr weit.

Elisabeth geht in ihren Garten, streift die Birkenstocksandalen ab, fühlt das Kitzeln der borstigen Sommerhalme, wird für Sekundenbruchteile wieder zum jungen Mädchen, das morgens barfuß über taugetränkte Wiesen zu den Ställen springt, um nach den Hühnern zu sehen. Barabbas drängt sich an ihre Seite, gemeinsam gehen sie zu Elisabeths Lieblingsplatz unter dem Kirschbaum. Langsam. Schritt für Schritt.

Sie werden zurückkommen. Sie müssen zurückkommen. Sie weiß, dass sie zurückkommen werden. Was sie nicht weiß, ist, was sie ihnen sagen soll.

*✳✳✳*

Das Einfamilienhaus, in dem Tim Rinker mit seinen Eltern lebt, wirkt verlassen, auch nach mehrmaligem Klingeln öffnet niemand die Tür.

»Kaffee«, sagt die Krieger, als sie wieder im Auto sitzen. »Kaffee, ein Brötchen und Tabak. Bitte, Manni.«

Unter ihren Augen haben sich helle Ringe gebildet, als würde ihrem Gesicht ganz allmählich die Farbe entzogen. In den intensiven Lagerfeuergeruch, den sie verströmt, mischt sich Schweiß.

»Hab lange nicht mehr geschlafen«, murmelt sie. »Bin direkt vom Flughafen ins Präsidium.«

Manni entdeckt einen Kiosk, der alle Bedürfnisse seiner Kollegin zu erfüllen verspricht, und hält an. Schlafen. Vergessen. Miss Cateye in einem Garten besuchen. In einem Hausboot an grünen Deichen vorbeigleiten. Ein fremdes, friedliches Land besuchen. Ein Land ohne weinende Mütter und tote Väter. Ein Land ohne Kinder, die zu Tode geprügelt wurden. Judith Krieger kommt kauend zurück, sinkt auf den Beifahrersitz und trinkt ihren Kaffee mit geschlossenen Augen.

»Wenn unser Täter doch ein Schüler in Jonnys Alter ist – wie hat er dann den Dackel nach Frimmersdorf gebracht, ohne Auto?«, fragt Manni.

»Gute Frage.«

Ein jugendlicher Täter oder ein erwachsener? Hin und her reden sie, und als sie das Bertolt-Brecht-Gymnasium erreichen, sind sie trotzdem keinen Schritt weiter. Immerhin öffnet die Krieger endlich die Augen. Angewidert verzieht sie das Gesicht, als sie erst die schmuddelige, mehrgeschossige 70er-Jahre-Architektursünde und dann die stählernen Streben des Zauns in Augenschein nimmt.

»Stell dir mal vor, du musst da jeden Morgen durch.«

»Na und? Ist doch nur ein Zaun.«

»Vielleicht«, sagt sie.

Das Lehrerzimmer liegt im ersten Stock zum Schulhof hinaus. Aktenschränke an den Wänden, ein Sammelsurium von Thermoskannen, Tassen, Butterbrotdosen, Äpfeln und Schulunterlagen auf den abgestoßenen Tischen, ein riesiges schwarzes Brett mit Stundenplänen, Pausenaufsichtsplänen und Gewerkschaftsagitation. Die Nachricht vom Tod eines Schülers hat sich schon herumgesprochen, dämpft die Stimmen der wenigen Lehrer, die hier ihre Freistunde absitzen.

»Tim Rinker«, sagt Manni. »Wo finden wir den?«

Eine der Lehrerinnen steht auf und verschwindet im Flur, nach einer Weile kommt sie mit dem Schuldirektor zurück. Ein Mann um die 60, der im runden Gesicht Sorgenfalten feilbietet.

»Tim Rinker ist heute nicht zur Schule gekommen. Unentschuldigt, wie ich gerade erfahren habe. Seine Eltern erreiche ich nicht. Bestimmt melden sie sich noch. Die Rinkers sind eine tadellose Familie.«

Tadellos, was immer das heißt. Manni überlegt, wie er weiter vorgehen soll. Die Krieger geht zur Fensterfront, vor der sich Topfpflanzen in unterschiedlichen Stadien des Verfalls befinden. Die Krieger scheint sie nicht zu sehen. Sie starrt durch die blinden Fenster hinunter auf den Hof.

»Kein Geld«, sagt der Direktor und streicht mit nervöser Hand über seinen haarlosen Schädel. »Ja, die Fenster müssten geputzt werden. Aber unser Etat für die Reinigung der Gebäude ist einfach zu gering. Nicht mal die Böden der Klassenzimmer werden noch jeden Tag gewischt.«

Die Krieger rührt sich nicht.

Der Direktor seufzt. Ein routiniert klingendes, sicherlich schon vielfach auf Konferenzen zur Beschleunigung von Entscheidungsprozessen eingesetztes Geräusch. »Zu wenig Geld für alles. Was glauben Sie denn, warum Deutschland bei diesen Pisa-Tests immer verliert? Zu wenige Lehrkräfte, zu wenige Bücher und erst recht nicht genug Computer. Dieses Gymnasium sollte mal die Manifestation sozialdemokratischer Hoffnung auf Bildung für alle sein, aber der Alltag ...«

»Der Alltag?«, fragt Manni.

»Die meisten unserer Schüler kommen aus Brück, Rath oder Königsforst, nicht aus Ostheim oder Merheim.«

»Aus wohlhabenden Elternhäusern also.«

»Zumindest gut situiert, ja. Aber denken Sie nicht, dass die Eltern uns deshalb sponsern würden. Der Staat soll das mit der Bildung bitte schön regeln und im Zweifelsfall ist immer die Schule schuld. Oder die Politik.«

»Mobbing«, sagt die Krieger zum Fenster hinaus.

Der Direktor schüttelt den Kopf. »Einfach ist es doch nie, wenn Menschen miteinander klarkommen müssen. Aber Mobbing? Nein. Wir haben für unsere Schule einen Ehrenkodex entwickelt. Alle zusammen, Schüler und Lehrpersonal. Respekt ist unser Leitmotiv. Es gibt Streitschlichter, AGs, Aktionstage ... Wir haben sogar einen Preis für unser Konzept erhalten. Ich halte es für völlig ausgeschlossen, dass Jonathan Röbel – also dass der Täter hier aus der Schule stammt.«

»Ich dachte, Sie haben kein Geld und zu wenig Personal?«, sagt Judith Krieger vom Fenster her.

Der Direktor errötet. »Man muss eben Prioritäten setzen.«

»Wie sieht es mit Drogen aus?«, fragt Manni.

Wieder ein geschulter Seufzer. »Jugendliche probieren ja in der Pubertät alles Mögliche aus, das haben wir doch früher auch getan. Aber ein Drogenproblem haben wir hier an dieser Schule sicherlich nicht.«

Klar, denkt Manni, die Insel der Seligen. Kein Großstadtgymnasium, das ein durchgeknallter Sozialtaktiker vor ein paar Jahrzehnten ins Niemandsland zwischen Reichen- und Arbeiterstadtteilen bauen ließ, die heute korrekterweise Hartzhausen heißen müssten.

Der Schulgong läutet zur Pause, Lehrer strömen ins Lehrerzimmer, vom Schulhof klingt Lärm herauf. Judith Krieger rührt sich noch immer nicht.

»Die Älteren quälen die Jüngeren, die Sportlichen die Unsportlichen, die schlechten Schüler die guten oder auch umgekehrt«, sagt sie zum Fenster. »Irgendeinen Grund gibt es doch immer. Irgendjemand quält immer jemanden. So war es früher. So ist es heute.«

Manni tritt neben sie. Sieht Grüppchen älterer Schüler, die die Köpfe zusammenstecken, Grüppchen jüngerer Kinder, die Fangen spielen. Ein stetes Gewusel und Geschrei und Geknuffe und Gealber, ein Schulhof wie viele.

»Warst du als Schüler beliebt?«, fragt Judith Krieger.

Was für eine bescheuerte Frage. »Keine Ahnung, war alles normal.«

»Dann kannst du es vielleicht nicht sehen«, sagt sie leise.

»Was nicht sehen?«

»Die Rangordnung.«

»Rangordnung?«

»Die Schüler, die im Mittelpunkt stehen, die wie Magnete sind. Die, die sie anhimmeln und zu ihrem Kraftfeld gehören. Die, die sich aus gebührendem Abstand den Regeln beugen und deshalb in Ruhe gelassen werden. Und die, die nicht passen, die allein sind, geduckt, mit dem Rücken zur Wand.«

»Ich weiß nicht, wovon Sie sprechen«, interveniert der Direktor. »Das ist doch alles ganz normal. Kommen Sie doch in mein Büro.«

»Moment«, sagt Manni, denn auf einmal findet er die Bewegungsmuster der Schüler selbst interessant. Wo hätte Jonny gestanden, der Späher, der Einzelgänger? Der vielleicht etwas gesehen hat, was er nicht sehen durfte. Der gekämpft hat und verloren. Und wo sein Freund Tim, der immer so wirkt, als würde er jeden Moment weinen? Am Rand, denkt Manni, Judith Krieger hat Recht. Tim ist der Typ, der am Rand steht. Jonny wäre vielleicht einer der Unauffälligen gewesen. Oder ebenfalls am Rand, aber in einem Versteck. Was immer das für die Ermittlungen zu bedeuten hat.

Er entdeckt den blonden Viktor, und wieder muss Manni sich eingestehen, dass Judith Kriegers Theorie passt. Viktor ist eindeutig ein Magnet. Sitzt auf der obersten Stufe des Atriums, gut sichtbar für alle, ein blondes Mädel im Arm, vermutlich Tims Cousine Ivonne. Unter ihnen hippeln ein paar Jungs auf den Stufen herum, bereit, jedes Wort Viktors aufzuschnappen wie hungrige Welpen. Ein ebenfalls wasserstoffblondierter Halbwüchsiger läuft jetzt auf die Gruppe zu, er wirkt kräftiger als die anderen Schüler, auf eine andere Art selbstbewusst.

Sobald Viktor ihn entdeckt, lässt er von seinem Mädel ab. Gemeinsam erklimmen die beiden Jugendlichen die Böschung über dem Atrium, der wasserstoffblonde Neuzugang scheint sich über irgendetwas aufzuregen und redet auf Viktor ein.

Manni sieht den Direktor an. »Wer ist das, der blonde Junge da über dem Atrium, neben Viktor Petermann?«

Der Direktor schüttelt den Kopf. »Ein Bekannter von Viktor, soweit ich weiß. Kein Schüler unserer Schule.«

»Ralf Neisser?«, fragt Manni. »Genannt Ralle?«

Überrascht sieht der Direktor ihn an. »Ich glaube, ja.«

Manni rennt los. Er weiß nicht, warum, vielleicht ist das Quatsch, vielleicht hat ihn die Krieger mit ihren Theorien einfach kirre gemacht. Trotzdem hat er das Gefühl, dass er sich diesen Ralle vorknöpfen muss, jetzt, sofort. Dass dieser Ralle ein Schlüssel ist. Ein wichtiger Zeuge im Fall Jonny Röbel, vielleicht sogar mehr. Ein Täter. Viktors Kumpel, mit dem er vor einer Woche zusammen war, als Jonny verschwand. Viktors Kumpel, den Viktors Vater nicht mag.

Er erreicht den Schulhof im selben Moment, als der Gong das Ende der Pause verkündet. Schülermassen quellen ihm entgegen, er kämpft sich durch und erreicht das Atrium, doch weder Viktor noch Ralle sind noch da. Nur eine fette Taube fällt über die Reste eines Pausenbrots her.

»Vielleicht täuschen wir uns. Vielleicht hat Jonny gar nicht im Wald etwas gesehen, sondern hier in der Schule«, sagt Judith Krieger, die ihm gefolgt ist, ohne dass Manni es bemerkt hat. »Hier in dem Gebüsch gibt es überall Trampelpfade. Für einen Jungen, der gern Indianer spielt, ist das doch das Paradies.«

Bis der Feind kommt, denkt Manni. Wer immer das ist. Aber was ist mit dem Autobahnparkplatz und mit Frank Stadlers geheimem Treffen dort? Was ist in dieser Schutzhütte passiert? Und welche Rolle spielt Viktors Vater, der ebenfalls im Wald unterwegs war, als Jonny verschwand? Wieder werfen alle Fakten nur neue Fragen auf. In Mannis Schläfen meldet sich der Kopfschmerz zurück.

»Wir müssen mit Tim Rinker sprechen, er weiß etwas, er muss einfach etwas wissen«, sagt er.

Wieder bespricht er den Anrufbeantworter der Familie Rinker. Bittet um Rückruf. Dringend. Wieder wählt er die Nummer der Klinik, wo ihm eine gehetzte Stationsschwester versichert, dass Tims Vater noch immer operiere. Eine schwere Herz-OP, es könne noch Stunden dauern. Auch die Streife, die sie vor dem Rechtsmedizinischen Institut postiert haben, weiß nichts Neues zu berichten. Keiner der Stadlers hat bislang das Gebäude verlassen.

»Fahren wir ins Präsidium«, schlägt Judith Krieger vor. »Oder glaubst du, dass auch Tim ..:«

»Nein«, sagt Manni. Zu hastig, zu laut, das hört er selber. Hoffnung. Es erscheint ihm wie ein Fremdwort.

*❋❋❋*

Sie hat nicht gedacht, dass Jonny so friedlich aussehen würde. So beinahe glücklich, als schlafe er in seinem Bett, behütet von Leopold dem Glühwürmchen und dem schnarchenden Dr. D. Das Gesicht ihres Schwagers. Ein bisschen auch das Gesicht ihrer Schwester. Ein winziges bisschen sogar Martinas eigenes Gesicht. Blass. Unter Glas. Mit geschlossenen Augen. Jonny ist gestorben, nein, zu Tode geprügelt worden wie ein räudiger Hund. Jonny ist tot, für immer tot.

Sie sollte weinen, schreien, mit den Fäusten auf diese schrecklich sterile Glasglocke trommeln, die sie von ihrem Stiefsohn trennt. Ihrem Patensohn, den sie, entgegen ihres Taufversprechens, nicht zu beschützen verstand. Heulen, schreien, um sich schlagen, damit dieser zentnerschwere Druck in ihrer Brust nachlässt, wenigstens ein bisschen.

Sie kann es nicht. Vielleicht will sie es auch gar nicht, weil sie weiß, dass das, was kommt, wenn sich diese Stahlklammer öffnet, die sich um ihr Herz krallt, noch schlimmer sein wird, noch unerträglicher. Diese Stahlklammer, die es ihr ermöglicht, in dieser schrecklichen schwarzen Katakombe zu stehen und Kraft zu sammeln für die Kinder, die ihr noch geblieben sind. Unschuldige Kinder, die sie brauchen, weil sie einen geliebten großen Bruder verloren haben, der für sie da war, seit sie denken können. Die ihre Mutter brauchen, weil sie diesen Verlust noch so viel weniger verstehen können als Martina selbst.

Sie streichelt die Plexiglasglocke. Sie kann nicht aufhören damit.

»Martina«, sagt Frank. »Bitte. Tina. Lass uns jetzt gehen.«

»Ich kann Jonny nicht alleine lassen. Es ist so dunkel hier. So kalt.«

»Er ist jetzt in Sicherheit, da, wo er ist.«

Sicherheit. Martina dreht sich herum, begegnet den Augen ihres Mannes, erschrickt. Er muss abgenommen haben, Bartstoppeln verdunkeln seine hageren Wangen. Oder täuscht sie sich? Sie versucht sich zu erinnern, wie er früher aussah. Ein Mann, kräftig genug, sie jederzeit auf Händen zu tragen. Wie ein Trugbild erscheint diese Erinnerung nun.

»Ich war Freitagnachmittag im Pfarrheim«, sagt Martina. Spricht endlich diese fünf Worte aus, die sie seit Tagen zu ersticken drohen.

Frank krümmt sich zusammen, begräbt das Gesicht in seinen Händen, die sie niemals hatte loslassen wollen und nun nie mehr ergreifen kann.

»Die Gesprächsgruppe war gut. Aber irgendwann hatte ich genug«, flüstert er in seine Hände. »Ich wollte nicht mehr reden. Ich wollte nicht mehr zuhören. Ich wollte einfach einmal in der Woche ein paar Stunden Zeit und Ruhe.«

»Davon hast du mir nie etwas gesagt.«

»Ich wollte dich nicht verletzen.«

Ein bitteres Geräusch. Ihr eigenes missglücktes Lachen, wird Martina bewusst, während Frank schon weiterspricht.

»Volker hatte dann die Idee mit dem Angeln. Einfach dasitzen und warten. Meistens allein, manchmal zu zweit. Manchmal im Regen, manchmal in der Sonne. Kein Lärm, keine Kollegen, keine Kinder, keine Forderungen.«

»Angeln.«

»Ich hätte es dir natürlich sagen sollen. Ich habe mich nicht getraut. Ich dachte, du würdest nur sagen, ich solle die Kinder mitnehmen.«

»Angeln!«

»Ich weiß, es war unfair, du brauchst ja auch Zeit und musstest auf deinen Theaterkurs verzichten …«

»Wo?« Mehr Schrei als Frage, weil sie die Antwort schon kennt, bevor Frank stammelnd beteuert, dass er unschuldig ist; dass sie ihm glauben muss; dass es ein schlimmer, grausamer Zufall sein muss, dass Jonny ausgerechnet dort gefunden worden ist, wo er, Frank, im letzten Jahr geangelt hat.

»Ein Zufall, oder jemand will mir was anhängen. Aber nicht ich, Tina. Nicht ich.«

Sie konzentriert sich wieder auf Jonny, lässt Frank reden, blendet ihn aus. Denkt an die 20 000 Euro, die verschwunden sind und wieder aufgetaucht. Versucht sich an die Freitagabende zu erinnern. Frank muss doch etwas erzählt haben, wenn er heimkam. Sie müssen doch über die Gruppe gesprochen haben, manchmal zumindest, wenn die Kinder schliefen und sie nicht sofort den Fernseher anschalteten, zu erschöpft für ein Gespräch.

»Bitte, Tina!«

Sie hört ihn aufstehen, ein leises Kratzen der Metallstuhlbeine auf dem Boden. Sie dreht sich herum, lässt Franks Bewegung gefrieren.

»Du lügst«, sagt sie.

\*\*\*

Judiths alter Büroplatz ist neu belegt, Millstätt schickt sie ins Praktikantenzimmer, ein dunkles Kabuff am Ende des Flurs, das sie immerhin mit niemandem teilen muss, denn dafür ist es zu klein. Auch Manni muss sich neu einrichten, provisorisch zunächst, auf Holger Kühns Platz, der im Urlaub ist. Mannis alter Schreibtisch im selben Zimmer gehört jetzt dem Anfänger Ralf Meuser, hinter seinem Rücken hängen ordentlich gerahmte Landschaftsfotografien der schottischen Highlands. Beinahe erwartet Judith, dass Manni protestiert und darauf besteht, seine Pokale und Vereinswimpel wieder an ihre angestammte Wand zu hängen, aber er nickt dem Anfänger einfach zu, lässt sich in Holger Kühns Bürostuhl fallen und schaltet den Computer an.

Sie haben keine Zeit für Befindlichkeiten. Personenrecherche steht an, so haben sie es auf der Rückfahrt von der Schule beschlossen. Eine vertiefte Hintergrundanalyse ihrer Hauptverdächtigen, denn bislang hat sich darum niemand kümmern können. Bei allen zu überprüfenden Personen fehlen ihnen bislang handfeste Indizien und Motive. Und das, obwohl Manni seit über einer Woche quasi rund um die Uhr am Fall Jonny Röbel gearbeitet haben muss und dabei wirklich keine noch so dünne Spur ausgelassen hat.

Judith schenkt sich eine Tasse Kaffee ein, schwarz, weil die Milch sauer ist, einige Dinge ändern sich im KK 11 eben doch nicht, auch wenn die Akteure wechseln. Sie öffnet das Fenster ihres neuen Büros, schaut über den Autobahnzubringer hinweg, glaubt, hinter Bürobauten ein Stück Rhein zu erkennen. Grau wie der Himmel, aus dem es nicht regnen, aus dem keine Abkühlung kommen will. Sie schiebt den Berichtsberg »Jonny Röbel« beiseite, fährt den PC hoch, dreht sich eine Zigarette. Früher haben sie hier im Praktikantenzimmer manchmal Internetrecherchen gemacht. Auch das hat sich nicht geändert, der Rechner hat Zugang zum World Wide Web. Sie loggt sich in ihren E-Mail-Account ein, findet die versprochene Mail von Charlottes Zahnarzt, leitet die Röntgenbilder weiter nach Kanada. Ein Klick nur oder ein paar Stunden Flug und man ist in einer anderen Welt – ob man das auch verkraftet, steht auf einem anderen Blatt. Früher haben sich die Indianer Nordamerikas angeblich nach einer Reise mit der Bahn erst einmal neben die Schienen gesetzt und gewartet, damit ihre Seele sie wieder einholen konnte. Hör auf mit dem Ethnokitsch, der hilft dir nicht weiter, Judith.

Sie steht wieder auf und raucht ihre Zigarette am Fenster zu Ende. Zwei Zeitverschiebungen in sechs Tagen, Nächte unruhigen Schlafs unter freiem Himmel, seit über 24 Stunden überhaupt keine Stunde Schlaf. Köln kommt ihr unwirklich vor, sie hat die Bodenhaftung verloren, ist nicht hier, nicht anderswo. Sie trinkt den Kaffee aus, der sie nicht wach macht, nur ihren Herzschlag beschleunigt und ihren Mund austrocknet. Sie geht ins Damen-WC, lässt kaltes Wasser über ihre Handgelenke laufen, schaufelt es in ihr Gesicht, hält den Mund unter den Hahn und trinkt.

Zurück am Computer, ruft sie das Bundeszentralregister auf, dann POLAS. Hagen Petermann ist nicht vorbestraft. Genauso wenig wie sein Sohn Viktor oder Jonnys Stiefvater. Sie gibt »Hagen Petermann« in Google ein, findet den Eintrag seiner Baufirma in mehreren elektronischen Branchenverzeichnissen, als Referenz nennt er unter anderem das Land Nordrhein-Westfalen. Auch der Indianerclub hat eine eigene Website, ganz offensichtlich mit mehr Enthusiasmus als Können gestaltet: www.koelschesioux.de. In der Fotogalerie kann Judith nacheinander Frank Stadler identifizieren, Jonny mit Indianerfeder im Haar und Dackel im Arm und auf einem anderen Bild Hagen Petermann mit seinem Sohn Viktor, ein älteres Foto offenbar, denn Viktors Haare sind noch nicht blond gefärbt. So kommt sie nicht weiter.

Wieder stellt sie sich ans Fenster, atmet die staubige Stadtluft, die in ihren Lungen beißt wie billige Zigaretten. Sie hat keine Kraft und hofft zugleich, dass es tief in ihr doch noch eine Reserve gibt, die sie durch diesen Tag bringen wird und durch die Nacht und durch den nächsten Tag. Eine Reserve, die es ihr ermöglichen wird zu beweisen, dass sie wieder fit ist, eine würdige Kommissarin der Kölner Mordkommission. Sie muss noch eine Recherche durchführen, noch einen Namen eingeben. »Becker, David«, die Suchfunktion starten, den richtigen Becker finden und sehen, was sie nicht wissen will. Sie schafft es nicht. Sie überquert den Flur, zurück zu Mannis Büro. Auch seine Recherche war bislang ergebnislos. Millstätt lehnt im Türrahmen und spricht mit dem Anfänger über den Touristenmörder.

»Wir brauchen Verstärkung, Axel«, sagt Judith.

Der KK-11-Leiter schüttelt den Kopf, verschwindet im Gang. Der Anfänger trottet hinter ihm her.

»Das Labor hat angerufen«, sagt Manni. »An einem Teppichrest, den die Kriminaltechniker in Frimmersdorf sichergestellt haben, sind Blutspuren. Das Blut stammt von Jonnys Dackel. Sie glauben, dass der Dackel in dem Teppichrest transportiert worden ist. Tot.«

»Bleibt die Frage: Wer?«

»Und womit? Und von wo?«

»Was für eine Scheiße.«

»Ja.«

Möglichkeiten. Zu viele Möglichkeiten, zu wenig Personal und Zeit, zu wenige Anhaltspunkte. Hinzu kommt das ungute Gefühl, dass der Junge Tim Rinker nicht auffindbar sein könnte, verschwunden wie Jonny und Charlotte. Judith versucht, dieses Gefühl beiseite zu schieben, als könne sie ein Unheil abwenden, indem sie es ignoriert. Solange niemand den Jungen vermisst meldet, können sie nichts tun. Oder doch? Möglichkeiten. Entscheidungen. Die alte Angst, zu spät zu kommen, weil sie etwas übersieht. Wie im November, im Wald. Manni fegt seine Akten zur Seite, als könne er Judiths Gedanken lesen.

»Ich fahr noch mal bei den Rinkers vorbei. Und dann zu diesem Neisser. Der wohnt direkt neben der Schule.«

Judith geht zurück in ihr Büro, starrt eine Weile den Monitor an. David Becker. Ihre Finger liegen auf den Tasten, bewegen sich nicht. Möglichkeiten. Paradoxien. Wirklichkeit, die anders ist, als sie erscheint. Ein grauer Himmel, der Hitze bringt. Ein türkisfarbenes Meer, das ein Süßwassersee ist. Rotäugige Vögel, die wie Geister schreien und verschwinden. Ein Mann, der auch etwas anderes ist, als sie in ihm zu sehen glaubte.

Ich glaube nicht, dass Becker ein Mörder ist, hat Judith zu Margery gesagt. – Mach dich doch nicht lächerlich. – Ich glaube es einfach nicht. – Hast du was mit ihm?

Aber das hat Judith verleugnet, damit Margery sie nicht für befangen erklären kann.

Sie steckt die Pistole ins Halfter. Auch dieses Gewicht an ihrem Gürtel ist beides: vertraut und fremd. Sie bestellt einen Wagen im Fuhrpark und geht zum Aufzug. Wenn sie noch länger am Schreibtisch sitzt, wird sie verrückt.

✳✳✳

Ein Geräusch. Ein Klingeln. Vielleicht täuscht sie sich auch. Nein. Barabbas wittert und blafft.

»Ruhig, mein Guter.« Elisabeth krault ihn. »Hier passiert uns nichts.« Mit einem Seufzer legt der Schäferhund den Kopf auf ihr Knie. Wieder das Klingeln, länger diesmal, dennoch entfernt. Barabbas spitzt die Ohren, entspannt sich wieder. Ich will nicht, denkt Elisabeth. Will nicht und muss nicht.

Der Tag ist vorangeschritten. Über Mittag ist sie ins Haus gegangen und hat ein bisschen geschlafen. Jetzt sitzt sie wieder unter dem Kirschbaum im Garten. Sieht den Amseln zu. Beobachtet die Wolken. Weiß, dass der Frieden trügerisch ist, und klammert sich trotzdem daran. Elisabeth schließt die Augen, versinkt in Erinnerungen, die hell sind und schön. Sekunden, Minuten, sie kann es nicht sagen.

»Ruhig«, sagt sie automatisch, als Barabbas erneut zu knurren beginnt. Doch diesmal lässt ihr Hund sich nicht beschwichtigen. Rappelt sich auf, läuft fort von ihr, bellt.

Angst springt sie an, das Gefühl, beobachtet zu werden. Elisabeth stemmt sich auf die Füße, tastet nach dem Baumstamm, stützt sich dagegen, bis der Schwindel nachlässt. Wo ist Barabbas? Dort. Sitzt vor dem Zaun zum verlassenen Nachbargarten und knurrt.

Schritt für Schritt geht Elisabeth über das Gras. Jemand steht hinter dem Zaun, erkennt sie jetzt. Steht da und sieht zu ihr herüber, wer weiß, wie lange schon. Panisch sieht sie sich nach einer Waffe um, aber es gibt keine mehr. Die Polizei hat Hacke und Spaten mitgenommen.

»Frau Vogt?« Wie durch Watte dringt ihr Name zu ihr durch. »Frau Vogt? Entschuldigen Sie, dass ich hier so reinplatze, aber ich hatte geklingelt ...«

Eine Frauenstimme. Eine junge Frau in seltsam ausgebeulten Hosen mit aufgenähten Taschen, wie sie jetzt wohl modern sind. Elisabeths Erleichterung verfliegt, als die Fremde weiterspricht.

»Könnten Sie mich bitte hereinlassen, Frau Vogt? Mein Name ist Judith Krieger, ich bin Kommissarin, ich habe noch ein paar Fragen an Sie.«

In der Küche ist es kühler als im Garten. Die Kommissarin setzt sich aufs Sofa, genau an dieselbe Stelle wie zuvor ihr junger Kollege. Elisabeth schenkt ihr ein Glas Wasser ein.

»Haben Sie wohl eine Tasse Kaffee für mich?« Die Stimme der Kommissarin klingt müde.

Elisabeth setzt den Kessel auf, gibt Kaffeebohnen in die Elektromühle, stülpt eine Filtertüte in den Porzellanfilter.

»Genau so hat meine Großmutter auch immer Kaffee gemacht«, sagt die Kommissarin. »Ein richtiges Ritual.«

»Lebt sie nicht mehr?«

»Schon lange nicht mehr.« Die Worte sind kaum zu verstehen.

Elisabeth weiß nicht, was sie erwidern soll. Sie denkt an ihren eigenen Enkelsohn, der Hunde liebt wie sie. Die Frau in ihrer Küche ist ganz anders, als sie sich eine Kommissarin vorgestellt hat. Längst nicht so furcherregend zielstrebig wie ihr junger blonder Kollege, obwohl das andererseits auch nicht stimmt, schließlich ist sie durch den Garten eingedrungen. Elisabeth brüht den Kaffee auf und deckt den Tisch.

»Oh, Milch.« Die Kommissarin lächelt und greift nach dem Kännchen, mit beinahe kindlicher Gier. Ihr T-Shirt hat einen Riss. Vielleicht ist sie im Garten irgendwo hängen geblieben. Die Lockenmähne hat sie mit einem Stück Schnur im Nacken zusammengebunden. Es sieht improvisiert aus, nicht wie eine ordentliche Frisur.

»Einen schönen Hund haben Sie.«

Elisabeth lächelt ebenfalls. Froh, dass Barabbas so sauber und gestriegelt ist. Sie trinken Kaffee und schweigen.

»Der Junge«, sagt die Kommissarin schließlich. »Der Junge, dem der Rauhaardackel gehörte. Jonny. Er ist tot.«

Unwillkürlich greift sich Elisabeth ans Herz.

»Deshalb bin ich gekommen. Ich habe gehofft, dass Ihnen vielleicht noch etwas eingefallen ist, was uns weiterhelfen könnte.«

Das Summen der Fliegen, die glasigen Augen, das abgeschnittene Ohr. Der Duft wilder Kamille und der Himmel so blau, als gäbe es die Grausamkeit der Menschen nicht.

»Wir haben inzwischen rekonstruiert, dass jemand den Dackel nach Frimmersdorf gebracht hat, so tot und verstümmelt, wie Sie ihn gefunden haben«, sagt die Kommissarin.

Der Gefährte eines Kindes, das hat sie gleich gedacht, gleich als sie Barabbas fortgezerrt hat. Dass jemand dieses Kind hassen muss, wenn er den Hund so zurichtet. Aber was hat die Kommissarin da gerade gesagt? Der Dackel wurde tot nach Frimmersdorf gebracht? Elisabeth fühlt, wie ihr ein Schweißrinnsal den Rücken hinunterkriecht. Dann kann Barabbas ja nicht – das würde ja heißen, dass sie ihn zu Unrecht verdächtigt und verprügelt hat. Dass niemand ihm etwas vorwerfen kann. Barabbas nicht und ihr auch nicht.

»Sie waren mit Ihrem Hund in dem Wäldchen.« Die Kommissarin sieht Elisabeth unverwandt an. »Vielleicht haben Sie ja doch irgendetwas gesehen oder gehört. Oder Ihr Hund hat angeschlagen. Das ist doch ein kluges und wachsames Tier. Wie heißt er eigentlich?«

»Barabbas.«

»Barabbas hat den Dackel gefunden, nicht wahr? Es gibt Bissspuren.«

Elisabeth spürt, wie sie zu zittern beginnt. Ein Zittern, das aus ihrem tiefsten Inneren kommt.

»Der Dackel hat das nicht mehr gemerkt.« Die Stimme der Kommissarin klingt sanft. »Bitte, Frau Vogt, denken Sie noch einmal nach. Alles kann wichtig sein. Wir müssen einen Mörder finden.«

Ein Knattern, ein Lichtblitz. Zu schemenhaft, zu schnell. Später am Fluss für Sekundenbruchteile ein Gesicht, das sie zu kennen glaubte. Später am selben Tag oder nicht? Wenn sie sich nur erinnern könnte.

»Bitte, Frau Vogt.« Die Kommissarin ist jetzt in die Sofaecke gerutscht, langt über die Lehne und streichelt Barabbas' Rücken, der das geschehen lässt.

Das Zittern ebbt ab, so plötzlich, wie es begonnen hat. Eine große Ruhe tritt an seine Stelle. Die Kommissarin mag ihren Hund. Barabbas ist sicher, niemand will ihn ihr nehmen.

»Ein Mofa«, sagt Elisabeth. »Halbstarke, hab ich gedacht. Da war so ein Knattern, nachdem wir den Dackel gefunden haben. Ein Knattern wie von einem Mofa. Und etwas hat geblitzt.«

»Vielleicht die Reflexion eines Sonnenstrahls auf Metall.« Die Kommissarin hört auf, Barabbas zu streicheln. Sie richtet sich auf, stützt die Ellbogen auf den Tisch. Sieht Elisabeth an, als wolle sie ihre Worte trinken.

»Ein Mofa«, wiederholt sie leise.

»Ich bin wirklich nicht sicher, es ging so schnell.« Und sie hatte Angst vor Barabbas' Knurren, gar nicht richtig denken konnte sie deswegen. Aber das muss ich jetzt nicht mehr sagen.

»Es klang wie ein Mofa«, sagt die Kommissarin.

»Wissen Sie, was komisch war? Auf dem Rückweg hab ich jemanden beim Fluss gesehen, nur ganz kurz, einen jungen Mann, und beinahe hab ich gedacht, ich kenne ihn. Er erinnerte mich an einen Kollegen meines Mannes. Der ist früher immer mit seinem Mofa durchs Dorf gefahren und hat den Frauen schöne Augen gemacht. Aber das ist lange her. Jetzt ist er auch alt geworden, der Neisser, und sein Mofa hat er nicht mehr.«

»Neisser?« Die Kommissarin reißt die Augen auf. Sie sieht jetzt überhaupt nicht mehr müde aus.

\*\*\*

Tim Rinkers Elternhaus ist immer noch verschlossen und verlassen. Manni schaut die Straße hinauf. Niemand zu sehen, als ob das Wohngebiet im Koma liegt. Entschlossen geht er am Eingang vorbei zu dem mannshohen Eisentor, das zwischen Hausfassade und Garage offensichtlich in den hinteren Garten führt. Er drückt auf die Klinke – abgeschlossen. Ein Blick über die Schulter, schon hat er den Fuß auf die Klinke gesetzt, schwingt sich hoch, dann auf die andere Seite. Der Garten wirkt auf eine langweilige Art getrimmt und gepflegt. Hohe Büsche versperren den Blick zu den Nachbargrundstücken, was Manni nur recht ist. Neben einem Springbrunnen steht eine Sonnenliege. Niemand liegt darauf, alles wirkt verlassen. Manni geht auf die Terrasse, legt die Hände an die Fensterfront, versucht, drinnen etwas zu erkennen. Auch hier wirkt alles aufgeräumt und menschenleer. Der Vater operiert, aber wo mag die Mutter sein? Und vor allem: Wo steckt ihr Sohn?

Die Fahrzeit von Brück nach Ostheim beträgt nur fünf Minuten, aber der Kontrast zwischen Tims Straße und der von Ralf Neisser könnte kaum größer sein. Verkehrslärm von der Frankfurter Straße brüllt herüber, Fernseh- und Musikfetzen vermischen sich zu einem wüsten Klangpotpourri, die enge Straße endet in einer Art holprigem Gehweg, dessen Seiten dicht an dicht bebaut sind mit winzigen Häusern, die Schrebergartenbaracken gleichen. Ralf Neissers Elternhaus trägt die Hausnummer 73. Es sieht vernachlässigt aus, Bauschutt und Farbeimer türmen sich daneben. Statt eines Gartentors dient ein freistehendes chinesisches Tempeldach mit rot lackierten Drachen als Eingang, absurd kitschig, deplatziert und überdimensioniert. Da es keinen Klingelknopf gibt, zieht Manni am Seil einer Glocke.

»Garten!«, schreit eine Männerstimme.

Manni nimmt dies als Einladung, lässt die Drachen hinter sich und schlängelt sich an einem verbeulten Opel Manta vorbei. Der Garten hinter dem Haus ist ebenfalls winzig, verwitterte Holzsichtschutzelemente dienen als Begrenzung zu den Nachbarn und verstärken das Gefühl von Enge. Leere Bierkästen, noch mehr Bauschutt und ein paar Plastikgartenstühle liegen herum. Der Sprecher selbst thront rotgesichtig und Bier trinkend in einem Aufblas-Planschbecken und sieht Manni erstaunt entgegen. Offensichtlich hat er jemand anders erwartet. Aus einem tragbaren TV-Gerät näseln die dümmlichen Stimmen irgendwelcher Seelenstriptease-Talkshowteilnehmer.

»Guten Tag, ich suche Ralf Neisser.«

»Polente«, sagt der Planschbeckenmann. Auf seiner feisten, dicht behaarten Brust protzt eine Goldkette. Der Bauch hängt über eine knielange Bermudashorts mit Palmenmuster.

Manni wedelt mit seinem Ausweis. Der Mann nimmt einen langen Zug aus seiner Flasche, schluckt, angelt nach einer Schachtel Marlboro und spuckt aus, haarscharf am Poolrand vorbei ins trockene Unkraut.

»Ralf is' nicht da, was willste denn von ihm?«

»Ich ermittle in einem Mordfall. Ich will ihm ein paar Fragen stellen.«

»Mein Junge hat nix mit Mord zu tun.« Neisser senior

rutscht aus seiner bislang eher liegenden in eine sitzende Position und lässt den Bizeps schwellen.

»Ich betrachte ihn als Zeugen«, sagt Manni und muss auf einmal an seinen Vater denken, der ihn nie in Schutz genommen hat. Wenn sich jemand über Manni beschwert hat, hat Günter Korzilius sich augenblicklich für seinen Sohn entschuldigt, und später, zu Hause, hat er dann zugeschlagen, ohne jemals auf die Idee zu kommen, dass das womöglich ungerecht sei, ohne sich auch nur im Geringsten für Mannis Version des Sachverhalts zu interessieren. Sein Handy fiedelt und bewahrt ihn so vor weiteren Gedanken, die doch nichts bringen. Die Stimme der Krieger klingt hektisch und hell.

»Ralf Neisser«, sagt sie. »Der hat einen Großvater in Frimmersdorf, den er manchmal besucht, das hab ich gerade überprüft. Elisabeth Vogt könnte unseren Ralle gesehen haben, am Tag, als sie den toten Dackel fand. Außerdem meint sie sich an ein Mofa zu erinnern.«

»Ich kümmere mich drum.« Manni zwingt sich, ruhig zu bleiben, dem wachsamen Blick von Ralfs Vater keinen Angriffspunkt zu geben.

»Kannst du nicht sprechen?«, fragt die Krieger.

»So isses.«

»Was ist mit Tim?«

»Nada. Immer noch niemand zu erreichen.«

»Mist.«

Manni schiebt das Handy zurück in die Hosentasche. Der Mann im Planschbecken scheint instinktiv erfasst zu haben, dass sich das Blatt gewendet hat, und zwar nicht unbedingt zugunsten seines Sohnes. Er wirkt jetzt wie ein verdrossenes Kleinkind. Beargwöhnt Manni mit rot unterlaufenen Trinkeraugen.

»Ralf hat nix gemacht!«

Die Schläge waren nicht so schlimm. Das Schlimme war die Ungerechtigkeit. Die und das Desinteresse. Väter und Söhne, warum ist das so verdammt schwer und warum zieht ausgerechnet ein Ralf Neisser das große Los in Sachen Vaterliebe? Aber natürlich ist keineswegs sicher, wie es um Neisser seniors Solidarität mit dem Filius bestellt ist, wenn sich die Staatsmacht entfernt hat. Manni bückt sich nach einem Gartenstuhl, stellt ihn auf, überprüft die Stabilität und setzt sich darauf. Ein Machtspiel. Ein Machtspiel, für das er weder Zeit noch Nerven hat. Ein Machtspiel, das er trotzdem beherrscht.

»Ihr Vater lebt in Frimmersdorf.«

Der Planschbeckenmann nickt und genehmigt sich noch einen Schluck aus der Flasche, schmeißt sie dann hinter sich.

»Hat Ralf ein Mofa?«

»Is' kein Verbrechen.«

»Ich brauche das Kennzeichen.«

»Keine Ahnung. Frag Ralf.«

Manni streckt die Beine aus, wie jemand, der nicht vorhat, bald wieder aufzustehen. Er betrachtet die Hausfassade, das Planschbecken, den Bauschutthaufen, in dem sich auch ein Teppichrest befindet.

»Drogen«, sagt er nachdenklich, als spreche er zu sich selbst. »Ein paar der Schüler vom Gymnasium da drüben stehen da drauf. Irgendjemand muss sie ihnen verkaufen. Praktisch, wenn man in der Nähe einer Schule lebt.«

Der Mann im Planschbecken langt hinter sich, öffnet mit einem Plastikfeuerzeug eine neue Flasche Bier, starrt auf den Fernseher, zu Manni, auf seine Flasche, dann wieder auf den Fernseher. Er ist nervös. Manni unterdrückt ein Grinsen, widmet seine Aufmerksamkeit wieder dem Bauschutthaufen. Vielleicht ist Ralf tatsächlich die Quelle für das Ecstasy. Auf jeden Fall sieht der Teppichrest in diesem Bauschutthaufen dem, von dem das Labor behauptet, Jonnys Dackel sei darin transportiert worden, verdammt ähnlich. Diese Tatsache und der Neisser'sche Verwandtschaftsbezug zu Frimmersdorf, das man von Köln aus durchaus mit einem Mofa erreichen kann, dürften für einen Durchsuchungsbeschluss genügen.

Sein Handy beginnt zu vibrieren, das Display zeigt die Nummer vom KK 66 an.

»Die Eltern von Tim Rinker haben ihren Sohn soeben vermisst gemeldet«, sagt Petra Bruckner. »Sie sind völlig außer sich. Ich dachte, ich sage dir gleich Bescheid.«

***

293

Berthold Prätorius ist schon da. Die Haustür von Charlottes Villa ist nur angelehnt, die Rollläden sind hochgezogen. Das Innere des Hauses riecht immer noch nach Desinfektionsmitteln, Mottenkugeln, Verlassenheit. Die Wände scheinen sich Judith entgegenzustemmen. Sie glaubt, keine Luft zu bekommen, jegliches Zeitgefühl zu verlieren. Hat sie Charlotte wirklich in Kanada gefunden? Einen Moment lang erscheint das so vollkommen irreal wie ein Fiebertraum. Berthold kommt ihr aus dem Wohnzimmer entgegen, zögernd, als sei er ganz und gar nicht sicher, ob er mit Judith sprechen will. Sie geben sich die Hand, sehen sich an, keiner von ihnen sagt etwas. Seine Handfläche ist lauwarm und feucht, will sich nicht mehr von Judiths lösen. Sie zählt stumm bis zehn, dann bis zwanzig, dann zieht sie ihre Hand zurück.

»Charlotte ist tot«, sagt Judith, und Berthold zuckt zusammen, obwohl er es natürlich auf eine Art schon wusste. »Es gibt keinen Zweifel«, fügt sie hinzu. »Du hattest Recht mit deinen Sorgen. Es tut mir leid.«

Die Wände scheinen noch näher zu rücken. Mit schwerfälligen Schritten geht Berthold zur Hausbar, gießt sich einen Cognac ein. Er schenkt sich noch einmal nach, verschließt die Hausbar wieder und setzt sich in einen Sessel, den Cognacschwenker fest in der rechten Hand. Was wird er tun, wenn dieses Gespräch zu Ende ist? Zurück zu seinen Computern fahren, die sich im Gegensatz zu Lebewesen mit Geduld und Fachkenntnis reanimieren lassen? Allein in seiner Wohnung sitzen, die Wände anstarren und den Verlust seiner einzigen Freundin zu begreifen versuchen? Judith weiß nichts von Berthold, sie will nichts von ihm wissen, will sich nicht an den Jungen mit den tintigen, zerbissenen Fingernägeln und dem flackernden Blick erinnern, will ihn nicht in ihrem Leben haben. Trotzdem ist sie mit ihm verbunden.

Sie unterdrückt den Impuls, sich eine Zigarette zu drehen, weil ihr das aus irgendeinem Grund pietätlos erscheint. Stattdessen setzt sie sich unter die Ölbild-Jagdhunde mit den blutigen Lefzen auf das Sofa und beginnt zu erzählen. Sachlich, im Tonfall der geschulten Kommissarin, die so das Unheil von sich fern zu halten gelernt hat. Erzählt von dem

Besuch in Atkinsons Unibüro und in seinem weißen Haus, von Charlottes offensichtlichem Entschluss, Eistaucher zu beobachten, von dem deutschstämmigen Guide David Becker, der Charlotte in die Wildnis geflogen hat. Von Charlottes Lager, den verdorbenen Lebensmitteln, den Knochen auf der Insel, die die kanadische Polizei inzwischen dank Zahnabgleich zweifelsfrei als Charlottes sterbliche Überreste identifiziert hat. Vom spurlosen Verschwinden des Guides, der vielleicht, vielleicht aber auch nicht, etwas mit Charlottes Tod zu tun hat.

»Da es keine Schuss- oder Stichwunden an den Gebeinen gibt, ist es quasi unmöglich, die Todesursache noch festzustellen«, beendet Judith ihren Bericht. »Vielleicht war es ein tragisches Unglück.«

»Wie ist sie auf die Insel gekommen, wenn ihr Kanu am anderen Ufer lag?« Bertholds Rechte schwenkt den Cognac im bauchigen Glas. Gleichmäßig. Mechanisch.

»Ich nehme an, sie ist geschwommen.«

Berthold stellt das Glas auf den Tisch. »Sie konnte nicht schwimmen.«

»Bist du sicher?«

»Sie wäre als Mädchen beinahe ertrunken. Sie hatte Angst vor dem Wasser. Ich halte es schon für sehr unwahrscheinlich, dass sie sich mit einem wackeligen Kanu aufs Wasser traute.«

Die Schwimmweste im Zelt. Der Unterschlupf auf der Insel. Charlotte hat sich doch getraut, denkt Judith. Und vielleicht erklärt ihre Angst vor dem Wasser sogar ihre Faszination für die Eistaucher. Vögel, die besser schwimmen als fliegen können. Die ein zweites geheimes Leben unter der Wasseroberfläche führen, dort jagen und wer weiß was tun. Aber Berthold hat Recht, die Frage ist wichtig: Wie ist Charlotte auf die Insel gekommen, ohne Kanu, ohne Schwimmweste? Es gibt nur eine Möglichkeit: Jemand hat sie dorthin gebracht, tot oder lebendig. Und das erklärt auch, warum außer den Knochen nichts auf dieser Insel war: keine Kleidung, kein Fernglas, nichts von allem, was eine Vogelbeobachterin normalerweise mit sich führt.

»Charlotte konnte nicht schwimmen«, wiederholt Berthold. »Dieser Guide muss sie umgebracht haben, so muss das gewesen sein.«

»Die Ermittlungen haben gerade erst begonnen.« Judith muss hier raus. Sie will endlich duschen und die Kleidung wechseln, sie muss etwas essen. Und vor allem muss sie schlafen. Schlafen, vergessen, zumindest für ein paar gnädige Stunden.

Berthold Prätorius legt seine breiten, fleischigen Finger um den Cognacschwenker, führt ihn zum Mund. Er wirkt nackt. Wie ein Schalentier, das man aus seinem Panzer gerissen hat.

»Ich weiß nicht, was ich jetzt machen soll«, sagt er. »Ich muss dieses Schwein finden. Ich muss doch irgendetwas tun.«

Judiths Handy spielt Queens *Spread your wings*, sie nimmt das Gespräch an, hastig, mit schlechtem Gewissen, findet einen Schreibblock im Flur auf der Telefonkonsole, notiert die Adresse, die Manni im Stakkatotonfall herunterrattert.

»Es tut mir leid«, sagt sie zu Berthold Prätorius, der reglos im Sessel von Charlottes Vater sitzt. »Ich kann nicht länger bleiben, ich muss arbeiten. Ich kümmere mich um Charlotte, ich rufe dich an.«

Berthold öffnet den Mund, will protestieren. Sie rennt aus dem Haus, als seien die Jagdhunde aus dem Ölbild gesprungen und hinter ihr her.

Im Auto beginnen ihre Hände zu zittern, ihre Augen wollen nichts mehr sehen, ihr Körper versucht sich mit Gewalt zu holen, was sie ihm verweigert, und zieht Richtung Boden. Sie hält an einem Kiosk, kauft einen Schokoriegel, eine Packung Benson & Hedges und eine Flasche Wasser. Sie schlingt die Schokolade herunter, fährt rauchend weiter, mit weit geöffneten Fenstern, die Augen angestrengt offen haltend. Jetzt Manfred Mann, sehr laut, Patti Smith oder Gianna Nannini, doch die Sender, die sie hereinbekommt, spielen Dudelpop. Judith zieht an ihrer Zigarette. Sie muss mit dem Rauchen aufhören, bald, sehr bald, aber nicht heute, nicht jetzt.

Sie hält vor Tim Rinkers Elternhaus und wischt sich die Schokoladenreste aus den Mundwinkeln. Das Haus wirkt vornehm, aber nun ist das Entsetzen über seine Bewohner hereingebrochen und ein Teil dieses Entsetzens ist sie. Manni sitzt mit Tims Eltern im Wohnzimmer. Ein verkniffener Herzchirurg und eine schluchzende Frau auf weißen Polstermöbeln. Weiß, um Himmels willen, denkt Judith, sie haben doch einen vierzehnjährigen Sohn. Wie soll der sich denn hier bewegen und wohl fühlen können?

Knappe Fragen, hilflose Antworten. Am Morgen ist Tim zur gewohnten Zeit zur Schule geradelt. Tims Vater hat operiert, Tims Mutter hat einen Beautytag auf einer Schönheitsfarm im Bergischen Land verbracht und deshalb das Handy ausgeschaltet. Sicher in der Schule haben sie ihren Jungen vermutet. Mittags sollte er sich in der Mikrowelle ein Nudelgericht warm machen, wie jeden Montag, nachmittags hatte er Schach-AG. Doch stattdessen ist geschehen, was bis vor wenigen Stunden jenseits ihrer Vorstellungskraft lag: Ihr einziger Sohn ist seit dem frühen Morgen verschwunden, genau so spurlos wie sein bester Freund, der, wie man jetzt leider weiß, an einem unbekannten Ort misshandelt und ermordet wurde.

Sie gehen nach oben, in Tims Zimmer, einen freundlichen, ordentlichen Raum mit hellblau gestrichenen Wänden, an denen unzählige Poster von Meerestieren und Fischen hängen. Auch das Muster der Gardinen vor den hohen Fenstern stellt eine Unterwasserlandschaft nach. Auf Fensterbänken und Regalen stehen Muscheln, Seesterne, Seeigelschalen und präparierte Fische. Zwei Zimmerpflanzen mit fleischigen grünen Sprossen statt Blättern erinnern an Meeresalgen. Tim besitzt zahlreiche Bücher und einen eigenen PC. In einer Ecke stehen zwei bequeme Sessel vor einem Schachtisch, die Figuren sind aus Halbedelstein. Nichts fehlt in diesem Kinderzimmer – außer einem glücklichen Kind.

»Er hätte so gern ein Aquarium gehabt ...« Tims Mutter schluchzt leise.

Aber lebende Fische hätten Dreck und Arbeit gemacht, denkt Judith. Da hast du ihm lieber noch ein Poster gekauft.

»Warten Sie bitte unten«, sagt Manni zu den Rinkers. Die Pflaster auf seinen Handrücken sind feucht und schmuddelig, seine Augen sehen so müde aus, wie Judith sich fühlt. Schweigend streifen sie Latexhandschuhe über, machen sich auf die Suche nach dem Profil eines weiteren Jungen.

»Er hatte vor irgendetwas Angst.« Manni untersucht sorgfältig beschriftete Kästchen mit Muscheln, die Tim unter seinem Bett hortet. »Er wollte mir nicht sagen, warum. Ich hätte verdammt noch mal nicht lockerlassen dürfen.«

»Du hast getan, was ging, es war einfach zu viel«, sagt Judith.

Manni nickt, wühlt weiter in den Muscheln. Etwas hat sich verändert zwischen ihnen. Die Fremdheit ist verflogen, vielleicht sind sie auch einfach zu erschöpft, um ihr Raum zu geben. Zu erschöpft, zu besorgt. Judith nimmt sich die nächste Schreibtischschublade vor. Mädchen schreiben Tagebuch, Jungs tun das eher selten, auch von Tim findet sie keinerlei persönliche Notizen.

»Judith?« Manni hält ein Fahrtenmesser in der Hand, am Griff hängt eine rote Lederschnur mit Glasperlen. Manni hält das Messer in den Lichtkegel der Schreibtischlampe.

»Ein Indianermesser«, sagt er.

»Jonnys?«

»Wir müssen die Eltern fragen.«

»Was ist das an der Klinge?«

Manni schiebt das Messer in eine Plastiktüte. »Vielleicht Blut.«

»Kann Tim Jonnys Hund verstümmelt haben?«

»Das glaube ich nicht.«

In der untersten Schreibtischschublade liegt ein Zeichenblock. Tim kann gut malen, Judith blättert verschiedene Motive durch. Bunt. Phantasievoll. Aber ganz hinten in der Schublade klemmt ein anderes Bild, ein Bild, das die heile, glückliche Kinderzimmerwelt in einem anderen Licht erscheinen lässt: eine einzige schwarze Fläche. TIEFSEE, hat Tim auf die Rückseite geschrieben und ein Datum. Das Datum vom vergangenen Freitag.

Rote Kreise tanzen vor Judiths Augen, wieder hat sie das Gefühl, auf der Stelle umzukippen. Wir brauchen Verstärkung, denkt sie. Wir müssen Eltern, Lehrer, Schulkameraden vernehmen. Jemand muss Tims Computer untersuchen, jemand muss sich um die Fahndung nach Ralf Neisser kümmern und darum, ob die KTU im Haus seines Vaters schon was gefunden hat. Sie nimmt das Bild, zwingt sich zur Konzentration. Sie muss in Bewegung bleiben, sonst fällt sie um.

»Ich schau mal, was Tims Eltern dazu einfällt.«

»Ich komm gleich nach.« Manni ist jetzt mit dem Bettkasten fertig und widmet sich Tims Schrank.

Unten, inmitten der weißen, gepflegten Polsterlandschaft, wirkt das schwarze Bild geradezu obszön. Die Rinkers starren es an. Ungläubig. Abwehr im Blick.

»Ein glückliches Kind malt andere Bilder«, sagt Judith.

Doch das wollen Tims Eltern nicht akzeptieren. Ein Scherz sei das Bild oder ein Versuch, die Dunkelheit in der Ozeantiefe darzustellen. Ein Forschergeist sei ihr Sohn, ein glückliches Kind, es fehle ihm nichts. Wir lieben ihn doch.

»Was glauben Sie, wo Ihr Sohn jetzt ist? Warum ist er, ohne eine Nachricht zu hinterlassen, verschwunden?«

Nun sieht auch der Vater so aus, als würde er gleich weinen.

»Kommen Sie mal«, ruft Manni von oben, bevor einer der Rinkers Judiths Frage beantworten kann.

Wieder steigen sie die Treppe hinauf. Schleppende Schritte im Gänsemarsch. Wie eine Prozession verschüchterter Kinder.

Manni steht vor Tims geöffnetem Wandschrank, eine Sporttasche in der Hand.

»Tims Tennistasche, er spielt nicht mehr. Was soll damit sein?«, fragt der Herzchirurg.

Manni hebt die Tasche auf Tims Schreibtisch. Ein Bildband ist darin oder vielmehr dessen Reste. Ein gewaltsam gebrochener Einband. Zerrissene, zerschnittene und zerknüllte Farbfotografien. Vorsichtig greift Manni hinein, zeigt auf einen Fetzen des Schutzumschlags: *Wunder der Meere.*

»Mein Gott, Tims Lieblingsbuch!« Tims Mutter streckt die Hand aus, als wolle sie das Werk der Zerstörung wieder in Ordnung bringen.

»Nicht anfassen bitte«, sagt Manni scharf.

Erneut beginnt die Frau, hemmungslos zu schluchzen.

»Aber das war doch vorbei«, sagt Tims Vater tonlos. »Tim hat geschworen, das war vorbei.«

»Vorbei?« Mannis Stimme ist eindringlich, beinahe schmeichelnd. »Was war vorbei, Herr Doktor Rinker?«

»Die Hänseleien in der Schule, Tims Verzweiflung darüber, die endlosen Stunden, in denen er sich in seinem Zimmer verkroch und weinte, die Anfälle blinder Zerstörungswut, die Gespräche mit den Lehrern und den Eltern der Mitschüler. Dann, schließlich, als alles nichts nutzte, Besuche bei einem Jugendpsychologen. Bis Tim einen Mitschüler zu Unrecht des Diebstahls bezichtigte und sich dafür entschuldigen musste.«

»Diebstahl?«, fragt Manni scharf.

»Tims iPod. Er behauptete, ein Schulkamerad habe ihn gestohlen, aber tatsächlich fand sich das Gerät in seiner Schultasche«, sagt der Arzt, der sich vielleicht mit fremden Herzen besser auskennt als mit dem seines Sohns.

»Wie heißt der Junge, den er beschuldigte?«

»Lukas Krone.«

»Lukas, nicht Viktor?«

»Lukas.«

»Tim hat sich also bei Lukas entschuldigt, und dann?«

»Danach wurde es besser. Tim lernte Jonny kennen, er weinte nicht mehr. Er wollte nicht mehr zu diesem Psychologen. Er hat geschworen, das sei nicht mehr nötig, nun sei alles in Ordnung.«

»Und Sie haben ihm geglaubt.«

»Ja.« Der Blick von Tims Vater geistert zu dem zerstörten Bildband, über die Wände, zum Fenster hinaus.

»Ich möchte mit diesem Psychologen sprechen. Sie müssen uns die Adresse geben«, sagt Judith.

Manni legt das Messer neben die Sporttasche. »Gehört das Tim?«

»Tim hat kein Messer, nein. Wo haben Sie das her?«, flüstert Tims Mutter.

Mannis Handy beginnt zu fiepen, er meldet sich, hört zu.

»Gut«, sagt er. »Macht weiter.« Er beendet das Gespräch, sieht Judith an. »Sie haben bei Neisser Ecstasy gefunden.«

»Viel?«

»Sie sind noch nicht fertig. Und Ralle ist auch noch nicht aufgetaucht.«

Noch ein Junge, der verschwunden ist. Ein Junge, der vielleicht ein Mörder ist. Oder nicht?

Wunder der Meere, denkt Judith, die Schwärze dort unten. Fische, die wir nicht sehen können. Vögel, die in die Tiefe eisiger Seen tauchen und verschwinden. Ein unglücklicher Junge, ein unglückliches Mädchen. Unglücklich, unverstanden, ausgelacht, ausgezählt. Aber von wem?

»Judith?« Wie von weit her hört sie Mannis Stimme. Verwirrt öffnet sie die Augen. Ist sie im Stehen eingeschlafen?

»Die Adresse von dem Psychologen«, wiederholt sie mühsam.

Tims Vater nickt. »Ich hole sie.«

Manni greift zum Handy, telefoniert mit der Spurensicherung, nennt die Adresse der Rinkers, bittet um einen Computerspezialisten.

Schlafen. Vergessen. Unmöglich jetzt, zu viel zu tun.

Das Gefühl, zu fallen, wird stärker. Zu fallen, den Boden zu verlieren und die Zeit.

✳✳✳

Als sie endlich bei den Rinkers rauskommen, wird es schon dunkel. Hintereinander lenken sie ihre Dienstwagen zurück in die andere Welt, auf der anderen Seite der Schule, eine Welt, in der es keinen wohlgeordneten Wohlstand gibt, jedenfalls keinen, der ins Auge springt. Neisser senior hockt rotgesichtig und störrisch in seiner verdreckten Miniaturküche. Nein, er weiß nicht, wo Ralf ist. Nein, der dealt nicht mit Drogen, die Ecstasy-Pillen aus Ralfs Zimmer müssen ein Ausrutscher sein, ein Irrtum oder gar eine Unterstellung der Polizei, sein Junge ist sauber. Sie konfiszieren den Teppich aus dem Bauschutthaufen, die KTUler schaffen ihn ins Labor, zusammen mit den Technopillen. Und damit müssen sie sich für den Augenblick geschlagen geben, was der Planschbeckenkönig mit einem bösartigen Grinsen quittiert.

Draußen greift die Luft nach ihnen, feucht und schwer und statisch aufgeladen, wie der Vorbote einer subtropischen Unwetterfront.

»Was jetzt?«, fragt die Krieger, lehnt sich an ihren Dienstwagen und zündet eine Zigarette an. »Wir können doch nicht einfach Feierabend machen.«

»Ich will Viktor Petermann erwischen, ich fahr da noch mal hin. Viktor ist Ralfs Freund, vielleicht weiß er, wo Ralf ist.«

Zu Mannis Überraschung protestiert seine Kollegin nicht und will auch nicht mitkommen.

»Ruf mich an, wenn du was erreichst«, sagt sie einfach. »Ich fahr ins Präsidium und schau, ob ich doch noch was über die Neissers rausfinden kann und über die Rinkers.« Das Zwielicht lässt ihre Gesichtszüge geisterhaft erscheinen, verschattet und durchsichtig zugleich.

Erst im Auto merkt Manni, wie hungrig er ist. Er hält an einem Imbiss, bestellt eine Currywurst mit Fritten und ruft seine Mutter an, während er isst. Stumm hört sie sich eine weitere Entschuldigung an, und auf einmal wird ihm bewusst, dass sie ihn seit dem Tod seines Vaters noch nicht ein einziges Mal angerufen hat. Als ob sie ihn nun, da ihr schlimmster Alptraum wahr geworden ist, nicht mehr bräuchte. Oder ist das Schweigen ihre typisch weibliche Art, Missbilligung dafür zu zeigen, dass sich ihr Sohn zu sehr um seine Karriere kümmert? Er hat keine Zeit, es herauszufinden, hat keine Lust, darüber nachzudenken. Keine Lust, keine Nerven, keine Kapazität.

»Freitag ist also die Beerdigung«, sagt seine Mutter leise.

»Ich nehme mir frei«, verspricht er ihr, spießt das letzte Stück Wurst auf die Plastikgabel, hofft inständig, dass er den Fall bis dahin abgeschlossen haben wird.

Doch vorerst sieht es nicht danach aus. Geschäftsgebäude und Wohnhaus der Familie Petermann liegen im Dunkeln, auch Mannis Klingeln ändert daran nichts. Wut treibt ihn zurück in den Wagen, Wut jagt ihn zum Reihenhaus der Familie Stadler, dessen Fenster ebenfalls unbeleuchtet sind. Manni drückt auf die Klingel, hört den vertrauten Dreifachgong im Inneren, zuckt zusammen, als Martina Stadler nur Sekunden später die Haustür öffnet.

»Was um Himmels willen ...« Sie zieht die Wollstola enger um ihre Schultern.

»Ich muss Ihren Mann sprechen. Sofort.«

»Frank ist im Garten. Sie kennen den Weg.« Sie macht kehrt und verschwindet. Manni schließt die Haustür hinter sich, sieht auf dem Weg durchs Haus Martina Stadler in der Küche. Sie scheint seine Anwesenheit bereits vergessen zu haben. Kauert regungslos auf ihrem gewohnten Platz auf der Eckbank, die Beine vor die Brust gezogen, den Blick in der Dunkelheit verloren.

Frank Stadler sitzt auf den Stufen unterhalb der Terrasse, dort, wo auch Manni saß, als er Martina Stadler beim Blumengießen zusah und von Miss Cateye träumte. Beinahe wie die Erinnerung an glückliche Tage erscheint ihm das nun. Tage, an denen es noch Hoffnung gab. Hoffnung, dass ein verschwundener Junge lebendig zurückkommen könnte. Hoffnung, Miss Cateye wiederzusehen und möglicherweise sogar seinen Vater.

Stadler trinkt Wein aus der Flasche. Als Manni seinen Namen sagt, springt er auf und wirkt einen Moment lang völlig orientierungslos. Dann deutet er auf den Gartentisch und zündet ein Windlicht an.

»Tim Rinker ist verschwunden. »Jonnys bester Freund. Es sieht nicht gut aus.« Manni hat keine Lust auf Höflichkeiten. Stadler verschweigt noch immer etwas. Jetzt ist er dran.

»Tim? Mein Gott!« Stadler sinkt auf einen Holzstuhl, vergräbt das Gesicht in den Händen.

»Samstagnachmittag, als Jonny verschwand«, sagt Manni. »Jonny war auf dem Rastplatz, Sie waren auch dort, mit ihrem Freund Volker Braun.«

»Das haben wir doch schon besprochen. Ich habe Jonny nicht gesehen.«

»Er war dort.«

»Ich kann mir nicht vorstellen ...«

»Ihr Stiefsohn ist tot, sein bester Freund ist vermutlich in Lebensgefahr. Was ist da so wichtig, dass sie es nicht sagen können? Reden Sie endlich, Mann. Oder wollen Sie, dass noch ein Junge stirbt?«

Der Schein des Windlichts flackert in Stadlers Gesicht, vertieft die Linien, die es vor einer Woche noch nicht darin gab.

»Behandeln Sie das vertraulich?«

»Soweit es geht.«

»Wie gesagt, Volker steckt in finanziellen Schwierigkeiten. Er hat vor zwei Jahren ein Haus gekauft, einen sanierungsbedürftigen Altbau mit großem Grundstück, für die Kinder. Viel Arbeit, viel Geld, aber gut durchkalkuliert. Doch ein Jahr nachdem sie eingezogen waren, gab es den ersten Wasserschaden. Ich erspare Ihnen die Details, jedenfalls bedingte eine Reparatur die andere, die Kosten explodierten und der Kreditrahmen war ausgeschöpft. Hagen Petermann hat Volker dann ein zinsloses Darlehen gewährt – 20 000 Euro.«

»Hagen Petermann?«

Stadler nickt. »Damit war Volker gerettet. Zum Dank hat er Petermanns Firma bei einer Ausschreibung berücksichtigt – Volker ist Referent im Düsseldorfer Verkehrsministerium. Oder sagen wir mal, er hat dafür gesorgt, dass Petermann den Auftrag bekam.«

»Bestechung. Wovon man im Ministerium nichts wissen durfte.«

»Es hätte ihn seinen Job gekostet und damit wirklich ruiniert. Ein Mal, dachte Volker. Nur ein Mal. Aber Petermann wollte mehr.«

»Also hat Ihr Freund Sie um Hilfe gebeten.«

»Ich habe Ihnen das nicht gesagt, weil ich Volker schützen wollte.«

Mehr als deinen Stiefsohn, denkt Manni. Erklär das deiner Frau. Erklär das deinem toten Stiefsohn. Erklär dir das selbst, wenn du morgens in den Spiegel schaust.

»Haben Sie auf dem Rastplatz über Petermanns Erpressungsversuche gesprochen?«, fragt er.

Stadler nickt, das Gesicht in den Händen vergraben. »Ich dachte doch nicht, ich konnte doch nicht wissen …«

Petermann also. Manni steht auf. Er muss mit diesem Braun sprechen. Er braucht einen Durchsuchungsbeschluss für Petermanns Firma.

»Noch etwas«, sagt Stadler heiser. »Der Teich, in dem sie

Jonny gefunden haben. Ich angele dort, freitags nachmittags. Das kann doch kein Zufall sein, jemand will mir was anhängen, aber ich weiß nicht, wer. Außer Volker und neuerdings Martina weiß niemand davon. Bitte glauben Sie mir, ich habe Jonny nichts getan.«

Manni hält Frank Stadler das Messer aus Tims Zimmer hin.

»Gehörte das Jonny?«

»Ja, woher haben Sie das?«

»Ich finde selbst hinaus.« Manni ertastet sich den Weg durch das dunkle, totenstille Wohnzimmer Richtung Eingangstür. Von der Terrasse erklingt das trockene, ungeübte Schluchzen eines Mannes, der es nicht gewohnt ist, seinen Gefühlen auf diese Weise Ausdruck zu verleihen. Unwillkürlich beschleunigt Manni seine Schritte und ballt die Fäuste, was seine geschundenen Knöchel mit Stichen quittieren. Petermann, denkt er wieder. Aber was ist dann mit Ralf Neisser und was mit Petermanns Sohn? Und vor allem: Was ist mit Tim?

Volker Braun lebt in Immekeppel im Bergischen Land. Nur eine Viertelstunde auf der A 4.

»Nein, nein, nein«, flüstert er, als Manni ihn mit Frank Stadlers Aussage konfrontiert. »Frank hat das missverstanden. Ich bin nicht bestechlich, ich habe Petermann nicht begünstigt, er hat mich nicht erpresst, ich arbeite korrekt. Bitte, Sie müssen mir glauben, ich habe doch Kinder.«

Und dabei bleibt er, egal wie Manni es versucht. Ein Mann, der um seine Existenz kämpft und deshalb kein brauchbarer Zeuge ist. Frustriert fährt Manni zurück nach Köln, versucht es noch einmal bei den Petermanns, aber das Haus liegt immer noch im Dunkeln und niemand lässt ihn herein.

Im KK-11 ist hingegen trotz fortgeschrittener Stunde der Teufel los. Die »SOKO Tourist« lärmt im Besprechungszimmer, sie haben ihren Täter gefasst, bereiten Verhöre und Pressekonferenz vor, feiern und reden alle durcheinander. Judith Kriegers Praktikantenkabuff ist leer, doch ihr Computer ist an, der Drucker spuckt Seiten aus und neben dem vollen Aschenbecher steht eine lauwarme Tasse Kaffee. Manni lässt sich auf ihren Bürostuhl fallen und starrt auf den Monitor. David Becker, geboren am 11. Oktober 1959 in Hannover. Biologe. Widerstand gegen die Staatsgewalt, Verstoß gegen das Versammlungsverbot, Körperverletzung, Steuerhinterziehung – das Vorstrafenregister des Mannes ist beachtlich. 1995 hat Becker eine Kanadierin geheiratet und ist mit ihr nach Toronto gezogen. Drei Jahre später wurde die Ehe geschieden, was verdammt nach Scheinehe stinkt.

Die Krieger steht plötzlich neben Manni, sieht, was er da gerade liest, wird wirklich und wahrhaftig rot.

»Ist privat.« Sie langt nach der Maus, klickt die Seite weg und setzt sich Manni gegenüber, mit einer Bewegung, die wie ein Taumeln wirkt. »Und?«

Während Manni seine neuesten Ergebnisse zusammenfasst, glaubt er beinahe, dass Stadler die Wahrheit gesagt hat und Volker Braun lügt. »Jonny hat seinen Stiefvater auf dem Rastplatz belauscht und erfahren, dass Hagen Petermann dessen Freund erpresst. Dann hat er Petermann im Wald getroffen, zufällig wahrscheinlich, und ihn zur Rede gestellt.«

»Und dann hat Petermann zugeschlagen? Und hat den Dackel verstümmelt und getötet? Und warum ist jetzt auch Tim verschwunden?« Die Krieger guckt skeptisch.

»Weil Jonny sich ihm anvertraut hat.«

»Aber dann müsste Tim doch mit im Wald gewesen sein. Und außerdem: Warum hat Tim niemandem etwas davon gesagt?«

Genau diese Fragen stellen auch Millstätt und der Staatsanwalt, und weil Manni sie nicht beantworten kann und außer Stadlers Aussage nichts in der Hand hat, verweigern sie den Durchsuchungsbeschluss für Petermanns Haus.

»Fahrt heim, genug für heute«, sagt Millstätt. »Keine Widerrede. Wir sehen uns morgen.«

Im Autoradio johlt Herbert Grönemeyer vom Leben und Menschsein. Judith Kriegers Lagerfeuermüffeln ist schwächer geworden, übertüncht von Schweiß, Stress und Nikotin. Sie sitzt neben Manni, eine im Licht der Armaturen bläulich schimmernde Silhouette mit geschlossenen Augen. Manni denkt an seinen Vater und an das Schluchzen von Frank Stadler. Er denkt, dass Grönemeyer mit seiner Zuversicht Unrecht hat, dass es Versäumnisse gibt, falsche Entscheidungen, die ein Leben zerstören. Er denkt an Tim, der zu viel Angst hatte für einen Jungen seines Alters. Er lenkt den Wagen auf die Severinsbrücke. Die Stadt liegt da, als warte sie auf etwas. Den Regen vielleicht. Erlösung, die nicht kommen will.

# Dienstag, 2. August

Ein Knall weckt sie auf, ein Luftzug, das Prasseln von Regen. Sie weiß nicht, wo sie ist, wie lange sie geschlafen hat, wie spät es ist, registriert wie durch Watte, dass sie zugleich schwitzt und friert. Im Traum hat sie sich in einem See verloren. *Du kannst nicht schwimmen*, hat eine Stimme gewarnt, und im selben Moment hat Judith die Finsternis bemerkt, schwarzes Wasser, das sie nach unten zog. *Sájvva,* hat eine andere Stimme gesungen, *die Welt der Toten am Grund des Sees, komm*. Da erst hat Judith die Augen der Eistaucher gesehen. Rote Punkte, die sie umtanzten, betören wollten.

Ihr Herz rast, sie tastet nach ihrem Handy. Sie liegt in ihrem Wohnzimmer auf dem Sofa, immer noch in derselben Kleidung, die sie vor einer halben Ewigkeit in Kanada angezogen hat. Die Luft um sie herum scheint zu stehen und auf ihren Körper zu drücken, eine fast greifbare, dichte warme Masse. Judith setzt sich auf. Sie kann sich nur schemenhaft daran erinnern, wie sie in ihre Wohnung gekommen ist. Sie muss die Fenster geöffnet haben, war zu müde, sich auszuziehen und ins Bett zu kriechen. Das Display ihres Handys zeigt 6.30 Uhr. Der Regen draußen wird heftiger. Dickbauchige Gewitterwolken verschlucken das Morgenlicht. Blitze zucken über den Dächern, tauchen sie in Brombeerfarbe.

Auf dem Parkett liegt immer noch Charlottes Gemälde. Der Eistaucher wirkt beinahe plastisch im flackernden Zwielicht und scheint Judith anzusehen. Ein Blick aus einer unerreichbaren Welt, für immer rätselhaft, wie kalte Glut.

»Schöne Scheiße hast du mir da eingebrockt«, sagt sie, will den Eistaucher unter das Sofa schieben, aber aus irgendeinem Grund erscheint ihr das falsch, also lässt sie ihn liegen. Sie steht auf und die Tagbilder kommen mit Gewalt zurück. Ein toter Junge, ein toter Hund, ein anderer Junge, vielleicht ebenfalls tot oder vielleicht, hoffentlich, in diesem Moment nur außer sich vor Angst, weil jemand ihn gefangen hält und töten will. Charlottes trauriges Lächeln, damals, als Judith sie nicht mehr besuchen wollte. Das Gekicher und vernichtende Schweigen ihrer Mitschülerinnen. Der Mann mit den Vorstrafen und den warmen Händen, nach denen sich Judiths Körper immer noch sehnt. Keine Spur von Becker, hat Margery gestern am Telefon gesagt. Noch kein Ergebnis aus der Rechtsmedizin. Atkinson ist nicht zu knacken, schwört, dass er nichts mit Charlottes Tod zu tun hat. Judith zieht sich aus und tritt auf die Dachterrasse. Regen strömt über ihre nackte Haut. Zu früh gekommener Regen, der keine Erleichterung bringt, mitten in einem ungelösten Fall.

Sie geht ins Badezimmer, stopft ihre schmutzige Kleidung in den Wäschekorb, lehnt sich in der Duschkabine an die Fliesen und seift sich ein, ein sinnloser Versuch, die Erschöpfung fortzuwaschen und die Beklemmung. Die Müdigkeit lauert in ihrem Körper, ein Raubtier, das Kräfte sammelt, um bald wieder loszuspringen. Judith trocknet sich ab, cremt sich ein, zieht sich an, stopft Akten und Handy in ihre Schultertasche.

Als sie auf die Straße tritt, hört der Regen auf, so abrupt, wie er begann. Ihre Haare sind trotzdem nass, sie hat vergessen, sie zu föhnen. *Sájvva*, raunt die Stimme aus ihrem Traum, ein fernes, kaum wahrnehmbares Echo. Judith denkt an den Jungen Tim, der das Wasser liebt und nun verschwunden ist. Nachher trifft sie sich mit seinem Psychologen, vorher will sie noch mit Manni sprechen, mit Millstätt, mit Karl-Heinz Müller, vielleicht gibt es ja schon neue Erkenntnisse. Sie muss wieder Fuß fassen im KK 11, Präsenz zeigen, sich ihre Position zurückerobern, den Fall lösen und vor allem Tim finden. Den Jungen retten, wenn das überhaupt noch möglich ist. Wieder hat sie das Gefühl aus dem Traum, das Gefühl, ins Bodenlose zu sinken. Ruhig, ganz ruhig, beschwört sie sich. Eins nach dem anderen. Ein Fahrzeug der Straßenreinigung sirrt an ihr vorbei, sein orangefarbenes Warnlicht leckt an den Hausfassaden. Judith läuft Richtung Volksgarten und versucht sich daran zu erinnern, wo sie vor der Kanadareise ihre Ente geparkt hat.

❋❋❋

Die Auskunft der Einsatzzentrale ist knapp und eindeutig: Ralf Neisser ist noch immer verschwunden, ebenso Tim Rinker. Zufall? Täter und Opfer? Aber wenn Ralf Neisser der Täter ist – was ist dann mit Petermann? Der Indianerboss hängt mit drin. Auch wenn Volker Braun die Erpressung leugnet, ist Manni davon überzeugt, dass Frank Stadler die Wahrheit gesagt hat. Jonny musste sterben, weil er etwas wusste, was er nicht wissen durfte. Doch beweisen kann Manni das nicht. Und natürlich bleiben zu viele offene Fragen. Was ist mit den Drogen? Warum wurde Jonnys Leiche ausgerechnet in Frank Stadlers Angelrevier platziert? Wie hängt das Verschwinden von Jonny mit dem von Tim zusammen? Zwei Schulfreunde. Der eine war furchtlos, der andere hatte Angst. Wovor? Kannte er den Täter? Tims Verschwinden direkt nach Jonnys Tod kann einfach kein Zufall sein.

Der Aufzug trägt Manni ins Neonlicht des KK 11. Judith Krieger sitzt schon in ihrem Kabuff, ohne Lagerfeuergeruch, mit frischen Klamotten, aber mit wirrem feuchtem Haar.

»Zweimal positiv«, sagt sie zur Begrüßung. »Gerade hab ich mit Karl-Heinz Müller telefoniert. Das Blut an Jonnys Messer stammt von dem Dackel, das Blut an dem Teppichrest aus Neissers Garten ebenfalls.«

Ralle Neisser also. Sie müssen die Fahndung intensivieren, ein Streifenwagen vor dem Elternhaus und Stichprobenkontrollen in Frimmersdorf reichen nicht. »Fingerabdrücke?« Manni lässt sich auf den Besucherstuhl vor dem Schreibtisch fallen.

»Auf dem Messer? Nicht die von Jonny, so viel steht fest. Mit denen von Tim und Ralf Neisser ist es schwieriger, die KTU muss erst Vergleichsabdrücke nehmen.«

Die Krieger schnippt einen Plastikdeckel von einem Styroporbecher und schiebt Manni eine Tüte mit Croissants hin.

»Auch eins?«

Manni schüttelt den Kopf. Der Duft von Kaffee erinnert ihn an das Frühstück mit seiner Mutter. Eiche oder schwarz lackiertes Furnier, was meinst du, Manni?, hat sie gefragt und Sargprospekte vor ihm ausgebreitet. Ferrarirot, dachte er, das hätte deinem Günter gefallen, dem alten Kraftfahrer. Aber das war natürlich nicht im Angebot, also hat Manni für schwarz votiert, bevor er sich verdrückte.

Der Anfänger steckt den Kopf zur Tür herein. »Millstätt schickt mich. Ich hätte ein paar Stunden Zeit.«

»Petermann«, sagt Manni hastig, bevor seine Kollegin was anderes vorschlagen kann. »Bauunternehmung Hagen Petermann. Vielleicht hat der im Ministerium jemanden bestochen oder ist sonst wie unlauter an Aufträge gekommen. Ich will alles wissen, was du über ihn und sein Unternehmen rausfinden kannst. Jede noch so kleine Unregelmäßigkeit.«

»Und über seinen Sohn.« Die Krieger schiebt sich den letzten Zipfel eines Croissants in den Mund. »Viktor Petermann.«

»Den knöpf ich mir jetzt direkt live vor.« Manni steht auf. »Irgendeine Idee, wo sein Kumpel Ralle stecken könnte, wird er ja wohl haben.«

»Was ist mit Lukas Krone?« Die Krieger klopft die Krümel von ihrem T-Shirt. »Diese I-Pod-Geschichte könnte wichtig sein. Wenn Tim wirklich gemobbt wurde, könnte das mit seinem Verschwinden zu tun haben.«

»Aber nicht mit Jonnys Tod.«

»Es sei denn, Jonny war gar nicht so beliebt, wie seine Eltern und Lehrer glaubten«, sagt die Krieger nachdenklich, als falle ihr das gerade erst ein, dabei ist Manni überzeugt, dass sie sich längst auf das Thema eingeschossen hat. »Mobbing geschieht ja fast immer im Verborgenen.«

»Alle beschreiben Jonny als auffallend mutig. Die können sich doch nicht alle irren.«

»Vielleicht wollte Jonny Tim ja auch verteidigen?«

»Aber Tim war am Samstag nicht im Königsforst. Im Gegensatz zu Hagen Petermann.«

»Stimmt auch wieder.« Judith Krieger seufzt und greift nach ihrem Tabak. »Aber bislang gibt es keinerlei Hinweis darauf, dass Petermann und Jonny sich getroffen haben.«

Mannis Empfang im Hause Petermann fällt frostig aus, doch das ist ihm egal, immerhin ist es ein Fortschritt, dass er eingelassen wird.

»Wo waren Sie gestern Abend?«, fragt er, während der Indianerboss ihn in die Küche führt, wo Gattin und Sohn beim Frühstück sitzen.

»Ich bin Ihnen wohl kaum dafür Rechenschaft schuldig, wenn ich mit meiner Frau ausgehe«, blafft Petermann.

Noch nicht, denkt Manni, wendet sich aber mit nichtssagendem Gesichtsausdruck an Viktor. »Und du, wo warst du?«

»Hier.«

»Ich hab geklingelt, das Haus war dunkel.«

»Hab geschlafen. Hab nix gehört.«

Manni unterdrückt ein Grinsen. Ein 16-Jähriger, der abends um elf selig schlummert, na klar.

»Eigentlich suche ich deinen Freund Ralf Neisser. Seit gestern schon. Vielleicht hast du eine Idee, wo er sein könnte?«

»Ralle? Wieso?« Viktors Turnschuhfüße scharren über die Fliesen und haken sich an den Stuhlbeinen fest. Er starrt in seine Kaffeetasse.

»Es sieht nicht gut aus für deinen Freund.« Manni stützt die Ellbogen auf den Tisch und lehnt sich vor. »Ralle hat Jonnys toten Dackel nach Frimmersdorf gebracht. Wir haben Ecstasy in seinem Zimmer gefunden. Gut möglich, dass er den Dackel damit getötet hat. Und Jonny auch.«

»Neisser.« Hagen Petermanns Stimme spuckt den Namen förmlich aus. Er spricht, als sei sein Sohn gar nicht da. »Ich habe Viktor immer gesagt, dieser Neisser ist kein Umgang für ihn. Ein Schulabbrecher aus asozialen Familienverhältnissen.«

Viktor scheint sich unter den Worten seines Vaters zu ducken. »Wir ham halt manchmal zusammen gekickt, mehr war da nicht«, nuschelt er in seine Kaffeetasse.

»Gekickt. Das ist wichtig, na klar.« Jedes von Petermanns Worten ist ein Peitschenhieb.

»Du hast gesagt, du warst an dem Samstagnachmittag, als Jonny verschwand, mit Ralle zusammen«, schaltet sich Manni ein.

»Aber nur kurz, dann hab ich mich mit Ivonne getroffen.« Viktor schießt einen schnellen Seitenblick zu seinem Vater, senkt dann wieder den Kopf. »Wir ham nix gemacht, ehrlich nicht.«

»Ralle hat Jonnys Dackel nach Frimmersdorf gebracht, so viel steht fest«, wiederholt Manni. »Hat er dir was davon erzählt? Hast du was bemerkt?«

»Nein.«

»Habt ihr Jonny im Wald getroffen?«

»Nein!«

»Tierquälerei, Drogenbesitz, vielleicht sogar Entführung und Mord. Das alles sind schwerwiegende Delikte«, sagt Manni und lehnt sich noch ein Stück näher zu Viktor hinüber. Der Junge lügt, das ist förmlich greifbar. Auf einmal empfindet Manni Mitleid mit ihm. Seine Nase ist zu groß, eine Männernase in einem Jungengesicht. Am Kinn sprießen Bartstoppeln aus rot entzündeten Poren. »Wir haben deinen Freund zur Fahndung ausgeschrieben. Wenn du irgendeine Idee hast, wo wir ihn finden könnten, sagst du das jetzt besser. Du machst dich sonst mitschuldig«, sagt er leise.

»Ich weiß nix, ehrlich nicht. Ich muss jetzt zur Penne.«

»Mein Sohn ist nicht der Komplize von diesem Neisser, dazu ist er nicht eng genug befreundet mit ihm«, zischt Hagen Petermann. »Er kann Ihnen nicht weiterhelfen. Korrekt, Viktor?«

Viktor nickt, ohne den Blick zu heben. »Kann ich jetzt gehen?«

»Was weißt du über Tim Rinker?«

»Der ist doch gar nicht in meiner Klasse.«

»Er ist der Cousin von deiner Freundin. Und Jonnys bester Freund.«

»Ich hab nix mit dem zu tun.«

»Seine Eltern sagen, er ist nicht sehr glücklich in eurer Schule.«

Viktor zuckt die Schultern. »Keine Ahnung, ehrlich nicht. Ich muss jetzt gehen.«

Noch ein Seitenblick zu seinem Vater, dann stürzt der Junge aus der Küche, als seien Furien hinter ihm her.

»Wenn Sie weiterhin meinen Sohn belästigen, schalte ich unseren Anwalt ein.« Hagen Petermann bedenkt Manni mit einem Blick, als sei er ein besonders ekliges Insekt.

»Gar nicht so leicht, heutzutage ein Bauunternehmen zu führen, nicht wahr?« Manni tut so, als habe er die Warnung nicht gehört. »Viele gehen Pleite. Da freut man sich über Aufträge aus dem Ministerium. Richtige Arbeit statt Kleinvieh. Bezahlung garantiert.«

»Ein Polizist, der über Betriebswirtschaft nachdenkt. Interessant.«

Manni gestattet sich ein Lächeln. »Es hilft, wenn man jemanden kennt, nicht wahr, Herr Petermann? Einen Entscheider. Oder noch besser, jemanden, der einem etwas schuldig ist.«

»Ich weiß nicht, wovon Sie reden.«

»20 000 Euro«, sagt Manni. »Wenn man im Gegenzug ganze Fußgängerzonen pflastern darf, ist das doch eher ein Kleinbetrag.«

»Sie unterstellen mir Bestechung?« Petermann lächelt herablassend. »Sie haben ganz offensichtlich überhaupt keine Ahnung von öffentlichen Ausschreibungen. Das ist ein Riesentamtam mit hundert Instanzen. Absolut neutral.«

»Sie haben Volker Braun 20 000 Euro geliehen.«

»Und weiter?« Petermann sieht nicht im Geringsten beunruhigt aus.

»Er arbeitet im Landesbauministerium.«

»Und?«

»Sie erpressen ihn.«

»Hat er Ihnen das gesagt?«

»Wir sehen uns bald wieder.« Manni steht auf und fühlt Petermanns Blick im Rücken. Den Blick eines Siegers, daran gewöhnt, seine Gegner niederzustarren.

Draußen liegt etwas Dumpfes, Brütendes in der Luft. Die Sonne ist gegangen, die Hitze ist geblieben. Bald, denkt Manni, bald passiert etwas, ich fühle das, der Durchbruch steht bevor, muss einfach kommen, muss heute noch kommen, denn morgen gibt es Zeugnisse, danach beginnen die Schulferien, dann ist es quasi unmöglich, noch etwas über Tim zu erfahren. Wenn sie nur wüssten, wo Jonny gefangen gehalten worden ist. Aber die Stunden im Wasser haben alle Spuren an seinem Körper zunichte gemacht. Und niemand will gesehen haben, wie der Leichnam zum See transportiert wurde.

Manni gibt Gas, drischt den Wagen auf den schon vertrauten Weg zur Schule, als ob er die Lösung des Falls mit dem Gaspedal beschleunigen könnte. Zu wenig Zeit, zu viel steht auf dem Spiel. Er hätte im Präsidium endlich sagen müssen, was Sache ist, sich freinehmen für die Beerdigung, freinehmen um Dreck auf einen schwarzlackierten Sarg zu schippen, den seine Mutter ausgerechnet mit Rosen dekorieren möchte. Ferrarirot wäre tatsächlich die falsche Farbe gewesen. Viel zu positiv, viel zu warm. Mit jeder Minute sinkt die Chance, Tim Rinker noch lebend zu finden.

✳✳✳

»Es genügt, ein klein wenig anders zu sein, um zur Zielscheibe von Hänseleien zu werden«, erklärt der Psychologe Joachim Wallert.

»Unsportlich, dick, falsch gekleidet …«, zählt Judith auf und muss unwillkürlich an Berthold und Charlotte denken.

»Oder das Gegenteil. Ein Schüler, der ein besonderes Talent hat und dadurch andere überflügelt, wirkt auf seine Mitschüler beängstigend und das zahlen sie ihm heim.«

»Mobbing als Mittel, Konkurrenten in Schach zu halten. Ist es das, was mit Tim geschah?«

Wallert nickt. »Tim ist gewissermaßen ein ideales Opfer. Schüchtern, eher schmächtig. Aber aus wohlhabendem Elternhaus und enorm phantasiebegabt und intelligent.«

»Wie lange war er bei Ihnen in Behandlung?«

»Ein halbes Jahr.«

»Was haben Sie getan?«

»Wir haben geredet. Wir haben verschiedene Rollenspiele

315

ausprobiert, um Tims Selbstbewusstsein zu stärken.«

»Und dadurch hat sich sein Problem gelöst?«

»Eigentlich nicht. Aber er wollte nicht mehr zu mir kommen. Und seinen Eltern schien das nur recht zu sein.«

»Er hat einen Mitschüler zu Unrecht des Diebstahls beschuldigt.«

»Wenn es so war.« Wallert dreht an seinem Ehering, eine vermutlich unbewusste Angewohnheit.

»Wie könnte es denn sonst gewesen sein?«

»Angst.« Der Psychologe dreht immer noch an seinem Ring. »Das Opfer klagt an, die Täter werden bestraft oder zumindest zurechtgewiesen. Und rächen sich durch noch größere Quälereien, nur eben im Verborgenen. Und irgendwann geben die Opfer auf, vertrauen sich niemandem mehr an, vereinsamen, weil sie verinnerlicht haben, dass ihnen niemand helfen will. Neulich stand ein Extremfall in der Zeitung. Drei 15-Jährige hatten einem schlafenden Mitschüler auf einer Klassenfahrt schwerste Verbrennungen an den Beinen zugefügt. Der Junge durchlitt tagelang höllische Schmerzen, ohne ein Wort zu sagen.«

Angst. Die Angst, die Manni bei Tim gespürt hat. Die Weigerung des Jungen, der Polizei zu helfen. Das schwarze Bild. Jonnys Messer in Tims Zimmer. Charlottes Schweigen nach ihrer Geburtstagsfeier, zu der niemand kam.

»Aber Tim hatte Jonny«, sagt Judith zu laut und merkt selbst, wie trotzig das klingt.

Der Psychologe sieht sie an, doch wenn ihm die Heftigkeit ihrer Reaktion aufgefallen ist, zeigt er es nicht. »Tim hat Jonny vergöttert«, sagt er. »Jonny war sein Idol, sein Schutzschild. Wenn Tim die Pausen mit Jonny verbrachte, ließen ihn die anderen in Ruhe. Aber Tim war trotzdem extrem misstrauisch, weil sein Selbstwertgefühl so labil war. Tief im Inneren war er überzeugt, dass seine Peiniger Recht hatten, dass er tatsächlich nicht liebenswert sei. Er fürchtete ständig, Jonny könne sich mit ihnen verbünden. Also spionierte er Jonny nach und erwog sehr sorgfältig, was er ihm erzählte.«

»Aber Jonny muss Tims Probleme doch gekannt haben.«

»Wohl nicht im vollen Umfang.«

»Was wissen Sie über die Täter?«

Der Psychologe blättert in seinen Akten. »Tim hat häufig einen Lukas erwähnt. Ein Mitschüler, so etwas wie der Meinungsführer der Klasse.«

»Lukas Krone. Der mit dem iPod.«

»Und ein Vik ist wichtig. Nicht aus Tims Klasse, aber auf dem Schulhof sehr aggressiv gegen Tim. Für Tim war das doppelt schlimm, weil dieser Vik mit Tims Cousine befreundet ist.«

»Ivonne Rinker.«

»Genau. Tim und Ivonne waren sich früher sehr nah. Auch Ivonne litt wohl unter Hänseleien ihrer Mitschülerinnen. Dann wechselte sie auf Tims Schule, um einen Neuanfang zu machen, und plötzlich wollte sie nichts mehr von Tim wissen.«

»Man muss sehr stark sein, um sich als Jugendliche gegen die Gesetze seiner Mitmenschen zu stemmen«, sagt Judith.

»Das Gefühl von Mangel«, sagt Wallert nachdenklich.

»Wie bitte?«

»Bei den Tätern.« Er malt mit den Fingern Anführungszeichen in die Luft. »Er oder sie hat früh erfahren, dass Bindungen nicht verlässlich sind.« Noch ein Luft-Anführungszeichen. »Das ist leider so ein Standardsatz, wenn ich Gutachten über Jugendliche verfasse. Dann kommt es darauf an, was aus dem Bindungsverlust entsteht. Typischerweise folgen Phasen der Trauer, Verzweiflung und Wut. Aber wenn sich der Mangel immer wiederholt, bleibt nur noch Wut. Man fühlt keinen Mangel mehr, keine Trauer, man schlägt einfach zu. Dem typischen Täter fehlt Empathie – die Fähigkeit, Mitleid zu empfinden, mit sich selbst und dadurch auch mit anderen.«

»Zumindest Viktor und Ivonne stammen aus geordneten, wohlhabenden Verhältnissen.«

»Darum geht es nicht. Mangel hat viele Gesichter. Ein Vater, der unerreichbar durch seinen Beruf ist und zu viel fordert. Eine depressive Mutter. Eltern, die nur mit ihren eigenen Partnerproblemen beschäftigt sind. Geld ist kein Garant für Zuwendung. Wohlstandsverwahrlosung ist das Schlagwort dafür. Kurz gesagt: Die Eltern zahlen, statt sich tatsächlich auf ihre Kinder einzulassen. Falsche Vorbilder in den Medien, gerade auch in Computerspielen, kommen hinzu.«

Die Eltern sind schuld, die Gesellschaft ist schuld. Das ist alles richtig und doch zu einfach. Später werden Juristen und Psychologen nach Rechtfertigungen suchen. Aber auch sie können nicht erklären, warum manche Kinder Opfer werden und andere Täter. Und zunächst müssen sie den Täter finden. Sie legt Tims schwarzes Bild auf den Schreibtisch, hört den scharfen Atem des Psychologen. Wieder drängen die Traumbilder ans Tageslicht. Dunkelheit, der Sog des Sees, die Rufe der Eistaucher. Nicht jetzt, hör auf, die Dinge zu vermischen, Charlotte hat hier nichts zu suchen. Auch David Becker nicht. Judith fasst ihren Füller fester. Unruhe befällt sie mit neuer Heftigkeit.

»Halten Sie es für möglich, dass Tim Jonnys Mörder kannte und zur Rede stellte?«

Der Psychologe dreht wieder an seinem Ehering. Starrt auf das Bild. Blättert in den Akten, so lange, dass der Druck sich in dem freundlich eingerichteten Raum bis ins Unerträgliche zu steigern scheint. Die alte Angst, zu spät zu kommen, das Töten nicht verhindern zu können.

»Es gibt noch eine Möglichkeit«, sagt Wallert schließlich. »Tim könnte kapituliert haben. Er könnte nicht nur seine geliebten Fische zerstört haben, sondern auch sich selbst.«

»Er will sich umbringen. Wo? Wie?« Sie glaubt zu schreien, aber heraus kommt nur ein krächzendes Geräusch. Judith springt auf. »Wo?«, wiederholt sie.

»Ich weiß es nicht«, antwortet der Psychologe. »Möglicherweise an einem Ort, an dem Tim sich sicher fühlt. Aber ich weiß nicht, wo der ist.«

❊❊❊

»Ich muss gar nichts sagen, mein Vater ist Anwalt«, verkündet der Schüler Lukas Krone.

Noch so ein halbgares Gesicht mit einer zu großen Nase, denkt Manni. Noch so ein Junge, der mir nicht in die Augen sieht. In irgendeinem Nebenraum des Schulgebäudes ist die Krieger soeben dabei, per Handy Himmel und Hölle in Bewegung zu setzen. Suizidgefahr, hat sie hervorgestoßen, als sie Manni nach ihrem Besuch bei Tims Seelenklempner zur Lagebesprechung auf dem Schulparkplatz traf. Wir müssen den Königsforst noch mal mit einer Wärmebildkamera absuchen, vielleicht können wir das Schlimmste noch verhindern. Wir brauchen mehr Beamte, die entlang Tims Schulweg fragen, ob jemand den Jungen gesehen hat, wir brauchen noch mal die Hundestaffel. Ich kümmere mich drum. Also alles wieder auf Anfang, denkt Manni müde. Aber vielleicht nicht ganz, denn dass der Junge, der vor ihm sitzt, Tim Rinker gequält hat, scheint zweifelsfrei festzustehen, auch Tims Klassenlehrerin hat das inzwischen bestätigt. Doch die einzige Aussage, zu der Lukas Krone sich, abgesehen vom Hinweis auf die berufliche Tätigkeit seines Vaters, herablässt, ist, dass alles nur Spaß gewesen sei.

Im Klassenzimmer der 9 d riecht es nach Schweiß, Staub und etwas süßlich Klebrigem. Jungmädchenparfüm vielleicht, verschüttete Softdrinks, Bonbons oder Kaugummi, der unter den Kunststofftischen klebt. Blanke Schüleraugen sehen Manni an, huschen verstohlen zu dem leeren Platz, auf dem Tim Rinker jetzt sitzen würde, wenn die Welt in Ordnung wäre. Aber was heißt schon in Ordnung. Nichts ist jemals in Ordnung, es gibt keine heile Kinderwelt, so wenig wie eine heile Erwachsenenwelt. Ein Mord markiert immer nur die Spitze des Eisbergs.

Judith Krieger wirkt außer Atem, als habe sie soeben einen Langstreckenlauf absolviert. Die ungekämmten Locken springen um ihr Gesicht wie elektrisiert. Sie nickt Manni zu, was wohl so viel heißen soll wie: »Großfahndung läuft.«

31 Augenpaare sehen Manni und seine Kollegin an und geben nichts preis. Wir sind Außerirdische für sie, denkt Manni. Unsere Welt ist diesen Teenagern so fremd wie uns die ihre. Warum also sollten sie sich uns anvertrauen? Und trotzdem müssen wir endlich irgendjemanden zum Reden bringen, in diese Schülerwelt eindringen, und zwar schnell, selbst wenn dabei nur herauskommt, dass wir den Täter hier vergebens

suchen und uns wieder auf Hagen Petermann und Frank Stadler konzentrieren müssen.

»Tim ist manchmal ein bisschen schwierig.« Die Stimme der Mathelehrerin Dolling durchbricht die unbehagliche Stille, die bislang die einzige Antwort auf Mannis Fragen und Appelle gewesen ist.

»Wie meinen Sie das?«

»Einerseits war Tim ein Einzelgänger. Andererseits brachte er manchmal extreme Unruhe in die Klasse. Neulich zum Beispiel hat er sich mit obszönen Geräuschen wichtig gemacht.«

Irgendjemand kichert. »Voll peinlich«, flüstert eine unidentifizierbare Mädchenstimme.

»Ein Hilferuf.« Judith Kriegers Stimme ist ein Peitschenschlag. Sie mustert Tims Lehrerin, als sei die persönlich für das verantwortlich, was mit Tim geschehen ist. »Kinder, die den Klassenclown spielen, tun das meist, weil sie verzweifelt sind. Ist Ihnen diese Idee nie gekommen?«

Jetzt nicht auch noch Zickenkrieg, denkt Manni und beginnt hastig eine neue Runde des alten Viele-Fragen-keine-Antworten-Spiels.

»Tut mir leid, ich vergesse mich«, sagt Judith Krieger heiser, als der Pausengong die Schüler schließlich auf den Hof getrieben hat. »Ich kann diese Gleichgültigkeit einfach nicht ertragen.«

Manni sieht aus dem Fenster. Auf dem Schulhof schmeißt sich der kleine Wichtigtuer Lukas Krone soeben an Viktor Petermann ran. Die beiden Jungs verziehen sich in eine Ecke und sehen sich um, wie um sich zu vergewissern, dass ihnen niemand folgt. Lukas redet auf Viktor ein, wütend wirkt das, dann verabschiedet er sich mit einem Schlag auf Viktors Schulter und schlendert zurück zu seinen Klassenkameraden. Was zum Teufel …, denkt Manni, aber da trabt Viktor schon über den Hof zu einem Gebüsch am Rande des Schulhofs und verschwindet darin.

Manni sprintet los, ohne sich um Judith Kriegers Protest zu kümmern. Er erreicht das Gebüsch, bricht durch die Zweige. Ein Trampelpfad führt im Zickzackkurs über einen Hügel, verzweigt sich dort. Viktor ist wie vom Erdboden verschluckt.

Hektisch blickt Manni sich um. Niemand hinter ihm, der eine Pfad führt tiefer ins Gebüsch, der andere in Richtung Fahrradhof. Nachdenken, Mann, was kann Viktor vorhaben? Was kann Lukas ihm gesagt haben? Etwas, was mit Tim zusammenhängt, mit dem, was Manni oder Judith gesagt haben. Manni könnte schwören, dass das so ist. Er entscheidet sich für den Pfad, der zum Fahrradhof führt, bleibt mit dem Fuß in einem Kaninchenloch hängen, kann sich gerade noch abfangen. Sein Herz pumpt hart in Reaktion auf den Schreck. Nichts passiert, er hastet weiter. Gut, dass er noch nicht völlig aus dem Training ist.

Kurz vor dem Fahrradhof verlangsamt er sein Tempo. Ein Streifenwagen parkt dort, Judith Kriegers Verstärkung wahrscheinlich. Leer, von den Kollegen ist nichts zu sehen, wie immer, wenn man sie braucht. Da, eine Bewegung am Ende des Hofs. Ein hellblonder Haarschopf – Viktor, der immer wieder über die Schulter sieht und gerade im Begriff ist, sich auf ein Mountainbike zu schwingen. Manni unterdrückt einen Fluch, der Junge nimmt Tempo auf. Manni joggt über den Parkplatz. Solange er Viktor nicht aus den Augen verliert, hat er eine Chance. Er beschleunigt seine Schritte, nutzt, so gut es geht, die Fassaden als Deckung. Doch zum Glück scheint sich Viktor nun, da er die Schule hinter sich gelassen hat, sicherer zu fühlen. Er sieht sich nicht mehr so häufig um, tritt stattdessen immer schneller in die Pedale.

Fünf Minuten später ist Manni schweißgebadet und nur mit Hilfe seiner jahrelang perfektionierten Atemtricks kann er das beginnende Seitenstechen unterdrücken. Joggen ist eine Sache, ein Dauersprint in für die Temperatur ohnehin viel zu warmen Straßenklamotten eine andere. Noch einmal beschleunigt er sein Tempo, sieht vor sich das Ende der Straße und freies Feld, hat keinen Atem mehr, über die mangelnde Deckung zu fluchen. Aber Viktor will nicht aufs Feld, er schwenkt abrupt nach links. Manni erreicht die Abzweigung, sein Herz pumpt in harten Stößen, sein T-Shirt ist klatschnass. Von Viktor ist nichts mehr zu sehen. Die löchrige Schotterpiste führt geradewegs zum maroden Backsteingemäuer einer leer stehenden Fabrik. Einwandfrei. Dies ist ein tolles Versteck für Jungs, die unter sich sein wollen. Und ein idealer Ort, um einen Jungen gefangen zu halten, zu quälen und zu töten.

Manni nähert sich der Fabrik. Vielleicht ist es so einfach, vielleicht ist das die Lösung. Vielleicht ist der Täter, den sie so verzweifelt jagen, tatsächlich Mitglied einer Schülergang. Die wenigen Gebäude am Zufahrtsweg sind heruntergekommen und unbewohnt, auch das scheint zu passen. Diese leere Halle könnte tatsächlich ein Tatort sein.

Das Eingangstor zum Fabrikgelände steht halb offen, an einem rostigen Container lehnt Viktors Mountainbike. Manni schaltet sein Handy auf stumm, damit ihn ein plötzliches Klingeln nicht verraten kann. Er folgt einem Trampelpfad, der sich an der mit Graffiti verunstalteten Backsteinfassade entlangwindet. Hier wuchern Brennnesseln, es stinkt nach Katzenpisse, die wenigen Fensterglasreste in der Fassade sind blind. Dort im Gestrüpp liegt ein weiteres Mountainbike, ein teures Fahrrad, achtlos weggeworfen, blau und silbern wie das Meer. Tim, denkt Manni und fühlt, wie sein Herz noch ein bisschen härter pumpt. Er muss Verstärkung holen, gleich, sobald er sich einen Überblick verschafft hat.

Aus der Halle dringen leise Musik und Gesprächsfetzen, zu undeutlich, um etwas zu verstehen, aber dass sich die Sprecher streiten, ist klar. Manni schleicht an der Fassade entlang, bis er eine notdürftig mit Plastikfolie geflickte Fensterhöhle erreicht. In die Katzenpisse mischt sich das unverkennbare Aroma von Hasch. Manni drückt einen Sehschlitz in die Plastikfolie. Das Innere der Halle ist groß und leer, die Wände sind über und über mit Graffiti besprayt. In einer Ecke stehen ein paar Sperrmüllmöbel und ein Mofa. Viktor steht vor diesem heimeligen Ensemble und versperrt Manni die Sicht auf eine Person, die auf einem Sofa liegt.

»... Bullen ...«, versteht Manni. »Lukas ... mach da nicht mehr mit ...« Im nächsten Moment macht Viktor auf dem Absatz kehrt und verlässt die Halle durch eine rostige Eisentür an der gegenüberliegenden Wand. Von Tim ist nichts zu sehen, die Person auf dem Sofa ist ganz unverkennbar Ralf Neisser. Was tun? Der Sohn des Planschbeckenkönigs nimmt

Manni die Entscheidung ab. Er hievt sich in eine halbwegs sitzende Position und grabscht nach seiner Wasserpfeife. Damit dürfte er erst mal beschäftigt sein. So leise und schnell wie möglich hastet Manni zurück zum Fabrikvorplatz.

Doch als er dort ankommt, hat Viktor schon sein Fahrrad erreicht. Manni greift nach seinen Handschellen, beschleunigt noch einmal, er ist so nah dran, er wird es schaffen, der Junge hat ihn noch nicht einmal bemerkt. Aber dann, wie in einem blöden Film, liegt Manni plötzlich bäuchlings im Schotter, ohne zu begreifen, wie das geschehen konnte, und Viktor wird auf ihn aufmerksam und springt auf das Rad.

»Bullen!«, schreit er gellend und rast los, ohne sich um Mannis Befehle, sofort stehen zu bleiben, zu kümmern.

Mannis rechtes Knie blutet wie Hölle, die Jeans ist zerrissen, sein Kinn tut weh und seine Handflächen scheinen zu brüllen, Splitt und Dreck haben sich hineingegraben, ein richtig geiles Tattoo. Manni hetzt zurück in die Halle, wo Neisser jetzt nicht mehr auf dem Sofa lümmelt, sondern blöde glotzend zu seinem Mofa tapst. Ein kurzer Wettlauf, ein simpler Jiu-Jitsu-Griff, der Junge tritt um sich, trifft ausgerechnet Mannis verletztes Knie. Dann ist es vorbei und Manni fixiert den haschbenebelten Neisser-Sprössling mittels Handschellen am soliden Metallrahmen eines Autositzes.

Manni humpelt auf den Hof, lehnt sich an die Backsteinwand und starrt in den fahlgrauen Himmel, bis sich sein Atem normalisiert hat. Seine Wunden pochen, sein Mund ist ausgetrocknet, sein T-Shirt schweißnass und verdreckt. Einen Moment lang wird ihm schwindelig. Er schiebt ein Fisherman's in den Mund und telefoniert nach Verstärkung, bevor er zurück in die Halle geht.

»Wo ist Tim, was habt ihr mit ihm gemacht?«

»Ich weiß nicht, wovon du redest, Mann.«

»Was hat Viktor hier gerade gewollt?«

»Frag ihn doch selber.«

»Wo ist Tim?«

Die blutunterlaufenen Kifferaugen glänzen vor Feindseligkeit. »Keine Ahnung, Mann.«

Zerschnittene Fische, das geschwärzte Bild. Tims Fahrrad, das jemand weggeworfen hat wie Müll. Ist Tim tot oder können sie ihn noch retten? Sie sind so dicht dran und trotzdem einmal mehr darauf angewiesen, einen verstockten Mitmenschen zum Reden zu bringen. Manni will den Jungen vor sich schütteln, will seine verdammte Überheblichkeit aus ihm herausprügeln, so lange, bis Ralf Neisser um Gnade winselt und auspackt, was er weiß.

Dann, wie ein Flashback, ist die Erinnerung an seinen Vater wieder da, seine Schläge und seine Verachtung für Mannis Beruf. Aber das ist nicht mehr wichtig, denkt Manni. Und es war niemals wichtig, weil es damals nichts mit mir zu tun hatte und jetzt nichts mit mir zu tun hat und schon gar nicht mit meiner Zukunft im KK 11. Blut läuft an Mannis Schienbein herunter, erst jetzt merkt er das. Er ballt die Fäuste, verzieht das Gesicht, als der Schmerz durch seinen Körper schießt. Aber aus irgendeinem Grund kann er seinen Griff trotzdem nicht lockern. Steht einfach da, hält ihn aus und starrt auf den Jungen hinunter, der vielleicht ein zweifacher Mörder ist.

»Ich krieg dich dran, Ralle«, sagt er. »Verlass dich drauf.«

\*\*\*

Das Café ist halbwegs passabel, das Mädchen Ivonne sitzt Judith gegenüber. Sie messen sich über großen Gläsern Mineralwasser und Latte macchiato mit Blicken und rauchen mit stummer Erbitterung. O nein, du rufst jetzt niemanden an und schon gar nicht deinen Freund, hat Judith auf dem Schulhof gesagt, als Manni im Gebüsch verschwand. Und dann hat sie Ivonne Rinker am Arm gepackt und in ihr Auto gezerrt. Judith zwingt sich, ruhig zu bleiben, obwohl genau genommen jede Sekunde Schweigen eine Sekunde zu viel ist, solange irgendwo ein verzweifelter Junge versucht, sich umzubringen, oder in der Gewalt eines Mörders ist.

»Du hast Tim mal gern gehabt. Ihr habt euch vertraut. Dann bist du auf seine Schule gewechselt und wolltest nichts mehr von ihm wissen.«

Ivonne betrachtet ihre Zigarette, deren Filter den glänzenden Abdruck ihres Lippenstifts trägt. Auch ihre Fingernägel glitzern. Kunstvoll gefeilte Nägel mit künstlich geweißten Halbmonden, wie aus dem Werbeprospekt eines Nagelstudios. Judiths Handy spielt Queen, sie hört die Aufregung in der Stimme des unbekannten Kollegen.

»Wir haben vielleicht was im Königsforst. Jemand will Tim gesehen haben. Vor zwei Stunden. In Begleitung eines Mannes, in der Nähe des Anglerteichs.«

»Bleibt dran«, sagt Judith, »ruft mich wieder an.« Sie legt das Handy vor sich auf den Tisch, sieht wieder das Mädchen an.

»Es ist entsetzlich, wenn man außen vor steht. Es ist schlicht nicht zu ertragen«, sagt sie, ohne Ivonne aus den Augen zu lassen. »Das Gelächter. Die Witze. Das Getuschel. Man kann sich noch so oft sagen, dass einem das alles egal ist, es funktioniert nicht, stimmt's?«

»Woher soll ich das wissen?« In Ivonnes Augen glimmt Trotz.

»Es zerstört einen, es macht einen kaputt.« Unbeeindruckt spricht Judith weiter. »Weil man anfängt zu glauben, dass die anderen Recht haben. Dass man wirklich jemand ist, über den alle lachen dürfen, den sie rumschubsen dürfen, wie es ihnen gefällt.«

»Ich weiß nicht, was Sie von mir wollen!«

»Warum willst du nichts mehr mit Tim zu tun haben?«

Ablehnung in den Augen des Mädchens. Ich schaffe es nicht, ich erreiche sie nicht, denkt Judith. Dennoch spricht sie weiter, kann nicht aufgeben, diesmal nicht.

»Ich sage dir, warum du nichts von deinem Cousin wissen willst: Weil du dir das nicht leisten kannst. Weil du um jeden einzelnen Tag gottverdammt froh bist, an dem sie dich in Ruhe lassen, dich vielleicht sogar bewundern. Weil keiner wissen darf, wie es dir an deiner alten Schule erging: nämlich kein bisschen anders als Tim.«

»Sie lügen. Sie wissen überhaupt nichts über mich!«

»Ich war mal genauso feige wie du. Ich hatte eine Freundin, Charlotte hieß sie, die haben die anderen Mädchen in der Schule nicht gemocht. Da hab ich mich auch von ihr abgewandt, damit sie mich in Ruhe ließen. Jetzt ist Charlotte tot.«

Die schön manikürte Hand zittert. Ivonnes Augen verschleiern sich mit Tränen. »Ist Tim tot?«

»Ich weiß es nicht. Aber auf jeden Fall ist er in großer Gefahr und deshalb brauche ich deine Hilfe. Ich muss ihn finden.«

Ivonne beginnt zu weinen. »Sie haben ihn fertiggemacht, sie haben diesen schrecklichen Film gedreht.«

Wieder dudelt Judiths Handy. Ungeduldig reißt sie den Hörer ans Ohr.

»Falscher Alarm!«, schreit ein weiterer unbekannter Kollege. »Das waren Unbeteiligte im Königsforst, Vater und Sohn. Vom Kollegen Korzilius soll ich schöne Grüße bestellen. Er hat Ralf Neisser in einer Fabrikhalle gestellt. Könnte der Tatort im Fall Röbel sein. Meld dich bei ihm. Die KTU ist unterwegs.«

Zu viele Fäden, zu viele Jobs, zu viele Spuren, die ins Leere führen. Hastig trinkt Judith einige Schlucke Kaffee gegen die Erschöpfung, die einmal mehr die Krallen wetzt und sie packen will. Sie stellt das leere Glas ab, dreht sich noch eine Zigarette, inhaliert tief, konzentriert sich wieder auf Tims Cousine, die ihr gegenübersitzt und nun, als sei ein Damm gebrochen, Rechtfertigungen schluchzt und ihre Unschuld beteuert. Aber darunter verbirgt sich noch eine andere Geschichte, die Judith nach und nach aus dem Mädchen herauslockt: die Geschichte von Tims Qualen. Folter in einer neuzeitlichen Dimension, denkt Judith, einer technisch hochgerüsteten Welt, in der selbst Schulkinder mit ihren Mobiltelefonen Videos drehen und in Windeseile verbreiten können. Kids, die in einer Gesellschaft aufwachsen, die sich als Leitbilder Modernität und Toleranz auf die Fahnen schreibt und darüber vergisst, ihren Kindern beizubringen, dass Pornos kein Spiel sind, sondern die Beteiligten zerstören oder jedenfalls ihre Würde.

»Zeig mir den Film«, sagt Judith, obwohl sich alles in ihr dagegen sträubt, Zeugin eines Übergriffs zu werden, der nichts anderes ist als eine Vergewaltigung.

»Er ist weg«, flüstert Ivonne mit hochrotem Gesicht. »Er ist weg, seit Tim allein in meinem Zimmer war.«

»Du meinst, er hat den Film gelöscht?«

Ivonne nickt. »Ich hatte mein Handy vergessen.«

»Wann war das?«

»Sonntagnachmittag.«

Und am Morgen darauf ist Tim verschwunden. Vorher hat er noch sein Lieblingsbuch zerstört. Trotz der Schwüle friert Judith.

»Wer hat dir den Film geschickt, Ivonne?«

Das Schluchzen wird wieder stärker, die Makellosigkeit des Mädchengesichts löst sich in rote Flecken und Schlieren von Wimperntusche auf. Nichts ist mehr von der Coolness geblieben.

»War es Viktor, Ivonne?«, fragt Judith sanft.

Tims Cousine verbirgt ihr Gesicht in den Händen. »Aber ich kann doch nicht ...«, flüstert sie.

»Du glaubst, du kannst Viktor nicht verraten, weil er dein Freund ist«, sagt Judith leise, und die Erinnerung an David trifft sie wie ein Messerstich.

Ivonne nickt, eine fast unmerkliche Bewegung, halb verborgen hinter ihren Händen.

»Es war Viktor, der dir den Film geschickt hat, oder?«

»Alle hatten diesen Film plötzlich und haben ihn weitergeschickt. Viktor ist ganz bestimmt kein Mörder!« Ein weiterer Weinkrampf schüttelt das Mädchen. »Bitte sagen Sie ihm nicht, dass ich ihn verraten habe.«

Das Tuscheln, das Lachen, die vernichtenden Blicke. Wie harmlos das damals war, denkt Judith. Und doch hat es gereicht, Charlotte zu zerstören. Aber vielleicht stimmt das ja gar nicht, vielleicht vermischt sie die beiden Fälle nur aus diesem alten Schuldgefühl heraus oder aus Übermüdung. Vielleicht hat Manni Recht und es ist völlig falsch, den Täter im Schulmilieu zu suchen.

»Was ist mit Jonny, Ivonne? Hat Viktor den auch so gequält?«

»Nein«, das Mädchen schüttelt den Kopf. »Außerdem war es nicht nur Vik. Alle waren gemein zu Tim.«

»Aber es haben doch nicht alle den Film gedreht, oder?«

Ivonne antwortet nicht.

»Wer?« Judiths Stimme klingt schroff. »Wer hat bei dem Video mitgemacht? Du hast den Film doch gesehen.«

»Es waren mehrere.« Ivonne sieht Judith nicht an, greift mit zittrigen Fingern nach ihren Zigaretten. »Jungs. Ich hab ihre Hände gesehen. Sie haben Tim festgehalten.«

»Nur die Hände?«

Ivonne steckt sich eine Zigarette an, und für einen Moment schimmert Trotz in ihren verheulten Augen. Dann senkt sie wieder den Blick und stippt ihre Zigarette in den Aschenbecher, streift die Asche von der Glut. »Ich glaub, ich hab Ralle erkannt«, flüstert sie.

✳✳✳

Er sollte Triumph fühlen. Er sollte sich mit ganzer Energie auf das Verhör konzentrieren, denn Ralf Neisser, genannt Ralle, hat jede Menge Dreck am Stecken. Aber Manni fühlt keinen Triumph. Etwas nagt in seinem Unterbewusstsein. Der Schemen einer Erinnerung an etwas, was er übersehen hat. Vielleicht. Oder auch nur ein vager Zweifel, ob der Halbwüchsige, der breitbeinig vor ihm auf dem stahlbeinigen Sitzmöbel des Vernehmungsraums flegelt, wirklich der Täter ist, dem sie seit über einer Woche hinterherjagen. Das Aufnahmegerät sirrt diskret. Ralle Neisser glotzt gelangweilt auf den Linoleumboden. Immerhin zeigen die Fahrt im Polizeibus und die Erfassung seiner Personendaten und Fingerabdrücke allmählich Wirkung, denn zumindest sieht er nicht mehr ganz so zugedröhnt aus.

»Das Blut von Jonnys Dackel war an Teppichresten in deinem Garten und in Frimmersdorf. Dein Großvater lebt in Frimmersdorf, man hat dich dort mit deinem Mofa gesehen. Du dealst mit Ecstasy«, zählt Manni seine Indizien auf. »Wir haben ziemlich beachtliche Mengen in der Fabrikhalle gefunden – und bei dir zu Hause. Exakt denselben Stoff wie im Magen von Jonnys Dackel.«

Nur ein kaum wahrnehmbares Flattern in der Wangenmuskulatur verrät, dass Mannis Botschaft ankommt.

»Du hast Jonnys Hund getötet und verstümmelt und mit

deinem Mofa nach Frimmersdorf geschafft. Wir können das einwandfrei beweisen.«

»Dann kann ich ja gehen.« Ralle macht tatsächlich Anstalten, aufzustehen. Wortlos langt Manni über den Tisch, packt Ralles Arm und zwingt ihn wieder auf seinen Stuhl, das Brennen in seiner notdürftig verpflasterten Handfläche ignoriert er.

»Nicht so schnell, Sportsfreund. Erst mal erzählst du mir, was du mit Jonny gemacht hast.«

»Gar nix! Aua, das tut weh!«

»Du hast Jonny zusammengeschlagen und verschleppt und gefangen gehalten und getötet.« Manni lässt Ralles Arm wieder los. »Und das Gleiche hast du auch mit Tim gemacht.«

Das Flattern in Ralles Wangenmuskulatur wird stärker. Er langt nach seiner Zigarettenschachtel, aber Manni ist schneller und fegt sie vom Tisch. »Erst deine Antwort, Sportsfreund.«

»Ich hab nix gemacht! Keine Ahnung, was mit Jonny ist. Oder mit dem anderen.«

»Ich hab jede Menge Zeit«, lügt Manni. Er streckt das rechte Bein aus und angelt die Zigarettenschachtel zu sich heran, was sein lädiertes Knie mit schmerzhaftem Protest quittiert. Irgendwas darin ist bei seinem Sturz kaputtgegangen. Vorsichtig winkelt Manni sein Bein wieder an, schnappt sich Ralles Zigaretten und legt sie vor sich auf den Tisch. »Du bist vor ein paar Tagen achtzehn geworden. Ich an deiner Stelle würde mal über Kooperation nachdenken. So was macht sich immer ziemlich gut vor Gericht, wenn es ums Strafmaß geht.«

Ralle starrt auf seine Gauloises. Manni legt die Hand darauf und lehnt sich scheinbar entspannt zurück. Das Bandgerät schnurrt. Die Minuten vergehen. Kostbare, verschwendete Minuten, solange womöglich irgendwo ein Junge Todesängste durchleidet. Wenn er nur verstünde, was sein Unterbewusstsein zu funken versucht.

»Okay, ich hab dem Köter 'nen Trip verpasst.« Nach zehn Minuten Schweigen ist Neissers Selbstbeherrschung offenbar aufgebraucht. »Aber das war nur Spaß. Ich hab ihm die Pillen hingehalten, ruck, zuck hat er sie runtergeschluckt. Warum frisst das blöde Vieh die auch, wenn es dran krepiert?«

Auf einmal sieht Manni die Szene vor sich, als sei sie auf eine DVD gebrannt. Jonny und Dr. D. streifen durch den Wald, sie sind Späher, sie sind Partner, verstehen sich blind. Eine Weile belauschen sie Jonnys Stiefvater am Rastplatz, streichen durchs Unterholz, freuen sich, weil niemand sie bemerkt. Irgendwann auf dem Rückweg zum Indianercamp machen sie in der Schutz-hütte eine Pause, wo Jonny die Caprisonne trinkt, deren Pa-ckung die Spurensucher gefunden haben. Und dann bricht mit Ralf Neisser das Entsetzen über Jonny Röbel herein, weil er mit ansehen muss, wie sein geliebter Dackel jämmerlich krepiert.

»Du hast Jonnys Messer genommen und dem Dackel ein Ohr abgeschnitten. Warum?«, fragt Manni.

»Hab ich nicht!«

»Lüg mich nicht an!«

Judith Krieger stößt die Tür auf und besteht darauf, dass Manni seine Vernehmung unterbricht. Ihre grauen Augen scheinen Funken zu schlagen, der seltsame türkisfarbene Rand um die Iris sticht noch auffälliger hervor als sonst. Sie knallt die Tür hinter ihnen zu und hält Manni ein Handy hin.

»Sie haben Tim vergewaltigt. Drück auf ›Start‹.« Ihre Stimme ist heiser, achtlos schiebt sie sich ein Büschel Locken hinters Ohr. »Suizidgefahr, sagt sein Psychologe. Wir haben immer noch keine Spur.«

Manni legt sein Notizbuch und Neissers Kippen auf einen Aktenschrank und nimmt das Handy, weil die Krieger ja sonst doch keine Ruhe gibt. Er muss heftig schlucken, als sich die Bilder eines schlaffen, wippenden Jungenpenis auf dem winzi-gen Display entfalten. Aus dem Handymikrofon quäken höh-nische Befehle und Gelächter. Die letzte Szene ist ein Schwenk auf Tims Gesicht. Die Augen des Jungen sind so fest zusam-mengepresst, als wolle er nie wieder irgendetwas sehen.

»Wo hast du das her?«

»Dieses Handy gehört Lukas Krone. Aber das heißt gar nichts. Ich habe in der Schule nachgeforscht, nachdem mir Ivonne gestand, was Sache ist. Sie haben diesen Drecksfilm rumgemailt, er ist praktisch überall. Der Rektor lädt in dieser Minute zur Krisenkonferenz. So viel zu der Schule, an der es kein Mobbing gibt.«

Sie linst begehrlich auf Neissers Kippen, Manni hält ihr die Packung hin und gibt ihr Feuer. »Wie viele haben da mitgemacht?«

»Fünf.« Sie inhaliert tief. »Viktor Petermann und Ralf Neisser, Lukas Krone und noch zwei weitere Jungs aus Tims und Lukas' Klasse. Aber Lukas schwört, dass Viktor und Ralf die Anführer waren und dass er und seine Klassenkameraden nichts mit dem Tod von Jonny oder mit Tims Verschwinden zu tun haben. Ich glaube ihm.«

Viktor und Ralle – natürlich. Wieder sieht Manni die Szene in der Schutzhütte wie einen Film, hört Martina Stadlers Worte. Jonny, der Mutige, der Lichtbringer, der Kämpfer für Gerechtigkeit. Er hat gekämpft, denkt Manni. Jonny konnte zwar nicht verhindern, dass Ralle seinen Dackel mit Drogen vergiftete, aber niemals hätte er zugelassen, dass Dr. D. auch noch verstümmelt wird. Es sei denn, die Gegner waren in der Überzahl.

Der Anfänger hechtet den Flur entlang und winkt mit einem Stapel Papier.

»Du hattest Recht, Manni«, stößt er hervor. »An dieser Erpressungsnummer könnte was dran sein. Hagen Petermann hat das schon mal gemacht, um einen Konkurrenten auszubooten. Der hat seine Klage dann aber wieder zurückgezogen. Inzwischen ist er im Ruhestand. Ich hab ihn ein bisschen bedrängt, und schließlich gab er zu, dass Petermann ihn damals geschmiert hat, damit er dichthält.« Der Anfänger wirft einen kurzen Blick auf seinen Papierstoß und schnappt nach Luft. »Und außerdem kandidiert Petermann momentan sehr aussichtsreich für einen Sitz im Rather Gemeinderat. Wenn da jetzt plötzlich schmutzige Wäsche gewaschen würde …«

Hagen Petermann. In Judith Kriegers Augen liest Manni exakt die Gedanken, die er selbst hat. Kann es sein, dass der Vater der Täter ist und der Sohn nur der Peiniger? Stecken die beiden unter einer Decke? Wieder meldet sich Mannis Unterbewusstsein, aber er kommt einfach nicht drauf, was er übersehen haben könnte.

»Großartige Arbeit«, lobt Judith Krieger den Anfänger.

»Geh zu Millstätt, kontaktiere den Staatsanwalt, besorg uns einen Durchsuchungsbeschluss, und zwar schnell.«

Der Anfänger nickt und galoppiert los. Judith Krieger legt Manni die Hand auf die Schulter. »Bist du okay? Du siehst ganz schön mitgenommen aus.«

»Geht schon.« Zu seiner eigenen Überraschung ist ihm ihre Berührung nicht unangenehm. Aber zugleich ist sie gefährlich, weil sie ihn mit etwas zu verbinden droht, was er nicht fühlen will, jedenfalls auf keinen Fall jetzt. »Kommst du mit rein?« Er deutet auf den Vernehmungsraum. Die Krieger nickt und drückt ihre Zigarette in die bröckelige Erde einer Yuccapalmenleiche.

»Viktor war mit dabei«, sagt Manni, als sie Ralle Neisser wieder gegenübersitzen. »Jonny ist auf dich losgegangen, als sein Dackel starb. Da habt ihr ihn zusammengeschlagen.«

Ralle zieht die Nase hoch und schielt sehnsüchtig nach seinen Zigaretten.

»War es so?«

»Jonny wollte mit seiner blöden Töle unbedingt zu einem Tierarzt rennen, dabei war klar, dass das nichts mehr bringt.«

»Also habt ihr ihn daran gehindert. Ihr habt ihn getreten und zusammengeschlagen.«

»Jonny war selber schuld. Warum zieht er auch über Viktors Alten her?«

Der Parkplatz, die Erpressung – also doch. Manni fühlt Judith Kriegers Blick auf sich, fühlt ihre Unruhe. TIM, schreibt sie auf einen Block. WAS IST MIT DEM? Sie hat Recht, die Einzelheiten können sie später klären, erst gilt es, Tim zu finden. Manni nickt seiner Kollegin zu, bevor er sich wieder auf den jungen Neisser konzentriert.

»Was habt ihr mit Jonny gemacht, wo habt ihr ihn hingebracht?«

Wieder zieht Ralle die Nase hoch. »Keine Ahnung. Frag doch Vik.«

»Immer die anderen, was?« Manni knallt Lukas Krones Handy auf den Tisch, registriert mit Genugtuung, wie sich Ralles Augen weiten. »Aber ich hab Neuigkeiten für dich: Die anderen sind nicht unbedingt auf deiner Seite. Also: Wo habt ihr Jonny hingebracht und wo ist Tim?«

»Keine Ahnung, Mann, ich schwör's.«

»Keine Ahnung?« Manni langt über den Tisch, packt Neissers T-Shirt, zieht sein Gesicht ganz nah vor sein eigenes. »Ich glaub dir kein Wort!«

Wieder legt Judith Krieger ihre Hand auf Mannis Arm. Abrupt lässt Manni Jonnys Peiniger wieder los, der daraufhin mit einem erstaunten Winseln zurück auf seinen Stuhl plumpst.

»Wo habt ihr Jonny hingebracht?«, wiederholt Manni.

»Frag doch Vik und seinen Alten. Der war schließlich auch in dem Wald, ich hab ihn ganz genau gesehen. Aber die sind ja reich, die lasst ihr in Ruhe, klar.«

Wie auf Kommando sprintet der Anfänger ins Zimmer und präsentiert den Durchsuchungsbeschluss. Manni springt auf, die Krieger ist schon an der Tür.

»Kümmer dich um den Burschen hier, wir brauchen ihn noch«, ruft Manni dem Anfänger zu.

Judith Krieger hetzt vor ihm her, verlangsamt jedoch ihr Tempo, als sie merkt, wie es um Mannis Mobilität steht. Sein Bein schmerzt wie Hölle, er kann kaum noch auftreten. Die Luft draußen ist zum Schneiden, der Himmel wie überhitzte Watte, die sich immer tiefer senkt und alles zu ersticken droht. Manni telefoniert mit der KTU, während Judith den Dienstwagen auf den Autobahnzubringer lenkt, zwei Streifenwagen eskortieren sie.

»Tim war in der Halle«, berichtet Manni. »Sie haben seine Fingerabdrücke.«

»Vielleicht täusche ich mich«, sagt Judith Krieger. »Vielleicht geht es auch bei Tim nicht um Suizid. Vielleicht haben wir es doch mit denselben Tätern zu tun: Den einen Jungen verschleppen sie aus dem Königsforst, den anderen aus der Fabrikhalle. Aber wohin?«

»Das Anwesen der Petermanns ist weitläufig«, schlägt Manni vor.

Judith Krieger nickt. »Sosehr mir dieser Ralle zuwider ist – vielleicht hat er ja Recht. Vielleicht wollen wir nur einfach gern, dass er der Täter ist, weil wir das erträglicher finden. Der Prolo aus dem asozialen Milieu ... «

Die Luft scheint noch stickiger zu sein, als sie das Petermann'sche Domizil erreichen. Der Indianerboss öffnet ihnen persönlich die Tür, und augenblicklich hat Manni wieder dieses Gefühl, dass er immer noch irgendein wichtiges Puzzleteil in diesem vertrackten Fall übersieht. Ungläubig starrt Hagen Petermann auf die Streifenwagen auf dem Bürgersteig, aus denen die Kollegen springen.

»Wo ist Ihr Sohn?«, fragt Judith Krieger.

Petermann schüttelt den Kopf, offenbar aus der Fassung.

»Wir werden uns hier jetzt umsehen«, erklärt Manni und überreicht dem Indianerboss den Durchsuchungsbeschluss. »Vor allem interessiert uns, ob es auf Ihrem Anwesen irgendwo einen Raum gibt, wo man einen Jungen gefangen halten könnte. Schallgeschützt und vermutlich klimatisiert.«

»Mein Anwalt ...« Petermann fingert nach seinem Handy. Manni schiebt ihn beiseite und winkt die Kollegen herein.

\*\*\*

Schwärze, abgrundtiefe Schwärze. Zuerst hat er noch die Augen aufgerissen. Soweit es ging jedenfalls, denn sein Gesicht pocht vor Schmerzen und sein linkes Auge ist von den Schlägen beinahe zugeschwollen. Jetzt ist er klüger, ergibt sich dem Schmerz, weint nicht, schreit nicht, öffnet die Augen nicht mehr. Er weiß nicht, wie viele Stunden oder gar Tage vergangen sind, seit er hier in dieser Dunkelheit gefangen ist. Doch was er mit Sicherheit weiß, ist, dass das Licht, nach dem er sich so verzweifelt sehnt, nicht kommen wird. Wie in der Tiefsee, denkt Tim. Wer einmal unten ist, kommt nicht wieder hoch. Auch der Druck und die Kälte scheinen zuzunehmen, wie da unten, kilometertief im unerforschten, lichtlosen Ozean. Doch der Gedanke an die Unterwasserwelt hat nichts Tröstliches und nichts Faszinierendes mehr. Es ist, als ob sich die pechschwarze Dunkelheit Millimeter um Millimeter auf ihn herabsenkt, um ihn zu begraben. Lautlos und unerbittlich. Eine dunkle Macht, die ihn zerquetscht.

Aber natürlich hat diese Macht einen Namen. Einen Namen, an den Tim nicht denken will, den er für immer vergessen will, denn vielleicht kommt das Böse dann nicht mehr zurück und er kann hier wenigstens alleine sterben. Steinwände umgeben ihn. Kalt, glatt, hart. Es stinkt nach Urin und Kot. Bei seiner ersten, tastenden Erkundung ist er in einer Ecke auf Exkrementen ausgerutscht. Auch die Matratze, die Tim an einer anderen Stelle seines Gefängnisses gefunden hat, stinkt und ist feucht. Er muss im Schlaf gepinkelt haben, wie früher, als er noch klein war. Einmal ist ihm das sogar auf einer Klassenfahrt passiert. Er versucht, nicht daran zu denken, was dann geschah, kauert sich zusammen, ganz still. Vielleicht ist es ja auch gar keine Pisse auf der Matratze, sondern Blut.

Er muss eingeschlafen sein, denn auf einmal ist doch ein Geräusch zu hören. Ein Wimmern erfüllt den Raum, ein leises, hohes, verzweifeltes Geräusch. Es dauert eine Weile, bis Tim begreift, dass es sein eigenes Wimmern ist. Er beißt die Lippen aufeinander, igelt sich noch weiter ein, tastet nach dem Metallplättchen, das er in der Ritze zwischen Matratze und Wand gefunden hat. Ein kleiner Anhänger mit Prägungen und einem Eisenring – die Hundemarke von Jonnys Dr. D., denn an dem Ring ist ein Bändchen mit Glasperlen befestigt, so wie an Jonnys Messer.

Jonny war hier, Jonny hat Dr. D.s Hundemarke hier versteckt. Im ersten Moment, als Tim die Hundemarke fand, hat er sich gefreut. Doch dann hat er begriffen, dass es keine Rettung gibt, nicht für Jonny und nicht für ihn. Dass die versteckte Hundemarke nichts weiter ist als einer von Jonnys Indianertricks: Spuren hinterlassen – eine geheime Botschaft für Verbündete, unsichtbar für den Feind. Aber es gibt keine Verbündeten mehr.

Der Druck scheint noch weiter zuzunehmen. Etwas läuft Tim aus der Nase. Rotz oder Blut, es ist ihm egal, er hat nicht die Kraft, es wegzuwischen. Sein Mund ist trocken, aber er fühlt keinen Durst mehr und auch keinen Hunger. Er liegt auf der nassen Matratze, streichelt die Hundemarke mit dem Zeigefinger und versucht, an Jonny zu denken. Was er hier in diesem Raum gedacht und getan hat. Was er jetzt, in diesem Moment, an Tims Stelle tun würde. Und ob es die ewigen Jagdgründe von Jonnys Indianern wirklich gibt, ob Jonny und Dr. D. jetzt dort sind und auf Tim warten.

Wieder ein fremdes Geräusch. Ein gedämpftes Murmeln, dann ein metallisches Kratzen. Das Böse kommt zurück, gleich öffnet es die Tür. Tim macht sich noch kleiner, rutscht, so weit es geht, in die Ecke.

Das Murmeln verstummt, das Kratzen wird laut, ein Schwall frischer Luft dringt in den Raum, das Schwarz hinter Tims Augenlidern explodiert zu blutigem Rot.

Tim presst sich noch fester an die Wand. Wenn er nur mit ihr verschmelzen könnte, zu Stein werden.

Die Luft. Das Rot. Der Aufschrei eines Mannes, der sich immer und immer wiederholt. »O Gott, o Gott, o Gott, o Gott!«

Und dann eine Hand, die Tims Kinn umfasst und anhebt, unendlich sanft und lebendig warm.

\*\*\*

Angst, Exkremente, stockendes Blut. Der Gestank ist überwältigend. Tränen laufen Judith übers Gesicht, nur halb bewusst nimmt sie das wahr, während sie auf der stinkenden nassen Matratze kniet, dicht neben dem zusammengekrümmten Bündel, das einmal ein neugieriger Junge gewesen ist. Anfangs hat sie versucht, ihn in die stabile Seitenlage zu drehen, sogar eine Frage hat sie ihm gestellt. Wer, Tim, wer hat dich hierher gebracht? Dann hat sie begriffen, dass der Junge eine Grenze überschritten hat und zu verängstigt ist, um noch auf irgendetwas zu reagieren. Ganz vorsichtig streichelt Judith sein klebriges Haar, weil jede andere Berührung ihn zusammenzucken lässt.

»Du bist in Sicherheit, Tim, sie können dir nichts mehr tun«, flüstert sie. Der Junge presst sich an die Wand. Sie kann nicht einmal sagen, ob er sie hört. Trotzdem spricht sie immer weiter zu ihm, Worte, die trösten sollen, Botschaften aus einer heilen Welt, vom Meer und vom Licht und von frischer, sonnengetränkter Luft. Hoffnungsbotschaften von Sicherheit, Liebe und Glück, die sich zurückerobern lassen, wenn man das nur will.

Zeit vergeht. Hinter Judiths Rücken verebben die Stimmen, Fußschritte entfernen sich, verharren, kommen zurück. Ganz weit weg glaubt sie das Heulen eines Martinshorns zu hören, aber vielleicht ist das auch nur ein aus ihrer Verzweiflung geborener Wunsch, weil jede Sekunde in diesem Verlies so unerträglich ist. Der Junge auf der Matratze wimmert kurz, krampft sich dann wieder zusammen. Er hält etwas in seiner rechten Faust verborgen, ein Stück Metall schimmert zwischen seinen schmutzverkrusteten Fingern. Judith wagt nicht, danach zu greifen. Kniet einfach nur neben ihm, streichelt sein Haar, versucht, sein Schutzschild zu sein. Das Leben ist zu zerbrechlich und zu verdammt ungerecht, aber diesmal sind sie gerade noch rechzeitig gekommen.

Die Lichtkegel weiterer Taschenlampen kündigen die Ankunft der Sanitäter an. Mühsam richtet Judith sich auf, sieht ihnen zu, wie sie Tim auf die Trage betten, zwei junge Männer und eine Ärztin, denen Mitleid und Entsetzen in den Gesichtern stehen. Mit zitternden Knien folgt Judith ihnen die Betontreppe hinauf ins graue Nachmittagslicht. Streifenbeamten sind da, Karin und Klaus von der Spurensicherung und Karl-Heinz Müller. Die Anwesenheit des Rechtsmediziners lässt Judiths Knie noch stärker zittern.

»Keine Sorge, ich will nur den Ort sehen, an dem Jonny starb.« Karl-Heinz fasst Judith am Arm und führt sie zu einem Mauerrest, wo er erst eine seiner Davidoffs für sie anzündet und ihr dann einen silbernen Flachmann reicht. Sie trinkt einen zögerlichen Schluck, dann noch einen. Schnaps, der in ihrer Kehle beißt, aber seine Wirkung tut, wie der Whiskey an dem Morgen vor Davids Hütte. Allmählich lässt ihr Zittern nach.

Manni und Hagen Petermann sitzen sich an einem Konferenztisch in Petermanns Baufirma gegenüber, nebenan laden Streifenbeamten Akten in Kartons. Der Bluterguss an Mannis Kinn schimmert bläulich, die Wunden an seinen Händen nässen. Zu viele Verletzungen, denkt Judith, und einen Moment lang ist ihre Sehnsucht nach David so groß, als seien die Umarmungen in seinem blauen Holzhaus und der Abend am See die einzige Wirklichkeit, die zählt.

»Ich war es«, sagt Hagen Petermann tonlos. »Sie haben mein Geständnis, was wollen Sie denn noch?«

»Sagen Sie mir, warum.« Manni fixiert sein Gegenüber wie ein aufs äußerste gereizter, verwundeter Stier.

»Ich war es. Jetzt lassen Sie mich in Ruhe.«

Keiner der Männer scheint Judith zu bemerken, zu versunken sind sie in einem Zweikampf, dessen Regeln sie nur erahnen kann. Petermanns Gesicht wirkt grau. Etwas ist darin erloschen, seit er ihnen die Tür zu Tims Verlies aufschließen musste, Tim entdeckte und zu schreien begann.

Im Hof steht immer noch der Notarztwagen. Daneben warten Tims Eltern wie zwei verlorene Kinder.

»Was sollen wir bloß tun?«, fragt Tims Mutter, als sie Judith entdeckt.

»Freuen Sie sich, dass Ihr Sohn noch lebt. Lieben Sie ihn. Ziehen Sie mit ihm ans Meer. Sprechen Sie mit Tims Psychologen.«

Das ist zu wenig, das ist zu herzlos, aber sie hat keine Kraft für mehr übrig. Sie kehrt zurück zu Tims Verlies am Ende des weitläufigen Anwesens hinter der Baufirma. Gleich dahinter beginnt der Königsforst, bis zur Schutzhütte und dem Anglerteich sind es nur wenige Kilometer. Der Keller sei ein alter Bunker, erklärt ihr ein Streifenbeamter. Ein Relikt aus dem Zweiten Weltkrieg, meterdicker Beton, so hat er im Gegensatz zu dem einstigen Wohnhaus, von dem nur noch Mauerreste übrig geblieben sind, den Bomben des Zweiten Weltkriegs getrotzt. Eine Stahltür sichert den Zugang.

»Wer hat einen Schlüssel?«, fragt Judith, doch das kann der Streifenbeamte ihr nicht sagen.

Noch einmal geht sie die Stufen hinab in die stinkende Hölle, die die Arbeitslampen der KTU jetzt mit künstlichem Licht fluten. Unbarmherzige Helligkeit, die die nackten Betonwände und die besudelte Matratze ausleuchtet, die Kriechspuren und Handabdrücke auf den Wänden und dem Boden, die Schlieren von Blut und Kot.

»Nicht weiter«, warnt Karin und schiebt mit der latexbehandschuhten Rechten vorsichtig eine Haarsträhne zurück unter ihre Haube.

»Habt ihr schon was?« Die Schlieren sind wirklich überall. Judith heftet ihren Blick auf Karins weißen Overall.

»Jede Menge Fingerabdrücke, nicht nur von den Opfern.«

»Kannst du einen Schnellabgleich machen? Ralf Neisser, Viktor Petermann, sein Vater und natürlich Jonny. Ich muss wissen, wer hier in diesem Keller war.«

Oben auf den Mauerresten des alten Wohnhauses hat Judith das Gefühl, den Geruch aus dem Bunker nie mehr loszuwerden. Schwindel und Müdigkeit überfallen sie erneut. Sie lässt den Kopf auf die Knie sinken, fährt sofort wieder hoch. Ihre Hosenbeine sind durchtränkt von der nassen Matratze. Sie leiht sich von einem Streifenbeamten ein Schweizer Messer mit Schere, schneidet die Hosenbeine über den Knien ab und schleudert sie weit von sich. Trotzdem hat sie noch den Gestank in der Nase und die Schlieren an den Wänden haben sich in ihr Gedächtnis gebrannt. Blut, Kot und Urin – die letzte und zutiefst menschliche Antwort auf außer Kontrolle geratene Gewalt.

Karin steht plötzlich neben ihr. Judith schrickt zusammen, greift unwillkürlich nach ihrem Tabak. »An Tür und Türrahmen haben wir Fingerabdrücke von Ralf Neisser und Viktor Petermann sowie deutlich weniger von Hagen Petermann. Drinnen dauert es noch«, sagt die KTUlerin und verschwindet wieder im Keller.

Judith zündet sich eine Zigarette an und hofft, dass der Schwindel so verfliegt. Was hat Tims Psychologe über die Täter gesagt? Das Gefühl von Mangel. Das Fehlen von Mitleid. Väter, die unerreichbar sind und trotzdem – oder gerade deshalb – Idole. Kalte, nimmersatte Götter. Doch was, wenn der Gott vom Himmel fällt? Oder noch schlimmer, wenn ein furchtloser Junge, der an die Indianerehre glaubt, den väterlichen Gott vom Himmel zu stürzen droht?

Tims Psychologe zögert nicht mit seiner Antwort. »Ein so bedrohter Sohn würde die Ehre des Vaters verteidigen«, sagt er. »Mit aller Gewalt.«

»Auch wenn er sich nicht von seinem Vater geachtet fühlt?«

»Gerade dann.«

»Und wenn er scheitert?«

Das Schweigen Joachim Wallerts ist ihr Antwort genug. Sie tritt ihre halbgerauchte Zigarette aus, beendet schon im Laufen das Telefongespräch, stürmt zurück zu Manni und Hagen Petermann, die noch immer in ihrem Machtkampf gefangen sind. Sie ignoriert Mannis warnendes Kopfschütteln, packt Petermanns Schulter, schreit ihn an.

»Viktor! Wo ist Ihr Sohn?«

Er schüttelt den Kopf, antwortet nicht. Sie hastet zurück auf den Korridor, Manni hinkt hinter ihr her.

»Hagen Petermann war es nicht«, sagt sie, als sie außer Hörweite des Besprechungsraums sind.

»Ich weiß.« Manni sieht blass aus, der Bluterguss an seinem Kinn leuchtet. »Aber ich will verdammt noch mal, dass er das zugibt.«

»Später. Erst müssen wir Viktor finden, und zwar schnell. Er weiß doch inzwischen, dass er verloren hat.«

Manni schüttelt sich, als erwache er aus einem Traum. Seine Stimme klingt gepresst. »Er muss völlig außer sich sein. Er bringt sich um. Sich oder andere.«

»Ivonne!« Judith beginnt zu rennen.

❀❀❀

Die Krieger fährt wie der Teufel. Das Blaulicht des Polizeiautos, das vor ihnen herjagt, flackert über ihr Gesicht. Sie wirft Manni ihr Handy zu, packt das Lenkrad noch fester und schleudert in eine Kurve.

»Ivonnes Handynummer ist da drin, unter ›Anrufe‹.«

Manni findet die Nummer, wählt, erreicht nur die Mobilbox.

»Auskunft«, zischt die Krieger. »Lass dich mit den Eltern verbinden.«

Aber dann halten sie schon vor der Villa, seine Kollegin hetzt aus dem Wagen und klingelt Sturm, und noch bevor

Manni sie einholt, sieht er an der Art, wie ihr Körper sich entspannt, dass Viktors Freundin in Sicherheit ist. Schüchtern drängt sie sich an ihre Mutter. Kaum etwas ist von der Coolness geblieben, die sie noch gestern auf dem Schulhof zur Schau getragen hat.

»Wir haben Tim gefunden. Er lebt.« Judith Krieger schluckt.

Das Mädchen beginnt zu zittern.

»Aber jetzt suche ich Viktor«, sagt die Krieger eindringlich. »Ich glaube, dass er sehr verzweifelt ist und Hilfe braucht. Hat er sich bei dir gemeldet? Weißt du, wo er ist?«

Noch mehr Zittern, dann ein kaum zu verstehendes Flüstern. »Auf dem Schuldach vielleicht. Wir treffen uns da manchmal. Vik hat einen Schlüssel.«

Wieder zeigt Judith Krieger Rennfahrerqualitäten, diesmal jedoch ohne Blaulichtbegleitung, denn die Streifenkollegen sind auf ihren Befehl hin zurückgeblieben, um Ivonne zu bewachen. Die Bertolt-Brecht-Schule sieht verlassen aus, die Krisenkonferenz ist offenbar beendet, die Eisentore sind verschlossen.

»Ruf die Einsatzzentrale an, die sollen den Hausmeister oder Rektor auftreiben. Ich schau mich schon mal um.« Judith Krieger würgt den Motor ab und springt auf den Parkplatz, ohne Mannis Antwort abzuwarten. Er sieht ihren braungebrannten Waden, der absurd verstümmelten Hose, den verfilzten Locken nach, während er auf den Rückruf der Zentrale wartet. Sein Knie scheint von Minute zu Minute mehr anzuschwellen, in seinem Oberschenkel zieht etwas. Er denkt daran, wie Judith Krieger in dem stinkenden Keller kauerte und auf den Jungen einsprach. Diese Zartheit hätte er ihr überhaupt nicht zugetraut, ums Verrecken nicht.

Die Zentrale verbindet ihn mit dem Hausmeister, der Mann verspricht, sich zu beeilen. Judith Krieger kommt zurück, lässt sich auf den Fahrersitz fallen.

»Da ist tatsächlich jemand auf dem Dach. Ganz oben. Läuft da rum, guckt runter. Mehr kann ich nicht erkennen.«

»Männlich? Hellblonde Haare?«

Sie nickt. »Ich hab Verstärkung angefordert. Kollegen, Feuerwehr, psychologischer Dienst, das ganze Pipapo.«

»So wird das nicht funktionieren.«

»Ich weiß.« Sie sieht Manni an. »Ich muss da rauf.«

Sein Bein brennt, sein Kopf dröhnt, seine Hände sind wie Feuer. Aber das ist unwichtig, denn genau in diesem Moment gibt Mannis Unterbewusstsein endlich preis, was es so lange verborgen hat.

»Lass mich«, sagt er. »Mein Vater ist gerade gestorben. Ich weiß, wie es Viktor geht.«

»Hagen Petermann ist nicht tot.«

»Bitte! Vertrau mir.«

Ein grauhaariger Mann in Freizeitkleidung wackelt auf sie zu und schwenkt einen Schlüsselbund.

»Der Hausmeister!« Judith Krieger macht Anstalten, auszusteigen.

Manni fasst sie am Arm. »Lass mich das machen. Bitte!«

Sie sieht ihm direkt in die Augen. Ein unergründlich grauer Blick.

»Ich halte dir die Kollegen eine Weile vom Leib«, sagt sie schließlich, und aus irgendeinem Grund, den Manni sich selbst nicht erklären kann, ist seine Erleichterung so groß, dass er auf der Stelle losheulen könnte.

Aber für so einen Quatsch ist jetzt echt keine Zeit. Er nickt dem Hausmeister zu, ignoriert den Schmerz, so gut es geht, sieht an der Fassade hoch, während sie den Schulhof überqueren. Fünf Stockwerke Fenster und Stein, darüber ein Flachdach. Genug, um sich zu töten.

Wieder eine Betontreppe, breit diesmal, und die Stufen führen nach oben, nicht in einen Bunker, der für zwei Jungen zur Hölle wurde. Jeder Tritt schießt heiße Lava durch Mannis Knie. Er beißt die Zähne zusammen, fühlt, wie ihm Schweiß in den Nacken rinnt.

»Hier geht's aufs erste Dach«, sagt der Hausmeister schließlich und öffnet eine Tür. »Ganz nach oben kommen Sie dann über die Feuerleiter.«

Die Luft ist grau wie Judith Kriegers Augen. Ein Flugzeug sticht durch die Wolkendecke. Ein Vogel schreit. Von Viktor ist nichts zu sehen. Manni hinkt über das Flachdach, erreicht die Feuerleiter, greift nach den Metallstreben, die heiß in seinen Händen glühen. Er zieht sich hoch, zieht das kaputte Bein hinter sich her, sein Herz pumpt so hart wie bei der Verfolgungsjagd am Morgen. Jetzt kann er es zu Ende bringen. Jetzt darf er es nicht versieben. Er hat nur diese eine Chance.

Er erreicht das zweite Dach und hält inne, um sich ein Bild zu machen. Viktor steht nur wenige Meter neben ihm, ganz nah an der Dachkante. Er raucht, starrt nach unten. Manni stemmt sich hoch, richtet sich auf. Der Junge fährt herum. Schock, Wiedererkennen und Angst verzerren sein Gesicht, unwillkürlich macht er ein paar Schritte auf Manni zu. Dann hat er sich wieder unter Kontrolle.

»Ich springe«, warnt er. »Bleib da stehen.«

Manni hebt die Hände, eine Geste, die beruhigend wirken soll. Ein paar Schritte Anlauf und ein Mae tobi geri würden genügen, um Viktor niederzustrecken. Aber die Distanz ist zu groß, die Dachkante ist zu nah, Viktor lässt ihn nicht aus den Augen und Mannis Sprungbein ist praktisch im Arsch.

»Mein Vater hat meine Mutter geschlagen, wenn er schlechte Laune hatte«, sagt Manni. »Er hat mich geschlagen. Nicht einmal wenn ich als Kind Geburtstag hatte, war er nett zu mir. Einmal hat er mir eine Tüte gelbe Gummibärchen geschenkt. Ich hab sie alle auf einmal gegessen, weil ich Angst hatte, dass er sie mir wieder wegnimmt. Hinterher hab ich gekotzt.«

Unten, weit entfernt, heult ein Martinshorn. Manni hofft inständig, dass Judith Millstätt davon überzeugen kann, den obligatorischen Großeinsatz zurückzuhalten, denn noch mehr Polizei würde Viktor direkt über die Kante treiben, das kann er spüren. Manni schiebt sich ein winziges Stück auf den Jungen zu.

»Stehen bleiben, Bulle!« Viktor weicht einen Schritt zurück. »Was geht mich dein Alter an?«

Er wird es nicht schaffen, er kann Viktor nicht stoppen. Es war ein Fehler, hier den Alleingang zu proben, er ist kein Psychologe, er hätte auf die Krieger hören sollen, wenigstens dieses eine Mal. Judith Krieger, die in Ungnade gefallene und trotzdem zurückgeholte Superkommissarin mit ihrem legendären Verhandlungsgeschick, die ihm den Vortritt gelassen hat, obwohl sie sich selbst noch längst nicht wieder rehabilitiert hat. Die ihm vertraut. Das jedenfalls glaubte er vorhin in ihren Augen zu lesen.

»Bulle«, sagt Manni. »So hat mein Vater mich auch genannt. Das allerletzte Mal, als ich ihn gesehen habe, hat er sogar vor mir ausgespuckt, weil ich Bulle bin.«

Noch ein Martinshorn. Viktors Augen flackern. Wieder schreit ein Vogel, hässlich und heiser, vielleicht eine Elster.

»Ich weiß nicht, warum, aber ich wollte immer Bulle werden«, redet Manni weiter. »Gleich als mir klar wurde, dass das mit einer Karriere als Cowboy nichts wird. Vielleicht weil ich mir einbildete, dann hätte ich die Macht, meinen Vater am Prügeln zu hindern.«

Viktor sieht ihn an, aufmerksam, abschätzend. Ein Schuss ins Knie dürfte den Jungen bremsen. Dann hätten sie Gleichstand. Zwei Lahme, die an der Hypothek ihrer Väter tragen.

»Es hat natürlich nicht funktioniert«, sagt Manni. »Mein Vater landete im Rollstuhl, nur deshalb hat er aufgehört zu prügeln. Aber ich bin trotzdem Bulle geblieben.«

»Warum?« Viktor macht einen kleinen Schritt auf Manni zu.

Warum ist es so verdammt wichtig, diesen Mörder zu retten? Manni weiß es nicht, er weiß nur, dass es ihm plötzlich lebenswichtig erscheint.

»Bulle sein ist das Einzige, was ich kann«, sagt er. »Was willst du werden, Viktor? Was ist dein Traum?«

Der Junge zuckt die Schultern, sein Gesicht verschließt sich wieder.

»Du sollst die Firma übernehmen, den Traum deines Vaters leben, richtig? Aber das willst du nicht.«

Viktor spuckt aus. »Ist doch scheißegal.«

Ein Schuss ist zu gefährlich, er muss es mit dem Mae tobi geri versuchen. Mit links abspringen, auch wenn das sein schwächeres Sprungbein ist. Das verletzte Bein zum Rammbock machen. Er hat damals mit dem Karatetraining begonnen, um zurückschlagen zu können. Als er das endlich konnte, war es nicht mehr nötig und den Respekt seines Vaters hat es ihm auch nicht eingebracht. Tausend Nadelstiche toben in Mannis Knie, als er das Gewicht verlagert und sich ein weiteres Stückchen auf den Jungen zuschiebt. Immer noch ist die Distanz zu groß.

»Wir haben deinen Vater verhaftet. Er sagt, *er* hat Jonny umgebracht.«

»Scheiße!« Viktor starrt Manni ungläubig an.

Er will seinen Sohn schützen, hat Judith Krieger vermutet, doch darin hat sie sich geirrt. Hagen Petermann will Viktor kontrollieren, die Familienehre bewahren, die Macht behalten, selbst jetzt noch, wo alles zerbricht. Wieder schiebt er sich ein winziges Stückchen weiter auf Viktor zu. Etwa drei Meter liegen noch zwischen ihnen, mindestens ein Meter zu viel.

»Sag mir, wie es wirklich war, Viktor. Warum musste Jonny sterben?«

»Es war doch nur Spaß. Der blöde Hund hat den Trip gefressen und ist auf einmal rumgehetzt wie blöd und hat gekläfft. Dann ist er plötzlich krepiert und Jonny wollte uns verpfeifen. Er wollte meinen Alten mit Dreck beschmeißen, die Firma ruinieren. Wir haben ihn eingesperrt, damit er es sich anders überlegt. Wir wollten ihn nicht umbringen. Wir haben ihm sogar Hamburger gebracht. Plötzlich war er tot!«

Manni denkt an Karl-Heinz Müllers Obduktionsbericht und an den Bunker. Ihr habt ihm Hamburger gebracht und ihr habt ihn geschlagen, denkt er. Ihr konntet nicht zugeben, dass Jonny stärker war als ihr. Mutiger. Aber zu den Einzelheiten kommen wir später.

»Wie habt ihr Jonny in den Bunker gebracht und dann später zu dem Teich?«

Viktor zündet sich eine Zigarette an, ohne Manni aus den Augen zu lassen. »Im Hänger von Ralles Mofa.«

»Und warum ausgerechnet in den Anglerteich?«

»Mein Vater hat gesagt, dass ihr Jonnys Alten sucht. Ich wusste, dass der da angelt. Und wo ihr doch den Scheißdackel in Frimmersdorf gefunden hattet …« Viktor zieht die Nase hoch, wischt mit dem Handrücken über sein Gesicht, nimmt einen weiteren Zug von seiner Zigarette. Er wirkt jetzt lockerer, wie die meisten Täter, wenn sie sich dazu durchgerungen haben, ihr Gewissen zu erleichtern. Er geht sogar zwei Schritte auf Manni zu, verharrt dann aber wieder, immer noch außerhalb von Mannis Sprungbereich.

»Und Tim?«

»Tim?« Wieder spuckt der Junge aus. »Was soll mit dem sein?«

»Komm schon, Viktor, wir haben ihn gefunden«, sagt Manni.

»Gefunden?« Viktor guckt verständnislos, saugt an seiner Zigarette. Seine Verwunderung wirkt echt.

»In dem Bunker auf eurem Grundstück. Dir musste doch klar sein, dass es so nicht weitergehen, dass das auffliegen würde?«

Viktor schüttelt den Kopf. Langsam. Wie benommen.

Und dann versteht Manni. Versteht, dass Ralle Neisser ihn ausgetrickst hat, indem er den Verdacht in Sachen Tim auf Viktor und seinen Vater lenkte. Er erinnert sich an die Fabrikhalle, die laut Spurensicherung für Ralle so eine Art Wohnzimmer gewesen sein muss. Eine Halle mit Sperrmüllmöbeln, in der sie außer den Fingerabdrücken von Ralle, Viktor, Jonny und Tim Blut sichergestellt haben. Blut von Tim, der aus irgendeinem Grund am Montagmorgen dorthin geradelt sein muss, statt zur Schule zu gehen, und dort auf Ralle traf.

»Du hast Ralle einen Schlüssel zu eurem Bunker gegeben.« Im selben Moment, in dem Manni die Worte ausgesprochen hat, wünscht er, er könne sie zurücknehmen, denn nun verwandelt sich die Verständnislosigkeit in Viktor Petermanns Gesicht in Windeseile in die Erkenntnis, dass sein letzter Verbündeter, sein bester Kumpel Ralle, ihn nicht nur hintergangen hat, sondern sogar versucht, ihm ein Verbrechen anzuhängen, das er gar nicht begangen hat.

Viktors letzte Sicherheit zerbricht. In hohem Bogen schnickt er seine Zigarette weg, wendet sich um, zur Dachkante hin. Und Manni springt. Er weiß, dass er keine Chance hat, aber er springt. Er springt, wie er noch nie gesprungen ist, und der Schmerz explodiert in seinem Knie, er fliegt durch die Luft, auf den Jungen zu, der ebenfalls im Begriff ist zu springen. Und wie durch ein Wunder kracht Mannis kaputtes Bein auf Viktors Hüfte, der Schmerz macht ihn blind und sie fallen zusammen, der Aufprall ist hart, aber sie sind immer noch auf dem verdammten Dach, wenn auch knapp. Und der Junge schreit und will sich befreien, es zu Ende bringen, über den Rand.

Manni liegt auf ihm und hält ihn fest, mehr kann er nicht mehr tun. Und nach unendlich langer Zeit sind Judith Krieger und die Kollegen da und ziehen sie weiter aufs Dach, weg von der Kante, zurück ins Leben, auch wenn der Junge in Mannis Armen sich immer noch wehrt.

# Mittwoch, 3. August

Stark und selbstbewusst wollte sie ihre Kinder machen. Daran hat sie geglaubt. Und Jonny ist stark gewesen, kein Opfertyp. Doch gerade das ist ihm zum Verhängnis geworden.

Jonnys Tod ist tragisch, hat der blonde Kommissar gesagt. Ein aus den Fugen geratener Streich, geboren aus Verantwortungslosigkeit und Lieblosigkeit und Angst vor Entdeckung.

Ein Streich?, hat Martina tonlos gefragt.

Die Täter sind Jugendliche, hat der blonde Kommissar geantwortet und immer weiter geredet und erklärt und geduldig ihre Fragen beantwortet, obwohl er unglaublich müde und übel zugerichtet aussah.

Martina geht nach oben, in die Zimmer der Kleinen. Man kann so wenig tun, denkt sie. Man bemüht sich so sehr und am Ende war alles umsonst.

»Gute Nacht, meine Tini«, flüstert Leander, legt die Arme um Martinas Hals und drückt sie ganz fest. Und sie hält es aus und atmet seinen Duft, süß und vertraut, und dank irgendeiner übermenschlichen Macht gelingt es ihr schließlich, sich aus der Umarmung des Sohnes zu lösen, der ihr geblieben ist, ihm ebenfalls eine gute Nacht zu wünschen und aus seinem Zimmer zu schleichen. Sie schaut noch einmal bei Marlene hinein, aber ihre Tochter schläft, den Stoffelefanten fest im Arm, die Nase ins Kissen gegraben, das Haar zerzaust, ein Sinnbild kindlichen Urvertrauens. Urvertrauen, das es in diesem Haus eigentlich nie wieder geben kann. Und doch, denkt Martina, ist es da, hier im ersten Stock, in diesen beiden Zimmern.

Auf der Kommode im Flur liegt Lenes geliebtes Leopold-Leuchtkäfer-Bilderbuch und sein Anblick legt die Stahlklammer noch ein Stück enger um Martinas Herz. Morgen Nachmittag wird Jonny ins Beerdigungsinstitut überführt. Heute Nachmittag haben sie den Kleinen gesagt, dass die Reise von Jonny und Dr. D. keine normale Urlaubsreise ist, sondern eine Reise in eine andere Welt. Ganz weit weg, in den Himmel, von wo sie nun auf Lene und Leander herunterblicken und sie behüten.

Kann Jonny mich denn wirklich immer sehen?, hat Lene gefragt, als der erste Schreck vorüber war. Auch nachts, wenn es dunkel ist? Ja, auch dann, hat Martina versichert und versucht, nicht an diese irrsinnigen Stunden der Dunkelheit und Angst zu denken, die Jonny in dem Bunker durchleiden musste. Allein, außer sich vor Trauer um Dr. D., ohne jedes Licht. Aber natürlich hat sie den Kindern die Bürde dieses Wissens verschwiegen. Jonny hat doch seine Taschenlampe, hat sie gesagt, und tatsächlich fanden die Kleinen das beruhigend.

Sie haben vereinbart, in der nächsten sternenklaren Nacht gemeinsam im Himmel nach Jonnys Lichtzeichen Ausschau zu halten. Vielleicht sollten wir sogar einen Jonnystern bestimmen, denkt Martina. Einen Jonnystern, einen Dr. D.-Stern und einen Leopold-Leuchtkäfer-Stern, denn Lene und Leander sind wild entschlossen, Jonny das Leopold-Buch mit auf seine Reise zu geben, damit er sich nicht langweilen muss.

Martina nimmt das Bilderbuch mit nach unten und legt es auf die Garderobenablage. Die Taschenlampe, das Buch und Dr. D. – das sollen die Grabgaben für Jonny sein. Martina weiß, dass das mit dem Dackel verboten ist, aber irgendeinen Weg wird sie schon finden. Das ist leicht, gemessen an dem, was sonst noch vor ihr liegt.

Draußen verbleicht das Tageslicht und die Luft ist seidig. In der Nacht zuvor hat es geregnet, aber am Mittag ist die Sonne zurückgekommen. Die Natur folgt ihrem eigenen Plan, denkt Martina, kümmert sich nicht darum, ob Menschenherzen brechen, weil sie lieben und verlieren und eine Beerdigung organisieren müssen.

Sie geht über die Terrasse, setzt sich auf die Stufen, die zum Garten führen. Ruhelos, planlos, verloren fühlt sie sich. Sie weiß, dass sie weinen muss, schon allein damit diese Stahlklammer, in der ihr Herz gefangen ist, nicht auch noch die Liebe zu Lene und Leander zerstört. Aber sie weiß das auf eine sehr rationale Art und Weise, die nicht wirklich etwas mit ihr zu tun hat. Sie fragt sich, ob sich das jemals wieder ändern wird.

Frank kommt über das Gras auf sie zu. Er muss hinten bei der Schaukel gewesen sein, am Walnussbaum, den Jonny so geliebt hat. Er sieht schrecklich hager aus, und Martina fühlt eine Welle heißer Scham, weil sie ihn zu Unrecht verdächtigt hat.

»Als Jonny an dem Sonntagmorgen im Zeltlager nicht zum Frühstück kam, habe ich Angst bekommen, eine ganz fürchterliche, unerklärliche Angst«, sagt er. »Aber ich dachte, wenn ich es ausspreche, rede ich nur das Unheil herbei. Also bin ich erst mal allein losgegangen und habe ihn gesucht. Ich kenne ja seine Routen. Deshalb habe ich dich erst so spät angerufen. Ich wollte, dass es nicht wahr ist.«

Sie weiß nicht, was sie tun soll, kann sich nicht einmal bewegen. Frank kommt näher, kniet sich vor ihr hin.

»Verzeih mir bitte. Es tut mir so Leid.«

Scham, Schuld, vertane Liebe. Die Eisenklammer wütet in Martinas Brust, eine gerechte Strafe, denn sie hat nicht aufgepasst, nicht auf Jonny und nicht auf ihren Mann, für den sie nun keine Worte mehr hat und erst recht keinen Trost.

»Bitte, Martina, wir sind doch immer noch wir«, flüstert Frank. »Leander, Marlene, Martina und Frank. Eine Familie.«

Es tut so weh, weil es die Wahrheit ist. Die Wahrheit, mit der sie leben müssen. Martina fühlt etwas Nasses in ihrem Gesicht. Sie kann nicht sagen, ob es Tränen sind.

\*\*\*

Manni speichert den letzten Bericht im Fall Jonny Röbel ab und schaltet den Computer aus. Er hätte nicht ins Präsidium kommen brauchen, jedenfalls nicht heute, aber er wollte es zu Ende bringen und außerdem hat der Arzt Entwarnung gegeben. Nur Schürfwunden, ein Muskelfaserriss im Oberschenkel und eine heftige Kniegelenkprellung. Langwierig, ärgerlich, äußerst schmerzhaft, wie Manni sehr genau weiß, aber nicht dramatisch. Die Krücken hat er abgelehnt. Er hinkt über den Flur, der still und verwaist ist. Die meisten Kollegen sitzen bereits im Biergarten, auf dem Balkon oder stehen im Schulferienstau Richtung Süden. Auch Millstätt war heute nicht im Büro. Ein Termin in Düsseldorf, hat seine Sekretärin erklärt, als Manni seinen Urlaubsantrag einreichte.

Judith Krieger sitzt in ihrem Kabuff, rauchend, mit geschlossenen Augen, die nackten Füße auf den Schreibtisch gelegt. Der schwarze Nagellack auf ihren Zehennägeln ist gesplittert, ein blaues, zum Stirnband gewrungenes Tuch bändigt ihre Locken. Sie sieht verletzlich aus, jung. Er fragt sich, wer dieser Mann mit dem Vorstrafenregister ist, für den sie sich so interessiert, und mit wem sie vorhin am Telefon auf Englisch gestritten hat. Als sie seine Anwesenheit spürt, öffnet sie die Augen.

»Sorry.« Er kommt sich plötzlich vor wie ein Voyeur. »Ich wollte dich nicht stören.«

»Schon gut.« Sie macht Anstalten, die Füße auf den Boden zu setzen.

»Lass ruhig«, sagt Manni und setzt sich auf den Besucherstuhl, ohne sein rechtes Knie zu beugen, eine unbefriedigende Prozedur, an deren Technik er noch feilen muss.

Judith Krieger zieht an ihrer Zigarette. »Was ist die Wahrheit?«, fragt sie leise. »Hat Viktor wirklich nichts von Tims Entführung gewusst? Ist Hagen Petermann unschuldig?«

Der Indianerboss hat sein Geständnis widerrufen, es gibt keine Spuren von ihm in dem Bunker, und für das, was sein Sohn getan hat, können sie ihn nicht belangen. Was die Verquickung von Tim, Jonny, Viktor und Ralle angeht, wird es schon schwieriger. Die Wahrheit ist, dass es in diesem Fall zu viele Zufälle gibt, denkt Manni. Zufällig hat Jonny von Petermanns Erpressung erfahren, zufällig traf er kurze Zeit später im Wald auf Ralle und Viktor. Zufällig ist Tim am Montagmorgen ausgerechnet dorthin geflohen, wo Ralle Neisser sich versteckte.

»Ich mag diese Zufälle nicht«, sagt Judith Krieger, als hätte Manni seine Gedanken laut ausgesprochen.

»Wir haben ja nicht nur Zufälle«, widerspricht er.

»Ich weiß. Und die Zufälle sind ja auch nur ein Faktor. Die Wahrheit ist das, was dann passiert.«

»Und das, was zuvor geschehen ist«, sagt Manni und denkt an den Ausdruck in Viktors Augen, als er ihn nach seinen Träumen fragte. An die Schreie des Jungen, als sie an der Dachkante lagen, und an die endlos langen Sekunden, in denen er selbst glaubte, alles wäre vorbei. Warum ist Viktor zum Mörder geworden und Manni Polizist? Auch ein Zufall? Man kann das nicht befriedigend beantworten. Am besten, man denkt gar nicht drüber nach.

»Millstätt ist gerade aus Düsseldorf reingekommen und will uns noch kurz sehen«, sagt Judith Krieger.

Manni stemmt sich hoch, hinkt neben ihr her. Millstätt und sein Faible für die Krieger, klar, dass er sie angerufen hat, nicht ihn. Das hat sich nicht geändert. Die Wahrheit ist auch das, was man nicht aussprechen kann, denkt er. All die grausamen Details aus dem Bunker, für die man Erklärungen und Beschönigungen sucht – für die Angehörigen und vielleicht noch mehr für sich selbst.

In Millstätts Büro verquirlt ein Standventilator warme, verbrauchte Luft. Ihr Chef lehnt am Fenster, bedeutet ihnen, sich zu setzen. Auf seinem Schreibtisch türmen sich Akten. Die Protokolle der Ermittlungen Jonny Röbel und Tim Rinker liegen obenauf. Etwas ist zu Ende, denkt Manni. Ein Kreis hat sich geschlossen. Millstätt mustert ihn, die Pflaster an Händen und Kinn, das ausgestreckte Bein.

»Du hast Urlaub eingereicht«, sagt er. »Du hättest dich doch krankschreiben lassen können.«

Manni schüttelt den Kopf. »So schlimm ist es nicht. Ich brauche einfach ein paar Tage Pause.«

»Ich hoffe, du hast trotzdem am Freitagabend Zeit für eine kleine Feierlichkeit. Die Kollegen wünschen eine Heldenparty. Und außerdem ist es an der Zeit für eine Welcome-back-Party. Für euch beide.«

Zurück im KK 11, ganz offiziell. Die Kollegen wollen ihn

feiern. Millstätt will ihn feiern. Es ist genau das, was Manni sich erträumt hat.

»Ich kann am Freitag nicht«, sagt er.

Millstätt sieht ihn an. Aufmerksam, überrascht, missbilligend – Manni kann es nicht sagen und zu seiner eigenen Überraschung will er das auch nicht. Er hat sich den Arsch aufgerissen und Millstätt hat ihn zappeln lassen. Es gibt keinen Grund, sich jetzt vor Begeisterung zu überschlagen.

»Nun, KOK Korzilius. Dann müssen wir wohl einen anderen Termin finden«, sagt Millstätt schließlich.

Manni starrt ihn an. Kriminaloberkommissar. Ist sie das endlich, seine lang ersehnte Beförderung? Ich muss mich verhört haben, denkt er, aber Judith Krieger springt auf und umarmt ihn und Millstätt lächelt und schüttelt ihm die Hand und Manni hört sich danke sagen, also scheint es wohl zu stimmen.

Draußen vibriert die Stadt einer weiteren Sommernacht entgegen, und Judith Krieger klappt mit kindlicher Freude das Verdeck ihrer Ente zurück. Jazzgesang begleitet sie auf der Fahrt zu Mannis Wohnung, fließende Tonfolgen, die etwas versprechen und etwas bedauern. KOK Manfred Korzilius. Auch das ist eine Wahrheit, denkt Manni. Ein Wunsch erfüllt sich, und alles, was man hinkriegt, ist ein müdes Grinsen, auch wenn man weiß, dass man sich freut.

An einer Ampel steht eine Frau, die ihn an Miss Cateye erinnert. Ich werde ins Maybach gehen und sie wird da sein, denkt er. Wir werden ein Bier trinken oder zwei und über das Leben reden. Wir werden zu den Deichen fahren, irgendwo festmachen, den Kühen zuschauen und vögeln. Später, wenn ich meinen Vater beerdigt habe.

✳✳✳

Judith parkt ihre Ente am Melatenfriedhof, geht den vertrauten Weg zu Patricks Grab und setzt sich auf die Steinbank. Ihr Körper ist schwer, die Müdigkeit kommt mit Macht zurück. Sie sehnt sich danach, endlich wieder schlafen zu können. Wenigstens eine Nacht lang nicht mehr an die Toten zu denken, an die Grausamkeit von Kindern, die nicht gelernt haben, sich selbst oder andere zu lieben, an Verantwortung, Versäumnisse, Schuld und wie das alles zusammenhängt. Sie war so besessen davon, den Jungen Tim zu retten, rechtzeitig zu kommen, wenigstens dieses eine Mal. Sie hat gedacht, dass es danach besser wird.

Aber was sie in dem Bunker gefunden hat, war ein zusammengekrampfter, geschundener Körper, waren Kälte, Dunkelheit, Gestank und Entsetzen. Es hat eine Weile gedauert, bis Judith erkannte, dass es ihr eigenes Entsetzen war, denn der Junge auf der Matratze war nicht mehr fähig dazu. Tim ist stark, man darf die Hoffnung nicht aufgeben, hat der Psychologe Joachim Wallert gesagt. Aber natürlich trägt er eine schwere Last. Die Bürde der Erinnerung, denkt Judith. Wir können nicht tilgen, was einmal geschehen ist, selbst wenn wir lernen, damit zu leben und nach vorn zu blicken. Wir können weiterleben, aber es bleiben Narben. Vielleicht ist es das, was Charlotte getötet hat, ein Übermaß alter Verletzungen. Der schleichende Verlust von Lebenskraft. Kein Mann, der ihr leere Versprechungen machte und sie dann loswerden wollte. Nicht David.

Karl-Heinz Müller steht vor dem Rechtsmedizinischen Institut und wirft Boulekugeln ins Kiesbeet. Sie setzt sich auf die Betoneinfassung und schenkt sich einen Schluck von seinem Rotwein ein.

Der Rechtsmediziner poliert eine Kugel und federt in die Knie. Mit sattem, metallischem Klacken schießt die Boulekugel einen Konkurrenten vom Platz. Karl-Heinz Müller richtet sich auf. »Na?«

»Ich bin beeindruckt.«

Er setzt sich neben Judith, zündet sich eine Davidoff an. »Du weißt, dass ich zu deinen Fotos nicht viel sagen kann.«

»Mehr hab ich nicht. Die Kanadier rücken die Knochen nicht raus.«

»Die werden ihr Handwerk schon verstehen.«

»Sie sagen, sie können die Todesursache nicht feststellen.«

»Haben sie Gewebereste, irgendwelche Weichteile, Knochenbrüche, Einschusslöcher?«

Judith schüttelt den Kopf. »Charlotte muss wochenlang tot auf dieser Insel gelegen haben.«

»Todesursache nicht feststellbar.« Karl-Heinz Müller schenkt sich Rotwein nach. »Manchmal, nachts, treiben mich solche Fälle aus dem Bett. Dann fahre ich ins Institut und wühle mich durch mein persönliches Archiv unerledigter Toter.«

»Ich weiß, was du meinst.«

»Wenn es hell wird, kenne ich die Todesursache trotzdem nicht.«

»Vielleicht hat sich Charlotte selbst umgebracht. Ich habe manchmal so komische Träume. Aber sie lag auf der Insel, ihr Kanu am anderen Ufer und sie konnte nicht schwimmen. Also muss jemand sie auf die Insel gebracht haben.«

»Es könnte ein Unfall gewesen sein. Das Kanu könnte an Land getrieben sein, wo jemand es festmachte. Sie könnte auf der Insel verhungert sein.«

»Aber warum trug sie keine Kleidung? Und warum hat derjenige, der ihr Kanu an Land zog, sie nicht gesucht?« Judiths Stimme klingt rau. Sie versucht, die Bilder von der Insel beiseite zu drängen. Verhungern, ohne Rettung. Was für ein grausamer Tod.

Karl-Heinz Müller sieht sie an. »Hier geht es doch nicht nur um deine Schulfreundin, oder?«

Es geht darum, dass mein verdammter Körper sich immer noch nach dem Mann sehnt, der Charlotte wahrscheinlich umgebracht hat, denkt Judith. Es geht darum, dass etwas in mir einfach nicht glauben will, ein Mann, den ich einmal geliebt habe, sei dazu fähig, eine Frau in der Wildnis verhungern zu lassen. Dabei müsste ich es wirklich besser wissen, das ist schließlich mein Beruf.

Sie stellt das Rotweinglas auf die Betoneinfassung, viel zu hart. Ich mache mich lächerlich, denkt sie. Ich vermische die Fälle. Tim, Charlotte, Ivonne, mich selbst, Vergangenheit und Gegenwart. Ich werde wahnsinnig, wie in der Nacht auf der Insel, allein mit Charlottes Knochen. Ich sehe Gespenster. Schwarzweiße Gespenster mit glühenden Augen, die schreien wie verlorene Seelen und mich auf den Grund eines Sees locken wollen. Mich oder Charlotte, ich weiß nicht einmal, wessen Träume das eigentlich sind. Sie fühlt die Blicke des Rechtsmediziners in ihrem Rücken, als sie zu ihrer Ente geht. Sie hebt die Hand und winkt, ohne sich umzusehen.

Es ist beinahe dunkel, als sie vor ihrer Wohnung parkt. Sie kauft Brot, Käse, Milch und ein paar Flaschen Kölsch am Kiosk, macht kein Licht im Treppenhaus, steigt einfach Stufe für Stufe nach oben. Ich muss Berthold anrufen, denkt sie. Hören, wie es ihm geht. Ihm sagen, dass ich nicht weiterkomme, dass er damit leben muss. Aber er wird sich mit mir treffen wollen und das schaffe ich heute nicht mehr und ich will es auch nicht. Ich bin kein Ersatz für seine tote Freundin. Ich kann es nicht ändern. Es gibt eben keine Gerechtigkeit. Ich muss endlich schlafen.

Zuerst spürt sie nur eine fremde Präsenz, wie eine Ahnung. Sie bleibt abrupt stehen, entdeckt den Schatten ein paar Stufen über ihrer Wohnungstür, kurz vor dem Zutritt aufs Dach, wo die Treppe endet.

»Judith?«

Davids Stimme. Mit einem Scheppern fällt ihre Einkaufstüte auf den Boden. Judith reißt ihre Pistole aus dem Halfter, schaltet das Treppenlicht ein, starrt ihn an. Er wirkt absurd deplatziert in ihrem Treppenhaus. Ein Rucksack lehnt neben ihm an der Wand.

Er hat ihr Vertrauen missbraucht. Er hat sie in der Wildnis ausgesetzt. Er hält seit Tagen die Polizei in Atem und jetzt sitzt er einfach vor ihrer Tür und lächelt. Sie nimmt die letzten Stufen bis zu ihrer Wohnungstür, richtet die Pistole weiterhin auf ihn. Sie wird ihn verhaften, er sitzt in der Falle. Die Luke zum Dach ist immer verschlossen. Judith lehnt sich an die Wand, so dass ihre Hüfte den Lichtschalter gedrückt hält.

»Was machst du hier?«

»Ich wollte dir das hier geben.« Er hält ihr einen dicken Umschlag hin.

»Was ist das?«

»Die Erklärung, nach der du vermutlich suchst.«

Judith hat versucht, Margery zu erklären, dass ein Anti-Atomkraft-Aktivist nicht zwangsläufig mit herkömmlichen

Gewaltverbrechern gleichzusetzen sei. Die Kanadierin hat trocken gelacht. Mach dir nichts vor.

Judith packt die Walther fester. »Los, an die Wand.«

Er sieht sich um, schätzt die Distanz zwischen ihnen ab.

»Vergiss es. Letztes Stockwerk, Endstation!« Sie schreit.

Er sieht sie an. »Du machst es kaputt.«

»*Ich* mache es kaputt? Erspar mir die Romantiknummer!«

»Okay, du hast Recht, ich hab es kaputtgemacht.«

»Du bist einfach abgehauen.«

»Als du dich auf einmal als Polizistin geoutet hast, hab ich Panik gekriegt. Und mich hintergangen gefühlt. Wieso hast du mir das nicht gleich gesagt?«

»Ich dachte nicht, dass es für dich etwas ändert. Ich wusste ja nicht, dass du Charlotte umgebracht hast.« Die Walther liegt schwer in Judiths Hand. Sie packt sie fester, presst die Hüfte weiter an den Lichtschalter.

»Ich habe Charlotte nicht umgebracht!«

»Ach nein? Und warum bist du dann abgehauen?« Judith ist so müde, so unendlich müde. Sie sucht Davids Augen, fixiert ihn, wie in einem Verhör.

»Es war ein Reflex, eine Kurzschlusshandlung. Ein blödsinniger Fehler, ich weiß. Ich wollte Zeit gewinnen. Ich wollte einfach nicht, dass alles von vorn losgeht, wie damals in Deutschland.«

»Du hättest zurückkommen können.«

»Ich war noch nie sehr gut darin, Konflikte auszuhalten.«

»Du hättest mir vertrauen können.«

Er starrt auf Judiths Pistole. »Das sagst ausgerechnet du.«

Er darf nicht flüstern, er darf nicht so traurig aussehen, weil das die Erinnerung an seine Umarmungen zurückbringt. Das Treppenhauslicht erlischt, hektisch presst Judith sich wieder an den Schalter. Sie darf keinen Fehler machen, nicht wieder, nicht jetzt.

»Du hast mich in der Wildnis ausgesetzt.«

»Du hattest doch die Hütte, Vorräte. Ich hätte dich schon nicht verhungern lassen. Ich hätte dafür gesorgt, dass die Polizei dich findet.«

»Ja, klar. So wie du es bei Charlotte gemacht hast.«

»Ich habe ihr nichts getan. Ich weiß nicht, wo sie ist. Bitte, das musst du mir glauben.«

»Mach dich doch nicht lächerlich, für wie dämlich hältst du mich?«

Wieder hält er ihr den Umschlag hin. »Bitte nimm das. Charlottes Notizen.«

»Fertig zensiert, nehme ich an. Wo hast du die her?«

»Ich bin gekommen, um Charlotte abzuholen, damit sie ihren Rückflug erreicht. Ihr Kanu trieb auf dem See, ihre Klamotten lagen darin. Das kam mir so komisch vor. Ich habe das Kanu an Land geschleppt. Ich habe nach ihr gesucht und gerufen, aber ich habe sie nicht gefunden. Das Lager war aufgeräumt. Die Notizbücher lagen im Zelt. Ich habe sie gelesen und daraus geschlossen, dass sie sich umgebracht hat. Dass sie ins Wasser gegangen ist.«

»Sie konnte nicht schwimmen.«

»Ich weiß«, sagt David leise. »Sie trug im Kanu immer ihre Schwimmweste.«

»Wann hast du sie zum letzten Mal lebend gesehen?«

»Am zehnten Juni. Zwei Wochen vor ihrem geplanten Rückflug.«

Wie lange dauert es, bis man verhungert? Tage, Wochen. Wollte Charlotte das? Stunde um Stunde an Lebenskraft verlieren, qualvoll, langsam, allein auf der Insel? Oder hat Karl-Heinz Müller Recht und es war ein Unfall? Wollte sie eigentlich ins Wasser gehen und hat sich dann doch nicht getraut? Die Vorstellung ist brutal. Unwillkürlich schließt Judith die Augen, schrickt zusammen, weil die Treppe knarrt. David kommt auf sie zu.

»Bleib! Keine Bewegung!« Judiths Schrei gellt durchs Treppenhaus, sie richtet die Walther direkt auf seine Brust. Sie muss ihn verhaften, Verstärkung holen. Sie darf sich nicht wieder von ihm einlullen lassen.

»Bitte Judith, lies die Notizbücher.«

Sie lehnt sich an die Wand. Ihr Arm, der die Pistole hält, brennt, ihr ist schwindelig, als ob der Sauerstoffgehalt im Treppenhaus sich von Minute zu Minute verringert. »Warum hast du mir die Notizbücher nicht in Kanada gegeben?«

Er zuckt die Schultern, sieht plötzlich hilflos aus.

»Warum hast du mich zu Charlottes Lager gebracht, wenn du doch wusstest, dass sie tot ist?«

»Ich wusste doch nur, dass sie sich umbringen wollte und dann verschwunden ist.«

Sie starrt ihn an, will sich in seine Gedanken bohren.

»Ja, okay, ich hab mich in die Scheiße geritten. Hast du noch nie einen Fehler gemacht?«

»Was willst du eigentlich von mir, David, warum bist du hier?«

»Bitte, lies Charlottes Bücher.«

Sie lässt ihn nicht aus den Augen, richtet die Pistole immer weiter auf ihn. »Also gut. Wirf den Umschlag auf den Boden, schön flach, ganz langsam, bleib da oben stehen.«

Er tut, was sie sagt, und sie tritt den Umschlag blitzschnell die Treppe hinunter.

»Ein Deal.« Sie deutet mit der freien Hand Richtung Wohnungstür. »Du wartest da drin, während ich lese. Wenn du unschuldig bist, kannst du gehen.«

David schüttelt den Kopf. »Du linkst mich ab.«

»Du hast die Wahl: Ich bestimme die Regeln oder ich rufe meine Kollegen sofort.«

Er will etwas sagen, merkt, dass es zwecklos ist, und fügt sich widerstrebend.

Noch einmal drückt sie auf den Lichtschalter, öffnet ohne hinzusehen mit der Linken die Wohnungstür, schaltet drinnen sofort das Licht ein, winkt David mit einer knappen Bewegung der Pistole zu sich herunter. »Schön langsam, keine Tricks, Hände in den Nacken.«

Sie dirigiert ihn vor sich her durch den Flur, durchs Wohnzimmer, hinaus auf die Dachterrasse. Er schreit wütend auf, als sie die Terrassentür zuwirft und verriegelt. Sie rennt zurück ins Treppenhaus und schließt die Wohnungstür ab. Holt den Umschlag, lässt sich auf die Stufen sinken.

Die Notizbücher sind einfache Kladden mit liniertem Papier. Schreibschriftbuchstaben füllen die Seiten, ein bisschen eckig, vage vertraut. Buchstaben, die sich zu Worten und Sätzen verbinden, die mit wissenschaftlicher Nüchternheit von Enttäuschungen und Hoffnungen erzählen, von blinder Sehnsucht nach einem Mann, der Charlotte selbst dann nicht liebte, als sie für ihn nach Kanada reiste. Peinlich genau hat sie jeden ihrer Annäherungsversuche, jede seiner Zurückweisungen notiert. Wieder und wieder, bis Terence Atkinson schließlich David Becker bat, Charlotte in die Wildnis zu fliegen, damit sie wenigstens ihren zweiten Traum verwirklichen konnte.

Dann folgen Vogelbeobachtungen, Berichte vom Leben der Eistaucher. Skizzen, die den See zeigen, die Insel, die Nadelbäume. Die letzte Seite ist ein Abschiedsbrief. Ein Gruß an Berthold, dem Charlotte ihr Haus vermacht. Die Bitte, den Rest ihres Vermögens der Erforschung der Eistaucher zuzuführen. *Ich bin angekommen*, lauten ihre letzten Sätze. *Ich werde hier bleiben. Ich werde zu den Eistauchern gehen. Ich habe keine Angst mehr vor dem Wasser.*

Judith schlägt das Notizbuch zu. Nichts darin wirkt unecht. Keine Seite scheint zu fehlen. Morgen wird sie die wichtigsten Passagen übersetzen lassen und nach Kanada faxen, ein Fall für die Akten. Kein Mord, kein Verbrechen, jedenfalls keines, das sich bestrafen lässt. Ihr Instinkt war richtig. Ihr Körper hat sie nicht getrogen. David ist kein Mörder.

Aus Judiths Wohnung dringt kein Laut. Sie nimmt die Tüte mit ihren Einkäufen, schließt die Wohnungstür auf. David hat ihre Terrassentür nicht eingeschlagen. Mit dem Rücken zu Judith lehnt er am Geländer und schaut in den Himmel, der hier in Köln niemals wirklich dunkel wird, an dem die Sterne immer nur Andeutungen sind.

Charlotte hat sich geirrt, denkt Judith. Ihre Angst vor dem Wasser war doch zu groß. Vielleicht wollte sie am Ende sogar leben und da war es zu spät. Judith öffnet die Terrassentür.

»Charlotte war auf der Insel«, sagt sie zu Davids Silhouette. »Sie ist da verhungert. Jetzt geh.«

Er zuckt zusammen, kommt auf sie zu und einen Moment lang lodert die Sehnsucht wieder auf, die Wärme, als sie sich die Hand geben. Dann ist er fort, und auch wenn es wehtut, weiß Judith, dass das richtig ist, der einzige Weg.

Sie holt ein Kölsch aus dem Kühlschrank, trägt es zurück

auf die Dachterrasse, vorbei an dem Gemälde von Charlottes Eistaucher, der immer noch etwas zu fragen scheint. Sie wird einen Platz an der Wand für ihn finden, später, wenn sie endlich ausgeschlafen hat.

Die Stadt pulsiert unter ihr, das Leben. Die Müdigkeit kommt zurück und mit ihr die Erinnerungen an schwimmende Sterne und Glück. Die Dunkelheit ist sanft und warm, beinahe wie eine Berührung. Für den Moment ist das genug.

# DANKE

Ob es um drogenberauschte Dackel oder menschliche Tote geht – der Kölner Rechtsmediziner Dr. Frank Glenewinkel hat all meine Fragen mit Humor und großer Geduld beantwortet. Michael Breiter von der Kölner Kriminalpolizei gab mir einen Einblick in die Fahndung nach vermissten Personen, die Kinder- und Jugendpsychotherapeutin Elke Wieczorrek in die Psyche jugendlicher Mobbingopfer und ihrer Peiniger.

Stephen G. Martin führte mich in Kanada zu den Eistauchern. Der Bildband *Wunder der Meere* (Könemann, 1998) des Unterwasserfotografen Norbert Wu beflügelte die Phantasie meiner Figur Tim Rinker, die Musik von *Manfred Mann's Earth Band, Susheela Raman, Friend 'n Fellow, Tori Amos* u. v. a. meine eigene.

Sehr hilfreich waren das Buch *Call of the Loon* des Vogelforschers Dr. Paul Strong und ein Fachaufsatz von Professor Dr. Michael Wink, aus dem ich freundlicherweise zitieren durfte (Michael Wink et. al.: *Ein Eistaucher, Gavia immer, bei Düren – Fundgeschichte und erste genetische Herkunftsuntersuchungen.* Charadrius 38, Heft 4, 2002).

Ich danke auch meinen Freundinnen Katrin Busch, die als Testleserin immer im richtigen Moment genau das Richtige sagte oder fragte, und Christina Horst für philosophische Abende und Einblicke in den Schulalltag 2006, ebenso den geschätzten Kolleginnen von den *Sisters in Crime.*

Ganz besonders danke ich meinem Mann Michael für die vielen bereichernden Gespräche über dieses Buch und dafür, dass er an meiner Seite ist, auch wenn das Leben mit einer Krimiautorin zuweilen einem Krimi ähnelt.

*Gisa Klönne*

PS: Dies ist ein Roman. Alle Figuren und die Geschichte sind meine Erfindung, wie auch die kanadische Ortschaft Cozy Harbour und das Kölner Bertolt-Brecht-Gymnasium.

Gisa Klönne

# Der Wald ist Schweigen

Kriminalroman

ISBN 978-3-548-26334-2
www.ullstein-buchverlage.de

Ein Mädchen verschwindet. Eine entstellte Leiche wird gefunden. Eine Försterin fühlt sich bedroht. Eine große Liebe geht zu Ende. Und eine Kommissarin bekommt ihre letzte Chance.

Gisa Klönne hat einen außergewöhnlichen Kriminalroman geschrieben und drei starke, eindringliche Frauenfiguren geschaffen, die in ihrer Komplexität den Leser tief berühren.

»Großartig geschrieben, ein Debüt mit Paukenschlag.« *Celebrity*

»Ein Thriller, der Sie noch lange berühren wird.« *Welt am Sonntag*

»Bitte mehr von dieser Autorin.« *Für Sie*

UB359

Jo Nesbø

# Der Fledermausmann

Kriminalroman

ISBN 978-3-548-25364-0
www.ullstein-buchverlage.de

Harry Hole, der unkonventionelle Kommissar aus Oslo, wird nach Sydney geschickt, wo er den Mord an einer jungen Norwegerin aufklären soll. Gemeinsam mit seinem australischen Kollegen, dem Aborigine Andrew, nimmt er die Ermittlungen auf. Schon bald müssen sie feststellen, dass es sich nicht um einen Einzelfall handelt: Ein Serienmörder tötet scheinbar willkürlich junge weiße Frauen.

»Harry Hole verstrickt sich immer mehr in den eigenen Abgründen und muss opfern, was er liebt, um den Täter zu stellen.« *Ostthüringer Zeitung*

UB404